TRES MANOS EN LA FUENTE

LINDSEY DAVIS

TRES MANOS EN LA FUENTE

La IX novela de Marco Didio Falco

Traducción de Montserrat Gurguí

edhasa

Título original:
Three Hands in the Fountain

Diseño de la sobrecubierta: V. M. Ripoll Arias

Primera edición: marzo de 1998

ISBN: 84-350-0668-9

Impreso en Hurope, S.L.
sobre papel offset crudo de Leizarán

Depósito legal: B-3473-1998

Impreso en España

Para Heather y Oliver, mi maravillosa agente y mi maravilloso editor que, en realidad, merecen una dedicatoria cada uno. ¡Gracias por los diez primeros y vamos hacia los veinte!

DRAMATIS

PERSONAJES PRINCIPALES

Amigos y familiares

Julia Junila Layetana	un bebé, centro de atracción.
M. Didio Falco	que acaba de ser padre y del que se dice que necesita un socio.
Helena Justina	su socia en casa y en el trabajo, acaba de ser madre.
Nux	dueña de sí misma pero una buena perra.
La madre de Falco	una propietaria, a la que se le cae la baba por su nieta Julia.
Anácrites	su arrendatario, un camorrista resuelto a triunfar.
L. Petronio Longo	un mediador de discordias, pero en discordia.
Arria Silvia	su esposa que acaba de echarlo de casa.
D. Camilo Vero	abuelo de Julia, el senador idealista.
Julia Justa	la otra abuela de Julia a la que también se le cae la baba.
Camilo Eliano	que sabe que quiere casarse.
Camilo Justino	que no sabe lo que quiere.
Claudia Rufina	cuya suerte es que Eliano sepa que quiere casarse.
Gayo	sobrino de Falco, un chico de la calle.
Lolio	su padre ausente que acaba de aparecer.
Marina	supuestamente una trenzadora de cordones para túnicas.
Rubella	tribuno duro pero justo de la Cuarta Cohorte de los vigiles.
Fúsculo	leal pero esperanzado sustituto de Petronio.
Martino	rival celoso del trabajo de Petro.
Sergio	cuyos castigos dejan a las víctimas medio muertas.
Scythax	el médico de la cohorte, al que le gusta que sus pacientes estén vivos.

PERSONAE

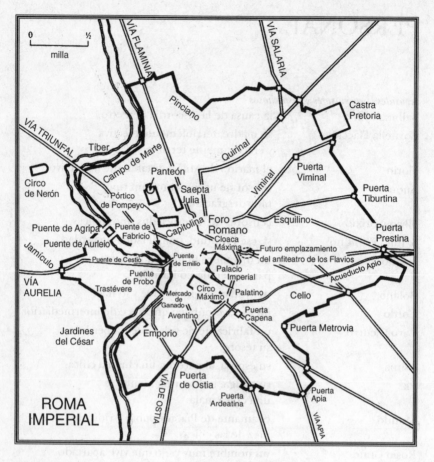

Jurisdicciones de las Cohortes de los Vigiles en Roma:

Primera Cohorte: Sectores VII y VIII (Vía Lata, Foro Romano)
Segunda Cohorte: Sectores III y V (Isis y Serapis, Esquilino)
Tercera Cohorte: Sectores IV y VI (templo de la Paz, Alta Semita)
Cuarta Cohorte: Sectores XII y XIII (Piscina Pública, Aventino)
Quinta Cohorte: Sectores I y II (Puerta Capena, Celio)
Sexta Cohorte: Sectores X y XI (Palatino, Circo Máximo)
Séptima Cohorte: Sectores IX y XIV (Circo Flaminio, Trastévere)

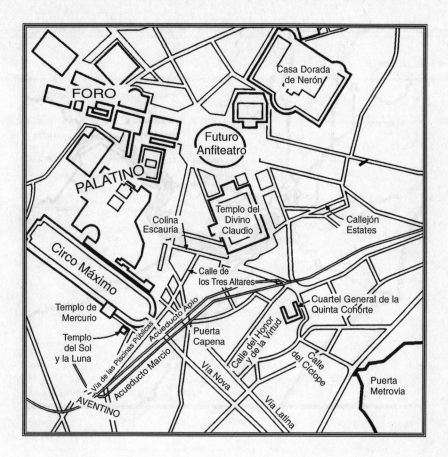

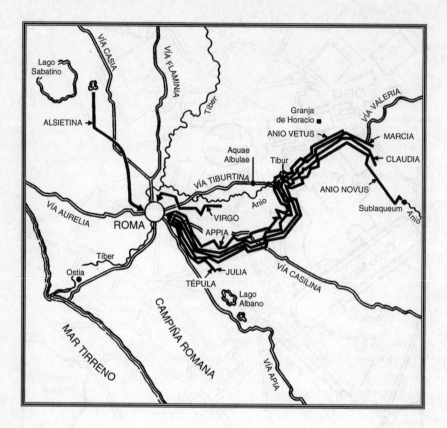

ROMA: AGOSTO-OCTUBRE 73 d.C.

Cuando (la tubería) haya llegado a la ciudad, construid un dique, un depósito con tres compartimientos... porque las tuberías del depósito central abastecerán a todos los estanques y fuentes; del segundo depósito irá a las termas para que produzcan ingresos anuales al Estado, y del tercero, a las casas particulares, de modo que el agua para el uso público no escasee.

VITRUBIO

¡Te lo pido! Compara los grandes monumentos de esta red vital de acueductos con esas inútiles pirámides, o las atracciones turísticas de los griegos que no sirven para nada.

FRONTINO

¡Bebamos una copa de vino... y olvidémonos del agua!

PETRONIO LONGO, DE *FALCO Y ASOCIADO*

I

La fuente no funcionaba. Eso no era nada raro, estábamos en el Aventino.

Debía de llevar tiempo estropeada. El caño del agua, una concha burdamente esculpida sostenida por una ninfa desnuda pero un tanto apática, estaba cubierta de excrementos secos de paloma. La taza estaba limpia. Dos hombres que compartían el fondo de un ánfora de un maltratado vino de Hispania podían apoyarse en ella sin mancharse las túnicas. Cuando Petronio y yo regresáramos a la fiesta de mi apartamento, no habría pistas acerca de dónde habíamos estado. Yo había dejado el ánfora en la taza vacía de la fuente, con la boca hacia fuera, de forma que pudiéramos inclinarla apoyándola en el borde cuando quisiéramos llenar de nuevo las jarras que habíamos sacado de casa a escondidas. Llevábamos un buen rato haciéndolo. Cuando nos pusiéramos en camino hacia casa, habríamos bebido demasiado para que nos importase lo que la gente nos dijera, a menos que nos echaran la bronca de una manera muy sucinta, que sería lo que ocurriría si Helena Justina había advertido mi desaparición y que la había dejado que se las apañase sola con los invitados.

Estábamos en la calle de los Sastres. Habíamos doblado deliberadamente la esquina desde la plaza de la Fuente, donde yo vivía, de modo que si alguno de mis cuñados miraban a la calle no nos verían ni nos obligarían a soportar su compañía. Aquel día no había invitado a ninguno de ellos pero, desde que se habían enterado de que daba una fiesta, no habían cesado de acercarse al apartamento como moscas a un trozo de carne cruda. Hasta Lolio, el barquero, que nunca aparecía, nos había deleitado con su fea cara. Aparte de encontrarse a una distancia prudencial de casa, la fuente de la calle de los Sastres era un buen lugar para tener un encuentro íntimo. La plaza de la Fuente no tenía su suministro de agua propio, como tampoco la calle de los Sastres albergaba ya a los artesanos de la confección de prendas de vestir. Bueno, aquello era el Aventino.

Uno o dos transeúntes, al vernos en una calle que no era la de casa con las cabezas juntas, supusieron que discutíamos asuntos de trabajo. Nos miraron como si fuéramos un par de ratas aplastadas en la carretera. Ambos éramos personajes muy conocidos en la Región Decimotercera. Caíamos bien a poca gente. A veces trabajábamos juntos, aunque el pacto entre el sector público y el privado era incómodo. Yo era informador y agente especial, y acababa de regresar de un viaje a la Hispania Bética por el que me habían pagado menos de lo que, en principio, se había estipulado. De todas formas, había compensado el déficit alegando unos gastos en obras de arte. Petronio Longo vivía con un salario muy estricto. Era el jefe de investigaciones de la cohorte local de vigiles. Bueno, habitualmente lo era, pero acababa de darme la sorprendente noticia de que lo habían suspendido de su empleo.

Petronio Longo tomó un largo trago de vino, y luego equilibró con cuidado la jarra en la muchacha de piedra que tenía que abastecer al barrio de agua. Petro tenía los brazos largos y la chica era una ninfa pequeña con una concha vacía. Petro era un ciudadano grande y robusto, por lo general tranquilo y competente. En esos momentos miraba hacia el callejón con rostro ceñudo y sombrío. Me detuve para verter más vino en mi copa, eso me dio tiempo a asimilar aquella noticia mientras decidía cómo reaccionar. Al final no dije nada, exclamar «¡Cielo santo, amigo mío!» o «¡Por Júpiter, querido Lucio, creo que no he oído bien!», hubiera sido demasiado vulgar. Si le apetecía contarme la historia, lo haría. Si no, Petronio era mi amigo más íntimo por lo que, si quería mantener el secreto, yo fingiría aceptar esa decisión. Siempre podría preguntárselo a alguien más tarde. Fuera lo que fuese, no podría ocultármelo mucho tiempo. Yo me ganaba la vida desentrañando los entresijos de los escándalos.

La calle de los Sastres era un escenario típico del Aventino, unos bloques anónimos de casas de alquiler construidos en una sucia calle estrecha que subía ondulante desde el Emporio, que estaba abajo, junto al Tíber, para abrirse camino después hacia el templo de Ceres y perderse en algún lugar de las empinadas cuestas que empezaban tras cruzar el puente de Probo. Unos niños casi desnudos jugaban con piedras junto a un charco de origen dudoso y se contagiaban de la fiebre que imperase aquel verano. De lo alto procedía una voz que recitaba con monotonía y que contaba una historia melancólica a un oyente silencioso que podía volverse loco en cualquier momento con un cuchillo de cocina. Estábamos a la sombra, aunque sabíamos que, en cualquier parte que diese el sol, el calor de agosto era abrasador. Incluso donde nos hallábamos, las túnicas se nos pegaban a la espalda.

–Bien, por fin he encontrado tu carta. –Petronio quiso abordar una cuestión difícil por aquel camino serpenteante y espectacular.

–¿Qué carta?

–La que decía que habías sido padre.

–¿Qué?

–Ha tardado tres meses en llegar. No está mal...

Hacía poco que Helena y yo habíamos llegado a Roma con la niña, procedentes de la Tarraconensis, y sólo habíamos pasado ocho días en el mar y un par más viajando sin prisas desde Ostia.

–Eso no es posible.

–La mandaste al cuartelillo –se quejó Petronio–. Ha pasado semanas de mano en mano de los empleados y luego, cuando decidieron entregármela, yo ya no estaba allí, claro. –Lo explicaba con cierto reparo, una señal inconfundible de tensión.

–Pensé que sería más seguro mandarla a los vigiles. Ignoraba que te hubieran suspendido –le recordé, pero no estaba de humor para lógicas.

No se veía a nadie. Nos habíamos pasado la tarde holgazaneando allí casi en privado. Esperaba que mis hermanas y sus hijos, a quienes Helena y yo habíamos invitado a almorzar para presentarles a todos a la vez a nuestra nueva hija, se hubieran ido a sus casas. Cuando Petro y yo salimos, ninguno de los invitados daba muestras de querer marcharse. Helena ya estaba cansada y yo tendría que haberme quedado.

La familia de Helena tuvo la delicadeza de no venir, pero nos había invitado a cenar un día de esa misma semana. Uno de los hermanos, el único al que yo toleraba, nos había traído un mensaje en el que se nos comunicaba que sus nobles padres declinaban cortésmente nuestro ofrecimiento de compartir un almuerzo frío con mis numerosos parientes en nuestra diminuta casa a medio amueblar. Algunos miembros de mi tribu ya habían intentado vender al ilustre Camilo obras de arte falsas que no podían permitirse pagar o que no querían. Muchos de mis familiares eran detestables y todos ellos carecían de tacto. Era imposible encontrar un colectivo mayor de idiotas pretenciosos, viles y pendencieros. Gracias a que mis hermanas se habían casado todas con gentes de clase baja, yo no había tenido oportunidad de impresionar a los miembros de la familia de Helena, que eran socialmente superiores. De todos modos, los Camilo no querían que los impresionaran.

—Podías haber escrito antes —dijo Petronio en tono quejumbroso.

—Estaba demasiado ocupado. Cuando escribí había recorrido, como un loco, más de mil kilómetros de una punta a otra de Hispania, y me acababan de decir que Helena tenía un parto muy difícil. Pensé que iba a perderla, y también al bebé. La comadrona nos dejó a medio camino de la Galia, Helena estaba exhausta y las chicas que nos acompañaban estaban aterrorizadas. Fui yo quien traje al mundo a esa criatura y me costó mucho tiempo recuperarme.

Petronio se estremeció. Aunque era un abnegado padre de tres hijas, su carácter era conservador y remilgado. Cuando Arria Silvia tuvo a sus hijas, le ordenó alejarse hasta que se acabó el griterío. Ésa era su idea de la vida familiar. Yo no cosecharía honores por mi gesta.

—Y le pusisteis Julia Junila por las dos abuelas, ¿no? Realmente sabes cómo tener niñeras gratis, ¿eh, Falco?

—Julia Junila Layetana —corregí.

—¿Le has puesto nombre de vino? —Al menos en su tono había cierta admiración.

—Es la región donde nació —repliqué orgulloso.

16

–¡Maldito cabrón! –Tenía envidia. Ambos sabíamos que Arria Silvia nunca le hubiera permitido algo así.

–¿Dónde está Silvia? –pregunté en tono de desafío.

Petronio respiró hondo y despacio y miró hacia arriba. Mientras él buscaba golondrinas, me pregunté qué debía ocurrirle. La ausencia de su mujer e hijas en nuestra fiesta era sorprendente. Nuestras familias cenaban juntas a menudo, incluso habíamos sobrevivido a unas vacaciones juntos, aunque aquello fue llevar las cosas al límite.

–¿Dónde está Silvia? –repitió Petronio en tono reflexivo, como si la pregunta lo intrigase tanto como a mí.

–Ésta sí que es buena.

–Buena no, buenísima.

–Entonces, ¿sabes dónde está?

–En casa, supongo.

–¿Es que nos evita? –Eso sería esperar demasiado. Yo nunca le había caído bien a Silvia, que me consideraba una mala influencia para Petronio. ¡Qué calumnia! Él siempre fue perfectamente capaz de meterse en líos solo, sin mi ayuda. Sin embargo, nos seguíamos tratando, aunque ni Helena ni yo soportábamos demasiado a Silvia.

–Me evita a mí –explicó.

Se acercaba un trabajador. Típico. Vestía una túnica de una sola manga atada por encima del cinturón y llevaba un cubo viejo. Venía a limpiar la fuente, lo cual parecía una ardua labor. Como era de suponer, se presentaba al final de su jornada de trabajo. Dejaría la faena a medio hacer y nunca volvería.

–Lucio, hijo mío. –Miré a Petro con severidad ya que, si aquel hombre convencía a la fuente de que manase de nuevo, tendríamos que abandonar enseguida nuestro rincón–. Se me ocurren varias razones, casi todas ellas femeninas, de por qué Silvia te rehúye. ¿Quién es?

–Milvia.

Lo mío fue una broma. Además, creía que había dejado de flirtear con Balbina Milvia hacía meses. Si hubiese tenido un mínimo de sentido común, nunca lo habría hecho, aunque el sentido común nunca disuadió a un hombre de perseguir chicas.

–Milvia tiene muy malas noticias, Petro.

–Sí, eso me ha dicho Silvia.

Balbina Milvia tenía unos veinte años. Era bonita hasta lo indecible, delicada como una rosa bañada por el rocío, una pequeña delicia dulce y morena a la que Petro y yo habíamos conocido en el curso de nuestro trabajo. Tenía una inocencia que pedía a gritos ser esclarecida y estaba casada con un hombre que no la atendía. Además, era hija de un perverso mafioso, un gángster a quien Petronio condenó y al que finalmente yo contribuí a liquidar. Su esposo Florio tenía los fríos planes de vivir del crimen organizado de la familia. Fláccida, la madre de la chica, tenía previsto cogerle la delantera. Era una zorra de rostro huraño cuya idea de una afición tranquila era la de planear la muerte de los hombres que la contradecían. Tarde o temprano, su yerno Florio sería uno de ellos.

En esas circunstancias, podía pensarse que Milvia necesitaba consuelo. Como agente de los vigiles, Petronio Longo corría un riesgo si se lo proporcionaba; como marido de Arria Silvia, una violenta fuerza a la que tener que enfrentarse en cualquier momento, estaba loco. Lo más sensato hubiera sido dejar que Milvia se apañase sola con su vida.

Hasta ese día yo había fingido saberlo todo al respecto. De todas maneras, Petronio nunca hubiese escuchado mis consejos. No los había escuchado cuando estábamos en el ejército y se quedaba prendado de exuberantes bellezas célticas que tenían unos padres británicos muy corpulentos, pelirrojos y de muy mal genio, y tampoco los había escuchado desde que habíamos regresado a Roma.

–¿No estarás enamorado de Milvia?

La pregunta pareció asombrarlo. Yo sabía que pisaba terreno firme al sugerirle que aquella aventura no podía ser seria. Para Petronio Longo lo serio era ser el marido de una chica que le aportó una suculenta dote (que tendría que devolverle si se divorciaba) y ser el padre de Petronila, Silvana y Tadia, que lo adoraban y a las que él idolatraba. Eso todos los sabíamos, aunque resultaría muy difícil convencer a Silvia de ello si se había enterado de lo de la pequeña y dulce Milvia. Y Silvia siempre había sabido alzar la voz por sí misma.

—Entonces, ¿cuál es la situación?

—Silvia me ha echado.

—Y ¿qué hay de nuevo en ello?

—Hace más de dos meses.

—¿Y dónde vives? —pregunté tras un silbido de admiración. No vivía con Milvia. Milvia estaba casada con Florio. Éste era tan débil que las mujeres de su familia ni siquiera se molestaban en tirani-- zarlo, pero se sometía gustoso a Milvia porque su dote, generada con los quehaceres del crimen organizado, era enorme.

—Estoy en el cuartelillo.

—A menos que esté más borracho de lo que pienso, toda esta conversación ¿no ha empezado porque te habían suspendido de los vigiles?

—Eso —admitió Petro— lo complica todo más cuando quiero entrar para dormir un rato.

—A Martino le habría encantado poder decir algo al respecto. —Martino había sido el jefe de Petro. Un rigorista de las reglas, sobre todo cuando éstas lo ayudaban a agraviar a otros—. Ha ascendido hasta la Sexta, ¿no?

—Fui yo mismo quien se lo sugerí —respondió Petro con una sonrisa.

—¡Pobre Sexta! Y entonces, ¿quién ha ascendido a la Cuarta? ¿Fúsculo?

—Fúsculo es un tesoro.

—¿Hace la vista gorda y te deja dormir en un rincón?

—No. Me ha ordenado que me marche. Fúsculo cree que por hacer el trabajo de Martino, ha heredado también su actitud.

—¡Por Júpiter! ¿O sea que no tienes donde dormir?

—Quería alojarme con tu madre. —Petro y mi madre siempre habían hecho buenas migas. Les gustaba conspirar, criticarme.

—Mi madre te aceptará.

—No puedo pedírselo. Todavía tiene a Anácrites como huésped.

—¡No menciones a ese hijo de puta! —El huésped de mi madre era anatema para mí—. Mi viejo apartamento está vacío —sugerí.

—Estaba esperando que lo dijeras.

—Todo tuyo, siempre y cuando —añadí en tono socarrón— me cuentes por qué, si estamos hablando de una pelea con tu esposa, también te han suspendido de la Cuarta. ¿Cuándo ha tenido Rubella una razón para acusarte de deslealtad? –Rubella era el tribuno encargado de la Cuarta Cohorte, y el superior inmediato de Petro. Era pesadísimo pero muy justo.

–Fue la propia Silvia quien se encargó de informar a Rubella de que yo tenía una aventura con la pariente de un estafador.

Bueno, él se lo buscó, pero resultaba muy duro. Petronio Longo no pudo elegir una amante que lo comprometiera más. Cuando Rubella se enteró del asunto, no le quedó otra alternativa que suspenderlo de empleo, y Petro tenía mucha suerte de poder conservar su trabajo. Arria Silvia debía haberlo comprendido. Tenía que estar realmente enfadada para arriesgarse a perder su fuente de ingresos. Era como si mi viejo amigo también estuviese perdiendo a su esposa.

Estábamos demasiado desalentados incluso para beber. De todas formas, el ánfora estaba casi vacía pero no queríamos volver a casa con aquel malhumor. El empleado de la compañía del agua no nos había pedido que nos quitáramos de en medio, por lo que no nos movimos de donde estábamos mientras él limpiaba la concha del caño con una asquerosa esponja prendida de un palo. La fuente se negó a manar y el hombre sacó un trozo de alambre de su bolsa de herramientas. Lo metió por el caño, rascó y empujó hasta que la fuente hizo un ruido grosero. Salió barro seco y luego el agua empezó a brotar despacio, ayudada por los movimientos del alambre.

Petronio y yo nos incorporamos de mala gana. En Roma, la presión del agua es baja, pero a la larga la taza se llenaría y se derramaría, lo cual no sólo proporcionaría al vecindario el suministro doméstico de agua sino también un interminable reguero que se llevaría porquería de la calle hacia las cunetas. La calle de los Sastres apenas necesitaba ese reguero pero, por borrachos que estuviéramos, no queríamos terminar sentados en él.

Petronio aplaudió con ironía al trabajador.

–¿Ése era todo el problema?

–Se ha atascado mientras no funcionaba, legado.

–¿Y por qué no funcionaba?

–Porque la tubería de suministro estaba vacía. Se quedó atascada en el desagüe de la torre de las aguas.

El hombre hundió la mano en el cubo que llevaba consigo, como un pescador cogiendo un cangrejo. Sacó un objeto ennegrecido que sostuvo por su único apéndice en forma de garra para que pudiéramos verlo bien: algo viejo y difícil de identificar, y sin embargo, inquietantemente familiar. Volvió a tirarlo al cubo, en el que cayó con gran ruido y salpicaduras. Pesaba mucho. Petronio y yo casi lo pasamos por alto. Nos hubiera ahorrado muchísimos problemas. Luego, mi amigo me miró con recelo.

–¡Espera un momento! –exclamé.

–No se asusten, legados –intentó tranquilizarnos el empleado–. Ocurre continuamente.

Petronio y yo nos acercamos y miramos las sucias profundidades del cubo de madera. Un olor nauseabundo salió a recibirnos. En esos instantes, la causa del atasco en la torre de las aguas yacía en un lecho de basura y barro.

Era una mano humana.

II

Ninguno de mis familiares había tenido la cortesía de marcharse. En realidad, habían llegado más. La única buena noticia era que, entre los recién llegados, no se contaba mi padre.

Mis hermanas Alia y Gala se excusaron con desdén al verme reaparecer, pero Veroncio y el sanguinario Lolio permanecieron sentados, muy erguidos. Junia se ocultaba en un rincón con Gayo Baebio y su hijo sordo, ocupados como siempre en hacerse pasar por una familia clásica para evitar, de ese modo, hablar con cualquier otra persona. Mico, el viudo de Victorina, sonreía con cara de necio, esperando que alguien le dijera lo guapos que se habían hecho sus horribles hijos. Famia, el borracho, estaba borracho. Su esposa Maya se encontraba en la habitación trasera ayudando a Helena a recoger. Muchos niños se aburrían, pero hacían todo lo posible por entretenerse pateando las paredes recién pintadas con sus sucias botas. Todos los presentes se animaron al verme.

—Hola, madre. Veo que has traído a un soldado de infantería. Si me hubieras avisado con antelación, habría contratado a unos cuantos tipos duros para que lo echasen. Un par de gladiadores mercenarios, con instrucciones de ponerlo de patitas en la calle y romperle los dos brazos como aviso adicional.

Mi madre frunció el ceño. Era una mujer diminuta, de ojos negros, que podía alborotar en el mercado como un ejército bárbaro. Tenía en el regazo a mi hija recién nacida, que había empezado a berrear justo en el momento de mi aparición. El enfado de Julia al contemplar a su padre no era la razón de que mi madre frunciera el ceño. Yo había insultado a su favorito.

Era su huésped Anácrites. Un tipo afable, pero sus ropas tenían el mismo perfume que una pocilga tras varios meses de descuido. Trabajaba para el emperador, era el jefe del Servicio Secreto. Era de tez blanca, callado, y tenía una grave herida en la cabeza que, lamentablemente, no había podido terminar con él y lo había reducido a un espectro. Mi madre le había salvado la vida. Eso significaba que, en esos instantes, se sentía obligada a tratarlo como a un semidiós especial al que merecía la pena cuidar. Relamido, Anácrites había aceptado el trato. Afilé los dientes.

–Saluda a Anácrites, Marco. –¿Saludarlo? No era amigo mío. Una vez planeó un complot para matarme aunque mi odio hacia él no tenía nada que ver con eso. Lo único que ocurría era que en mi grupo de allegados no había lugar para un manipulador malvado y peligroso con el sentido moral de un holgazán.

Cogí a la pequeña que gritaba. Dejó de llorar y nadie pareció impresionarse. Emitió unos sonidos guturales junto a mi oreja de una forma que yo sabía que significaba que estaba a punto de vomitarme encima. La tumbé en la hermosa cuna que Petronio había hecho para ella, con la esperanza de poder fingir que cualquier desaguisado que ocurriera a continuación me sorprendería como a todo el mundo. Mi madre empezó a mover la cuna y la crisis remitió.

–Hola, Falco.

–¡Anácrites! ¡Qué mala cara tienes! –le dije alegremente–. ¿Acabas de volver de los Mundos Inferiores porque ensuciaste la barca de Caronte? –Estaba decidido a confundirlo antes de que tuviese la oportunidad de saltarme encima–. ¿Qué tal va el espionaje en estos tiempos? Todos las golondrinas del Palatino cantan que Claudio Laeta ha hecho todo lo posible para que consiguieras ese trabajo.

–Oh, no. Laeta se esconde en las alcantarillas.

Sonreí con complicidad. Claudio Laeta era un ambicioso alto funcionario de palacio que esperaba incorporar a Anácrites y a la red de inteligencia a su departamento. Ambos estaban implicados en una lucha de poder que a mí me parecía divertidísima, siempre que pudiera mantenerme al margen de ella.

–¡Pobre Laeta! –me burlé–. Nunca tendría que haberse metido en ese negocio con Hispania. Tuve que hacer un informe al emperador en el que no salía muy bien parado.

Anácrites me miró con el ceño fruncido. Él también se había metido en el negocio de Hispania. A buen seguro se preguntaba qué le habría contado de él a Vespasiano. Todavía convaleciente, una película de sudor brilló de pronto en su frente. Estaba preocupado y eso me gustaba.

–Anácrites no está en condiciones de volver al trabajo. –Mi madre nos contó algunos detalles que lo sonrojaron de vergüenza. Asentí con falsa compasión para que supiera que me encantaba que sufriera jaquecas terribles y problemas intestinales. Intenté preguntar por más detalles, pero mi madre captó mis intenciones–. Tiene una baja indefinida, firmada por el emperador.

–¡Oh! –me burlé, como si aquello fuera el primer paso hacia la jubilación–. A muchas personas los golpes fuertes en la cabeza les han provocado después un cambio de personalidad. –A él no parecía haberle afectado, lo cual era una pena, porque cualquier cambio en la personalidad de Anácrites hubiera sido una mejora.

–He traído a Anácrites para que podáis charlar un rato a solas –dijo mi madre. Yo permanecí impasible–. Ahora que eres padre tendrás que encontrar algún trabajo decente. Necesitas un socio, alguien que te dé unos cuantos consejos. Anácrites puede ayudarte a ponerte en marcha... los días en que se sienta bien.

En esos instantes fue a mí a quien entraron ganas de vomitar.

En un rincón, mi fiel amigo Lucio Petronio había estado mostrando furtivamente a mis cuñados la mano mutilada de la torre de las aguas. Esos devoradores de cadáveres siempre esperaban algo sensacional.

–Bah –oí alardear a Lolio–. Eso no es nada. En el Tíber cada semana pescamos cosas peores.

Algunos de los hijos de mis hermanas vieron aquel espeluznante objeto y se acercaron corriendo llenos de curiosidad. Petro se apresuró a envolver la mano en un trozo de tela. Esperé que no fuera una de nuestras nuevas servilletas hispanas. Formaba un paquete intrigante, que despertó la curiosidad de *Nux*, una decidida perra callejera que me había adoptado. El animal saltó sobre el paquete y todo el mundo se abalanzó sobre él para quitárselo.

La mano se desenvolvió y cayó al suelo, de donde fue recogida por Mario, el hijo mayor de mi hermana Maya; un chico muy serio que acababa de entrar en la habitación en ese instante. Cuando vio a su hijo de ocho años, siempre tan comedido, oliendo aquel despojo tan descompuesto, con la aparente aprobación de Lucio Petronio, mi hermana favorita utilizó un lenguaje que yo no pensaba que conociera. Buena parte de él describía a Petronio y el resto me lo dedicaba a mí.

Maya se aseguró de haber cogido la botella del excelente aceite de oliva que yo le había traído como regalo de la Bética y entonces ella, Famia, Mario, Anco, Cloelia y la pequeña Rhea se fueron a casa.

Bueno, de ese modo ganamos algo de espacio.

Mientras todos los demás reían con disimulo y se mostraban evasivos, Petro me pasó su grueso brazo por el cuello y saludó a mi madre con afecto.

—¡Cuánta razón tienes, Junila Tácita, al decir que Falco tiene que sentar cabeza! En realidad, él y yo hemos estado por ahí hablando largo y tendido de la cuestión. Se siente inútil, ¿sabes?, pero reconoce su posición. Tiene que montar un despacho, resolver unos cuantos casos lucrativos y que le ayuden a ganarse una reputación para que el trabajo siga llegando.

Qué buena idea. Me pregunté por qué no se me habría ocurrido antes, pero Petronio no había terminado.

—Hemos encontrado la solución ideal. Como ahora estoy apartado de los vigiles, me voy a mudar a su viejo apartamento y le echaré una mano. Como socio.

Miré a Anácrites con compasión.

—Has llegado una décima de segundo tarde para el festival. Me temo que el puesto de trabajo ya está cubierto, amigo. ¡Mala suerte!

III

Cuando dejamos caer el paquete en la mesa de recepción, Fúsculo se apresuró a cogerlo. Siempre había sido un buen comedor y pensó que se trataba de un tentempié. Le dejamos abrirlo.

Por un segundo creyó que se trataba de alguna nueva forma de fiambre de carne y luego retrocedió con un chillido.

–¡Aggg! ¿Donde habéis estado jugando, pequeños vagabundos? ¿A quién pertenece esto?

–Quién sabe. –Petronio había tenido tiempo de acostumbrarse a la mano mutilada. Mientras el dicharachero Fúsculo aún estaba pálido, Petro se mostraba indiferente.

–No tiene anillo de compromiso con el nombre de su amado, ni tatuaje céltico de glasto azul. Está tan hinchada y deformada que ni siquiera puede decirse si es de hombre o de mujer.

–De mujer –dijo Fúsculo. Estaba muy orgulloso de su experiencia profesional. La mano, a la que le faltaban cuatro dedos, estaba tan hinchada por haber estado en el agua que su afirmación no tenía ninguna base real.

–¿Cómo va el trabajo? –le preguntó Petronio anhelante. Comprendí que, como socio de mi empresa, su compromiso sería escaso.

–Iba muy bien hasta que llegasteis vosotros dos.

Estábamos en el cuartelillo de la Cuarta Cohorte. Casi todo él era un almacén de material contra incendios, que indicaba cuál era la primera ocupación de los vigiles. Cuerdas, escaleras, cubos, hachas, grandes esterillas de hierba, zapapicos y la bomba de agua, estaba todo preparado para entrar en acción. Había una diminuta celda vacía en la que se encerraba a pequeños maleantes y pirómanos, y una habitación donde los agentes de guardia jugaban a dados o pegaban a los ladrones y los pirómanos si eso les resultaba más divertido.

A esa hora, ambos recintos solían estar vacíos. La celda preventiva se utilizaba de noche. Por la mañana, sus miserables inquilinos eran puestos en libertad tras una amonestación o eran conducidos a la oficina del tribuno donde los sometían a un interrogatorio formal. Como la mayoría de delitos ocurrían al amparo de la oscuridad, de día el cuerpo de guardia era muy escuálido. Los otros agentes salían a realizar sus investigaciones y a buscar sospechosos o se sentaban en un banco a tomar el sol. Que nadie se lleve a engaño, la vida de los vigiles era dura y peligrosa; muchos de ellos habían sido esclavos públicos; habían firmado contrato con los vigiles porque al final, si lograban sobrevivir, se ganaban la condición de ciudadanos. La duración del servicio estaba fijada en seis años; en la legión, los soldados servían un mínimo de veinte. Era una buena razón para el alistamiento corto, y no muchos vigiles aguantaban todo el plazo.

Tiberio Fúsculo, el mejor de los agentes elegidos por Petro y que en aquellos momentos sustituía a su jefe, nos miró con cautela. Era un tipo alegre y cabal, delgado, mordaz y rebosante de salud. Estaba muy interesado en la teoría del crimen, pero por su forma de apartar la mano hinchada supimos que no tenía intención de ocuparse de aquel caso si podía darle carpetazo y sepultarlo en el olvido.

—¿Y qué queréis que haga?

—Encontrar el resto —sugerí. Fúsculo se burló.

—Como es obvio, ha pasado mucho tiempo bajo el agua —comentó Petronio, examinando el objeto. Su tono de voz era casi de disculpa—. Nos han dicho que lo encontraron obturando una tubería en un *castellum* del Aqua Appia, pero pudo llegar allí procedente de cualquier otro sitio.

—Casi todo el mundo es incinerado —dijo Fúsculo—. En algún pueblo de las provincias a veces ves a un perro desenterrando una mano humana, pero en Roma los cadáveres son incinerados.

—Sí, huele a asunto sucio —convino Petro—. Si han liquidado a una mujer, como parece, ¿por qué nadie ha denunciado su desaparición?

—Porque probablemente siempre se liquida a mujeres —explicó Fúsculo en tono servicial—. Son sus maridos o sus amantes quienes lo hacen y luego, al despertarse sobrios, o les roe el remordi-

27

miento y vienen a confesarlo todo o agradecen tanto la paz y la tranquilidad recién descubiertas que lo último que harían sería denunciar su desaparición.

—Todas las mujeres tienen amigas charlatanas —apuntó Petro—. Muchas tienen madres que se meten en todo, otras cuidan de tías ancianas que, si las desatienden, salen a la carretera y asustan a los asnos. Y los vecinos, ¿qué?

—Los vecinos denuncian la desaparición —dijo Fúsculo—. Nosotros vamos a la casa y preguntamos al marido. Éste nos dice que los vecinos son unos cabrones venenosos que hacen acusaciones maliciosas y luego afirma que su mujer se ha ido a Antium, a ver a unos familiares. Entonces le pedimos que, cuando vuelva, pase por el cuartelillo y nos lo haga saber, pero nunca tenemos tiempo de seguir investigando porque enseguida ocurren veinte cosas más. Y el marido acaba huyendo. —Y no añadió «por suerte para él», pero estaba implícito en su tono de voz.

—No me vengas con historias. Yo no soy miembro de la administración pública. —Petronio empezaba a descubrir cómo se sentía el público cuando se aventuraba a entrar en su cuartelillo. Parecía preocupado, posiblemente consigo mismo, por no haberse preparado para ello.

Fúsculo fue cortés hasta lo indecible. Llevaba quince años desembarazándose del público.

—Si ha habido un crimen, pudo ocurrir en cualquier sitio, señor, y las posibilidades de encontrar el resto del cuerpo son nulas.

—Este caso no te interesa, ¿verdad? —quise saber.

—Eres un tipo listo.

—La mano ha aparecido en el Aventino.

—En el Aventino aparece cantidad de porquería —replicó Fúsculo con amargura, casi como si él mismo se incluyese en esa categoría—. Esto no es una prueba, Falco. Las pruebas son objetos materiales que arrojan luz aprovechable sobre un incidente conocido, lo cual permite su procesamiento. No sabemos de dónde procede esta mano y apuesto lo que quieras a que nunca lo sabremos. Si me lo preguntan —prosiguió, pensando que había encontrado una respuesta llena de inspiración—, diré que debe de haberse pasado mucho tiempo contaminando el suministro de aguas, por lo que buscar otras partes del cuerpo es asunto de la compañía. Denunciaré el hallazgo y será el inspector de acueductos el que tenga que emprender la acción.

–No seas estúpido –se burló Petro–. ¿Has visto alguna iniciativa por parte de ese departamento? El papeleo les roba casi todo el tiempo.

–Amenazaré con desenmascarar a alguien de allí. ¿Hay alguna señal de tu vuelta al trabajo, jefe?

–Pregúntale a Rubella –gruñó Petro, aunque sabía que el tribuno había dicho que mi estúpido compañero debía desembarazarse de la hija del mafioso antes de aparecer de nuevo por la cohorte. A menos que se me hubiera escapado algo, a Petro no le quedaba otro remedio que despedirse de Milvia.

–Pensaba que en la actualidad trabajabas con Falco. –Para ser un hombre agradable, Fúsculo parecía estar de muy mal humor. No me sorprendía. Los informantes tenían mala fama entre los romanos pero, en nuestro caso, los vigiles nos despreciaban de manera especial. Las cohortes confeccionaban listas con nuestros nombres para poder llamar a la puerta de casa y sacarnos de ella a medio cenar, sólo para interrogarnos sobre nada en concreto. Los funcionarios del Estado siempre han detestado a las personas a quienes se les paga por los resultados de su trabajo.

–Colaboro con Falco de modo informal. ¿Por qué? ¿Me echáis de menos? –preguntó Petro.

–No. Sólo quiero saber cuándo puedo solicitar tu puesto. –Su tono era jocoso pero si Petronio Longo no arreglaba su vida privada, el chiste se convertiría en historia real. Avisarlo, sin embargo, sólo empeoraría las cosas. A veces, Petronio era muy testarudo. Siempre había tenido tendencia a rebelarse contra la autoridad. Por eso éramos amigos.

La Cuarta tenía un horripilante museo que mostraba al populacho por medio denario. Así se recaudaban fondos para las viudas de los miembros de la cohorte. Donamos la mano al museo y nos dijimos que ya no era problema nuestro.

Entonces, Petronio y yo caminamos hacia el Foro, pasando por el del Circo Máximo, donde teníamos una cita con una pared.

IV

De haber tenido un mínimo de sensatez, habría tenido que disolver nuestra sociedad allí mismo, ante la pared. Habría tenido que decirle a Petro que, aunque le agradecía mucho la oferta, la mejor manera de conservar nuestra amistad sería dejarle dormir en mi apartamento y nada más. Yo ya trabajaría con otra persona, por más que eso significase tener que hacerlo con Anácrites.

Los presagios fueron malos desde el comienzo. Mi método habitual de anunciar mis servicios consistía en recorrer la parte baja del Capitolio, arrancar rápidamente el cartel publicitario de alguien situado en la mejor posición de la *tabulam,* y luego garabatear con tiza el primer mensaje jocoso que me viniera en mente. Petronio Longo se tomaba la vida más en serio. Escribió un texto. Preparó varias versiones (lo había visto en sus tablillas de notas), e intentó inscribir su favorita con una caligrafía meticulosa, rodeado por una cenefa griega con dibujos sombreados.

–Hacerlo bonito no sirve de nada.

–No seas tan desastrado, Falco.

–Los ediles lo borrarán otra vez.

–Tenemos que hacerlo bien.

–No, debemos evitar que nos vean haciéndolo. Hacer pintadas en los monumentos nacionales tal vez no sea un delito según la ley de las Doce Tablas, pero si te descubren, puedes ganarte una buena reprimenda.

–Ya lo haré yo.

–Yo puedo escribir mi nombre y poner «divorcios y recuperación de obras de arte robadas».

–No vamos a meternos en cuestiones de arte.

–Es mi especialidad.

–Por eso no tienes ni un céntimo.

Tal vez fuese cierto. A la gente que perdía tesoros le costaba mucho esfuerzo gastar más dinero en su búsqueda. Además, los que perdían obras de arte solían ser tacaños. Por eso, antes que nada, no las protegían con buenos candados y vigilantes.

–Muy bien, Pitágoras. ¿Cuál es tu filosofía? ¿Qué fabulosa lista de servicios crees que podemos ofrecer?

–No quiero poner ejemplos, pero tenemos que provocar. Tenemos que sugerir que trabajamos en todos los campos. Cuando vengan los clientes, podemos quedarnos con los que nos interesen, y a los demás enviarlos a cualquier informador mediocre de Saepta Julia. Vamos a ser Didio Falco y Asociado.

–¡Oh! ¿Y tú vas a permanecer en el anonimato?

–Tengo que hacerlo.

–¿Todavía quieres recuperar tu trabajo?

–Nunca he sugerido que quisiera renunciar a él.

–Quería saberlo. No trabajes conmigo si desprecias mi vida.

–Calla un minuto. Falco y Asociado: un servicio selecto para clientes que aprecian la diferencia.

–Parece el anuncio de un burdel barato.

–Ten fe, muchacho.

–O de un zapatero carísimo. «Falco y Asociado: Pruebe nuestras sandalias de piel de ternero con costura triple. Calzadas por todos los vagos decadentes, pura elegancia en la arena y los zapatos más cómodos para las orgías.»

–Eres un perro, Falco.

–La sutileza está muy bien, pero a menos que des sutiles indicaciones de que solventamos nuestras investigaciones y que nos gusta que nos paguen por ello, no encontraremos trabajo.

–Escucha: «La atención personal de los socios será posible en según qué casos». Eso implica que somos una organización seria con abundante personal que se dedica a desenmascarar el delito. Podemos hacer creer a los futuros clientes que se los tratará de una manera especial, por lo que pagarán un precio suplementario.

–Tu idea del trabajo como autónomo es muy exótica. –Se deleitaba en sus palabras–. Mira, escribe, todavía no has dicho que...

–Sí, claro que sí. En el borrador. «Investigador especializado.» Y luego, abajo, en letra más pequeña, añadiré: «Primera consulta gratuita». Esto los atraerá, pensando que les darán algo a cambio de nada, pero sugiere que nuestros precios son elevados.

–Mis precios siempre han sido razonables.

–Y entonces, ¿quién es aquí el idiota? La mitad de las veces te embaucan para que trabajes gratis. Eres un blando, Falco.

–Creo que ya no.

–Déjame decidir algo. No me lleves la contraria.

–Pero si eres tú quien lo decide todo –lo acusé–. Es mi negocio y te estás entrometiendo.

–Para eso sirve un socio.

Le dije que tenía una cita en otro sitio.

–Pues a ver si te largas de una vez –dijo, absorto por completo en su trabajo.

V

Para mi cita siguiente se me preparó una escolta especial: mi novia, la niña y *Nux,* la perra.

Yo llegaba tarde. Estaban sentadas en las escaleras del templo de Saturno. Era un sitio muy concurrido, en el extremo norte del Foro, en el lado del Palatino. Todas estaban furiosas. La niña quería comer, la perra ladraba a todo el que pasaba, y Helena Justina se había puesto su cara de paciencia acumulada. Me esperaba una bronca.

–Lo siento. He ido a la Basílica para que los abogados sepan que he vuelto a Roma. Tal vez se pronuncien sobre la citación.

Helena pensó que había estado bebiendo.

–No te preocupes –me dijo–. Ya veo que registrar a tu primogénita no es una prioridad en tu ajetreada vida.

Di unas palmadas a la perra, besé la cálida mejilla de Helena e hice unas cosquillas a la niña. Aquel pequeño grupo, irritable y acalorado, era mi familia. Todos sus miembros comprendían que mi papel como cabeza de familia era el de tenerlos esperando en sitios incómodos mientras yo correteaba por Roma y me lo pasaba de maravilla.

Afortunadamente, Helena, su tribuno popular, se ahorraba los comentarios hasta que no estuviera lista del todo para cargar contra mí. Era como un sueño, alta, de magnífica figura, morena y con unos grandes ojos castaños cuya tierna expresión me derretían como si fuera una tarta de miel dejada al sol en el alféizar de una ventana. Incluso la acerba mirada que recibía de ella en esos instantes zarandeaba mi calma. Un vehemente forcejeo con Helena era uno de los juegos más divertidos que conocía, aparte de acostarme con ella.

El templo de Saturno se encuentra entre el *tabularium* y la Basílica Julia. Yo pensaba que Helena Justina esperaría en el templo por lo que, cuando dejé a Petro, me escabullí por Vía Nova para evitar que me vieran. Detestaba a los abogados, pero su trabajo podía marcar una diferencia entre sobrevivir y sucumbir. Mi situación financiera era francamente desesperada. No dije nada para no preocupar a Helena y ella me miró de soslayo.

Intenté ponerme la toga en plena calle, mientras *Nux* saltaba ante los molestos pliegues del tejido de lana, pensando que aquello era un juego que yo había organizado para ella. Helena no me ayudó en absoluto.

—No necesito ver a la niña —suspiró el funcionario del censor. Era un esclavo del gobierno, y la tarea que le había tocado era deprimente. Tenía que enfrentarse a un flujo constante de público en su oficina y estaba siempre acatarrado. Su túnica perteneció a un hombre mucho más corpulento, y el que le afeitó la barba le había hecho una buena faena. Tenía la mirada aviesa típica de los naturales de Partia, lo que en Roma no le habría hecho granjearse demasiadas simpatías.

—Ni a la madre, supongo —dijo Helena malhumorada.

—A algunas les gusta venir. —Podía ser diplomático, si así conseguía evitar la violencia verbal.

Dejé a Julia Junila en su escritorio, donde dio unas patadas al aire al tiempo que hacía ruiditos con la garganta. Sabía complacer a su público. Tenía tres meses, y en mi opinión empezaba a estar muy bonita. Había perdido la mirada vacía, con los ojos medio cerrados, con la que los bebés tanto asustan a los padres primerizos. Cuando no babeaba, le faltaba muy poco para ser adorable.

—Quite a la niña —ordenó el empleado, educado pero no afable. Desenrolló un grueso pergamino, preparó otro de categoría inferior (nuestra copia) y mojó la pluma en un tintero. Tenía tinta de dos colores, roja y negra, pero parecía gustarle más la negra. Me pregunté en qué residiría la diferencia.

Mojó la pluma de nuevo y luego tocó el borde del tintero para retirar la tinta sobrante. Sus gestos eran precisos y formales. Helena y yo arrullábamos a la niña mientras él escribía con firmeza la fecha de registro que le daría un rango civil y unos derechos.

—¿Nombre?

—Julia Junila.

—¡Su nombre, el de usted! —dijo alzando la vista airado.

—Marco Didio Falco, hijo de Marco, ciudadano de Roma. —No le impresioné. Debía de saber que los Didio éramos tipos problemáticos. Uno de nuestros ancestros tuvo una querella con Rómulo, pero haber sido conflictivo durante siglos no contaba como pedigrí.

—¿Rango?

—Plebeyo. —Ya lo había escrito.

—¿Dirección?

—Plaza de la Fuente, junto a Vía de Ostia, en el Aventino.

—¿Nombre de la madre? —preguntó, sin dejar de dirigirse a mí.

—Helena Justina —respondió la madre por sí misma.

—¿Nombre del padre de la madre? —El empleado continuaba preguntándome a mí, por lo que Helena chasqueó la lengua sonoramente. ¿Para qué malgastar saliva? Mejor dejar que el hombre hiciera su trabajo.

—Décimo Camilo Vero. —Vi que tendríamos problemas si el funcionario preguntaba el nombre del padre del padre.

—Hijo de Publio —murmuró Helena que también lo había advertido, dejando claro que me lo decía a mí en privado y que el empleado podía seguir preguntando.

—¿Rango?

—Patricio.

El empleado alzó la vista de nuevo. En esa ocasión se permitió examinarnos a ambos con calma. El departamento del censor era el responsable de la moral pública.

—¿Y dónde vive? —preguntó, dirigiéndose directamente a Helena.

—En la plaza de la Fuente.

—Para comprobarlo —dijo entre dientes, y prosiguió su tarea.

—Vive conmigo —dije innecesariamente.

—Eso parece.

—¿Hay algún problema en eso?

Una vez más, el empleado alzó los ojos del documento.

–Estoy seguro de que ambos son totalmente conscientes de las implicaciones de ello.

Claro que sí. Y en una o dos décadas esas implicaciones provocarían lágrimas y rabietas cuando intentáramos explicárselas a nuestros hijos.

Helena Justina era hija de un senador y yo era un plebeyo. Se había casado una vez, dentro de su clase social; el matrimonio fracasó, se divorció y después tuvo la suerte o la desgracia de conocerme. Tras unos cuantos movimientos en falso, decidimos vivir juntos. Queríamos que fuese de manera permanente. Las definiciones legales estrictas nos convertían en marido y mujer debido a esa decisión. Pero en estrictos términos sociales, éramos un escándalo. Si el excelente Camilo Vero quería buscarme problemas por el robo de su noble hija, mi vida sería muy difícil y la de Helena también. Nuestra relación era asunto nuestro, pero la existencia de Julia obligaba a un cambio. La gente no cesaba de preguntarnos cuándo nos casaríamos, pero no necesitábamos ninguna formalidad. Ambos éramos libres para casarnos, pero si decidíamos vivir juntos, la ley no requería nada más. Habíamos pensado en negarlo, pero entonces la niña tomaría el rango social de la madre y eso, en teoría, no conllevaba ninguna ventaja. Como su padre no tenía títulos que citar en acontecimientos públicos, ambas seguirían conmigo en el lodo.

Visto lo cual, al regresar de Hispania, decidimos reconocer públicamente nuestra situación. Helena había bajado a mi nivel. Sabía lo que se hacía. Había visto mi estilo de vida y afrontaba las consecuencias. Nuestras hijas estarían privadas de buenos matrimonios; nuestros hijos no podrían ocupar cargos públicos, por más noble que fuera su abuelo el senador y por mucho que se empeñara éste en que los eligieran. La clase alta se cerraría en banda ante ellos, mientras que las clases bajas probablemente también los despreciarían por intrusos.

Por el bien de Helena Justina y el de nuestros hijos, acepté mi deber de mejorar mi posición. Había intentado llegar al rango medio, lo cual hubiera disminuido las dificultades, pero el intento fue un desastre y no quería engañarme de nuevo. Aun así, todos los demás opinaban que debía hacerlo.

El funcionario del censor me miró como si cambiara de idea.

—¿Ha llenado el censo? —preguntó.

—Todavía no. —Si era posible, yo quería evitarlo. La razón del nuevo censo de Vespasiano no era la de contar cabezas por curiosidad burocrática, sino para valorar las propiedades de cara a la recaudación de impuestos—. He estado fuera.

Me dedicó una mirada que llevaba implícito un «eso lo dicen todos».

—¿En el servicio militar, quizá?

—Servicios especiales —y como vi que no me preguntaba más, quise tentarlo—. No me pida que especifique. —Siguió sin importarle.

—¿O sea que todavía no ha hecho el censo? ¿Es usted el cabeza de familia?

—Sí.

—¿Su padre ha muerto?

—No tengo esa suerte.

—¿Está emancipado de la autoridad de su padre?

—Sí —mentí. Mi padre nunca haría una cosa tan civilizada. Para mí, sin embargo, no había diferencia.

—Didio Falco, por intención propia y con todo su conocimiento, ¿sabe que su estado civil es de matrimonio de hecho?

—Sí.

—Gracias. —Su interés era sumario. Sólo me lo había preguntado para cubrirse las espaldas.

—Tendría que hacerme la misma pregunta —le dijo Helena.

—Sólo a los cabezas de familia —le replicó con una sonrisa. Helena consideraba que su papel en el hogar estaba a la misma altura que el mío. Y yo también lo creía, porque eso era bueno para mí.

—¿Nombre de la niña? —La indiferencia del funcionario daba a entender que cada semana se presentaban parejas extrañas como la nuestra. Se decía que Roma era un caos moral, aunque nunca encontramos a nadie que corriera los mismos riesgos que nosotros de una manera tan abierta. Por una parte, casi todas las mujeres que se criaban en la riqueza se aferraban a ella. Y casi todos los hombres que las seducían para sacarlas de ella acababan a manos de tropas de corpulentos esclavos.

—Julia Junila Layetana —dije con orgullo.

—Deletréelo.

—J, U,...

Alzó la cabeza en silencio.

—L —dijo Helena con paciencia, como si ya supiese que el tipo con el que vivía era un idiota—. A-Y-E-T-A-N-A.

—¿Tres nombres? ¿Eso es un nombre de chica? Las mujeres sólo tienen dos.

—Necesita alguna ventaja en la vida —¿Por qué me había disculpado? Podía llamarla como quisiera. El hombre frunció el ceño. Aquel día ya tenía bastante de padres jóvenes y caprichosos.

—¿Fecha de nacimiento?

—Siete días después de las calendas de junio.

El empleado dejó la pluma sobre la mesa. Sabía que lo había sacado de quicio.

—Sólo aceptamos registros en el plazo señalado por la ley.

Yo tenía que registrar a una hija en los ocho días siguientes a su nacimiento. Para los chicos eran nueve días pero, como Helena decía, los hombres necesitaban más tiempo para todo. La costumbre decretaba que al mismo tiempo se hacía una visita familiar al Foro para obtener la partida de nacimiento. Julia Junila había nacido en mayo y estábamos en agosto. El funcionario tenía sus reglas y no permitiría que nadie las desobedeciera de manera tan flagrante.

VI

Tardé una hora en explicarle por qué mi hija había nacido en Tarraco. Yo no había hecho nada malo, y aquello era habitual. El comercio, el ejército y los negocios imperiales hacían viajar a muchos padres al extranjero, y con ellos iban mujeres decididas, sobre todo las que creían que las muchachas extranjeras eran una tentación irresistible. En verano, la mayor parte de los nacimientos de las familias dignas se producían en lujosas villas fuera de Roma. Hasta nacer fuera de Italia era aceptable, lo único que importaba era el rango de los padres. Yo no deseaba que mi hija perdiera sus derechos civiles debido a que los retrasos surgidos en una investigación realizada para el palacio imperial nos obligaron a traerla al mundo en un lejano puerto llamado Barcino.

Hice todo lo posible. Varias mujeres, ciudadanas libres, presenciaron el nacimiento y podían actuar como testigos. Yo lo notifiqué de inmediato al consejo municipal de Barcino, donde no me hicieron ningún caso porque era extranjero, e hice una declaración formal dentro del plazo de tiempo de rigor en la residencia del gobernador provincial de Tarraco. Para demostrarlo, tenía el sello de ese hijo de puta en un documento emborronado.

Nuestro problema de aquel día tenía una causa obvia. Los esclavos públicos no recibían un sueldo oficial por su trabajo. Como era de suponer, yo me había provisto del habitual obsequio *ex gratia*, pero el empleado debió pensar que si me ponía las cosas difíciles, la propina sería más sustanciosa. Sin embargo, con aquel extenso relato de una hora quería convencerlo de que yo no tenía más dinero. Mis argumentos empezaban a debilitarse. Julia recordó que quería comer, por lo que torció los ojos y lloró como si practicara lo que haría de mayor cuando quisiera ir a fiestas que yo desaprobase. Le dieron la partida de nacimiento sin más dilación.

Roma es una ciudad masculina, los lugares en los que una mujer respetable puede amamantar discretamente a su hijo son escasos. Eso se debe a que las madres respetables que crían a sus hijos suelen quedarse en casa. A Helena no le gustaba quedarse en casa. Tal vez era culpa mía, porque no podía darle un hogar más confortable. Tampoco quería darle el pecho a la niña en las letrinas para mujeres, y parecía no estar de humor para pagar un as y entrar en los baños públicos. Así, terminamos por alquilar un palanquín, asegurándonos primero de que las ventanas tuviesen cortinas. Si había algo que me doliese más que pagar un palanquín era pagar por no ir a ningún sitio.

—Está bien —me tranquilizó Helena–. Podemos dar una vuelta. No es necesario que te quedes fuera, de guardia, con cara de avergonzado.

La niña tenía que comer. Además, me enorgullecía el hecho de que Helena quisiera criarla. Muchas mujeres de su rango elogiaban esa idea pero luego tenían ama de cría.

—Esperaré –le dije.

—No, dile al hombre que nos lleve al Atrio de la Libertad —ordenó Helena decidida.

—¿Qué pasa en el Atrio?

—Está el archivo sobrante de los registros de departamento del censor. Entre ellos hay noticias de personas muertas. —Yo ya lo sabía.

—¿Y quién ha muerto? –Adivinaba lo que pretendía, pero no me gustaba que me presionasen.

—Eso es lo que debemos averiguar, Marco.

—¿Perdón?

—La mano que tú y Petro encontrasteis. No quiero decir que podáis localizar a su dueño, pero al menos tiene que haber un funcionario que sepa qué debe hacerse cuando alguien desaparece.

Dije que aquel día ya tenía mi cupo de burócratas cubierto, pero ya estábamos de camino al Atrio de la Libertad.

* * *

Como directores de funeral, los funcionarios del departamento de partidas de defunción eran alegres, en acusado contraste con sus ariscos colegas de las partidas de nacimiento. Conocía a un par de ellos, Silvio y Brixio. A menudo, los herederos o los albaceas mandaban a los informadores a los archivos del Atrio. Era, sin embargo, la primera vez que entraba en aquellas oficinas con mi augusta novia, una niña dormida y una perra curiosa. Se lo tomaron muy bien, creyendo que Helena era mi cliente, una exigente que insistía en supervisar todos mis pasos. Aparte del hecho de que no iba a pasarle factura, lo demás se parecía mucho.

Trabajaban en el mismo cubículo, intercambiando chistes malos y pergaminos como si no tuviesen ni idea de lo que estaban haciendo. En general, se los veía eficientes. Silvio tendría unos cuarenta años, era delgado y pulcro. Brixio era más joven, pero llevaba el mismo pelo corto y un elaborado cinturón. Era obvio que mantenían relaciones sexuales. Brixio era el empalagoso que quería mecer a Julia, y Silvio me atendió fingiendo una seria preocupación.

—Busco información general, Silvio. —Le conté el hallazgo de la mano y que Petronio y yo sentíamos curiosidad por ella—. Parece un callejón sin salida. Si una persona desaparece y se denuncia a los vigiles, éstos toman nota, pero no podría asegurarte cuánto tiempo sigue abierto el caso. Si investigan o no depende de muchos factores, pero ése no es el único problema. El miembro no está en condiciones de ser identificado; puede tener muchos años.

—Entonces, ¿cómo podemos ayudar? —preguntó Silvio con suspicacia. Era un esclavo público. Se pasaba la vida intentando idear nuevas maneras de pasar solicitudes de información a otros departamentos—. Nuestros registros son de personas enteras, no de desagradables trozos de su anatomía.

—Supón entonces que hemos encontrado un cuerpo entero. Si nadie lo hubiera reconocido, ¿constaría en estos archivos?

—No, sería un extranjero o un esclavo. ¿Quién pediría razón de él? Aquí sólo registramos a ciudadanos romanos conocidos.

—Muy bien, entonces míralo desde el otro extremo. ¿Y si desaparece alguien? Un ciudadano, uno de cualquiera de las tres clases. Cuando sus angustiados familiares llegan al punto de tener que dar por muerta a la persona, ¿no vienen a decírtelo?

—A veces sí y a veces no. Depende.

—¿De qué?

—Si quieren un registro formal de la desaparición, pueden pedir un certificado.

—Pero ¿se necesita tenerlo para alguna gestión oficial?

Silvio consultó a Brixio con una mirada.

—Si la persona desaparecida fuera un cabeza de familia, el certificado confirmaría al Tesoro que esa persona está exenta del pago de impuestos, en virtud de estar pagando sus deudas en el Hades. La muerte es la única exención.

—Muy divertido.

—¿Y para el testamento? ¿No se necesita ese certificado? —intervino Helena.

—Los albaceas deciden abrir el testamento cuando ellos creen oportuno —respondí.

—Marco, ¿y si cometen un error?

—Si los censores expiden deliberadamente una partida de defunción falsa —respondí— o se abre un testamento a sabiendas antes de tiempo, ambas cosas constituyen delitos graves: robo y probablemente conspiración, en el caso de un testamento. Supongo que un verdadero error se consideraría delito menor. ¿Qué haríais, chicos, si de repente apareciera de nuevo una persona dada por muerta?

Silvio y Brixio se encogieron de hombros, y dijeron que sería asunto de sus superiores. Naturalmente, pensaban que sus superiores eran unos idiotas.

A mí no me interesaban los errores.

—Cuando alguien viene a por una partida de defunción, ¿tiene que demostrar que la persona ha fallecido?

—Nadie tiene que probar nada, Falco. Firman una declaración solemne, su deber es decir la verdad.

—¿La sinceridad es un deber?

Silvio y Brixio callaron ante mi ironía.

—Pero ¿no tiene que haber un cuerpo? —Helena sentía especial curiosidad ya que al hermano pequeño de su padre, que había muerto, no se le había hecho funeral porque el cuerpo había desaparecido.

Intenté olvidar que yo mismo tiré a una alcantarilla el cuerpo del traidor tío de Helena para evitar complicaciones por parte del emperador y dije:

–Que no haya cuerpo puede atribuirse a muchas razones. Una guerra, que se haya perdido en el mar... –Eso era lo que había dicho la familia de Publio, el tío de Helena.

–Que desaparezca a manos de los bárbaros –canturreó Silvio.

–Que se fugue con el panadero –añadió Brixio, que era más cínico.

–Bien, estoy hablando de un caso de ese tipo –dije–. Alguien que desaparece sin razón conocida. Puede ser una adúltera fugada o puede ser que la hayan secuestrado y asesinado.

–A veces, hay personas que deciden desaparecer a propósito –dijo Brixio–. La presión de su vida se les hace insoportable y se van. Quizás un día vuelvan a casa, quizá nunca lo hagan.

–Y entonces, si un familiar admite ante ti que la persona no está muerta sino sólo desaparecida, ¿tú qué haces?

–Si alguien cree que la persona realmente ha desaparecido, debe denunciarlo.

–¿Y si no lo hace? ¿Qué le hacéis?

–Tenemos maneras muy efectivas de dificultar la vida a cualquiera –respondió con una sonrisa–. Pero si las circunstancias parecen razonables, expedimos el certificado siguiendo los procedimientos normales.

–¿Normales? –pregunté–. ¿Sin asteriscos al margen? ¿Sin tinta de colores? ¿Sin registrarlo en algún pergamino especial?

–¡Oh! –gritó Silvio–. Falco quiere echar un vistazo a nuestro pergamino especial.

–¿Qué pergamino especial debe ser ése, Falco? –quiso saber Brixio, al tiempo que se apoyaba en un codo y me miraba divertido.

–El que contiene las denuncias dudosas que más tarde pueden daros alguna sorpresa desagradable.

–Eso es muy buena idea. La presentaré como sugerencia del personal y conseguiré que los censores adopten ese sistema mediante un edicto.

–Ya tenemos bastantes sistemas –gimió Silvio.

–Exactamente. Escucha, Falco –intervino Silvio, animado–, si algo huele mal, cualquier funcionario que esté en su sano juicio lo pasa por alto como si no lo hubiera notado. De ese modo, si hay repercusiones desagradables, siempre puede decir que la primera vez todo le pareció correcto.

–Lo que intento averiguar –insistí, advirtiendo que era inútil– es si tenéis información útil acerca de las personas desaparecidas en Roma.

–No –respondió Brixio.

–No –coincidió Silvio.

–El registro de defunciones es una tradición venerada –prosiguió Brixio–. Nunca se ha pensado siquiera que pudiese tener una utilidad.

–Muy justo. –Vi que no llegaría a ningún sitio. La verdad es que ya estaba acostumbrado a ello.

Helena le pidió a Brixio que le devolviera la niña y nos fuimos a casa.

VII

Sabía que Helena se acordaba de su tío muerto. Recordando lo que yo le había hecho, quise evitar preguntas molestas y me inventé la excusa de que tenía que ver a Petronio Longo. Como era al otro lado de la calle, le pareció inofensivo y accedió.

Mi viejo apartamento, el que le prestaba a Petro, estaba en el sexto piso de una desagradable vivienda. Aquel bloque de deprimentes inquilinos se alzaba sobre la plaza de la Fuente como un diente mal colocado, tapando la luz de una manera tan efectiva que era como si apagase cualquier esperanza de felicidad de sus ocupantes. El espacio de la planta baja lo tenía Lenia, que había puesto una lavandería. Se había casado con Esmaracto, el propietario. Todos le aconsejamos que no lo hiciera, y al cabo de una semana empezó a preguntarme si yo pensaba que debía divorciarse de él.

Había dormido sola casi toda la semana. Su desaprensivo esposo había sido acusado de incendio premeditado y los vigiles lo habían encarcelado por el accidente con las antorchas de la boda, con las que había prendido fuego al lecho nupcial. A todo el mundo le pareció muy divertido, a excepción de Esmaracto, que salió bien chamuscado. Cuando los vigiles lo soltaron, empezó a actuar de un modo desagradable, una faceta de su carácter que había sorprendido por completo a Lenia. Los que llevábamos años pagándole el alquiler sabíamos quién era.

De momento seguían casados. Lenia había tardado años en decidir que quería compartir su fortuna con él, y era probable que tardase lo mismo en darle puerta. Hasta entonces, sus viejos amigos tendrían que presenciar numerosas discusiones sobre el tema.

De la puerta colgaban cuerdas de lino mojado, lo que me permitió entrar a hurtadillas y subir la escalera antes de que Lenia advirtiera mi llegada. Pero *Nux*, esa perra desaliñada, se abalanzó dentro ladrando enloquecida. Se oyeron gritos de enfado de los barrileros y de las chicas que cardaban la lana, entonces *Nux* volvió a salir corriendo, arrastrando la toga de alguien mientras la propia Lenia la perseguía.

Era una arpía de ojos enloquecidos y cabello alborotado que arrastraba mucho peso aunque, además, era muy musculosa para ser lavandera. Tenía las manos y los pies rojos e hinchados por tenerlos en agua caliente todo el día y llevaba un extravagante tinte en los cabellos que también los hacía parecer rojos. Resollando un poco, gritó obscenidades a la perra, que corría por la acera de enfrente.

Lenia recogió la toga. La sacudió con aire ausente, como si no viera la nueva suciedad que acababa de adquirir.

–Oh, Falco. ¿Has vuelto?

–Hola, saco de malicia. ¿Cómo va el negocio de la ropa sucia?

–Apestoso, como siempre. –Tenía una voz que se escuchaba a mitad de camino del Palatino, con toda la dulzura de una trompeta de una sola nota que diera órdenes en un desfile de la legión–. ¿Le has dicho al cabrón de Petronio que puede instalarse arriba?

–Claro. Trabajamos juntos de nuevo.

–Tu madre ha estado aquí, con esa serpiente que tiene como mascota. Según ella, vas a trabajar con Anácrites.

–Lenia, hace al menos veinte años que no hago lo que dice mi madre.

–¡Bien dicho, Falco!

–Trabajo para mí mismo y con personas a las que selecciono por su talento, su dedicación y sus costumbres afables.

–Tu madre dice que Anácrites te hará sentar la cabeza.

–Y yo digo que puede meterse en una catapulta y lanzarse al otro lado del Tíber.

Lenia rió. Su alegría contenía una nota de burla. Sabía la influencia que mi madre tenía sobre mí, o al menos eso pensaba.

Llegué arriba jadeante, pues había perdido la práctica de aquella ascensión. Petronio se asombró al verme a mí solo. En cierto modo, suponía que, después de poner un anuncio sorprendente y atractivo en el Foro, el apartamento estaría abarrotado de elegantes clientes que acudirían en busca de su ayuda para resolver misterios llenos de intriga. De momento, no había aparecido ninguno.

–¿Pusiste la dirección?

–No me hagas reír, Falco.

–¿Sí o no?

–Claro que sí.

El apartamento se veía más pequeño y cochambroso que nunca. Tenía dos habitaciones, una para dormir y otra para todo lo demás, y un balcón. Tenía lo que Esmaracto llamaba una vista al río. Eso era cierto, si estabas dispuesto a sentarte con una torsión permanente en su precaria repisa. Había espacio suficiente para poner un banco y sentarte allí con una chica, pero no era aconsejable moverse mucho, ya que los puntales que sostenían el balcón podían ceder en cualquier momento.

Las únicas cosas que pensé que merecía la pena llevarme cuando Helena y yo nos mudamos al otro lado de la calle fueron mi cama, un tríptico antiguo que Helena me había regalado y nuestros enseres de cocina (que no eran precisamente de categoría imperial). Eso significaba que no había sitio para dormir, pero Petro se había preparado un lecho en el suelo con una especie de colchón que seguramente conservaba de nuestro paso por el ejército. De los clavos de la pared que yo había puesto mientras vivía allí colgaban prendas de ropa. En un taburete situado con pedantería en un rincón había colocado sus objetos de aseo personal: un peine, un mondadientes, una estrigila y un frasco de aceite para el baño.

En la habitación exterior poco había cambiado. Había una mesa, un banco, un pequeño hornillo de ladrillos y un cubo para la basura. En la mesa había un tazón de barro rojo con la jarra a juego, una cuchara y un cuchillo. Petronio, mucho más organizado de lo que yo lo fui nunca, había comprado una hogaza de pan, huevos, legumbres secas, sal, piñones, aceitunas, una lechuga y una pequeña colección de pastelillos de sésamo. Era muy goloso.

–Pasa, pasa. Mira, Marco, hijo mío. Esto es igual que en los viejos tiempos. –Mi corazón se entristeció. Yo sentía nostalgia de la libertad de los viejos tiempos, de las mujeres, las borracheras, la irresponsabilidad y la negligencia. La nostalgia estaba bien, pero eso era todo. Las personas seguían adelante. Si Petronio quería volver a ser un muchacho, ya se las apañaría. Yo había aprendido a disfrutar de las sábanas limpias y las comidas regulares.

–Tienes práctica en lo de acampar, veo. –Me pregunté lo que tardaría en cansarse de la novedad.

–No es necesario vivir en medio de la mugre como tú hacías.

–Mi vida de soltero era completamente respetable. –Tenía que serlo. Me pasé casi todo el tiempo intentando atraer a mujeres a mi apartamento con grandes embustes sobre sus increíbles comodidades. Todas sabían que mentía, pero esperaban un cierto nivel. Y además, todas sabían que desde que me fui de casa, mi madre cuidaba de mí–. Mi madre metió miedo en el cuerpo a todas las cucarachas y desde la llegada de Helena, ella también contribuyó.

–He tenido que barrer debajo del banco de la cocina.

–No seas un viejo quejica. Ese sitio nunca lo barre nadie.

Petronio Longo se desperezó. Tocó el techo y soltó una maldición. Le recordé que, de haberlo hecho en el dormitorio, hubiera atravesado el tejado, haciendo caer algunas de las tejas y matando a gente de la calle, lo cual haría que sus familiares le pusieran un pleito. Antes de que pudiera empezar a criticarme por elegir aquel apartamento, dije:

–Acabo de ver un lamentable olvido por parte del nuevo ocupante: no hay ánfora.

Una expresión sombría cruzó su rostro. Advertí que todo su vino debía de estar en la casa que aún habitaba Silvia. Ella sabía lo que significaba privarle de aquello. Si sus desavenencias seguían con la misma dureza, Petronio podía despedirse de su espléndida colección de vino de diez años. Se le veía desolado. Por fortuna, todavía quedaba media ánfora de las mías escondida bajo las tablas del suelo. La saqué al momento y le dije que viniera a sentarse al balcón, bajo el sol del atardecer, y que se olvidara de su tragedia.

Yo todavía tenía la intención de ir a casa, a cenar con Helena, pero animar a Petro me tomó más tiempo de lo previsto. Estaba realmente deprimido, echaba de menos a sus hijas. Y aún echaba más de menos a los vigiles. Estaba furioso con su mujer, pero se sentía incapaz de ir a despotricar ante ella porque Silvia no quería ni verle. Además empezaba a albergar dudas acerca de trabajar conmigo. La incertidumbre que rodeaba su futuro había empezado a carcomerlo, por lo que en vez de estar lleno de grandes expectativas en su nueva vida, cada vez estaba más triste.

Le dejé que tomara la iniciativa de servir el vino y desempeñó la función con gran desenvoltura. Rápidamente bebimos suficiente para empezar a discutir de nuevo sobre la mano mutilada. Y luego no nos quedó otra cosa que lamentarnos del estado de la sociedad, la brutalidad de la ciudad, la dureza de la vida y la crueldad de las mujeres.

–La crueldad de las mujeres, ¿qué tiene que ver con todo esto? –pregunté–. Fúsculo dice que, probablemente, la mano es de mujer, por lo que se la debió cortar un hombre furioso.

–No seas quisquilloso. –Petro tenía muchas teorías acerca de la brutalidad de las mujeres y, cuando se lo permitían, hablaba de ellas durante horas.

Cambié de tema y le conté el fracaso de mis investigaciones en el Atrio de la Libertad.

–Así que ya ves, Petro. Hay una pobre zorra muerta, muerta y sin enterrar. La han cortado como si fuera un asado de carne y luego la han tirado al agua.

–Tenemos que hacer algo. –Era la declaración impulsiva de un hombre que se había olvidado de comer, aunque recordaba para qué servía un vaso de vino.

–¿Por ejemplo?

–Averiguar más cosas de ese cadáver. Como, por ejemplo, dónde está.

–Quién sabe. –La cabeza me daba más vueltas de lo que mi conciencia deseaba. No me apetecía en absoluto bajar las escaleras de los seis pisos y cruzar la calle para llegar a casa y ver a Helena.

–Alguien lo sabe. Alguien lo hizo. Ahora se está riendo. Cree que se ha salido con la suya.

–De momento, se ha salido con la suya.

–No seas pesimista, Falco.

–Soy realista.

–Tenemos que encontrarlo.

Lo que en aquellos momentos quedó claro fue que íbamos a seguir bebiendo hasta emborracharnos.

–Búscalo tú. –Intenté ponerme en pie–. Yo tengo que ir a ver a mi mujer y a mi hija.

–Sí –Petronio se sintió magnánimo, con todo el desesperante sacrificio de su nueva tristeza y la considerable borrachera–. No me importa. La vida tiene que seguir adelante. Ve a ver a Julia y a Helena, hijo mío. Una niña encantadora, una mujer encantadora. Eres un hombre de suerte, amigo. Un hombre encantador...

No podía dejarlo y me senté de nuevo.

En la cabeza de mi viejo amigo se sucedían los pensamientos, girando y girando como si fueran planetas desequilibrados.

–Se nos ha dado esa mano porque nosotros somos tipos capaces de resolver este misterio.

–Se nos dio porque, como unos estúpidos, preguntamos qué era.

–Sí, es exactamente eso. Hicimos esa pregunta, éste es el quid de la cuestión, Marco Didio: estar en el sitio oportuno y formular la pregunta adecuada. Y también querer respuestas. He aquí unas preguntas más: ¿cuántos trozos más de cuerpos flotan como gambas en el suministro de agua de la ciudad?

–¿Cuántos más? –repetí.

–¿Cuánto tiempo llevan allí?

–¿Quién coordinará la búsqueda de las restantes partes de éste?

–Nadie.

–Bien, pues empezaremos por el otro extremo del rompecabezas. ¿Cómo localizas a una persona desaparecida en una ciudad que nunca ha tenido un dispositivo para encontrar almas perdidas?

–Cuando todos los departamentos de la administración dan carpetazo a esos casos...

–Si una persona ha sido asesinada y el hecho ha ocurrido en un sitio distinto del que fue encontrado la mano, ¿quién debe responsabilizarse de la investigación del crimen?

–Sólo nosotros, si somos tan estúpidos como para querer hacerlo.

–¿Quién se molestará en preguntarnos? –quise saber.

–Sólo un amigo o familiar de la fallecida.

–Tal vez no tuviera amigos ni nadie que se preocupase por su paradero.

–Una prostituta.

–O una esclava que se dio a la fuga.

–¿Un gladiador?

–No. Tienen unos preparadores que quieren proteger su inversión. Esos cabrones siguen el rastro de todos los hombres que desaparecen. Un actor o una actriz, quizá.

–Un extranjero de visita en Roma.

–Puede que haya bastantes personas buscando a familiares desaparecidos –dije con amargura–, pero en una ciudad de un millón de almas, ¿cuáles son las posibilidades de que sepan que hemos encontrado un mitón viejo? Y aun en el caso de que lo supieran, ¿cómo podríamos identificar algo así?

–Pondremos anuncios –decidió Petronio. Era de los que pensaba que la publicidad servía para todo.

–Por Júpiter, no. Recibiríamos miles de respuestas inútiles. Y por cierto, ¿qué anunciaríamos?

–Otras partes del rompecabezas.

–¿Otras partes del cuerpo?

–Tal vez el resto aún esté vivo, Falco.

–Entonces, ¿tenemos que buscar a un manco?

–Si está vivo. Un cadáver no responderá al anuncio.

–Y un asesino tampoco. Estás borracho, Petro.

–Tú también.

–Entonces será mejor que me marche a casa.

Intentó convencerme de que me quedara para que, primero, se me pasara la borrachera. Yo ya había pasado por situaciones muy parecidas y sabía que eso nunca ocurría.

Resultaba extrañísimo encontrar a Petronio Longo actuando como un soltero depravado que quería prolongar la fiesta toda la noche, mientras que yo era el cabeza de familia sobrio buscando una excusa para irme a casa.

VIII

La actividad de bajar corriendo seis pisos tendría que bastar para aclarar una cabeza achispada, pero si no sabes negociar las esquinas acabas lleno de morados. Si sueltas maldiciones para denunciar el daño, puedes atraer atención no deseada.

—¡Falco! ¡Ven! Dime qué tengo que hacer para dejar a Esmaracto.

—No lo dejes, Lenia. Es una plaga y lo que tienes que hacer es derribarlo y saltar encima de él hasta que deje de chillar.

—Pero, ¿y mi dote?

—Ya te lo he dicho. Divórciate de él y la recuperarás.

—Él dice que no.

—Pero también te dijo que si te casabas con él tendrías prosperidad, paz y una vida llena de felicidad. Y eso es mentira, ¿verdad?

—Es una mentira que ni siquiera él intentó nunca colarme, Falco.

Tal vez tendría que haberme quedado en la lavandería para consolar a mi amiga Lenia. En los viejos tiempos me pasaba muchas horas en el cubículo que utilizaba como oficina, bebiendo vino peleón con ella, mientras nos quejábamos de la injusticia y la falta de denarios. En esos momentos, como seguía casada con Esmaracto, había muchas posibilidades de que éste viniera a beber con nosotros, por lo que intenté evitar ese peligro. Además, tenía una casa propia adonde ir cuando los demás dejaban de distraerme.

Lo que yo no sabía era que mi casa había sido invadida por otra plaga: Anácrites.

—Hola, Falco.

–¡Socorro! Pásame una escoba, Helena. Alguien ha dejado aquí una horrible cucaracha. –Anácrites me miraba con una sonrisa tranquila y tolerante. Sabía cómo sacarme de quicio.

–¿Cómo está tu amigo? –me preguntó Helena, inspeccionándome con atención. Probablemente pensaba que la ocupación de mi apartamento por parte de Petronio en la casa de enfrente alteraría nuestra vida doméstica.

–Se recuperará.

Helena dedujo que eso significaba que estaba mal.

–Hay tortilla de piñones y ensalada de orugas –dijo. Ella ya había cenado y mi plato estaba preparado. Había un poco menos de lo que yo me hubiera servido a mí mismo, la tortilla se había enfriado y, para beber, irónicamente, había agua.

Anácrites me lanzó unas cuantas miradas de anhelo pero estaba claro que él quedaba excluido. Helena no le hacía ningún caso. Lo detestaba tanto como yo, aunque no opinaba sobre su eficiencia o carácter. Helena lo odiaba sólo porque intentó matarme. Me gustaban las chicas con principios, sobre todo la que pensaba que merecía la pena que siguiera vivo.

–¿Hay alguna posibilidad de que Petronio Longo vuelva a su trabajo? –Anácrites fue directo al grano, a lo que le interesaba decir en aquella visita. Antes de lesionarse la cabeza nunca había sido tan directo. Perdió su astucia social y su elegante y malvada seguridad, pero sus ojos eran tan indignos de confianza como siempre.

–Balbina Milvia es una chica muy guapa –respondí, encogiéndome de hombros.

–¿Crees que el enamoramiento es serio?

–Creo que Petronio no soporta que le digan lo que tiene que hacer.

–Espero que tengamos oportunidad de trabajar juntos tú y yo, Falco.

–Todo el mundo pensaría que tienes miedo de mi madre.

–¿Y no es eso lo que piensan ya? Estoy hablando muy en serio.

Seguí cenando. No estaba dispuesto a bromear sobre mi madre. Helena se sentó en un taburete junto al mío. Entrelazó las manos sobre la mesa y miró a Anácrites airada.

—Creo que tu pregunta ya ha sido contestada. ¿Has venido a alguna otra cosa?

Anácrites se puso nervioso ante aquella hostilidad. Su ojos gris pálido denotaban incertidumbre. Desde que le golpearon en la cabeza, parecía haberse encogido un poco, tanto física como mentalmente. Resultaba extraño tenerlo allí sentado con nosotros. Había una época en la que yo sólo veía a Anácrites en su oficina del Palatino. No conoció formalmente a Helena hasta el día en que mi madre lo trajo a nuestra fiesta, por lo que debía de estar preguntándose cómo tratar con ella. Y en cuanto a Helena, antes incluso de que él viniera a nuestra casa, ya había oído muchas historias sobre los problemas que me había causado Anácrites. Ella sí que tenía claro cómo tratarlo.

—Podríamos formar una buena sociedad, Falco —me dijo, haciendo caso omiso del comentario de Helena.

—Estoy trabajando con Petro. Y aparte del hecho de que necesite estar ocupado, somos viejos amigos.

—Esto podría ser el fin de esa amistad.

—Eres un oráculo pesimista.

—Sé cómo va el mundo.

—A nosotros no nos conoces.

Anácrites contuvo cualquier réplica. Yo hundí la cabeza sobre mi tazón de comida, sin hablar más, hasta que el espía comprendió que no me sacaría nada más y se marchó a casa.

—¿Qué pretende? ¿Lo sabes? —me preguntó Helena Justina, volviéndose hacia mí.

—El otro día dejé claro cuáles eran mis sentimientos. Al venir aquí de nuevo está obrando de una manera impulsiva. Se lo tendré que meter en la cabeza por esa raja que tiene en ella.

—Según tu madre, sigue olvidando cosas. Y el día de la fiesta, el ruido le molestaba mucho.

—Razón de más para no trabajar con él. No puedo hacerme cargo de un idiota. Diga lo que diga mi madre, no trabajaremos juntos.

Helena seguía mirándome con aire crítico. Yo me deleité en su atención hacia mí.

–Así que Petro no anda muy bien, ¿eh? Y tú, Marco Didio, ¿cómo estás?

–No tan borracho como podría estar ni tan hambriento como estaba. –Limpié bien el borde del tazón con el último trozo de pan y luego dejé el cuchillo en un ángulo exacto con la escudilla. Apuré la jarra de agua como un hombre que realmente disfrutase de aquella bebida–. Gracias.

–Podrías haberte traído a Petronio –dijo a modo de concesión.

–Tal vez otro día. –Le tomé la mano y se la besé–. Y en cuanto a mí, estoy donde quiero estar –le dije–. Con la gente a la que pertenezco. Todo es maravilloso.

–Lo dices como si fuera verdad –se burló Helena, pero al mismo tiempo me sonreía.

IX

Tomé mi siguiente cena en un sitio mucho más lujoso, aunque la atmósfera era menos confortable: los padres de Helena nos habían invitado a una cena formal.

Los Camilo eran propietarios de un par de casas cerca de la Puerta Capena. Tenían todas las comodidades de la ajetreada zona próxima a la Vía Apia, pero quedaban escondidos en una isla privada de una calle trasera donde sólo eran bien recibidas las clases altas. Yo no podría vivir allí. Los vecinos eran muy curiosos y se metían en todo. Y todo el mundo tenía siempre invitados de alcurnia, como ediles o pretores, por lo que debían tener las calles limpias si no querían que su distinguido barrio fuera oficialmente criticado.

Helena y yo llegamos hasta allí cruzando el Aventino. Sus padres insistirían en que para regresar a casa tomáramos su viejo palanquín con sus esclavos porteadores, por lo que disfrutamos de nuestro paseo vespertino por la Roma suburbana. Yo llevaba a la niña en brazos. Helena se había ofrecido a cargar el gran cesto que contenía los efectos personales de Julia: sonajeros, pañales de recambio, túnicas limpias, esponjas, toallas, frascos de agua de rosa, mantas y una muñeca de trapo que le gustaba llevarse a la boca.

Cuando llegamos bajo la Puerta Capena, que contiene los acueductos Apio y Marciano, nos salpicaron los famosos escapes de agua. El atardecer veraniego era muy caluroso, y cuando llegamos a casa de los Camilo estábamos secos de nuevo y tuve un acceso de mal genio que levantó al portero de su partida de dados. Era un bobo sin futuro, un patán con la cabeza plana cuya máxima satisfacción en su trabajo era molestarme. La hija de la casa era ya mía, por lo que había llegado el momento de que cediera, pero era demasiado idiota para aceptarlo.

La familia entera se había reunido para el encuentro ceremonial con nuestra nueva hija. Si se tenía en cuenta que en esa casa había dos hijos de poco más de veinte años, nuestro retoño era todo un golpe de efecto. Eliano y Justino renunciaron al teatro, las carreras, los músicos y bailarinas, las reuniones poéticas y las cenas con amigos borrachos para dar la bienvenida a su sobrina recién nacida. Me pregunté qué amenazas habrían recibido por parte de la familia para que actuasen de aquel modo.

Les dejamos a Julia para que la admirasen y luego nos retiramos al jardín.

—¡Estáis los dos muy cansados! —dijo Décimo Camilo, padre de Helena, que había salido a nuestro encuentro. Era alto, caminaba ligeramente encorvado y llevaba el pelo corto, lacio y de punta. El hombre tenía sus problemas. Era amigo del emperador, pero todavía trabajaba a la sombra de un hermano que había intentado falsificar moneda y estafar al Estado. Décimo no podía aspirar a un puesto de más categoría. Sus cofres eran también ligeros. En agosto, las familias de los senadores se bronceaban al sol en unas elegantes villas de la zona balnearia de Neápolis o a las orillas de un tranquilo lago. Los Camilo poseían granjas en el interior, pero no una auténtica finca de verano. Habían pasado del millón de sestercios según la estimación de la Curia, pero el dinero en efectivo de que disponían no bastaba, ni económica ni socialmente, para edificar.

Nos encontró sentados uno al lado del otro en un banco del peristilo, con las cabezas juntas e inmóviles, en una especie de desmayo.

—Tener un hijo da mucho trabajo —sonreí—. ¿Le han permitido echar un vistazo a nuestro tesoro antes de que las mujeres lo hayan cogido para arrullarlo?

—Sí, la niña parece desenvolverse muy bien ante el público.

—Así es —confirmó Helena, que hizo acopio de fuerzas para besar a su padre mientras éste se sentaba en nuestro banco—. Entonces, cuando dejan de hacerle carantoñas, les vomita encima.

–Se parece a alguien a quien conocí hace tiempo –susurró el senador.

Helena, la hija mayor, era su predilecta y, a menos que yo hubiese perdido mis poderes intuitivos, Julia la sustituiría enseguida. Radiante, pasó la mano por encima de Helena y me tomó el brazo. Tenía que considerarme un intruso y en cambio me veía como un aliado. Le había quitado de las manos una hija difícil y le había demostrado que quería vivir con ella. Yo no tenía dinero propio pero, a diferencia de los yernos patricios convencionales, no aparecía una vez al mes gimiendo para que me hicieran un préstamo.

–Bien, Marco y Helena, me han dicho en el Palatino que habéis regresado de la Bética, con buena reputación como siempre. Al emperador le ha gustado mucho tu manera de resolver el caso del aceite de oliva. Y ahora, ¿qué planes tienes?

Le conté que iba a trabajar con Petronio, y Helena le habló de las escaramuzas que habíamos tenido el día anterior con el funcionario del censor.

–Y tú, ¿ya has hecho tu censo? –preguntó Décimo en tono quejumbroso–. Espero que hayas tenido más suerte que yo.

–¿En qué sentido, señor?

–Subía hasta allí, seguro de mí mismo por presentarme a tiempo, y las estimaciones de mi fortuna no fueron creídas. Suponía que mi relato era infalible.

Me mordí la lengua. Para ser un senador, pensaba que era honrado. Además, después del negocio con su traidor hermano, Camilo Vero tenía que demostrar su integridad cada vez que entraba en el Foro. Eso era injusto, porque se trataba de una *rara avis* política: era un hombre público entregado. Aquello era tan peculiar que nadie lo creía.

–Qué duro. ¿Y no tiene derecho a apelar?

–A nivel oficial, no hay verificación de cuentas. Los censores pueden invalidar a cualquiera en el acto. Luego, imponen su propio cálculo de impuestos.

Helena había heredado de su padre un cínico sentido del humor. Rió y dijo:

–Vespasiano declaró que necesitaba cuatrocientos millones de sestercios para volver a llenar las arcas del Estado después de los excesos cometidos por Nerón. Y pretende conseguirlos de ese modo.

—¿Exprimiéndome?

—Tú eres una buena persona y amas a tu ciudad.

—Qué responsabilidad tan espantosa.

—¿Aceptaste, pues, la decisión del censor? —le pregunté, riendo entre dientes.

—No del todo. La primera opción era protestar, lo cual significaba que tendría que hacer un esfuerzo físico y económico para presentar unas facturas y contratos de los que los censores pudieran reírse. La segunda opción era pagar en silencio y, entonces, estaríamos a mitad de camino.

—¡Un soborno! —gritó Helena.

Su padre se asombró o fingió hacerlo.

—Nadie soborna al emperador, Helena Justina.

—Ah, es una componenda —rió ella indignada.

Me cansé de estar apretujado con ellos en el banco y me puse en pie para dirigirme a la fuente del jardín que estaba junto a un muro cercano: un Sileno farfullante y borracho de cuya bota de vino manaba un débil chorro de agua. El pobre y viejo dios nunca dio mucha agua, pero en ese momento el fluir de ésta se veía adicionalmente obstaculizado por un higo que había caído de un árbol que crecía contra la soleada pared. Cogí la fruta y el gorgoteo prosiguió con un poco más de fuerza.

—Gracias. —El senador tendía a soportar las cosas que funcionaban mal. Caminé hacia un bonito lecho de flores en el que habían trasplantado los lirios del año pasado. Allí tenían que vérselas con los escarabajos y sus hojas estaban mordisqueadas y llenas de polvo. Habían dejado de dar flores y a la primavera siguiente su estado sería lamentable. Los escarabajos de los lirios eran de color rojo brillante y se los burlaba fácilmente. Despegué algunos con la palma de la mano y luego los tiré al suelo y los aplasté con la bota.

Después de revisar el resultado de mi trabajo en la fuente, le conté al senador lo de la mano desmembrada. Sabía que él había pagado para tener acceso privado a uno de los acueductos.

–Nuestro suministro parece muy limpio –dijo–. Procede del Aqua Appia.

–Igual que en las fuentes del Aventino –le advertí.

–Lo sé. Tienen prioridad. Yo pago una gran bonificación pero, para los edificios privados, las normas son muy estrictas.

–¿La Compañía de Aguas regula la cantidad que recibe?

–La compañía me da una copa de medida aprobada oficialmente que se deja en la base de una torre de aguas.

–¿Y no puede inclinarla un poquito y aumentar el flujo?

–Todas las tuberías de acceso privadas están hechas de bronce para impedir que sean ilegalmente ensanchadas, aunque creo que hay personas que lo intentan.

–¿Su tubería es muy grande?

–Sólo un quinario. –Un número de una sola cifra como diámetro. El más pequeño de todos, pero que daba noche y día un flujo ininterrumpido que bastaba para el consumo razonable de un hogar. A Camilo no le sobraba el dinero en efectivo. Era de ese tipo de millonarios que necesitaban ahorrar en serio.

–Demasiado pequeña para que por ella puedan bajar objetos flotando –comentó Helena.

–Por fortuna. Nos llega mucha arena, pero la idea de recibir trozos de cuerpos humanos es muy desagradable. –Aquel pensamiento lo encendió–. Si hay desperdicios sueltos en el acueducto mi copa se obstruiría en el interior de la torre de las aguas. Tal vez no me quejaría de inmediato, ya que las casas privadas son las primeras a las que se les corta el suministro cuando hay problemas. Creo que es lo más justo. –Camilo era siempre tolerante–. No creo que la Compañía de Aguas admita que ha encontrado algo antihigiénico en el *castellum*. Yo pienso que mi suministro llega de las transparentes aguas de la Fuente de Caerulea, pero ¿es sano beber lo que procede de los acueductos?

–Beba sólo vino –le recomendé, y eso nos recordó que debíamos entrar en la casa para la cena.

Cuando cruzamos las puertas correderas que llevaban al comedor, nos encontramos con una comilona mucho más espléndida de lo que era habitual en aquella casa, por lo que mi paternidad significaba algunas ventajas. A la mesa había siete adultos. Besé en la mejilla a la madre de Helena, llamada Julia Justa, y que era una mujer orgullosa y cortés que conseguía no inmutarse por nada. Saludé a Eliano, su arrogante hijo mayor, con una sinceridad fingida que esperaba que lo molestase, y luego dediqué una sonrisa auténtica a su hermano Justino, mucho más alto y de constitución más esbelta.

Además de la familia Camilo al completo y yo, estaba Claudia Rufina, una chica lista pero más bien seria que Helena y yo habíamos traído de Hispania y que se alojaba en casa de mis suegros, ya que nosotros no teníamos un cuarto de huéspedes que ofrecerle. Era de origen provinciano pero de buena familia, y sería bien recibida en todas las casas de postín, ya que estaba en edad de merecer y era la única heredera de una gran fortuna. Helena y yo la saludamos con cariño. La habíamos presentado a los Camilo con la ardiente esperanza de que allí empezara su camino hacia alguna villa de Neápolis.

Y aquello parecía posible, ya que supimos que había accedido a una petición de matrimonio. Los Camilo debían poseer un filón de crueldad. No había pasado ni una semana desde que Helena y yo les presentáramos a aquella joven reservada y ya le habían ofrecido a Eliano. Claudia, que lo conocía de la época que él había pasado en Hispania, fue educada para ser una invitada de buenos modales y Julia Justa no le permitió conocer a ningún otro hombre, por lo que ella accedió humildemente. Y ya habían mandado una carta a sus abuelos para que se personasen en Roma a fin de ultimar de inmediato todos los acuerdos. Las cosas habían evolucionado tan deprisa que, para nosotros, aquello era una novedad.

–¡Por todo el Olimpo! –gritó Helena.

–Estoy segura de que ambos seréis muy felices –conseguí decir. Claudia pareció complacida con aquella frase, como si nadie le hubiera hecho pensar que en esa alianza iba su bienestar.

Juntos serían tan desgraciados como casi todas las parejas, pero eran lo bastante ricos para tener una casa inmensa donde podrían evitarse el uno al otro. Claudia, una chica callada con una nariz un tanto grande, iba vestida de blanco, de luto por su hermano, muerto en un accidente. Era obvio que pensar en algo nuevo le sentaría bien. Eliano quería ingresar en el Senado, para lo cual necesitaba dinero y haría lo que fuese para conseguirlo. Además, se jactaba ante su hermano Justino, que era mucho más alto y mejor parecido que él.

Justino sólo sonreía, se encogía de hombros y parecía algo curioso, como un muchacho de temperamento dulce que se preguntase qué era todo aquel lío. En una ocasión, yo había trabajado en el extranjero con él. Su aire distante ocultaba un corazón destrozado, ya que se había enamorado de una profetisa rubia y visionaria en los bosques de la bárbara Germania, aunque al regresar a Roma buscó rápido consuelo en una relación aún más imposible con una actriz. Era como si Quinto Camilo Justino no supiera el camino hacia el Foro, pero tenía una sagacidad especial.

La velada pasó de una forma tan apacible que mientras volvíamos a casa en una silla de mano, haciendo caso omiso de los gruñidos de los porteadores que esperaban que yo fuese andando, Helena se sintió impulsada a decir:

—Espero que, ahora que ya tenemos una hija, habrás notado la transformación.

—¿Qué quieres decir?

—Ya nadie se interesa en nosotros. —Sus ojos se llenaron de complicidad—. Nadie nos ha preguntado cuándo nos mudaríamos a una casa mejor.

—Ni cuándo buscaría un trabajo decente.

—O si la boda formal se celebrará...

—Si hubiese sabido que lo único que se necesitaba era tener un hijo, hace tiempo que habría pedido prestado uno a alguien.

Helena miró a Julia. Fatigada tras largas horas de continuos halagos, dormía profundamente. Al cabo de una hora, cuando yo me dispusiera a acostarme, todo eso cambiaría. Los investigadores no solían estar casados, ésa era una de las razones. En cambio, una vigilancia nocturna en una calle lejos de casa, aunque en ella hubiese una curtiduría, una tienda ilegal de pescado adobado y estuviese plagada de prostitutas que apestasen a ajo y cuyos chulos llevaran navajas, empezaba a ofrecer atracciones inesperadas. Un hombre que sabe cuidar de sí mismo puede echar una cabezada reparadora en el pórtico de una tienda.

—Y lo de Eliano y Claudia, ¿qué te parece? —preguntó mi amada.

—A tus padres, pese a su blando carácter, les gusta emprender acciones rápidas.

—Espero que salga bien. —Su tono de voz sonaba neutral y eso significaba que estaba preocupada.

—Bueno, ella ha aceptado. Tu padre es un hombre justo, y tu madre no permitiría que Eliano quedara atrapado en un matrimonio que no le conviene. Sin embargo, necesitan muchísimo el dinero de Claudia. —Tras una pausa, le pregunté en voz baja—: Y tu madre, ¿qué dijo cuando te casaste con el cabrón de Pertinax?

—No dijo mucho.

La madre de Helena siempre me había detestado, lo cual demostraba que en sus opiniones no había nada erróneo. El primer matrimonio de Helena Justina lo sugirió su tío, el mismo al que yo tiré después a una alcantarilla, por sus propias acciones fraudulentas, y en esa época hasta a Julia Justina le habría resultado difícil oponerse a esa boda. Helena soportó a Pertinax todo lo que pudo y luego, sin consultas previas, solicitó el divorcio. La familia del marido intentó la reconciliación, pero en esos momentos me conoció a mí y ahí acabó todo.

—Antes de que lleguen sus abuelos, sería mejor que hablásemos con Claudia —dije. Como habíamos traído a la chica hasta Roma, ambos nos sentíamos responsables.

—He charlado un poco con ella mientras te has ido con mi padre a su despacho. Y por cierto —prosiguió Helena con cariño—, ¿qué andabais tramando?

—Nada, querida. Simplemente aguanté que se quejara un rato más del censo.

En realidad, había puesto a prueba una idea con Camilo Vero. Su mención del censo me había sugerido una manera de ganar dinero. No quiero decir que estuviera ejerciendo mi autoridad al no contárselo a Helena, pero me divertía pensar cuánto tardaría en sonsacarnos los detalles de lo hablado, a él o a mí. Entre Helena y yo no había secretos, pero hay ciertos planes que son cosa de hombres. O eso es lo que nos gusta creer.

X

Glauco, mi preparador, era tan afilado como la zarpa de un gato. Era un liberto de Cilicia, bajo y de anchas espaldas, que regentaba una casa de baños dos calles detrás el templo de Cástor. Tenía un selecto gimnasio para personas que, como yo, tenían razones de vida o muerte para mantener el cuerpo en forma. Había también una librería y una pastelería para otros clientes, una discreta clase media que podía permitirse pagar sus cuotas y cuyos hábitos moderados nunca alteraban la relajada atmósfera que allí se respiraba. Glauco sólo admitía como socios a personas que le fueran presentadas personalmente.

Conocía a sus clientes mejor de lo que éstos se conocían a sí mismos, pero probablemente ninguno de nosotros fuésemos sus íntimos amigos. Después de pasarse veinte años escuchando los secretos que le revelaban los demás mientras él trabajaba en su tono muscular, sabía evitar la trampa de la amistad. Sin embargo, era capaz de sonsacar información comprometida con la misma facilidad que un tordo sacaba un caracol de su caparazón.

Yo le tenía bien tomadas las medidas. Cuando empezó el proceso de extracción, sonreí y le dije:

—Sigue preguntándome si este año tengo previsto hacer vacaciones.

—Estás gordo y tu bronceado es ridículo. Estás tan relajado que me sorprende que no te desplomes al suelo. Yo diría, Falco, que te has pasado un tiempo por ahí, tumbado al sol, en una granja.

—Sí, era espantosamente rural, pero todo lo que hice fue trabajar.

–Me han dicho que has sido padre.

–Así es.

–Supongo que finalmente te has visto obligado a replantearte tu actitud perezosa hacia el trabajo. Has dado un gran salto hacia adelante y ahora te has asociado con Petronio Longo.

–Tienes los oídos bien abiertos, ¿eh?

–Me mantengo al día. Y antes de que me lo preguntes –dijo Glauco con firmeza–, el agua de esta casa de baños procede del Aqua Marcia. Tiene fama de ser la más fría y pura. No quiero oír rumores acerca de que un par de intrigantes como vosotros dos os dedicáis a buscar cosas desagradables en el depósito.

–Sólo lo hacemos por afición. Incluso me extraña que lo sepas. Petro y yo nos hemos anunciado como especialistas en divorcios y herencias.

–No trates de engañarme, Falco. Yo soy la persona que sabe que tu pierna izquierda está débil debido a una fractura que sufriste hace tres años y que las viejas fracturas de las costillas todavía te duelen cuando sopla viento del noroeste. Te gusta pelear con una daga pero tu lucha es digna, tienes los pies en buen estado pero tu hombro derecho es vulnerable, puedes soltar un puñetazo pero apuntas demasiado bajo y no tienes ningún reparo en patear a tu contrincante en los huevos.

–Lo dices como si fuera un auténtico desastre. ¿Algún otro detalle personal?

–Comes demasiado en las *cauponas* de la calle y detestas a las pelirrojas.

–Ahórrame ese sutil teatro rural de Cilicia.

–Lo único que voy a decir es que sé lo que Petronio y tú os traéis entre manos.

–Petro y yo sólo somos unos excéntricos inofensivos. ¿Sospechas de nosotros?

–¿Los asnos no cagan? Sé muy bien lo que habéis anunciado –me dijo Glauco con amargura–. Todos los clientes de hoy estaban al corriente de ello: Falco y Asociado ofrecen una sustanciosa recompensa por cualquier información relacionada con partes corporales desmembradas que hayan sido encontradas en los acueductos.

La palabra «recompensa» obró en mí un efecto más rápido que un laxante. Con la pierna izquierda debilitada o no, salí de su discreto establecimiento tan pronto como me vestí. Pero cuando subí corriendo las escaleras del apartamento de la plaza de la Fuente, en un intento de que Petronio se retractara de su peligrosa oferta, ya era demasiado tarde. Alguien había llegado antes que yo, con otra mano de cadáver.

XI

—Escucha, idiota, si vas por ahí ofreciendo recompensas en nombre de mi empresa, será mejor que anuncies sólo tus servicios.

—Tranquilízate, Falco.

—Enséñame el color de tus denarios.

—¿Quieres callarte, por favor? Estoy atendiendo a una visita.

La visita era exactamente del tipo que yo esperaba que acudiera a por una recompensa: un desagradable individuo de los bajos fondos. Petronio no tenía ni idea. Para tratarse de una persona que llevaba siete años arrestando delincuentes, era demasiado inocente. Si no lo frenaba, me arruinaría.

—Y entonces, ¿qué pasa? —preguntó el visitante—. ¿Qué ocurre con el dinero?

—Nada —respondió Petro.

—Todo —dije yo.

—Me han dicho que aquí daban recompensas —se quejó el hombre en tono acusador.

—Depende. —Yo me estaba poniendo nervioso, pero la experiencia me había enseñado a cumplir cualquier promesa que hubiera hecho venir a un hombre como aquél. Nadie sube seis pisos para ver a un investigador a menos que esté en una situación desesperada o crea que lo que sabe vale mucho dinero en efectivo.

Miré la presa de Petro. Su estatura era de unos treinta centímetros más baja que lo habitual, y se le veía mal alimentado y sucio. Su túnica estaba raída, era una mugrienta prenda marrón que le colgaba de los hombros gracias a unos cuantos jirones de lana. Las cejas se le unían en medio de la frente. Una barba dura como cerdas de cepillo le cubría la prominente barbilla y los pómulos hasta llegar casi a las bolsas que tenía bajo los ojos. Sus ancestros tal vez fueron reyes de la Capadocia pero, sin lugar a dudas, aquel hombre era un esclavo público.

En sus pies, que se veían tan planos como palas de panadero, llevaba unos burdos zuecos. Tenían suelas gruesas pero que no lo protegían del agua. Sus calcetines de fieltro estaban negros y rezumaban. Unos charcos señalaban su recorrido por la habitación, y en el lugar donde se había detenido empezaba a formarse un pequeño lago.

—¿Cómo te llamas? —preguntó Petronio en tono altivo, intentando hacer valer su autoridad. Me apoyé en la mesa y puse los pulgares en el cinturón. Estaba molesto. A aquel tipo no tenía por qué decírselo, pero Petronio ya lo captaría por mi actitud—. Repito, ¿cómo te llamas?

—¿Para qué necesita saberlo?

—¿Por qué quieres que sea un secreto? —Petro frunció el ceño.

—No tengo nada que ocultar.

—Eso es encomiable. Yo soy Petronio Longo y él es Falco.

—Yo soy Cordo —admitió a regañadientes el hombre.

—¿Y eres un esclavo público que trabaja para el Departamento de Acueductos?

—¿Cómo lo sabe?

—Dado lo que nos has traído, sería lo más lógico. —Vi que Petro hacía un esfuerzo por controlarse. Todos miramos la mano nueva y enseguida desviamos la vista—. ¿Para qué familia trabajas? —preguntó Petro para no tener que hablar de la mano.

—Trabajo para el Estado. —La Compañía de Aguas utilizaba dos grupos de esclavos públicos, uno derivado de la organización original establecida por Agripa y que, en esos momentos, controlaba el Estado por completo, y el otro creado por Claudio y que todavía pertenecía, en parte, al palacio del emperador. No había ninguna razón de peso para perpetuar esas dos familias. Ambas tenían que ser una sola fuerza de trabajo. Era el típico jaleo burocrático con las consiguientes posibilidades de corrupción. La ineficacia aumentaba ya que en esos días los principales programas de obras los realizaban contratistas privados en vez de la mano de obra esclava. No era, pues, extraño que el Aqua Appia siempre tuviera escapes.

–¿De qué trabajas, Cordo?

–Soy albañil. Venno es mi capataz. No sabe que he encontrado eso...

Sin ganas, todos volvimos a mirar la mano.

Era una oscura, hedionda y podrida pesadilla, reconocible sólo porque estábamos del humor adecuado para ver lo que era. Su estado era deprimente, y no estaba entera. Como en la primera, faltaban dedos y sólo quedaba el pulgar, unido por unos jirones de piel seca, aunque la articulación principal también había desaparecido. Quizá las ratas se comieron los dedos, tal vez les ocurriera algo aún más horrible.

El despojo estaba en un plato, uno de mis mejores platos, descubrí molesto, situado encima de un taburete que se encontraba entre Petronio y su visitante, lo más lejos posible de ambos. En una habitación tan pequeña aún estaba demasiado cerca. Me senté más hacia la mesa, en dirección opuesta. Por la ventana entró una mosca, se acercó a olerla y se marchó alarmada. Mirar aquel objeto nos cambiaba el estado de ánimo a todos.

–¿Dónde la encontraste? –preguntó Petronio en voz baja.

–En el Aqua Marcia. –Qué mala suerte, Glauco, ¡vaya con los baños en aguas cristalinas!–. Subí a una de las compuertas más altas con un encargado para ver si teníamos que rascar las paredes.

–¿Rascarlas?

–Un trabajo delicado. Quedan cubiertas de barro, legado. De un grosor como el de su pierna. Lo tenemos que quitar continuamente porque, si no, toda la presa se obstruiría.

–En esos momentos, ¿había agua en el acueducto?

–Claro. Cerrar del todo el Marcia es casi imposible. Tantas cosas dependen de él, y si mandamos agua de calidad inferior porque utilizamos otra ramificación, los peces gordos empiezan a quejarse.

–¿Y cómo encontraste la mano?

–Llegó flotando y dijo «hola».

Petronio dejó de hacer preguntas. Parecía que, por una vez, deseaba que lo interrumpiera, pero a mí no se me ocurría cómo intervenir. Igual que él, me sentía un poco mareado.

–Cuando me tocó la rodilla, di un salto de un kilómetro, se lo aseguro. ¿Sabe de quién es? –preguntó el esclavo con curiosidad. Creía que teníamos respuestas a preguntas imposibles.

–Todavía no.

–Espero que lo averigüen. –El esclavo intentaba consolarse a sí mismo. Quería creer que de todo aquello saldría algo útil.

–Lo intentaremos. –Petro estaba deprimido. Ambos sabíamos que no lo lograríamos.

–Y entonces, ¿qué pasa con el dinero? –Cordo se veía molesto. Era obvio que, si le pagábamos algo, su reserva desaparecería–. Si quiere que le sea sincero, no he venido por la recompensa, ¿sabe? –Petronio y yo lo miramos con franco interés–. Supe que habían estado por ahí, haciendo preguntas, y pensé que debía traérsela... Lo que no me gustaría es que mis jefes se enterasen.

Petronio estudió al esclavo con una expresión afable y dijo:

–Supongo que si aparece algo de estas características, lo que hay que hacer es guardar el secreto para no perder la confianza de la gente, ¿verdad?

–¡Exacto! –convino Cordo, emocionado.

–¿Cuántos otros trozos de cadáveres has encontrado hasta ahora? –le pregunté. Ver que una segunda persona se tomaba interés en el asunto lo animó. Debió de pensar que, en el fondo, nos gustaba lo que nos había traído y que tal vez pagaríamos más.

–Bueno, yo no, legado, pero se sorprendería si le contara. En el agua aparecen cosas de todo tipo, y he oído cada historia...

–¿Algún cuerpo sin manos?

–Brazos y piernas, legado. –Pensé que eran rumores e intuí que Petro opinaba lo mismo.

–¿Has visto alguno?

–Yo no, pero un compañero mío sí. –En Roma todo el mundo tiene un compañero con una vida mucho más interesante que la propia. Lo curioso del caso es que nunca se llega a conocer a ese compañero.

–La mano, ¿es tu primer gran descubrimiento? –pregunté, para alimentar su orgullo.

–Sí, señor.

Miré abiertamente a Petronio. Éste cruzó los brazos. Yo hice lo mismo. Fingimos mantener una conversación en silencio. En realidad, estábamos los dos muy desalentados.

–Cordo –pregunté–, ¿sabes si las aguas del Aqua Appia y del Aqua Marcia nacen en el mismo sitio?

–No lo sé, legado. No me pregunte nada sobre acueductos. Sólo soy un albañil de las obras, no sé nada de aspectos técnicos.

–¡Qué pena! –sonreí–. Esperaba que nos ahorrases tener que hablar con alguno de los peces gordos de la supervisión hidráulica.

Se le veía cabizbajo.

Probablemente era un villano, pero nos había convencido de que sus intenciones eran buenas. Nosotros sabíamos lo dura que era la vida para los esclavos públicos, por lo que ambos nos hurgamos los bolsillos. Entre los dos reunimos tres cuartos de denario en moneda pequeña. Cordo parecía encantado. Media hora en nuestro cubil de la plaza de la Fuente le habían convencido de que lo máximo que podía esperar de dos idiotas como nosotros era una patada en el culo y un empujón escaleras abajo. Unas cuantas monedas de cobre eran mejor que eso, y vio que nos dejaba sin blanca.

Cuando se marchó, Petronio se puso las botas de salir a la calle y se marchó a quitar nuestro cartel en el que ofrecíamos una recompensa. Yo saqué el taburete con la mano encima al balcón pero una paloma se acercó a mordisquearla, por lo que volví a meterla dentro y utilicé el cubo de la basura de Petronio, puesto boca abajo, para taparla. Seguro que se acordaría de todos mis muertos pero, para aquel entonces, yo estaría al otro lado de la calle, recluido a puerta cerrada con Helena. Lo mejor de tener un socio era que podía dejar que se pasase toda la noche siguiendo una pista nueva. Como ejecutivo, podía olvidarme de todo hasta el día siguiente, en el que entraría en la oficina, renovado y lleno de nuevas ideas inviables, y preguntaría con tono preocupado qué soluciones nuevas había encontrado mi empleado.

Algunos hemos nacido para directores.

XII

El inspector de acueductos era un liberto imperial. Se trataba, con toda probabilidad, de un griego culto y refinado. Con toda probabilidad hacía su trabajo con entrega y eficacia. Digo «con toda probabilidad» porque Petro y yo no llegamos a verlo. Aquel distinguido oficial estaba demasiado ocupado siendo culto y refinado y no tenía tiempo para concedernos una entrevista.

Petronio y yo perdimos una mañana en su oficina del Foro. Vimos una larga procesión de capataces de las bandas de esclavos públicos que entraban a recibir las órdenes del día y luego salían de nuevo sin dirigirnos la palabra. Hablamos con varios miembros de un secretariado siempre cambiante, los cuales nos trataron con diplomacia y hasta con cortesía, algunos de ellos. Estaba claro que el señor de las aguas no recibía a la gente, sobre todo si ésta quería preguntarle cómo evitar que hubiera trozos de cadáveres en las canalizaciones. El hecho de ser investigadores no nos ayudó. Probablemente.

Se nos permitió presentar un escrito en el que expresábamos nuestra preocupación, aunque un sincero escriba que le echó una ojeada nos dijo que el encargado no querría saber nada. Aquello, al menos, ya no era probable. Era definitivo.

La única manera de evitar todo aquello sería aprovecharnos del rango del inspector. Esas tácticas mezquinas no me gustaban; bueno, yo rara vez conocía a nadie lo bastante importante como para poder aprovecharme de él. Eso quedaba descartado.

Sin embargo, seguí sopesando posibilidades. Petro empezó a enfadarse y a decir que todo aquello olía muy mal. En realidad, quería salir a tomar algo. Sin embargo, a mí siempre me ha gustado considerar la perspectiva histórica: la Compañía de Aguas era una empresa vital para el Estado, lo había sido durante siglos. Su burocracia era un elaborado micelio cuyos tentáculos negros subían hasta lo más alto. Como siempre que había podido meter la nariz en algún sitio lo había hecho, el emperador Augusto aprobó unos procedimientos adicionales, que obligaban a una supervisión más estricta pero también le servían para estar mejor informado.

Yo sabía que, para los acueductos, había una comisión formada por tres senadores de rango consular. Mientras desempeñaban su función, cada uno de ellos estaba autorizado a ser precedido de dos lictores. Cada uno iba también acompañado por un impresionante séquito de tres esclavos que le llevaban el pañuelo, un secretario, y un arquitecto más unos cuantos oficiales de rango más vago. Las dietas y los sueldos de todo ese personal salían de los fondos públicos, y los comisarios tenían acceso al papel y a otros suministros útiles, parte de los cuales se llevaban a casa para su uso privado, a la manera tradicional.

Esos ricos y viejos excéntricos tenían un rango más elevado que el inspector de acueductos. Tentar a uno de ellos para que se interesase en nuestra historia podía actuar como un muelle bajo las posaderas del inspector. Por desgracia para nosotros, los tres comisarios consulares desempeñaban a la vez otros cargos públicos importantes en los gobiernos de las provincias extranjeras. Esa práctica era factible porque la comisión sólo se reunía oficialmente para inspeccionar los acueductos tres meses al año, y agosto no era uno de ellos.

Estábamos atascados. Tampoco era raro. Acepté que Petronio tenía razón desde el principio. Consolamos nuestros sentimientos heridos a la manera tradicional: almorzando en un bar.

Después, y haciendo algunas eses, Petronio Longo me llevó al mejor lugar que conocía para dormir la cogorza, su antiguo cuartelillo. Ese día no había ni rastro de Fúsculo.

–Ha salido a visitar a su tía, jefe –dijo Sergio.

Sergio era el oficial de castigo de la Cuarta Cohorte, un hombre de constitución perfecta, siempre en forma debido a la acción, y muy atractivo. Estaba sentado en el banco de fuera y blandía ligeramente el látigo para matar hormigas. Sus objetivos eran asesinos. Sus músculos se marcaban agresivamente bajo la túnica marrón. Llevaba un ancho cinturón que realzaba su estómago plano y su bien formado tórax. Sergio se cuidaba. También sabía ocuparse de los problemas. En el barrio, nadie que creara problemas y después se las tuviera con Sergio reincidía. Al menos, su piel bronceada, su nariz recta como una daga y sus destellantes dientes componían un recuerdo estético para el malhechor, mientras éstos se desmayaban bajo las caricias de su látigo. Ser pegado por Sergio era participar en una forma de arte refinado de la clase alta.

–¿Qué tía? –preguntó Petro.

–Esa a la que va a ver cuando necesita tomarse un día libre. –Todos los vigiles eran expertos padeciendo terribles dolores de muelas o buscándose parientes muertos a cuyo funeral asistir. Su trabajo era duro, estaba mal pagado y era peligroso. Inventarse excusas para librarse de él era un alivio necesario.

–Lamentará no haber estado. –Desenvolví la mano con un gesto teatral y la arrojé al banco, junto a Sergio–. Le hemos traído otro trozo de budín negro.

–¡Ug! Una rebanada un poco gruesa, ¿no les parece? –dijo Sergio sin moverse de su sitio. Mi teoría era que carecía de emociones. Sin embargo, comprendió lo que nos alteraba a los demás–. Después del último regalo que le trajeron, Fúsculo juró solemnemente no volver a comer carne, desde entonces sólo come col con crema de estragón. ¿En qué *caupona* les han servido esto? –De algún modo Sergio adivinó que acabábamos de almorzar–. Tendrían que denunciar ese sitio a los ediles por ser un peligro para la salud pública.

–Un esclavo público sacó la mano del Aqua Marcia.

–Probablemente sea una maniobra de los productores de vino –rió Sergio–. Para convencer a la gente de que deje de beber agua.

–A nosotros ya nos han convencido –dije canturreando.

–Eso es evidente, Falco.

–¿Dónde está la otra mano? –preguntó Petro–. Queremos saber si tenemos el par.

Sergio ordenó a un empleado que fuera a buscarla al museo donde, al parecer, causó gran sensación. Cuando llegó, él mismo la puso en el banco, al lado de la nueva, como si acabase de juntar un par de guantes contra el frío. Tuvo que sujetar el pulgar de la segunda para ponerlo en la posición correcta.

—Dos derechas —dijo.

—Es difícil de saber —Petronio retrocedió un paso. Advertía que la nueva estaba muy descompuesta. A fin de cuentas, había pasado una noche con ella en el mismo apartamento, y esa experiencia empezaba a alterarlo.

—Faltan muchos trozos, pero ésta es la posición del pulgar, y las dos están con la palma hacia arriba. Son dos derechas, se lo aseguro —insistió Sergio, aunque no quiso provocar una discusión. Casi nunca lo necesitaba. La gente veía el látigo y le daba la razón.

—Entonces hay dos cuerpos distintos —aceptó Petronio en tono siniestro.

—¿El mismo asesino?

—Puede ser una coincidencia.

—Las pulgas se dormirían antes que morderlas —se burló Sergio. Decidió llamar a gritos a Scythax para que éste diera una opinión profesional.

Scythax, el médico de la tropa, era un austero liberto oriental, y llevaba el cabello en ángulo perfecto con las cejas, como si se lo hubiese cortado aplicándose una ventosa en la cabeza. Su hermano fue asesinado el año anterior, lo que le había vuelto aún más taciturno. Cuando habló, su tono era suspicaz y deprimente, aunque eso no excluía los chistes médicos.

—Lo siento, pero no puedo hacer nada por este paciente.

—¡Pruébalo, Hipócrates! Tal vez sea muy rico. Siempre intentan rehacerse de cualquier percance físico, y pagan muy bien una mínima posibilidad de vida extra.

—Eres un payaso, Falco.

—Bueno, no esperamos que vuelvas a coserlas en su sitio.

—¿Quién las ha perdido?

—No lo sabemos.

—¿Qué te parecen? —le preguntó Petro.

Sergio expuso la teoría de que esas dos manos pertenecían a personas distintas. Scythax estuvo callado tanto tiempo que empezamos a dudar de ello, pero al final lo confirmó. Era un auténtico médico, lo único que quería era preocupar a la gente con su aire superior y científico.

–¿Son cuerpos de hombre? –preguntó Petro en voz baja.

–Tal vez sí o tal vez no. –El médico fue tan claro como una carretera que cruza una marisma en medio de la bruma–. Tal vez no. Son demasiado pequeñas. Probablemente sean de mujeres, niños o esclavos.

–¿Y tienes idea de cómo fueron separadas de sus respectivos brazos? –quise saber–. ¿Es posible que los perros o las zorras las hayan sacado de sus tumbas? –Antes de que enterrar cuerpos fuese declarado ilegal dentro de los límites de la ciudad, había un cementerio en la colina de Esquilino. La zona todavía apestaba. Lo habían convertido en un parque pero no me gustaría tener que plantar flores allí.

Scythax miró las manos de nuevo, sin ganas de tocarlas. Sin ningún reparo, Sergio cogió una de ellas y la sostuvo ante los ojos del doctor para que éste pudiera examinar la muñeca. Scythax retrocedió de un salto. Frunció los labios en una mueca de asco y dijo:

–No veo marcas de dientes de animales, es como si hubiesen cortado las muñecas con una sierra.

–¡Entonces es un asesinato! –gritó Sergio alborozado. Se puso la mano ante la cara y la miró fijamente, como si inspeccionara una pequeña tortuga.

–¿Qué tipo de sierra? –preguntó Petro al médico.

–No tengo ni idea.

–¿Fue un trabajo limpio?

–La mano está demasiado descompuesta para saberlo.

–Mira también la otra –intervine. Sergio dejó caer la primera y ofreció el segundo resto a Scythax, que se puso aún más pálido al ver que el pulgar no se sostenía.

–Es imposible saber lo que ha ocurrido.

–La cantidad de muñeca que queda en ambas es casi la misma.

–Cierto, Falco. Tienen un poco de hueso del brazo. No es una separación normal, por la articulación, como podría ocurrir en caso de mera descomposición.

Sergio dejó la segunda mano en el banco y puso el pulgar en la posición que consideraba la natura

–Gracias, Scythax –dijo Petro con seriedad.

–No tienes por qué darlas –murmuró el doctor–. Si aparecen más trozos de esas personas, consulta a otro médico, por favor. –Miró furibundo a Sergio–. Y tú, lávate las manos. –Eso no tenía mucho sentido si toda el agua procedía de acueductos contaminados.

–Tómate un sobre de polvos para el dolor de cabeza y túmbate un rato –recomendó chistoso Sergio mientras el médico se marchaba a toda prisa. Scythax era famoso por su renuencia a prescribir ese remedio a la gente que lo necesitaba. A los vigiles enfermos solía decirles que volvieran al trabajo e hicieran mucho ejercicio. Con los vivos era un hombre muy duro. Al parecer, con nuestros siniestros trozos de muertos habíamos tocado su fibra sensible.

Y la nuestra también, claro.

XIII

Al día siguiente quedó claro que los esclavos públicos de la Compañía de Aguas habían estado hablando entre ellos. Habían creado una competición para ver quién encontraba la «prueba» más repulsiva y convencernos de que les permitiéramos entregarla. Venían corriendo a la plaza de la Fuente, con aire manso e inocente, llevando paquetes a escondidas. Eran unos cabrones. Lo que nos ofrecían no servía para nada y olía muy mal. En ocasiones sabíamos qué era lo que nos traían. La mayor parte de las veces preferíamos no saberlo. Teníamos que soportar todo aquello por si acaso se presentaban con algo útil.

—Bueno, eso era lo que querías, ¿no? –dijo Helena.

—No, querida. Lucio Petronio Longo, mi maravilloso socio nuevo, fue el idiota que lo pidió.

—¿No os lleváis bien? –preguntó preocupada.

—Acabo de responder a eso.

Cuando los esclavos convencieron a sus capataces de que participaran en el juego, Petro y yo cerramos la oficina y nos retiramos a mi nuevo apartamento. Helena aprovechó la ocasión y en un abrir y cerrar de ojos se puso una hermosa túnica roja, unas cuentas de cristal en las orejas y un sombrero para protegerse del sol. Iba a salir a visitar una escuela para huérfanos de la que era la benefactora. Le dije que se llevara a *Nux* como protección. Julia cuidaría de mí.

El asunto de la niña suscitó cierta fricción.

—No puedo creer que permitas esto –gruñó Petronio.

—Con Helena tiendo a no utilizar el verbo «permitir».

—Eres un estúpido, Falco. ¿Cómo quieres hacer bien el trabajo si a la vez debes hacer de niñera?

–Estoy acostumbrado a ello. Marina siempre me dejaba a Marcia. –Marina era la novia de mi fallecido hermano, una mujer que sabía sangrar con sanguijuelas. Yo quería mucho a la pequeña Marcia, algo de lo que Marina se aprovechaba con destreza. Después de la muerte de Festo, Marina explotó mi simpatía, mi sentimiento de culpabilidad y su desvergonzada afición al dinero.

–Tiene que haber unas normas –prosiguió Petro en tono sombrío. Estaba sentado en el porche delantero con sus grandes pies apoyados en la podrida barandilla, bloqueando el paso por las escaleras. A falta de acción, se comía una taza de ciruelas damascenas–. Debemos parecer profesionales.

Le recordé que la razón principal de que pareciéramos perros vagabundos en un mercado era que nos pasábamos el día tomando vino en las bodegas porque no habíamos conseguido encontrar clientes que pagasen.

–Julia no molesta. Lo único que hace es dormir.

–¡Y llorar! ¿Cómo puedes impresionar a los visitantes con un recién nacido llorando en una manta encima de una mesa? ¿Cómo puedes interrogar a un sospechoso mientras le limpias el culito? Por todos los dioses, Falco, ¿cómo puedes realizar una vigilancia discreta si llevas una cuna atada a la espalda?

–Ya me las apañaré.

–Cuando te encuentres en una refriega y los matones cojan a la niña como rehén, todo será otra historia.

Callé. Por ahí me había pescado, y aún no había terminado.

–¿Cómo puedes disfrutar de una jarra de vino y una tranquila charla en una tasca? –Cuando mi amigo empezaba una lista de quejas, solía ampliarla a una enciclopedia de seis volúmenes.

Para que callase, le sugerí que saliéramos a almorzar. Este aspecto de nuestra vida como autónomos lo animó, como siempre, y nos fuimos llevándonos a Julia. Poco antes de que la niña tuviera que comer, volveríamos a casa y se la daríamos a Helena, pero un almuerzo ligero, tomado por una vez con vino mezclado con agua, nos sentaría bien, le dije.

–¡Vete al Hades con esa promesa de vida abstemia! –replicó.

Cuando volvimos Helena aún no había regresado, por lo que nos aposentamos de nuevo en el porche como si no nos hubiéramos movido de allí desde su marcha. Para darle más fuerza al engaño, reanudamos la discusión que teníamos comenzada.

Podríamos charlar horas y horas. Era como ser otra vez legionarios y tener de nuevo dieciocho años. En nuestro destacamento en Bretaña, habíamos malgastado días debatiendo cuestiones inútiles, que eran nuestro único pasatiempo en las obligatorias horas de guardia que se intercalaban entre las borracheras de cerveza celta y las promesas de que ésa sería la noche en que perderíamos la virginidad con una de las prostitutas baratas del campamento. Pero nunca teníamos dinero para ello, toda nuestra mísera paga se iba en cerveza.

Pero nuestro simposio en el porche iba a ser interrumpido. Observamos con interés el tumulto que se formaba.

–Mira esa manada de idiotas.

–Parece que se han perdido.

–Se han perdido y son imbéciles.

–Entonces seguro que te buscan a ti.

–No, yo diría que te buscan a ti.

Había tres pesos muertos y un adormilado patán que parecía ser el líder. Vestían túnicas raídas que hasta mi frugal madre hubiera utilizado como trapos para el suelo. Cinturones de cuerda, dobladillos deshilachados, costuras descosidas, mangas rotas. Cuando los vimos por primera vez, rondaban por la plaza de la Fuente como un rebaño de ovejas perdidas. Daba la impresión de que habían venido a algo concreto pero lo habían olvidado. Alguien los había mandado, ya que ese grupo no tenía seso suficiente para tramar un plan por sí mismo. Era obvio que quien los mandaba les dio instrucciones abundantes, pero había perdido el tiempo.

Al cabo de un rato se congregaron en la lavandería de enfrente. Los vimos discutir si se aventuraban a entrar hasta que apareció Lenia. Debió pensar que querían robarle las mejores prendas que tenía tendidas a secar, por lo que salió para ayudarlos a elegir las mejores. Era evidente que las necesitaban, pues su aspecto era deplorable.

Mantuvieron una larga conversación, tras la cual, los tres monigotes se encaminaron hasta las escaleras de piedra que los llevarían, si insistían, a mi apartamento en lo alto del edificio. Supusimos que Lenia les había dicho también que si no nos encontraban, no se habrían perdido nada. Como era habitual en ella, no les indicó que estábamos sentados al otro lado de la calle.

Pasado un buen rato, los cuatro estupefactos personajes bajaron a la calle y se quedaron allí un momento. Entre ellos se entabló una confusa discusión. Luego, uno de ellos vio a Casio, el panadero, cuya tienda se había quemado en los desgraciados ritos matrimoniales de Lenia. El líder le pidió un panecillo y, probablemente, preguntó por nosotros de nuevo. Casio confesó y el subnormal volvió a reunirse con sus compañeros y les contó lo que sabía. Los tres se volvieron despacio y nos miraron.

Petro y yo no nos movimos. Él seguía sentado en el taburete con los pies en lo alto. Yo me apoyaba en el marco de la puerta y me limpiaba las uñas.

De repente, dejaron de hablar entre ellos y los cuatro mentecatos empezaron a caminar hacia nosotros. Los esperamos pacientemente.

—¿Son ustedes Falco y Petronio?

—¿Quién lo quiere saber?

—Contesten.

—Quienes seamos es asunto nuestro.

Una conversación típica entre desconocidos, de esas que se daban con frecuencia en el Aventino. Para una de las partes, la despedida solía ser corta, ruda y dolorosa. Los cuatro, a quienes sus madres no les habían enseñado a mantener la boca cerrada del todo ni a no rascarse continuamente los genitales, se preguntaron qué hacer.

—Buscamos a dos bastardos llamados Petronio y Falco. —El líder pensó que si lo repetía una y otra vez, acabaríamos confesando. Tal vez nadie le contó que habíamos servido en el ejército. Todos sabíamos obedecer órdenes y también hacerles caso omiso.

—Qué juego tan divertido —dijo Petronio.

—Sí, yo podría jugar todo el día.

Hubo una pausa. Sobre los tejados de los oscuros edificios apareció el feroz sol del mediodía. Las sombras quedaron reducidas a la nada. Las plantas de los balcones se desplomaban con sus huecos tallos. La paz había descendido sobre las sucias calles ya que todo el mundo se había metido en las casas para prepararse a soportar las horas más duras de la canícula estival. Era el momento de dormir y de fornicar sin esfuerzo. Sólo las hormigas seguían trabajando. Los gorriones aún volaban en círculos sobre el Aventino y el Capitolio, con sus agudos gorjeos, recortados contra el soberbio azul del cielo romano. Hasta el incesante ruido de un ábaco, procedente de un piso de arriba en el que el dueño de algo contaba su dinero, parecía remitir un poco.

Hacía demasiado calor para buscarse problemas, y demasiado calor como para que se los buscasen a uno. Aun así, uno de los idiotas tuvo la brillante idea de abalanzarse sobre mí.

XIV

Le golpeé con fuerza en el estómago antes de que consiguiera tocarme. Al mismo tiempo, Petro se puso en pie con un rápido movimiento. Ninguno de los dos perdió el tiempo gritando «oh, querido, ¿qué pasa? Lo sabíamos, sabíamos que era eso lo que iba a ocurrirnos».

Cogí al primer hombre por el cabello porque no había bastante túnica para agarrarlo por la ropa. Aquellos tipos estaban pasmados y como drogados. Ninguno de ellos tuvo ánimos para resistir. Pasándole un brazo por la cintura, cogí al líder y lo utilicé como barrendero para echar a los otros de las escaleras. Petro pensaba que aún tenía diecisiete años y quiso demostrarlo encaramándose a la barandilla y saltando a la calle. Con un respingo de dolor, quedó en posición de impedir el paso a la manada de imbéciles a medida que bajaban. Los cercamos y les dimos unos cuantos empujones sin demasiado esfuerzo y después los amontonamos en una pila.

Petro me estrechó la mano formalmente al tiempo que ponía la bota sobre el que estaba encima de todo.

–Dos a dos. Bien hecho.

–Su oposición fue lamentable –dije, mirándolos.

Nos apartamos un poco para que pudieran levantarse por sí solos. En pocos segundos, la plaza se había llenado de espectadores; Lenia debía de habérselo contado a alguien en la lavandería, porque todos sus barrileros y lavanderas habían salido a mirar. Alguien nos dedicaba gritos de aliento, la plaza de la Fuente tenía su lado sofisticado. Capté indicios de ironía. Cualquiera podía pensar que Petronio y yo éramos un par de gladiadores octogenarios que habían olvidado por unos instantes su jubilación para saltar contra un grupo de ladronzuelos de manzanas de seis años de edad.

—Ahora, hablad —les ordenó Petronio, con la voz de oficial de los vigiles—. ¿Quiénes sois, quién os manda y qué queréis?

—Eso no importa —se atrevió a decir el cabecilla, por lo que lo cogimos y nos lo tiramos el uno al otro como si fuera un saco de patatas, hasta que comprendió nuestra importancia en aquellas calles.

—Para, que el melón se está aplastando...

—Si no deja de hacer teatro, lo exprimiré por completo.

—¿Vas a ser bueno?

Jadeaba tanto que no podía contestar, por lo que lo pusimos de nuevo en pie. Petronio, que se lo estaba pasando de maravilla, señaló a las chicas de Lenia. Eran tan tiernas como las piedras, y juntas se convertían en un grupito chillón, malhablado y obsceno. Si te las encontrabas de frente, no cambiabas de acera, te metías por otra calle aunque lo único que quisieran fuese burlarse y sacarte dinero.

—Si nos das algún problema, te lanzaremos a esas bellezas. Seguro que no querrás que te lleven a su cuarto de planchar. El último hombre con el que se hicieron las arpías lavanderas estuvo desaparecido tres semanas. Lo encontramos colgado de un poste con los genitales al aire, y desde entonces todo el mundo se burla de él.

Las chicas hicieron gestos obscenos y se levantaron las faldas impúdicamente. Eran un público animado y agradecido.

Petro había proferido las amenazas, por lo que el interrogatorio era mío. Aquellos imbéciles se desmayarían si intentaba hacerlo con retórica sofisticada, y fui directamente al grano.

—Cuéntanos qué pasa.

—Tienen que dejar de meterse en el asunto de las fuentes obstruidas —dijo el líder con la cabeza colgando.

—¿Quién te ha dado ese dramático edicto?

—Eso no importa.

—A nosotros sí nos importa. ¿Comprendes?

—Sí.

—Podías haber empezado diciéndolo sin armar todo este escándalo.

—Usted saltó sobre uno de mis chicos.

—El gusano de tu secuaz me amenazó.

—¡Le ha hecho daño en el cuello!

—Pues tiene suerte de que no se lo haya roto. No volváis nunca más por esta parte del Aventino.

Miré a Petro. No tenían nada más que decirnos, y tal vez nos llegarían quejas legales si los golpeábamos demasiado, por lo que le dijimos al cabecilla que dejara de quejarse, que recompusiera a sus compañeros y que se marchasen.

Les dejamos que se adelantaran unos momentos, murmurando contra nosotros en voz baja, y cuando doblaron la esquina, les seguimos.

Tendríamos que haber descubierto por nosotros mismos adónde iban, pero seguirlos era un buen ejercicio práctico. Como no tenían ni idea de mantener la vigilancia, se trataba sólo de caminar tras ellos. Petronio incluso se detuvo a comprarse una empanada y luego me alcanzó. Seguimos el Aventino, bordeamos el circo y entramos en el Foro. Según cómo, eso no fue ninguna sorpresa.

Tan pronto como llegaron a la oficina del inspector de acueductos, Petro tiró las sobras de su tentempié a una alcantarilla y corrimos hacia el edificio. Cuando entramos, los cuatro chalados habían desaparecido y me acerqué a un escriba.

—¿Dónde están los funcionarios que acaban de entrar? Nos dijeron que los siguiéramos. —Señaló una puerta con un gesto de cabeza, Petro la abrió y ambos la cruzamos.

Justo a tiempo. Los cuatro pasmarotes empezaban a quejarse a su superior. Éste había advertido que los habíamos seguido y estaba a punto de ponerse en pie y abalanzarse hacia la puerta, pero al ver que era demasiado tarde, fingió haber saltado para acercarse a saludarnos. Luego hizo retirar a aquellos lamentables agentes del orden. Las presentaciones no fueron necesarias, conocíamos bien a aquel tipo: era Anácrites.

—Vaya, vaya —dijo.

—Vaya, vaya —replicamos.

—He aquí a nuestro hermano, que llevaba tanto tiempo desaparecido en el mar —dijo, dirigiéndose a Petro.

–¿No era el heredero desaparecido de tu padre?

–No, me aseguré de que lo expusieran en una colina digna de toda confianza. Seguro que ya se lo han comido los osos.

–Entonces, ¿éste quién es?

–Supongo que el impopular prestamista al que vamos a encerrar en el armario de las mantas antes de perder la llave...

Anácrites no conseguía disfrutar de nuestro sentido del humor. Sin embargo, no puede esperarse que un espía sea civilizado. Nos compadecimos de su herida en la cabeza y fingimos que no queríamos atacarlo, pero la película de sudor de su frente y la mirada preocupada de sus ojos medio cerrados nos indicaron que todavía pensaba que lo meteríamos en un cubo boca abajo hasta que dejara de hacer ruidos con la garganta.

Tomamos posesión de su oficina, apartamos algunos pergaminos y movimos los muebles. Decidimos no armar un gran alboroto. Éramos dos, uno de nosotros muy grande y ambos muy enfadados. Además, se suponía que Anácrites estaba enfermo.

–Bien, ¿y por qué nos amenazas por nuestra curiosidad inocente? –preguntó Petronio.

–Sois unos alarmistas.

–Lo que hemos descubierto es verdaderamente alarmante.

–No hay ningún motivo para intranquilizarse.

–Cada vez que oigo eso –intervine–, es en boca de un malvado burócrata que me miente.

–El inspector de acueductos se está tomando el asunto muy en serio.

–¿Por eso estás aquí, escondido en su oficina?

–Me han encomendado una misión especial.

–¿Limpiar las fuentes con una bonita esponja?

–Estoy asesorando al inspector, Falco –dijo con aire ofendido.

–No pierdas el tiempo. Cuando vinimos a denunciar que había cadáveres que obstruían el caudal, ese hijo de puta ni siquiera quiso recibirnos.

Anácrites recuperó la compostura y su aire de hombre modesto y amable que nos había robado el caso.

–Así funcionan las cosas en la empresa pública, amigo mío. Cuando deciden realizar una investigación nunca acuden al hombre que primero les alertó del problema. Desconfían de él porque tiende a creer que es un experto y defiende teorías excéntricas. Y entonces, contratan a un profesional.

–¿Te refieres a un novato incompetente sin verdadero interés?

Sonrió con presunción y aire de triunfo.

Petronio y yo intercambiamos una gélida mirada, nos pusimos en pie de un salto y nos marchamos de allí. Habíamos perdido la investigación a manos del jefe del Servicio Secreto. Pese a tener la baja por enfermedad, Anácrites tenía más influencia que nosotros dos juntos. Bien, allí acababa nuestro interés por ayudar al Estado. En vez de eso, nos dedicaríamos a atender clientes particulares. Además, yo recordé algo terrible: había salido sin Julia. Por todos los dioses, había dejado a mi hija de tres meses completamente sola en una zona peligrosa del Aventino, en una casa vacía.

–Bueno, pero el no llevar a la niña nos hace parecer más profesionales –dijo Petro.

–No le pasará nada... Espero. Lo que me preocupa es que Helena ya habrá vuelto y sabrá lo que hemos hecho.

Hacía demasiado calor para correr. Sin embargo, volvimos a casa al paso más rápido que pudimos.

Cuando subimos las escaleras, enseguida nos quedó claro que Julia estaba a salvo y que tenía abundante compañía. Dentro se oían voces de mujeres que hablaban a ritmo pausado. Intercambiamos una mirada que sólo podía calificarse de pensativa, y luego entramos mirando si, en nuestra opinión, había sucedido algo inoportuno. Una de las mujeres era Helena Justina y daba de mamar a la niña. No dijo nada, pero sus ojos se encontraron con los míos en un grado de calor abrasador que habría fundido las alas de Ícaro cuando éste voló demasiado cerca del sol. La otra era una propuesta aún más fiera: Arria Silvia, la mujer de la que Petro se había separado.

XV

–No hace falta que mires tanto, no he traído a las niñas. –Se apresuró a decir Silvia, que no quería perder el tiempo. Era una chispa diminuta y pulcra como una muñeca. Petronio se reía de ella como si sólo tuviera un carácter enérgico, pero a mí me parecía del todo irrazonable. Entrelazó las manos con fuerza y gritó–: ¡En una zona como ésta no sabes con qué tipos pueden encontrarse! –A Silvia no le importaba ser brusca.

–También son mis hijas. –Petronio era el *paterfamilias*. Como había reconocido a las tres niñas al nacer, legalmente le pertenecían. Si quería dificultar las cosas, podía pedir que vivieran con él. Sin embargo, éramos plebeyos. No tenía manera de cuidarlas y Silvia lo sabía.

–¿Y por eso las has abandonado?

–Me he marchado porque tú me lo ordenaste.

La tranquilidad absoluta de Petro estaba enfureciendo a Silvia. Sabía sacarla por completo de sus casillas.

–¿Y eso te sorprende, hijo de puta?

La ira de Silvia lo volvía más terco. Cruzó los brazos y dijo:

–Bueno, ya lo arreglaremos.

–¡Siempre la misma respuesta para todo!

Helena y yo nos habíamos mantenido neutrales. Yo hubiera seguido de ese modo pero hubo un cese temporal de las hostilidades y Helena dijo:

–Lamento mucho veros a ambos de ese modo.

Silvia ladeó la cabeza y siguió con su actitud de yegua salvaje y Petro tuvo que darle algo más que un puñado de zanahorias para tranquilizarla.

–Tú no te metas, Helena.

Helena recuperó su expresión razonable, lo que significaba que le apetecía tirarle a Silvia una jarra de fruta por la cabeza.

–Lo único que quiero es dejar constancia de un hecho: Marco y yo siempre hemos envidiado vuestra maravillosa vida familiar.

Arria Silvia se puso en pie. Tenía una sonrisa perversa que, en algún momento, a Petronio debió de parecerle cautivadora, pero en esos instantes la utilizaba como arma letal.

–Bueno, ahora ya ves qué mentira ha sido. –Su ira se apagó de una manera que me resultó preocupante. Se marchaba. Petronio le salió al paso–. Lo siento.

–Me gustaría ver a mis hijas.

–A tus hijas les gustaría ver que su padre no recoge todos los capullos que caen a sus pies.

Petronio no se molestó en replicar. Se hizo a un lado y la dejó pasar.

Petro se quedó el tiempo suficiente para asegurarse de que no se encontraría con Arria Silvia cuando saliera a la calle y luego él también se marchó, sin nada más que decir.

Helena había terminado de dar palmadas a Julia para que eructase. En la mesa había un juguete nuevo que Silvia debía de haberle comprado. Ambos fingimos no verlo, pero sabíamos que, en aquellos instantes, su presencia allí nos resultaba incómoda. Helena dejó a la niña en la cuna, un privilegio que a veces me estaba permitido, aunque en aquel momento no.

–No volverá a ocurrir –prometí, sin necesidad de especificar qué.

–Por supuesto que no.

–No me estoy excusando.

–Si te marchaste, fue sin duda alguna porque tenías que hacer algo importantísimo.

–No hay nada más importante que la seguridad de la niña.

–Eso es lo que yo pienso.

Nos encontrábamos cada uno a un lado de la habitación. Hablábamos en voz baja para que la niña no se despertara. El tono era extrañamente ligero, cauteloso, sin que las advertencias de

Helena se endurecieran, como tampoco mis excusas. La encendida discusión de nuestros dos viejos amigos nos había afectado demasiado para querer pelear también nosotros.

–Tendremos que buscar una niñera –dijo Helena.

Aquella decisión razonable conllevaba consecuencias de importancia. O yo tendría que ceder y pedir prestada una mujer a los Camilo (que ya me la habían ofrecido y yo había rechazado con orgullo), o tendría que comprar una esclava. Esa era una innovación para la que yo no estaba preparado porque no tenía dinero para comprarla, alimentarla o vestirla, ni intenciones de expandir mi entorno doméstico mientras viviéramos en condiciones tan inestables y sin esperanzas de que esas condiciones mejorasen a corto plazo.

–Claro –dije.

Helena no respondió. El suave tejido de su vestido granate se adhería ligeramente a la cuna que había a sus pies. Yo todavía no había visto a la niña, aunque sabía a qué olería y qué cara pondría, y cómo bizquearía cuando me acercase. Del mismo modo, oía la respiración alterada de Helena, captaba su preocupación porque había dejado a la niña sola, y veía la tensión de la comisura de sus labios mientras luchaba contra los sentimientos contradictorios que tenía hacia mí. Tal vez podría ganarme de nuevo su amor si le dedicaba una amplia sonrisa, pero me importaba demasiado para intentarlo.

Era probable que en algún momento Petro hubiese sentido hacia su familia lo que yo entonces sentía hacia la mía. En lo fundamental, ni él ni Silvia habían cambiado y, sin embargo, era como si a él hubiese dejado de importarle que sus indiscreciones fueran evidentes y ella hubiera dejado de creer que Petronio era perfecto. Habían perdido la tolerancia doméstica que hace posible convivir con otra persona.

Helena debía preguntarse si algún día nos ocurriría lo mismo. Sin embargo, tal vez leyó la tristeza de mis ojos, porque cuando le tendí ambas manos, vino a mí. La tomé entre los brazos y permanecimos inmóviles. Su cuerpo era cálido y sus cabellos olían a romero. Como siempre, nuestros cuerpos se amoldaron uno al otro perfectamente.

–Oh, querida, lo siento mucho. Soy un desastre. ¿Por qué me elegiste?

–Un error de juicio. Y tú, ¿por qué me elegiste a mí?

–Porque pensaba que eras hermosa.

–Un engaño de la luz.

Retrocedí un poco y estudié su rostro. Estaba pálida, cansada y, sin embargo, tranquila y cabal. Ella sabía cómo tratarme. Sin soltarla, le di un suave beso en la mejilla, un saludo después de la separación. Yo creía en el ritual cotidiano.

Le pregunté por los huérfanos de su escuela, y me explicó lo que había hecho ese día, hablando formalmente pero sin que su tono de voz fuera recriminante. Luego me preguntó qué cosa tan importante había ocurrido para que me marchara y le conté lo que había sucedido con Anácrites.

–Así que nos ha robado el caso ante nuestras mismísimas narices. De todas formas, tampoco tiene solución, por lo que creo que deberíamos alegrarnos de que sea él quien se haga cargo de él.

–No irás a dejar esa investigación, ¿verdad, Marco?

–¿Crees que debería seguir adelante?

–Estabas esperando a que yo lo dijera –sonrió. Al cabo de un momento, añadió–: ¿Y Petro? ¿Qué quiere hacer?

–No se lo he preguntado. –Yo también hice una pausa y luego dije en tono burlón–: Siempre que algo me preocupa te lo cuento, ya sabes que eso no cambiará nunca.

–Vosotros dos sois compañeros.

–Sí, de trabajo. Pero tú eres mi compañera en la vida. –Yo había notado que aunque tanto Petro como yo estábamos trabajando en sociedad, yo quería seguir compartiendo temas de discusión con Helena–. Es parte del trato, amor mío. Cuando un hombre se casa, toma una esposa en la que poder depositar su confianza. Por más íntimo que sea un amigo, siempre queda un último reducto de reserva. Sobre todo, si ese amigo se comporta de manera insensata.

–Pero tú apoyarás incondicionalmente a Petro, ¿no?

–Claro que sí. Y luego volveré a casa y te diré lo estúpido que es.

Pareció que Helena iba besarme de una forma un tanto esquiva pero, para mi preocupación, se interrumpió. En la puerta principal sonaban unos golpes que parecían producidos por las patadas de unos pies pequeños calzados con unas botas grandes. Cuando salí a protestar me encontré, tal como esperaba, con la figura de mi malhumorado y antisocial sobrino Gayo. Conocía su gamberrismo desde hacía tiempo. Tenía trece, casi catorce años y era uno de los hijos de Gala. Llevaba la cabeza rapada, el brazo lleno de esfinges tatuadas que él mismo se había hecho, le faltaban la mitad de los dientes, vestía una túnica sujeta con un cinturón de diez centímetros de ancho, una pesada hebilla y unos tachones de aspecto asesino. Del cinto colgaban vainas, bolsitas, calabazas y amuletos. Era un chaval pequeño que tenía que vivir como un adulto y lo conseguía. Era un vagabundo. Arrastrado a la calle por una vida familiar insoportable, y por su propio espíritu carroñero, vivía en un mundo propio. Si conseguíamos que se hiciera adulto sin que le ocurriera ningún desastre terrible, seríamos muy afortunados.

—Deja de dar patadas a la puerta, Gayo.

—No he sido yo.

—No estoy sordo, y esas marcas de los zapatos son de tu pie.

—Hola, tío Marco.

—Hola, Gayo —dije con paciencia. Helena salió detrás de mí. Intuyó que Gayo necesitaba conversación, simpatía y mimos, en vez de la cinta alrededor de la oreja que el resto de mi familia consideraba tradicional.

—Te he traído algo.

—¿Me gustará? Espero que sí.

—Por supuesto, es un regalo demoledor. —Gayo poseía un elaborado sentido del humor—. Bueno, es otra cosa asquerosa de ésas que utilizas en tu investigación. Un amigo mío lo ha encontrado en una alcantarilla de la calle.

—¿Jugáis a menudo en las alcantarillas? —preguntó Helena preocupada.

—Oh, no —mintió al advertir su tono de reprobación.

Hurgó en unas de sus bolsas y sacó el regalo. Era pequeño, del tamaño de una moneda. Me lo enseñó y luego volvió a esconderlo de nuevo.

–¿Cuánto pagarías? –Tendría que haber imaginado que aquel pilluelo estaba al corriente de la recompensa que Petro había anunciado. Probablemente, aquel agudo y pequeño truhán había tenido más estómago que otros bribones de Roma a la hora de explorar rincones desagradables en busca de tesoros por los que yo pagaría.

–¿Quién te ha dicho que quería más hallazgos de ese tipo, Gayo?

–Todo el mundo sabe lo que Petro y tú estáis coleccionando. Papá ha vuelto a casa –dijo, por lo que supe quién estaba divulgando nuestro caso a los cuatro vientos.

–Qué bien... –No quería decirle a un chico de trece años que su padre me parecía un pervertido que no merecía ninguna confianza. Gayo era lo bastante listo para descubrirlo por sí mismo.

–Mi padre dice que en el río siempre pesca cadáveres y...

–Lolio siempre tiene que aprovecharse de las historias de los demás. ¿Te ha contado algún disparate sobre cuerpos desmembrados?

–¡Lo sabe todo! ¿Aún tienes esa mano? ¿Me la enseñas?

–No y no.

–¡Pero si es el caso más excitante que has tenido nunca, tío Marco! –me regañó Gayo muy serio–. Si tienes que bajar a las alcantarillas en busca de más trozos, yo tal vez podría sostenerte la linterna.

–No voy a bajar a ninguna alcantarilla, Gayo. Los trozos se han encontrado en los acueductos, tendrías que saber la diferencia entre lo uno y lo otro. Y de todas formas, hay otra persona que se ha hecho cargo del asunto, un agente que investiga por cuenta del inspector de acueductos, y Petronio y yo volveremos a nuestro trabajo ordinario.

–¿Y la Compañía de Aguas no nos pagará si le llevamos huesos y cosas por el estilo?

–No, nos arrestarían por provocar disturbios. El inspector no quiere que esto se sepa en absoluto. Además, lo que tú has encontrado tal vez no sea nada.

–¡Claro que sí! –replicó Gayo enfadado–. ¡Es un dedo gordo del pie!

Helena se estremeció a mis espaldas. Decidido a impresionarla, el truhán sacó de nuevo aquel botón oscuro y volvió a preguntar cuánto pagaría por ello.

–Vamos, Gayo –dije–. Deja de molestarme viniendo a engañarme con un hueso viejo de perro.

Gayo examinó el objeto y luego, con pesar, reconoció que había querido engañarme.

–Pero, de todas formas, si tienes que bajar a las alcantarillas, yo puedo sostenerte la lámpara.

–Ya te he dicho que eran los acueductos, pero lo que sí podrías hacer es quedarte con la niña para que luego no digan que la abandono.

Gayo ni siquiera conocía a Julia. Mi sobrino se había escaqueado de la fiesta en que la presentamos. No soportaba las reuniones familiares, era un chico muy suyo. Para mí sorpresa, pidió que le dejáramos ver a la niña. Helena lo llevó a la habitación e incluso la sacó de la cuna para mostrársela. Después de una mirada de asombro, aceptó tomar aquel bulto dormido (por alguna razón, Gayo siempre había sido muy cortés con Helena) y entonces vimos al famoso matón caer rendido ante la gracia de nuestra pequeña hasta que empezó a elogiar sus diminutos dedos. Intentamos no demostrar que su sentimentalismo no nos gustaba.

–Pensaba que tenías hermanos y hermanas pequeños –le dijo Helena.

–Sí, pero yo no tengo nada que ver con ellos –replicó Gayo con desdén. Su aire era pensativo–. Si cuidara de ella, ¿me pagaríais?

–Claro que sí –se apresuró a responder Helena.

–Si lo haces bien –añadí débilmente. Yo hubiera preferido dejar a Gayo encargado de una jaula de ratas, pero la situación era desesperada. Además, pensaba que él nunca aceptaría hacerlo.

–¿Cuánto? –Era un verdadero miembro de la familia Didio.

Dije un precio, Gayo pidió el doble, luego devolvió la niña con cuidado y decidió volver a casa.

Cuando se marchaba, Helena lo llamó para darle un pastel de canela, lo cual me molestó, ya que yo lo había visto en la mesa y esperaba con ganas que llegara el momento de devorarlo. Luego le dio un beso en la mejilla. Gayo torció la cara pero no consiguió evitar el saludo.

–Por Júpiter, espero que sea limpio. No lo he llevado a rastras a los baños desde que nos fuimos a Hispania.

Se marchó, llevándose su pequeño tesoro procedente de las alcantarillas. Estaba satisfecho conmigo mismo por haber podido evitar su soborno, aunque todo ello me producía sentimientos contradictorios.

–Y eso, ¿por qué? –preguntó Helena dudosa, sospechando lo peor.

–Porque creo, básicamente, que sí era un dedo humano.

Helena me rozó suavemente la mejilla, con la misma actitud de domar un animal salvaje que había mostrado al besar a Gayo.

–Pues ya ves lo que ocurre –murmuró–. Anácrites puede hacer lo que quiera, pero es obvio que sigues interesado en el caso.

XVI

Lenia dejó que Petro y yo pusiéramos un cartel en la lavandería en el que decía que todas las partes de cuerpos humanos que aparecieran en las canalizaciones eran requeridas por orden y tenían que ser entregadas a Anácrites. Eso nos ayudaría.

Nos habíamos hecho tan famosos que hasta nuestro flujo de clientes ordinarios aumentó. Casi todos ellos nos traían casos que podíamos resolver con los ojos cerrados. Solían ser abogados que querían que personas que vivían fuera de Roma firmasen declaraciones como testigos. Mandé a Petro a hacer esos recados. Era un buena manera de que se distrajese, se olvidara de sus hijas y no volviera a meterse en más líos visitando de nuevo a Balbina Milvia. Además, Petro no se había dado cuenta de la razón por la que los abogados querían que hiciéramos este trabajo: era aburridísimo ir en mula a Lavinium y volver sólo para escuchar a una vieja contando que su hermano había perdido la paciencia con un carretero y le había golpeado en la cabeza con media ánfora, si se tenía en cuenta que al carretero le crecería la barba esperando que se celebrara el juicio y al final acabaría por retirar la denuncia.

Yo me entretuve localizando acreedores y realizando controles de salud moral de posibles esposas para familias cautelosas, lo cual podía convertirse en un buen trabajo doble, ya que siempre podía sugerir a las futuras esposas que me pidieran un informe del perfil financiero de esas familias. Durante varios días, ejercí de investigador privado. Cuando eso perdió interés, saqué el dedo gordo del pie que había puesto en una maceta vacía en lo alto de una estantería, fuera del alcance de *Nux*, y fui al Foro a ver si podía importunar a Anácrites.

Había tantos hallazgos macabros que le habían entregado personas que creían que todavía les darían una recompensa, que tuvo que acondicionar una oficina aparte y designar dos escribas a la tarea de su recogida. Una rápida mirada me indicó que podía rechazarse la mayor parte de aquellos horribles despojos, pero los funcionarios lo admitían y lo guardaban todo. El único avance de Anácrites había sido idear un formulario que los escribas tenían que rellenar laboriosamente. Les tiré el dedo encontrado por Gayo, me negué a darles el medio pergamino de detalles que me pedían, miré de reojo hacia la puerta de la oficina privada de Anácrites y luego me marché.

Me lo había pasado bien y podía haberlo dejado allí. En vez de eso, me puse a pensar en algo que Gayo había dicho y que yo había oído por casualidad en la fiesta de Julia; y decidí hacer una visita a Lolio.

Mi hermana Gala luchaba para sobrevivir con un número indeterminado de hijos y sin apoyo del marido. Tenía una pensión cerca de la Puerta del Trigeminal. Podrías describirla como una hermosa finca a las orillas del río con unas vistas fabulosas y una terraza al sol, pero sólo a alguien que no la hubiera visto. Allí se había criado Lario, mi sobrino preferido, antes de tener la sensatez de fugarse y hacerse pintor de paredes de las lujosas villas de la bahía de Neápolis. En teoría, ahí vivía Gayo, aunque apenas aparecía por allí porque prefería robar salchichas a los vendedores callejeros y dormir bajo el pórtico de un templo. Allí, aunque en rarísimas ocasiones, también podías encontrar a Lolio, el barquero de las aguas del Tíber.

Era un tipo vago, mentiroso y brutal, bastante civilizado si lo comparaba con el resto de mis cuñados. Salvo Gayo Baebio, el orgulloso agente de aduanas, era el más despreciable de todos. Lolio, además, era feo, aunque tan presumido que conseguía convencer a las mujeres de que era vital y atractivo. Gala se enamoraba de él cada vez que volvía de estar con otras. Su éxito con las prostitutas de las tabernas era increíble. A veces, Gala y él tenían que hacer un esfuerzo con su matrimonio, diciendo que se embarcaban en una empresa imposible sólo por el bien de los niños.

Cuando eso ocurría, casi todos los niños se refugiaban en casa de mi madre. Tan pronto como la lamentable pareja se reconciliaba, Lolio empezaba de nuevo a flirtear y a tener aventuras con una nueva florista de quince años. A Gala siempre le llegaba la noticia a través de alguna vecina de buena voluntad, y una noche él volvía a casa tambaleante y se encontraba la puerta cerrada. Eso siempre parecía sorprenderlo.

—¿Dónde está Gayo? —gritó Gala cuando entré en su sórdida casa e intenté limpiarme las botas, porque había pisado un tazón de comida para perros que había en el vestíbulo.

—¿Y cómo quieres que lo sepa? Tu sucio e indisciplinado gamberro no es asunto mío.

—Me ha dicho que iba a verte.

—Eso fue hace dos días.

—¿Ah, sí? —No era de extrañar que Gayo fuera un hijo rebelde porque Gala era una madre imposible—. ¿Qué piensas hacer con Lario?

—Nada, Gala. No me preguntes más. Lario hace lo que le da la gana, y si resulta que está pintando paredes lejos de Roma, yo no creo que haya que culparlo de nada. ¿Dónde está Lolio? —grité, ya que todavía no había visto a Gala cara a cara y no sabía seguro desde qué habitación me chillaba.

—¿Y yo qué sé? Está durmiendo.

Bueno, al menos estaba en casa. Busqué a aquel tunante indeseable y lo saqué a rastras de un cuartucho en el que roncaba bajo una mugrienta almohada, abrazado a una botella vacía. Aquella era la idea que tenía un barquero de lo que tenía que ser una devoción completa a su esposa. Tan pronto como le oyó gruñir, Gala se puso a gritarle. Lolio me hizo una seña y ambos nos marchamos sin decir adónde íbamos. Gala ya debía estar acostumbrada a ello.

Llevé a mi cuñado hacia el Foro Boario. Probablemente estaba borracho, pero tenía una cojera que siempre le hacía caminar dando bandazos, por lo que tuve que afrontar la desagradable tarea de mantenerlo derecho. Me pareció que olía mal, pero evité acercarme demasiado por si acaso.

Nos encontrábamos en la orilla pavimentada del Tíber, la llamada Ribera de Mármol, un buen camino entre los muelles que rodean el Emporio, antes de llegar a los teatros elegantes, los pórticos y el gran meandro del Campo de Marte. Después del Puente de Sublicio, nos dirigimos al Arco de Léntulo y a la oficina del inspector de mercados, para terminar contemplando el agua cerca del antiguo templo de Portuno, justo encima de la salida del arco de la Cloaca Máxima. Era un buen sitio para tirar a Lolio. Tendría que haberlo hecho. Roma y los hijos de Gala se lo merecían.

–¿Qué quieres, joven Marco?

–Para ti, soy Falco. Tienes que mostrar respeto al cabeza de familia. –Se lo tomó a broma. Ser el cabeza de nuestra familia era un honor que no podía imponerse ni podía soportarse: un castigo. Los hados nos lo habían dado por malicia. Mi padre, un subastador tramposo y embustero llamado Didio Gémino, tenía que cumplir los deberes prescritos, pero hacía muchos años que había huido de casa. Era un tipo duro pero sagaz.

Con tristeza, Lolio y yo miramos hacia el puente de Emiliano.

–Cuéntame lo que has encontrado en el río, Lolio.

–Mierda.

–¿Es eso una respuesta a tener en cuenta o una maldición en general?

–Las dos cosas.

–Quiero que me hables de los cuerpos mutilados.

–Una estupidez, por tu parte.

Lo miré con severidad pero no conseguí nada.

Cuando me obligué a examinarlo, vi que estaba mirando a un especimen miserable. Lolio parecía tener unos cincuenta años, pero podía tener cualquier edad. Era más bajo y robusto que yo, pero se encontraba en tal mal estado, que sus herederos podían estar contentos. Era feo incluso antes de perder casi todos los dientes y de tener un ojo permanentemente cerrado de los golpes que le daba Gala con una sartén. Para empezar, tenía los ojos demasiado juntos, las orejas caídas, la nariz torcida, lo cual siempre le hacía ganguear, y no tenía cuello. La tradicional gorra de lana de marinero cubría su lacio y escaso cabello. Varias capas de túnicas completaban aquel terrible cuadro. Cuando se había derramado demasiado vino en una de ellas, se ponía otra encima. Así, pues, ¿no tenía nada digno de elogio? Bien, sabía remar, sabía nadar. Sabía maldecir, pelear y fornicar. Era un marido potente pero un padre desleal. Tenía ganancias regulares acerca de las cuales mentía siempre a mi hermana, y nunca le daba nada para los gastos de manutención de su familia. Era, en definitiva, un clásico. Metal auténtico de la fundición romana tradicional, aunque ya le había pasado el momento de ser elegido sacerdote o tribuno.

Miré de nuevo hacia el río. No había mucho que ver. Sus aguas eran marrones y gorgoteaban de manera intermitente, como era habitual. A veces se desbordaba, pero el resto del tiempo el legendario Tíber era un río de lo más mediocre. Yo había estado en ciudades pequeñas en las que sus ríos son mucho más impresionantes, pero Roma fue construida en ese lugar no sólo por las míticas Siete Colinas. Ésa era la posición privilegiada del centro de Italia. La Isla Tiberina fue la primera posición que pudo alcanzarse por mar, tras un viaje de un día. Probablemente, pareció una ubicación sensata a un grupo de lerdos pastores que creyeron que eran muy listos al fortificar una llanura aluvial y situar su foro en unas marismas estancadas. En la actualidad, el estrecho y cenagoso río era un serio inconveniente. Roma importaba cantidades fabulosas de productos de todo tipo. Todas las ánforas y embalajes tenían que ser llevados en carros o mulas por las carreteras o en barcazas hasta el Emporio. El nuevo puerto de Ostia había sido reconstruido pero todavía era insuficiente. Había mucho trabajo, tanto para las barcazas como para los botes pequeños, lo que permitía la existencia de parásitos como Lolio. Era la última persona a la que quería que se le atribuyese cualquier investigación en la que yo también participase. Sin embargo, Petro y yo estábamos atascados, por lo que a información nueva se refería. Si teníamos que vérnoslas con Anácrites, hasta mi cuñado podía sernos útil.

–Lolio, o te callas para siempre lo que has encontrado o me lo dices ahora mismo.

–Oh, ¿los caprichos del festival, quieres decir?

Supe de inmediato que aquel hijo de puta acababa de decirme algo importante.

XVII

–Nosotros los llamamos de ese modo –dijo con malvada satisfacción. Como era lento en entender las cosas, pensaba que a mí me ocurría lo mismo–. Caprichos del festival –repitió cariñosamente.

–¿De qué estás hablando exactamente, Lolio?

Con los dedos índices se trazó dos rayas en el cuerpo, una alrededor de su sucio cuello y otra en lo alto de sus gruesas piernas.

–Ya sabes...

–¿Torsos? ¿Sin extremidades?

–Sí.

A mí se me habían pasado de repente las ganas de cháchara pero mi cuñado quería hablar. Para ahorrarme detalles horribles, fui directamente al grano:

–Supongo que las cabezas también faltaban.

–Claro. Faltaba todo lo que puede cortarse. –Lolio mostró los pocos dientes que le quedaban en una siniestra sonrisa–. Incluidos los melones. –Dibujó círculos con la palma de la mano en el tórax como si se cortase los pechos. Al mismo tiempo, hizo un repulsivo ruido chirriante con las encías.

—Entonces, ¿son mujeres? –Sus gestos habían sido gráficos, pero yo había aprendido a asegurarme de todo.

–Lo fueron. Esclavas o prostitutas, supongo.

–¿Qué te hace pensarlo?

–Nadie las echa en falta. ¿Quién si no? Sí, de acuerdo. Las esclavas pueden ser muy valiosas, como las chicas para pasarlo bien, las que se lo pasan verdaderamente mal, quiero decir. –Se encogió de hombros de manera espontánea. Deploré su actitud, aunque probablemente tenía razón.

–Nunca he oído decir nada de esos cuerpos sin extremidades.

–Seguro que te mueves en círculos equivocados, Falco.

–¿Has pescado alguna? –le pregunté. Yo no tenía la intención de cambiar mi vida social.

–No, pero conozco a alguien que sí. –Siempre la misma historia.

–¿Lo has visto con tus propios ojos?

–Sí. –Al recordarlo, se quedó callado.

–¿De cuántas estamos hablando?

–Bueno, no tantas –concedió Lolio–. Las justas para que los barqueros pensemos: «Mira, aún sigue haciéndolo» cuando aparece una flotando en la superficie o enganchada en el remo. Todas se parecen mucho –prosiguió, como si yo fuera demasiado tonto para sacar las mismas conclusiones que los barqueros.

–¿Con las mismas mutilaciones? Lo dices como si sacar esas bellezas del río fuera un aliciente tradicional de tu trabajo. ¿Desde cuándo ocurre?

–¡Desde hace años! –dijo muy seguro.

–¿Años? ¿Cuántos?

–Desde que soy barquero. Bueno, desde casi siempre. –Tenía que haber pensado que con Lolio nunca había nada definitivo, incluso en algo tan sensacionalista como aquello.

–¿O sea que buscamos a un asesino viejo?

–O un negocio familiar heredado –cloqueó Lolio.

–¿Cuándo se descubrió la última?

–Que yo sepa, la última... –Lolio hizo una pausa para que yo comprendiese que su vida social en el río lo llevaba a enterarse de todo– apareció a finales de abril, pero a veces las encontramos en julio, y otras veces en otoño.

–¿Y cómo las llamáis?

–Caprichos del festival. –Todavía orgulloso de la definición, la repitió una vez más–. Caprichos del festival. Como esas tartas especiales de Creta.

–Sí, de acuerdo, te entiendo. Esas que aparecen en las festividades oficiales.

–Bonitas, ¿eh? Alguien debe haber advertido que siempre ocurre cuando se celebran los juegos o un triunfo.

–El calendario está tan lleno de fiestas oficiales que me extrañaría que alguien hubiese reparado en ello.

–Lo curioso es que siempre ocurre cuando volvemos al trabajo con una jaqueca terrible y no podemos soportar algo de ese tipo. –Eso también ocurría con frecuencia. Los barqueros eran famosos por la cantidad de alcohol que consumían.

–Y cuando las sacáis, ¿qué hacéis con ellas?

–¿Qué crees que hacemos? –Lolio me miró enfurecido–. Las clavamos en un pincho para que suelten todo el gas, las arrastramos río abajo para quitarlas de en medio y luego, si podemos, las hundimos.

–Oh, el toque humano.

–No somos tan estúpidos como para entregarlas a las autoridades. –Su mofa estaba justificada.

–Tienes razón. –En el mejor de los casos, el espíritu público es una pérdida de tiempo, y en el peor, te arriesgas a pudrirte diez meses en la cárcel de Lautumiase, sin ser juzgado.

–Entonces, ¿qué es lo que sugieres? –preguntó Lolio–. ¿Que cavemos un gran agujero en un parque público y las enterremos cuando nadie nos vea? ¿O cuando creamos que nadie nos ve? ¿O tal vez deberíamos asociarnos y prepararles un funeral a través de nuestro gremio? Oh, sí. Intenta organizar una incineración formal de alguien a quien un obseso le ha cortado las extremidades. Mira, Falco, si alguna vez me encontrara una de esas delicias, y aun en el caso de que estuviera dispuesto a hacer algo por ella, ¿imaginas cómo podría explicárselo a Gala?

–Espero que a mi maravillosa y confiada hermana le contases unas cuantas mentiras complicadas –sonreí con amargura–. Como haces siempre.

XVIII

Petronio estaba furioso. Cuando volvió de su viaje fuera de la ciudad, el relato de lo que Lolio me había contado le hizo salir el lado más negro de su personalidad de agente de los vigiles. Quería bajar al Tíber y arrestar a todos los remeros.

–Olvídalo, Petro. No tenemos ningún nombre y tampoco nos lo dirán. He dado unas vueltas pero los barqueros se han cerrado en banda. No quieren problemas. No es de extrañar. Y además, sin un torso auténtico, ¿qué podemos hacer? Sabemos que los barqueros encuentran esas cosas, lo cual no es una sorpresa porque, si hay manos mutiladas flotando por ahí, las otras partes del cuerpo tienen que estar en algún sitio. He corrido la voz por los muelles de que la próxima vez nos haremos cargo de lo que encuentren. Que no se pongan nerviosos. Lolio me lo contó de mala gana sólo porque quería protagonismo.

–Es un viejo engreído.

–Dímelo a mí.

–Estoy harto de líos, Falco. –Petronio estaba irascible. Tal vez, al mandarlo a Lavinium, le había hecho perder la oportunidad de verse con Milvia–. Tu manera de hacer las cosas es increíble. Caminas de puntillas alrededor de todas las pistas, te mueves furtivamente entre sospechosos con una sonrisa de idiota en la cara cuando lo que tendría que hacerse es ir a por ellos con unos garrotes y...

–Esa es la manera que tienen los vigiles de alentar la confianza en las autoridades.

–Esa es la manera de realizar una investigación como Júpiter manda.

–Yo prefiero sacarles la verdad con buenos modos.

–No seas mentiroso. Tú lo que haces es sobornarlos.

–Te equivocas. No tengo dinero.

–Entonces, ¿cuál es tu método, Falco?

–La sutileza.

–Tonterías, cojones. Ya sería hora de que las cosas se hicieran a la manera de siempre –declaró Petro.

Para imponer aquel concepto, salió a toda prisa, pese al calor, y se dirigió al río para tratar de interrogar a los barqueros aunque yo le había dicho que no lo hiciera. Sabía que no conseguiría nada. Estaba claro que las lecciones más duras que yo había aprendido en siete años como informador tendría que aprenderlas él de nuevo si quería que sus opiniones contasen para algo en nuestra sociedad. Estaba acostumbrado a basarse sólo en la autoridad para provocar algo aún más simple: el miedo. En esos instantes descubriría que carecía de ella. Lo único que inspiraría en el sector privado sería burla y desdén. De todas maneras, para los ciudadanos particulares recurrir a la violencia física o verbal no era una opción válida. Para los vigiles seguramente también era ilegal, pero ésa era una teoría que nadie demostraría nunca.

Mientras Petro se extenuaba entre los trabajadores de los muelles, yo me dediqué a ganar algo de dinero. Primero me animé cobrando varios trabajos que había realizado en los meses anteriores a mi sociedad con Petronio. Los denarios fueron directamente a mi caja de ahorros en el Foro, a excepción de lo que me costaron dos filetes de tiburón para Helena y para mí.

Entonces, gracias a nuestra reciente fama, nos salieron algunos buenos trabajos. Un propietario de fincas quería que investigáramos a una inquilina que decía no poder pagar por estar pasando una situación muy apurada. El casero sospechaba que tenía alojado a un novio que tendría que estar pagando su parte del alquiler. Una mirada a la dama había revelado que era eso lo que ocurría. Era una mujer muy hermosa, y en mis alocados años mozos, hubiese prolongado el trabajo durante semanas. El casero intentó sin éxito abordar al novio. Con mi método sólo necesité una hora de vigilancia. A mediodía me puse manos a la obra. Tal como esperaba, a la hora del almuerzo se presentó un enano con una túnica llena de remiendos y aspecto sospechoso. No soportaba perderse la comida. Intercambié unas palabras con el aguador del casero y éste me confirmó que el novio vivía allí. Entré en la casa, confronté a los culpables con los hechos mientras comían huevos y aceitunas, y cerré el caso.

Un vendedor de papiros de buena posición creía que su mujer lo engañaba con su mejor amigo. Le tendimos una trampa y decidí que el amigo era inocente, aunque era casi cierto que alguien del servicio doméstico se la beneficiaba con regularidad. A mi cliente le di una alegría inmensa al ver que su amigo quedaba descartado; no quiso ni oír hablar del esclavo mentiroso y me pagó en el acto. En eso gasté el plato de sinceridad que Petro y yo nos repartimos pese a la abundante gratificación.

De regreso a la plaza de la Fuente, hice un alto en las termas, me restregué de pies a cabeza, escuché algunas habladurías sin importancia y me burlé de Glauco. Estaba trabajando con otro cliente y no me quedé. Al regresar al apartamento vi que Petronio Longo aún no había aparecido. Sabía que me esperaba un mal rato preocupándome por su paradero. Era como tener a mi cargo a un adolescente descarriado. Esperaba que su ausencia se debiera a que estaba tratando de reconciliarse con su esposa, pero sabía que lo más probable era que estuviese con Balbina Milvia.

Satisfecho de mis propios esfuerzos, cerré la oficina, crucé unas palabras con Lenia, y luego me marché a casa. Como no teníamos una tropa de esclavos quejumbrosos, yo era allí el cocinero. Helena había puesto los filetes de pescado en adobo con aceite de oliva y hierbas. Yo simplemente lo freí en las brasas de la cocina y nos lo comimos con ensalada aliñada con vinagre, más aceite de oliva y salsa de pescado. Después de nuestra aventura en Hispania, teníamos aceite en abundancia, pero yo lo utilizaba de manera frugal. Un buen filete de tiburón no necesitaba demasiado aderezo.

—¿Los has lavado bien?

—Claro —replicó Helena—. Vi que estaban en salmuera. Disculpa, me he estado preguntando qué debía de haber en el agua de lavarlos...

—Mejor no pienses en ello, nunca lo sabrás.

–Bueno, si lo que dice Lolio es cierto, si han estado tirando cuerpos mutilados al agua desde hace años, todos debemos estar acostumbrados a ello –suspiró.

–Los torsos los han tirado directamente al río.

–Qué tranquilizador –murmuró Helena–. Me preocupa la salud de la niña. Le preguntaré a Lenia si puede darme agua del pozo de la lavandería.

Helena quería que aquel horror cesara. Yo también. Ella quería que yo lo detuviera y yo no sabía si podría.

Dejamos pasar un período de tiempo sensato para que no pareciese que queríamos que nos dieran de cenar, y luego cruzamos el Aventino y fuimos a casa de sus padres. Pensé que sólo salíamos a dar una vuelta, pero enseguida advertí que Helena tenía unos planes muy precisos. Por una parte, quería ver con sus propios ojos cuál era la situación de Claudia Rufina. Allí estaba ella con los dos hermanos de Helena, abatidos porque los padres tenían invitados de su generación a cenar, la casa estaba llena de olores de manjares fascinantes y ellos tenían que conformarse con las sobras. Nos sentamos con ellos hasta que Eliano dijo que se aburría y que salía para ir a un concierto.

–Podrías llevarte a Claudia –le sugirió Helena.

–Claro que sí –dijo Eliano de inmediato, ya que procedía de una familia de personas inteligentes y lo habían educado muy bien. Pero a Claudia le daba miedo Roma de noche, por lo que decidió no aceptar la invitación de su prometido.

–No te preocupes. Nosotros cuidaremos de ella –le dijo su hermano. El comentario fue tranquilo y carente de censuras. Justino siempre sabía ser frívolo de una manera solapada. Entre estos muchachos no se había perdido ni un ápice; nacidos con menos de dos años de diferencia, eran demasiado cerrados; no tenían por costumbre compartir nada, y mucho menos las responsabilidades.

–Gracias –respondió Eliano lacónico. Parecía que fuese a cambiar de idea con respecto a lo de salir al teatro, aunque tal vez no fuera así.

Finalmente se marchó. Claudia se enfrascó en una conversación con Helena acerca de la escuela de huérfanos, un tema que interesaba a ambas. Claudia tenía en brazos a nuestra niña y nos demostraba que era una de esas chicas a las que le encantaban los pequeños y que era muy sentimental. Ése tal vez no fuera el mejor camino para llegar al corazón de su prometido. Eliano soportaba a duras penas la idea de casarse, y era una falta de tacto por parte de Claudia hacerle ver que esperaba su colaboración para tener muchos niños.

Yo disfruté de una larga charla con Justino. Habíamos vivido una aventura juntos, alborotando como héroes en el norte de Germania, y desde entonces siempre le había tenido en gran estima. Si yo fuera de su clase social, le habría ofrecido mi protección, pero como era un informante, no podía ayudarlo en nada. Tenía poco más de veinte años, una figura alta y delgada, y unas buenas maneras y un carácter alegre que hubiesen causado sensación entre las mujeres aburridas de la clase senatorial si se le ocurriese ser un rompecorazones. Parte de su encanto residía en que no era consciente en absoluto de su talento ni de su poder de seducción. Sin embargo, aquellos grandes ojos castaños con un indicio de tristeza probablemente captaban mucho más de lo que daban a entender. Quinto Camilo Justino era un soldadito sagaz. Según unos rumores, iba detrás de una actriz, pero llegué a preguntarme si ese rumor no era divulgado a propósito para que la gente lo dejara en paz mientras él elegía su propio camino. Para los hijos de los senadores, las actrices eran la muerte. Quinto era demasiado listo para cometer un suicidio social.

Vespasiano lo había mandado llamar de vuelta a Roma desde Germania, donde era tribuno militar, a cambio de un ascenso. Como ocurría muy a menudo, una vez llegó a casa, la promesa del ascenso se desvaneció ya que otros héroes cautivaban la atención del emperador. El propio Justino, siempre desconfiado, no mostró sorpresa ni resentimiento. Yo lo lamentaba por él y Helena también.

—Oí decir que ibas a intentar entrar en el Senado a la vez que tu hermano. ¿No sugirió el emperador que esa entrada rápida era posible?

—El ímpetu ha muerto. —Su sonrisa era amarga. Cualquier tabernera volvería a llenarle la copa—. Ya sabes cómo es, Marco. Supongo que ahora tendré que presentarme a la elección a la edad normal, y eso aumenta la carga financiera de papá. –Hizo una pausa–. Y además, no estoy muy seguro de que sea eso lo que quiero.

–Estás pasando por unos momentos difíciles, ¿no? –Le sonreí. Justino quería hacerlo todo bien y superar a Eliano. Eso era evidente.

–Sí, difíciles –convino.

Helena alzó la vista. Aunque llevaba un buen rato hablando con Claudia, probablemente prestaba atención a nuestras palabras.

–Supongo que te rascas delante de los amigos ilustres de papá, que te niegas a cambiarte la túnica más de una vez al mes, y que a la hora del desayuno pones mala cara, ¿verdad?

–A la hora del desayuno no aparezco nunca –dijo, tras sonreír con afecto a su hermana–. A media mañana, cuando todos los esclavos están atareados limpiando suelos, me levanto de la cama, piso lo que acaban de fregar con los zapatos sucios de la noche anterior y entonces les pido sardinas frescas y una tortilla de cinco huevos en su punto justo de cocción. Cuando me lo traen, lo dejo casi todo sin probar.

–Llegarás lejos –reí–, pero no esperes que te invitemos a pasar unos días con nosotros.

Mirando por encima de su ancha nariz, Claudia Rufina nos observó a los tres con una solemnidad grave. Prometerse con Eliano tal vez era lo mejor, al menos era limpio y convencional. Nunca se perdía en ridículas fantasías.

Sin motivo aparente, Helena dio unas palmadas a la chica en su brazo lleno de pulseras. Y también sin motivo aparente, sus ojos se encontraron con los míos. Le guiñé un ojo. Ella, coqueta, me devolvió el guiño al instante. Luego sostuvimos la mirada unos instantes como hacen algunos amantes incluso cuando socialmente no es oportuno, excluyendo a los otros dos.

Helena tenía un aspecto magnífico. Su piel se veía perfecta, estaba de buen humor, era despierta e inteligente. Más formal de lo que era en casa, ya que nunca sabías qué podías esperar cuando ibas de visita a casa de un senador, lucía una inmaculada falda blanca con una estola dorada y reluciente, una gargantilla de ámbar y unos pendientes ligeros. Llevaba el rostro perfilado con pequeños toques de color y el cabello peinado en ondas. Verla confiada y satisfecha me tranquilizaba. No le hice ningún daño sacándola de casa de su padre. Era capaz de volver de modo temporal a aquel mundo de la clase alta sin ninguna vergüenza y me llevaba consigo, y aunque era muy probable que echase de menos las comodidades, nunca mostraba ni el más mínimo pesar.

–¡Bien, Marco! –Sus ojos me sonreían de tal modo que no tuve más remedio que tomarle la mano y besársela. Era un gesto totalmente aceptable en público, pero que delataba una intimidad mucho más profunda.

–¡Cuánto cariño os tenéis! –exclamó Claudia, impulsiva. Asustada por el tono de su voz, la niña se despertó sollozando. Helena alargó los brazos y la tomó.

Justino se puso en pie, se acercó a su hermana y la besó y la abrazó.

–Como puedes ver, Claudia Rufina, somos una familia muy cariñosa –dijo con malicia–. ¿No te alegra entrar a formar parte de ella?

–No seas crío –le recriminó Helena–. En vez de saltar de un sitio a otro y hacer comentarios estúpidos, ¿por qué no vas al estudio de papá y me traes su calendario anual?

–¿Tienes previsto dar otra fiesta?

–No. Quiero demostrarle a Marco que su mejor socio es la persona que vive con él.

–Eso Marco ya lo sabe –dije.

El senador tenía una edición especial del Año Oficial Romano: todas las fechas de todos los meses, marcadas con una C cuando se reunían los *Comitia*, con una F todos los días laborables y con una N las festividades oficiales. Los días de mala suerte también estaban marcados en negro. También tenía señalados los festivales fijos y todos los juegos. Décimo había marcado además los aniversarios de su esposa y de sus hijos, el suyo propio, el de su hermana preferida y el de un par de personajes adinerados que tal vez lo recordarían en sus testamentos si mantenía buenas relaciones con ellos. Lo último que había añadido con tinta negra, como me mostró Helena, era el día en que nació Julia Junila.

Helena lo leyó todo en silencio. Luego alzó la vista y me miró muy seria.

–¿Sabes por qué estoy haciendo esto? –preguntó.

Yo aparenté sumisión, pero quise demostrarle que también pensaba.

–Por lo que Lolio me dijo.

Como era de esperar, Claudia y Justino quisieron saber quién era Lolio y qué me había contado. Yo se lo expliqué de la manera más elegante posible. Entonces, mientras Claudia se estremecía y Justino ponía cara de gravedad, Helena nos dio su opinión.

–Hay unas cien festividades oficiales y unas cincuenta normales cada año, pero los festivales están repartidos a lo largo de todo el año, mientras que tu cuñado afirma que los cuerpos de esas mujeres aparecen en momentos concretos. Creo que la relación son los juegos. Lolio dijo que encuentran cuerpos en abril. Durante ese mes hay los Juegos de Cibeles, los Juegos de Ceres y los Juegos Florales. La siguiente concentración importante es en julio.

–Mes que él también mencionó.

–Exacto. Tenemos los Juegos de Apolo, que empiezan en día antes de las Nonas, y luego los Juegos por las victorias del César, que duran diez días.

–Hasta aquí todo encaja. Lolio afirma que hay otro mal momento en otoño.

–Bien. En septiembre hay los grandes Juegos Romanos que duran quince días, y a principios de octubre están los Juegos en memoria de Augusto seguidos, a finales de ese mismo mes, de los Juegos por las victorias de Sula.

–Y los juegos plebeyos en noviembre –le recordé. Los había visto antes al acercarme a ella.

–¡Confía en una republicana!

–¡Confía en un plebeyo! –dije.

–Pero ¿qué significa todo esto? –preguntó Claudia excitada. Creía que habíamos resuelto todo el caso.

Justino echó la cabeza hacia atrás, con el cabello recién cortado, y fijó la mirada en el yeso manchado de humo del techo.

–Significa que Marco Didio ha encontrado una perfecta excusa para pasarse los próximos dos meses divirtiéndose en los estadios deportivos de nuestra ciudad, y sin embargo poder decir que está trabajando.

–Yo sólo trabajo cuando alguien me paga, Quinto –le dije, sacudiendo tristemente la cabeza.

–Además –intervino Helena en mi defensa–, no serviría de nada que Marco se pasara el día rondando por el circo sin saber qué o a quién debe buscar.

Eso iba a ser un auténtico trabajo de vigilancia.

XIX

Petronio Longo estaba en plan organizador. Su sesión con los barqueros del Tíber fue tan inútil como yo había profetizado, y afirmó que debíamos abandonar la imposible tarea de averiguar quién estaba contaminando el suministro de aguas. Petronio iba a poner orden en nuestro negocio, iba a ordenarme a mí. Atraería clientes nuevos, planificaría nuestras actuaciones y me enseñaría a generar riqueza gracias a una eficiencia pasmosa. Se pasó mucho tiempo haciendo mapas, mientras yo me movía por la ciudad repartiendo citaciones judiciales. Recogí unos cuantos denarios, y luego Petro los anotó en unos complejos sistemas de contabilidad. Me alegraba ver que no se metía en líos. Petronio parecía feliz, aunque yo comencé a sospechar que me ocultaba algo antes incluso de pasar, por casualidad, por el cuartelillo de los vigiles.

—¡Hola Falco! ¿No puedes mantener ocupado a tu jefe? Sigue viniendo por aquí y se mete en todo.

—Pensaba que estaba en nuestro despacho conmocionando a nuestros clientes o ligando por ahí.

—Oh, eso también lo hace. Cuando por fin se marcha y nos deja en paz, va a ver a su amante.

—Me deprimes, Fúsculo. ¿No hay ninguna esperanza de que haya dejado a Milvia?

—Bueno, si lo ha hecho —respondió Fúsculo divertido—, tus clientes estarán a salvo, ya que lo haremos regresar a los vigiles de inmediato y de manera permanente.

—No os hagáis ilusiones. A Petronio le gusta la vida de autónomo.

—¡Sí, claro! —Fúsculo se rió de mí—. Por eso está siempre molestando a Rubella para que le levante la suspensión de empleo.

–Pero no lo consigue. Y entonces, ¿cómo sabe Rubella que su aventura con Milvia aún continúa?

–¿Cómo se entera Rubella de todo? –Fúsculo tenía una teoría, por supuesto. Siempre la tenía–. Nuestro insigne tribuno se queda en su cubil y la información le llega a través de la atmósfera. Es sobrenatural.

–No, es un humano –repliqué desalentado. Yo sabía cómo trabajaba Rubella, y era estrictamente profesional. Quería hacerse un nombre como oficial de los vigiles para ascender después al rango más refinado de las cohortes urbanas, e incluso seguir escalando posiciones para terminar sirviendo en la Guardia Pretoriana. Sus prioridades nunca cambiaban, daba caza a grandes delincuentes, cuyo arresto causaba revuelo, y eso le suponía una promoción–. Apuesto a que no le quita el ojo de encima a Milvia y a su excitante marido por si se les ocurre reorganizar las antiguas bandas. Cada vez que Petronio va a la casa, lo manda seguir.

–Tienes razón –aceptó Fúsculo–. No es ningún secreto, aunque la vigilancia está concentrada en la vieja bruja. Rubella cree que si los gángsters se juntan de nuevo, será gracias a Fláccida.

Se refería a la madre de Silvia. Y, sin embargo, a Petro no se le solucionaban las cosas, porque Cornelia Fláccida vivía con su hija y su yerno. Se vio obligada a trasladarse a su casa cuando Petronio arrestó al mafioso de su marido y le confiscaron las propiedades. Si fuese sensato, ésa sería otra razón para no acercarse a esa prenda. El padre de Milvia fue un criminal, pero la madre aún era más peligrosa.

–Entonces –prosiguió Fúsculo con un tono de voz siempre alegre–, ¿cuándo podremos tener unas palabras con Balbina Milvia, esa hermosa florecita de los infiernos, para convencerla de que deje en paz a nuestro querido jefe?

–¿Por qué siempre me toca el trabajo más sucio? –gemí.

–¿Por qué te hiciste informador, Falco?

–Petronio es mi mejor amigo. No podría traicionarlo.

–Claro que no –sonrió Fúsculo.

Una hora más tarde estaba llamando al enorme picaporte con la cabeza de antílope y apareció un criado a la puerta de la lujosa mansión de Milvia y Florio.

114

XX

Si alguna vez llego a comprar esclavos, lo que nunca tendré será un portero. ¿Quién quiere un pedazo de insolencia perezoso, mal afeitado, corriendo por el pasillo e insultando a los amables visitantes, y eso en el caso de que los deje entrar? En la búsqueda de sospechosos, un informador se pasa más tiempo interrogando a esa despreciable raza que a cualquier otra persona, y suele perder la paciencia antes de que le permitan entrar en casa de una familia adinerada.

En realidad, la casa de Milvia era mucho peor que eso. No sólo tenía al habitual joven sarcástico que lo único que quería era volver al juego de los soldados en que se enfrentaba a su superior, sino también a un ex gángster enano llamado «pequeño Ícaro» al que había visto por última vez mientras era pulverizado por los vigiles en un enfrentamiento en un famoso burdel; durante el cual, por cierto, a su amigo íntimo Miller le cortó los dos pies a la altura de los tobillos un rabioso lictor de un magistrado al que no le importaba lo que hacía con su hacha ceremonial. El pequeño Ícaro y Miller eran matones peligrosos. Si Milvia y Florio querían aparentar que eran personas amables de la clase media, tendrían que cambiar de personal. Pero era obvio que habían dejado de intentarlo.

El pequeño Ícaro fue brusco conmigo antes de recordar quién era yo. Después se le veía indignado como si quisiera darme una patada en las gónadas, lo más arriba que pudiese llegar. Cuando fue nombrado Jano de Milvia, alguien le quitó las armas; tal vez se debía a la idea que tenía su madre de la instrucción casera. El hecho de que el portero de aquella casa fuese un mafioso lo decía todo acerca del tipo de vivienda que era. El lugar parecía agra-

115

dable. Había rosas plantadas en macetas de piedra que flanqueaban las puertas y el atrio interior estaba adornado con imitaciones de estatuas griegas. Pero cada vez que iba allí se me ponían los pelos de punta. Deseé haberle dicho a alguien que iría a esa casa, pero ya era demasiado tarde. Ya me había abierto camino hacia adentro.

Al verme, Milvia se excitó muchísimo, y no fue precisamente por mi encanto.

No fue la primera vez que me pregunté qué movía a Petronio a liarse con muñecas de miniatura como ésa: aquellos grandes ojos confiados y aquellas vocecitas agudas, probablemente tan mentirosas bajo la inocencia que fingían y tan audaces y malvadas como las chicas de las que yo solía enamorarme de joven. Balbina Milvia era un espécimen de valor incalculable. Llevaba un moño de rizos morenos sujeto con unas ricas hebras de oro, un corpiño muy ceñido con un gran escote, una falda de elegante gasa. Sus diminutos pies calzaban unas relucientes sandalias y, por supuesto, también lucía una tobillera. Unos brazaletes en forma de serpientes con ojos de rubíes adornaban la pálida piel de sus delicados brazos. Llevaba anillos de filigrana de oro en los dedos y todo en ella era tan pequeño y reluciente que me sentí como un animal que metía la pata. Pero la verdad era que el oro cubría la suciedad. Milvia ya no podía fingir más que no sabía que toda su elegancia se financiaba mediante el robo, la extorsión y el crimen organizado. Yo también lo sabía. Al verla, noté un desagradable sabor metálico en la boca.

Aquella provocativa muñeca que sonreía con tanta dulzura fue engendrada por sus padres en el mismísimo Hades. Su padre fue Balbino Pío, un ladrón a gran escala y al por mayor que había aterrorizado el Aventino durante años. Me pregunté si, hablando, ya que había ordenado té con menta y dátiles con miel, Milvia había advertido que yo era el mismo hombre que apuñaló a su padre y dejó que su cuerpo se consumiera en una casa en llamas. Su madre debía de saberlo. Cornelia Fláccida lo sabía todo. Por eso pudo hacerse cargo del imperio criminal que le legó su marido. Y supongo que no debió llorar demasiado tiempo su muerte. Lo único que me sorprendía era que nunca me recompensara por matarle.

–¿Cómo está tu querida mamá? –le pregunté a Milvia.

–Todo lo bien que puede esperarse. Ha enviudado, ¿sabe?

–Qué tragedia.

–Está muy desconsolada. Yo le digo que la mejor manera de soportarlo es manteniéndose ocupada.

–Oh, estoy seguro de que ya lo hace. –Era indudable que lo hacía. Dirigir bandas criminales requiere mucho tiempo y energía–. Tú eres un gran consuelo para ella, Milvia.

Milvia pareció complacida de sí misma y luego, al ver que mis palabras y mi tono de voz no encajaban del todo, se puso un tanto ansiosa.

Hice caso omiso de las delicias que me ofrecía. Cuando Milvia hizo una seña airada a las esclavas para que se retirasen, fingí nerviosismo y asombro.

–¿Cómo está Florio? –En su rostro había una expresión indefinida–. ¿Todavía va a las carreras siempre que puede? ¿Y es cierto que tu entregado esposo está extendiendo el alcance de sus negocios? –A Florio, cuya entrega era mínima, también le gustaba meter su asquerosa mano ecuestre en el sucio estanque de la extorsión y el crimen organizado. De hecho, Milvia estaba rodeada de familiares con recursos financieros creativos.

–No sé de qué me está hablando, Marco Didio.

–Me llamo Falco. Y creo que me entiendes muy bien.

Aquello provocó una pequeña interpretación dramática. Primero hizo pucheros con los labios, frunció las cejas y bajó los ojos con aire petulante. Se alisó la falda, se ajustó los brazaletes y luego volvió a ordenar las ornamentadísimas tazas de plata de tisana encima de la reluciente bandeja con asas de delfín. Observé toda la escena con interés.

–Me gustan las chicas que se entregan por completo.

–¿Perdón?

–La actuación ha sido muy buena; sabes increpar a un bobo hasta que se siente como un bruto.

–No sé de qué me habla, Falco.

Hice una pausa, me eché hacia atrás y la observé desde más lejos. Luego, con toda frialdad, dije:

–Me han dicho que te has hecho muy amiga de un amigo mío, Lucio Petronio.

–Oh –exclamó, de repente animada, pensando que yo era un intermediario–. ¿Lo ha mandado a verme?

–No y, si sabes lo que te conviene, será mejor que no le digas que he venido.

Balbina Milvia se echó la estola brillante sobre los hombros en un gesto de autoprotección. Parecía un cervatillo asustado.

–Todo el mundo me grita y estoy convencida de que no me lo merezco.

–Claro que sí, mi dama. Mereces que te tumben en ese sofá de marfil y que te azoten en el culo hasta que revientes. Hay una mujer engañada en el Aventino a la que deberían permitirle arrancarte los ojos mientras tres niñas pequeñas la animan a hacerlo con sus gritos.

–¡Qué cosas tan horribles dice!

–No te preocupes por eso. Tú disfruta las atenciones, y fornica con un hombre que sabe hacerlo, en vez de con el rábano cojo de tu marido, y no te preocupes por las consecuencias. Puedes permitirte mantener a Petronio en el lujo del que a él le gustaría disfrutar, después de perder el trabajo, la esposa, las hijas y a muchos amigos, enfadados y decepcionados. Recuerda, sin embargo –concluí–, que si eres la causa de que pierda todo lo que estima, tal vez acabe maldiciéndote.

No fue capaz de articular palabra. Milvia fue una niña mimada y era una esposa no controlada. Poseía grandes riquezas y su padre fue el jefe de una de las bandas callejeras más temidas de Roma. Nadie le llevaba la contraria. Incluso su madre, que era una bruja temible, la trataba con condescendencia, oliéndose tal vez que su hijita con ojos de cierva estaba tan mimada que un día podía convertirse en algo terrible. La conducta que causaba consternación era el único lujo en el que Milvia todavía no había perdido, pero todo llegaría.

–No te echo la culpa. Veo la atracción –dije–. Para cerrarle la puerta deberías tener una gran fuerza de voluntad. Pero tú eres una chica lista y Petronio un inocente, en lo que a las emociones se refiere. Tú eres la que tiene inteligencia para ver que, al final, no vais a ningún sitio. Esperemos que seas la que tenga el valor de arreglar las cosas.

Se puso en pie. Como todas las mujeres de Petro, no era alta. Las utilizaba para protegerlas contra su pecho como si fueran ovejas perdidas y, por alguna razón, las pequeñitas aceptaban el refugio tan pronto como lo proponía. Me pregunté si no sería mejor hablarle a Milvia de todas las demás, pero eso sólo le haría suponer que ella era distinta, como hacían todas. Y ninguna de ellas lo fue realmente, a excepción de Arria Silvia, que lo había pescado con una dote y una personalidad adecuadas.

Contemplé a la damisela y vi que se disponía a insultarme. Yo estaba demasiado tranquilo, le iba a costar mucho tener una discusión a solas. Algunas de las mujeres que yo conocía podían haberle dado lecciones, pero bajo todo aquel lujo, era una chica de veinte años, estúpida, y a la que habían criado aislada del mundo. Tenía todo lo que quería pero no sabía nada. Al ser rica, incluso después de casarse, se pasaba la vida encerrada en casa. Eso explicaba la aventura con Petronio: cuando las mujeres están encerradas, enseguida surgen problemas. Siguiendo la buena y vieja tradición romana, la única fuente de diversión de Milvia eran las visitas secretas de su amante.

–¡No tiene derecho a venir a mi casa a molestarme! ¡Márchese y no vuelva! –Ladeó la cabeza enfadada y los granos de oro trenzados en sus cabellos brillaron.

Arqueé una ceja. Fingí más cansancio que impresión. Ladeó la cabeza de nuevo, un signo más de su inmadurez. Un experto escenificaría un gesto mucho más malvado.

–¡Deslumbrante! –me burlé–. Me marcho, pero sólo porque ésa era mi intención en este momento. –Y lo hice. Y entonces, por supuesto, Milvia pareció decepcionada porque su interpretación había terminado.

* * *

Había mentido al decirle que era ella la que tenía que acabar con aquella historia. Si quisiera hacerlo, Petronio echaría abajo las puertas de la fortaleza en sus narices. Tenía toda la práctica necesaria. El único problema era que había tantas personas que le decían a Petronio que lo dejara, que lo único que conseguían era estimular su interés. Mi viejo amigo Lucio Petronio Longo nunca había soportado que le dijeran lo que tenía que hacer.

XXI

Como era de esperar, alguien le dijo que había estado allí, la propia Milvia, seguramente. Por alguna razón, el espectáculo de un leal amigo que desinteresadamente intentaba protegerlo del desastre no despertó en Lucio Petronio sentimientos de afecto hacia su fiel amigo, y sostuvimos una ardiente discusión.

Aquello dificultaba el trabajo en común, aunque ambos persistíamos porque ninguno de los dos estaba dispuesto a dar el brazo a torcer y retirarse de la sociedad. Yo sabía que la pelea no duraría. Estábamos los dos demasiado preocupados por la gente que nos recordaba que ya nos habían dicho que no funcionaría. Tarde o temprano les demostraríamos que se equivocaban. Además, Petro y yo éramos amigos desde los dieciocho años. Para que nos enemistásemos se necesitaba mucho más que una joven estúpida.

—Pareces su mujer —se burló Helena.

—No. Su mujer le ha dicho que se vaya a Mesopotamia y que luego se tire al Éufrates con un saco en la cabeza.

—Sí, ya me han contado que esta semana han tenido otra charla amistosa.

—Silvia le ha presentado una solicitud de divorcio.

—Maya me ha dicho que Petro se la tiró a la cara.

—No es imprescindible que la entregue. —Informar a la otra parte con una notificación era un gesto amable, pero las mujeres amargadas siempre podían convertirlo en un drama. En especial, las mujeres con suculentas dotes que reclamar—. Lo echa de casa y luego no lo deja entrar. Eso es prueba suficiente de que quiere la separación. Si viven más tiempo separados, la notificación será superflua.

Petronio y Silvia ya se habían separado otras veces. Normalmente duraba uno o dos días y terminaba cuando el que se había marchado volvía a casa para dar de comer al gato. Esta vez la separación duraba meses y ambos se habían montado empalizadas y se habían rodeado de zanjas triples llenas de pinchos. La tregua sería difícil. Sin desalentarme por un fracaso, me obligué a visitar a Arria Silvia. También sabía que yo había hablado con Milvia. Me echó a la calle al instante. Fue otro esfuerzo inútil que sólo consiguió empeorar la situación. Al menos, como Petro se negaba a hablarme, me ahorré lo que pensaba de mi visita a su esposa en misión de paz.

Estábamos en septiembre. Petro y yo nos habíamos peleado el primer día del mes en que, como Helena señaló con ironía, se celebraban los Juegos de Júpiter, dios del trueno. Las personas que pasaban por la plaza de la Fuente y escucharon el intercambio de opiniones entre Petro y yo debieron de pensar que el dios se alojaba en el Aventino. Tres días más tarde, también en honor de Júpiter, empezaron los Juegos Romanos.

Los dos hermanos Camilo utilizaron su influencia, lo que significaba buscar unos cuantos sestercios para comprar buenas localidades para la ceremonia de inauguración. Siempre había personas con asientos reservados que los pasaban a quienes los compraran. Los descendientes de héroes militares, que ponían en venta sus asientos heredados. Los descendientes de los héroes solían ser mercenarios, a diferencia de los héroes, claro está. Así, los hermanos de Helena adquirieron sus asientos y nos llevaron con ellos. Para mí, estar sentado con una buena vista suponía una gran diferencia con respecto a meterme en una apretujada terraza sin reserva.

La joven Claudia Rufina era presentada formalmente al Circo Romano: ver grupos de gladiadores cortados en rodajas mientras el emperador dormitaba en su palco dorado y los mejores carteristas de la ciudad hacían su agosto entre la multitud le mostraría lo civilizada que era la ciudad a la que la había traído su matrimonio. Era una chica dulce, e hizo lo posible para que se la viera muy impresionada.

A escondidas, entramos cojines y pañuelos para la cabeza (algo antaño ilegal pero que estaba tolerado si se hacía con discreción), presenciamos el desfile y la carrera de carros, y luego, mientras los gladiadores inferiores eran abucheados, salimos a almorzar y regresamos para quedarnos hasta el anochecer. Después de almorzar, Helena se quedó en casa con Julia, pero volvió para presenciar las dos últimas horas del espectáculo. A media tarde, Eliano ya no soportaba más ser agradable y se marchó, pero su tímida prometida se quedó hasta el final con Justino y con nosotros. Antes de la última competición de lucha, nos marchamos para evitar los atascos de tráfico y a las alcahuetas que se plantaban ante las puertas.

A Eliano pareció preocuparle que a su prometida hispánica le gustase tanto el circo. Debía de temer que le resultaría difícil desaparecer de casa para la tradicional debacle masculina de las festividades públicas si su noble dama siempre quería acompañarle. Si tienes un parasol en las manos es mucho más difícil emborracharte y contar chistes verdes. La conducta masculina más basta quedaría vetada. Claudia Rufina se lo pasó muy bien, y no sólo porque Justino y yo animamos a Eliano a que se marchase antes. Ella quería participar en mi investigación. Yo no había ido al circo sólo a pasármelo bien, buscaba además algo sospechoso que pudiera relacionarse con los asesinatos del acueducto.

No ocurrió nada, por supuesto.

Los Juegos Romanos duraban quince días, y en cuatro de ellos se representaban obras de teatro. Eliano no recuperó el interés. Como nos había invitado a la ceremonia de inauguración (haciéndose el prometido generoso), no debía quedarle mucho dinero. Tener que pedirle a su hermano o a mí que le sostuviera el vino mezclado con miel cada vez que quería una jarra de los vendedores ambulantes iba a cansarlo enseguida. Hacia el tercer día, ya se había acostumbrado a escapar con Helena cuando ésta iba a casa a dar de mamar a la niña. De vez en cuando, yo dejaba a Claudia con Justino y me marchaba a dar un vuelta por el circo en busca de alguna pista. Con un público diario y cambiante de un cuarto de millón de personas, las posibilidades de presenciar un secuestro eran mínimas.

Pero sucedió y yo me lo perdí. En algún momento, al principio de los juegos, una mujer fue atraída hacia un desgraciado destino. Luego, al cuarto día, se descubrió la mano de una nueva víctima en el Aqua Claudia y la noticia causó una gran sensación.

Cuando volví para reunirme con Claudia Rufina y Justino después de almorzar en casa con Helena, vi grandes grupos de gente corriendo en una misma dirección. Yo había llegado del Aventino por la Colina Pública. Esperaba encontrar multitudes, pero estaba claro que esa gente no se dirigía el Circo Máximo. No conseguí que nadie me contara adónde iban. Tanto podía tratarse de una buena pelea de perros, de la venta de un albacea con sorprendentes rebajas, o de una algarada pública. Fuera lo que fuese, corrí con ellos. Las peleas de perros no me interesaban, pero nunca me perdía la oportunidad de comprar un juego de ollas baratas o contemplar a la gente lanzando piedras contra la casa de un magistrado.

Desde la puerta que daba acceso al circo la gente se había abierto paso a empujones por el Foro del Mercado de ganado, había dejado atrás la Puerta Carmental y la curva del Capitolio hasta llegar al Foro, que estaba inusitadamente tranquilo debido a los juegos. Y sin embargo, incluso durante los festivales públicos, el Foro Romano nunca se quedaba del todo vacío. Turistas, aguafiestas, los que llegaban tarde y corrían a los juegos y los esclavos que no tenían entradas ni tiempo libre. Los que no advirtieron que se encontraban en medio de un incidente vieron que los pisaban y los golpeaban y empezaron a quejarse. De repente, estalló el pánico. Cayeron palanquines. Los abogados que estaban fuera de servicio, con sus afiladas narices, se escondieron en la Basílica Julia, que estaba desocupada y donde sus voces resonaban. Los prestamistas, que nunca abandonaban sus puestos callejeros, cerraron las arcas tan deprisa que algunos se pillaron los dedos con la tapa.

En esos momentos, algunos de los presentes se convirtieron en público y se sentaron en las escaleras de los monumentos. Otros coordinaron sus esfuerzos y elevaron cánticos denigrantes contra el inspector de acueductos. Nada demasiado abstruso, políticamente hablando. Sólo algunos insultos bien elaborados del tipo «¡Es un hijo de puta y un inútil» o «¡Que se vaya!».

Me metí de un salto en el pórtico del templo de Cástor, uno de mis puntos de observación favoritos. Desde allí gozaba de una buena panorámica de la multitud que escuchaba los discursos ceremoniales bajo el Arco de Augusto. Allí, unos cuantos exaltados empezaron a agitar los brazos como si quisieran perder algún que otro kilo mientras declamaban contra el gobierno de una manera que podía llevarlos a la cárcel, donde serían apalizados por los sucios guardias (otro delito contra su libertad de expresarse a gritos). Algunos de ellos querían ser filósofos, todos con el pelo largo, descalzos y tapados con unas mantas peludas, lo cual en Roma bastaba para que te considerasen peligroso. Pero también vi que había algunas almas prevenidas que llevaban sus bolsas con el almuerzo y las calabazas del agua.

Mientras, unos grupos de mujeres pálidas y tristes, vestidas de luto, hacían ofrendas florales en el Estanque de Juturna, la fuente sagrada en la que se dice que Cástor y Pólux dieron de beber a sus caballos. Los inválidos que bebían atolondrados aquel licor de sabor desagradable que debía curarles se desplomaron hacia atrás nerviosos, mientras aquellas matronas de clase media depositaban sus ramos casi marchitos entre muchos lamentos y luego se tomaban de la mano y formaban un círculo de aspecto irregular. Después se abrieron camino hacia la Casa de las Vestales. Casi todas las vírgenes debían encontrarse en sus asientos de honor en el circo, pero una de ellas tenía que estar de turno para cuidar la llama sagrada. Estaría acostumbrada a recibir delegaciones de mujeres adineradas que le llevaban elegantes regalos y vehementes plegarias pero no demasiado sentimiento.

En el lado opuesto del camino sagrado, cerca del viejo Rostrum y del templo de Jano, se encuentra el antiguo santuario de Venus Cloacina, la purificadora. Allí también había manifestantes enardecidos. Definitivamente, Venus necesitaba preparar sus hermosos muslos para la acción.

Allí supe que la nueva mano había aparecido el día anterior en el Acueducto de Claudio, uno de los más nuevos, que llevaba agua a unos colectores situados cerca del gran templo de Claudio, en el extremo opuesto del Palatino. Eso explicaba las escenas que había visto en el Foro. Los ciudadanos romanos por fin habían advertido que el agua que bebían contenía fragmentos sospechosos que podían envenenarlos. Los médicos y farmacéuticos eran acosados por pacientes con todo tipo de náuseas como si fueran cocodrilos enfermos del Nilo.

La multitud era más ruidosa que violenta, pero eso no impediría que las autoridades quisieran disolverla. Los vigiles sabrían cómo hacerlo con unos cuantos empujones y maldiciones, pero algún idiota llamó a las cohortes urbanas. Aquellos felices individuos ayudaban al prefecto urbano. La descripción de su trabajo era «mantener bajo control al elemento servil y contener la insolencia». Para conseguirlo, iban armados con una espada y un cuchillo y no les importaba dónde los clavaban.

Acuartelados por la Guardia Pretoriana, los urbanos también eran muy arrogantes. Esperaban anhelantes cualquier tipo de manifestación pacífica para poder desbaratarla y convertirla en disturbio sangriento. Eso justificaba su existencia. Tan pronto como los vi avanzar en horribles falanges, salté del pórtico hacia Vía Nova y subí el Vicus Tuscus. Conseguí alejarme de los problemas sin que me abrieran la cabeza. Otros no fueron tan afortunados.

Como me encontraba cerca de los baños de Glauco, entré y me quedé en el gimnasio vacío levantando pesas y blandiendo una espada de prácticas contra un poste hasta que pasó el peligro. Para entrar en los baños de Glauco se necesitaba algo más que ser urbano. En la puerta había un cartel que decía: «ACCESO SÓLO CON INVITACIÓN» y eso imponía.

Cuando salí, las calles estaban tranquilas de nuevo y en el pavimento no había demasiada sangre.

Saliendo de los juegos, volvía a la oficina con la débil esperanza de encontrar a Petronio. Al entrar en la plaza de la Fuente vi que ocurría algo. Demasiadas cosas excitantes en un solo día. Retrocedí de inmediato hasta la barbería, que estaba ilegalmente abierta porque a los hombres les gustaba estar guapos en las festividades públicas (con la esperanza de que alguna prostituta se enamorase de ellos) y, además, el barbero de nuestra calle no tenía ni idea del calendario. Le dije que me cortara el pelo y observé la escena.

–Tenemos visitas –se burló el barbero, que no sentía demasiado respeto por la autoridad. Se llamaba Apio, era gordo, de piel sonrosada y tenía el peor cabello desde Roma hasta Regio. Estaba formado por unas hebras finas y grasas que le cubrían un cuero cabelludo lleno de escamas. Tampoco se afeitaba demasiado.

Él también había notado la presencia muy poco habitual de algunos lictores cansados que habían ido a refugiarse del sol bajo el pórtico de la lavandería de Lenia. Las mujeres habían dejado de trabajar y los miraban, a buen seguro contando chistes obscenos. Los niños seguían riendo y luego, uno tras otro, se atrevían a pasar los deditos por las hojas de sus hachas que sobresalían en los hatillos de armas que habían dejado en el suelo. Los lictores son esclavos libertos o ciudadanos destituidos: duros pero dispuestos a rehabilitarse mediante el trabajo.

–¿Quién merece un seis? –le pregunté a Apio. El barbero siempre hablaba como si lo supiera todo, aunque yo nunca conseguía que respondiera con precisión a una pregunta directa.

–Alguien que quiere ser anunciado mucho antes de llegar personalmente. –Los lictores caminan en filas de a uno delante del personaje al que escoltan.

Seis era un número insólito. Para un pretor u otro oficial de rango, se utilizaban dos. El emperador llevaba doce aunque los pretorianos también lo escoltaban. Yo sabía que aquel día, Vespasiano estaba encadenado a su palco en el circo.

–Un cónsul –decidió Apio. No sabía nada. Los cónsules también llevaban doce lictores en su escolta.

–¿Y por qué un cónsul habría de visitar a Lenia?

–¿Para quejarse de unas manchitas en su ropa interior?

–¿O de un mal planchado del dobladillo de su mejor toga? Por Júpiter, Apio, son los Juegos Romanos y la lavandería está cerrada. Eres un inútil. Mañana te pagaré el corte de pelo. Me ofende desprenderme de dinero durante un festival. Voy a salir a ver qué pasa.

Todo el mundo cree que los barberos son fuente de las principales habladurías. El nuestro no. Y Apio era típico. El mito de que los barberos siempre están al día de los escándalos tiene tanto de verdad como el que circula entre los extranjeros acerca de que los romanos socializan en las letrinas públicas. Cuando estás apretando las tripas para expulsar el conejo en su propia salsa de la noche anterior, lo último que quieres es que algún tipo amable aparezca con una sonrisa para pedirte la opinión sobre los decretos del Senado acerca de la cohabitación entre libertos y esclavos. Si alguien lo intentase conmigo, le restregaría en algún lugar sensible una esponja de limpiar alcantarillas usada.

Me entretuve con aquellos elevados pensamientos mientras cruzaba la plaza de la Fuente. En la lavandería, los lictores me dijeron que escoltaban a un ex cónsul, uno que había estado de servicio ese mismo año, pero que fue cesado para que otro pez gordo tuviese su oportunidad. Al parecer, estaba en la casa de enfrente, visitando a un tipo llamado Falco.

Aquello me puso de buen humor. Si hay algo que me molesta más que un oficial de alto rango abrumado por el peso de sus responsabilidades son los oficiales que acaban de librarse de ese peso y crean problemas. Entré a toda prisa, dispuesto a insultarlo, teniendo presente que si todavía estaba en año consular, estaba a punto de ponerme muy brusco con el ex magistrado más reverenciado y de más alto rango de Roma.

XXII

Hay mujeres que se horrorizarían si tuviesen que hablar con un cónsul. Una de las ventajas de que la hija de un senador fuese mi secretaria no remunerada era que, en vez de encogerse de pánico, Helena Justina recibiría al prestigioso personaje como si fuera un tío honorable y le preguntaría por sus hemorroides con toda tranquilidad.

Había dado al individuo un tazón de vigorizante canela caliente, una bebida que Helena sabía cocer con miel y una pizca de vino hasta que parecía ambrosía. Él estaba ya asombrado por su apacible hospitalidad y su agudo sentido común. Por eso, cuando entré con los pulgares en las hebillas de mi cinturón de fiesta como un cíclope irritado, fui presentado a un ex cónsul sometido por completo.

–Buenas tardes. Me llamo Falco.

–Mi esposo –sonrió Helena, especialmente respetuosa.

–Tu fiel esclavo –repliqué, honrándola con aquella nota alegre, cortés y romántica. Bueno, ese día era festividad pública.

–Julio Frontino –dijo aquella eminencia, en tono sencillo.

Asentí y él hizo lo propio.

Me senté a la mesa y la elegante anfitriona me tendió mi tazón personal. Helena iba de blanco reluciente, el color adecuado para el circo. Aunque no llevaba joyas debido a los muchos merodeadores y los ladrones callejeros, iba llena de lazos trenzados que le daban pulcritud y frivolidad a la vez. Para que quedase más claro cómo funcionaban las cosas en casa, cogió otro tazón y se sirvió canela. Ambos alzamos las copas con solemnidad mirando al cónsul y aproveché la ocasión para examinarlo con calma.

Si tenía la edad habitual de los cónsules, contaba cuarenta y tres años; cuarenta y cuatro si ya había cumplido ese año. Inmaculadamente afeitado y rasurado. Un nombramiento de Vespasiano, por lo que estaba obligado a ser competente, astuto y a tener confianza en sí mismo. Mi forma de observarlo no le había incomodado y la pobreza de mi hogar no le había desconcertado. Era un hombre con una sólida carrera a sus espaldas, aunque tenía la energía necesaria para seguir escalando puestos de importancia antes de llegar a anciano. Era delgado, fuerte y parecía sano. Alguien a quien respetar si no querías tener problemas, alguien dispuesto a no dejar títere con cabeza.

Él también me estaba valorando. Se me veía revitalizado por el gimnasio, vestía mi ropa de fiesta pero calzaba botas militares. Vivía en un barrio pobre pero con una chica de posición, éramos una mezcla sofisticada. Sabía que afrontaba la agresión plebeya pero, en cierto modo, lo habían apaciguado con costosa canela del lujoso Oriente. Además, lo bombardeaba el olor picante de los lirios de final de verano en una maceta de bronce de Campania. Y la canela la tomaba en un tazón de cerámica, decorado con unos exquisitos antílopes corriendo. Teníamos buen gusto. Teníamos contactos comerciales interesantes, éramos viajeros y nos ganábamos la amistad de personas que nos hacían bonitos regalos.

—Busco a alguien que quiera trabajar conmigo, Falco. Camilo Vero te ha recomendado.

Cualquier misión enviada a través del padre de Helena tenía que recibirse con toda la cortesía posible.

—¿De qué trabajo se trata? ¿Cuál sería su papel en él? ¿Y el mío?

—Primero necesito conocer tus antecedentes.

—Seguro que Camilo ya le habrá informado...

—Me gustaría que me lo contaras tú.

Me encogí de hombros. Nunca me quejo de las manías de los clientes.

—Soy investigador privado: trabajos judiciales, para albaceas, tasaciones financieras, obras de arte robadas. En estos momentos tengo un socio que está suspendido de empleo en los vigiles. De vez en cuando, el palacio me contrata de manera oficial para trabajos de los que no puedo hablar, por lo general en el extranjero. Es lo que he venido haciendo en los últimos ocho años. Antes, serví en el Ejército, en la Segunda Legión de Augusto, en Bretaña.

–¡Bretaña! –Frontino respingó–. ¿Qué opinas de Bretaña?

–No volvería a ir.

–Gracias –comentó con sequedad–. Acaban de nombrarme gobernador de esa provincia.

–Seguro que le parecerá un lugar fascinante, señor –dije con una sonrisa–. Yo he estado dos veces. Mi primera misión para Vespasiano también me llevó allí.

–Bretaña nos gustó más de lo que Marco Didio admite –intervino Helena con diplomacia–. Creo que si alguna vez los informadores fueran expulsados de Roma, nos retiraríamos ahí. Marco sueña con una granja tranquila en un valle fértil y verde...

–Helena era una malvada, sabía muy bien que yo odiaba el lugar.

–Es un país nuevo en el que está todo por hacer –dije, con tono de orador pomposo. Intenté esquivar los traviesos ojos de Helena–. Si le gustan los retos y trabajar duro, seguro que disfrutará, señor.

–Bien, ya hablaremos de eso. –El cónsul pareció relajarse–. Pero ahora me gustaría tratar de algo más urgente. Antes de marcharme a Bretaña, se me ha pedido que supervise una comisión de investigación. Me gustaría terminarla lo antes posible.

–Entonces, ¿no se trata de una investigación privada? –preguntó Helena con inocencia.

–No.

Pescó la barra de canela de su tazón y la estrujó ligeramente contra el borde de éste. Nadie apresuraba las formalidades y yo confiaba en la curiosidad investigadora de Helena.

–¿Es un trabajo para el Senado? –preguntó.

–Para el emperador.

–¿Ha sido él quien le ha sugerido que Marco le ayude?

–Vespasiano me dijo que tu padre podía ponerme en contacto con alguien digno de toda confianza.

–¿Para hacer qué? –insistió con dulzura.

–¿Necesitas su aprobación? –me preguntó Frontino con aire divertido.

–Ni siquiera estornudo sin su permiso.

–Pero si nunca me haces caso –terció Helena.

–¡Te hago caso siempre, mi dama!

–Entonces, acepta el trabajo.

–Pero si no sé qué es...

–Papá quiere que lo hagas y el emperador también. Necesitas su buen nombre. –Haciendo caso omiso de Frontino, se inclinó hacia mí y me tocó la muñeca con sus largos y delgados dedos de la mano izquierda. En uno de ellos llevaba el anillo de plata que yo le había dado como prueba de mi amor. Miré el anillo, y luego la miré a ella fingiendo tristeza. Ella se ruborizó. Me golpeé el hombro con el puño y bajé la cabeza: la sumisión del gladiador. Helena cloqueó con reprobación–. ¡Demasiado circo! Deja de hacer teatro, Julio Frontino pensará que eres un payaso.

–No. Si un ex cónsul se rebaja acercándose al Aventino es porque ya ha leído mi inmaculada ficha y ha quedado impresionado.

Frontino frunció los labios.

–Escucha –siguió presionando Helena–, me parece que ya sé lo que quieren que hagas. Hoy, en el Foro, ha habido disturbios.

–Estaba allí.

–Entonces, ¿fuiste tú? –preguntó, mirándome sorprendida.

–¡Gracias por tu confianza, cariño! No soy un delincuente, pero tal vez esa ansiedad pública la hemos originado Lucio Petronio y yo.

–Vuestros hallazgos son la comidilla de toda la ciudad. Vosotros habéis destapado la olla, ahora tenéis que solucionarlo –dijo Helena con severidad.

–Yo no. Ya hay una investigación abierta sobre los asesinatos de los acueductos. Está bajo los auspicios del inspector de acueductos, y el malnacido de Anácrites trabaja en ella.

–Pero ahora Vespasiano ha ordenado una investigación superior –añadió Helena.

Ambos miramos a Julio Frontino. Dejó el tazón sobre la mesa y abrió los brazos en un gesto de reconocimiento, aunque estaba algo desconcertado por cómo hablábamos en su presencia y juzgábamos su petición.

–Lo único que necesito saber, señor –proseguí con otra sonrisa–, es que su investigación tiene prioridad sobre cualquier cosa que esté llevando a cabo el inspector de acueductos, es decir, que los ayudantes de usted tengan autoridad sobre los suyos.

–Cuenta mis lictores –replicó Frontino un tanto irritable.

–Seis. –Debían haberle asignado un buen lote ya que la misión era muy especial.

–Al inspector de acueductos sólo le han asignado dos. –Bien, si Frontino tenía más potestad que el inspector, yo tendría más que Anácrites.

–Será un placer trabajar con usted, cónsul –dije. Entonces apartamos los hermosos tazones y nos dispusimos a preparar un esquema de lo que debía hacerse.

–¿Podríais prestarme un plato? –pidió Frontino con calma–. Uno que no utilicéis demasiado.

Helena y yo intercambiamos una mirada. Sus ojos denotaban preocupación. Probablemente ambos sabíamos para qué lo quería.

XXIII

La tercera mano estaba hinchada pero entera. Julio Frontino la desenvolvió y nos la ofreció sin dramatismo, colocándola en nuestro plato como si fuera un órgano recién amputado por un cirujano. Las dos primeras estaban ennegrecidas por la descomposición, pero ésta era negra porque su dueña había sido negra, de Mauritania o africana. La suave piel del dorso de la mano era cómo de ébano, con la palma y los dedos mucho más claros. Tenía las cutículas muy cuidadas y las uñas pulcramente cortadas. Parecía una mano joven. Los dedos, todos ellos presentes, tenían que haber sido tan hermosos y delgados como los de Helena, que acababan de tocar mi muñeca con tanto apremio. Era una mano izquierda. Atrapado en la carne hinchada del dedo anular llevaba una alianza de boda.

Julio Frontino guardaba un tenso silencio. Yo me sentía deprimido. De repente, Helena Justina alargó el brazo y tapó con un trapo la mano mutilada, mucho más oscura que la suya. Extendió los dedos y procuró no tocarla. Fue un gesto de involuntaria ternura hacia la chica muerta. Helena tenía la misma expresión que cuando tapaba a nuestra niña dormida. Tal vez, el que yo lo advirtiera le tocó la fibra sensible ya que, sin mediar palabra, se puso de pie y fue a la habitación contigua donde Julia Junila dormía en la cuna. Después de una breve pausa, en la que pareció comprobar que nuestra hija estaba bien, volvió a reunirse con nosotros y se sentó, con el ceño fruncido. Su estado de ánimo era sombrío, pero no dijo nada, por lo que Frontino y yo empezamos a discutir nuestro trabajo.

–La han encontrado durante la limpieza del depósito del Aqua Claudia en el Arco de Dolabella –dijo Frontino en tono pragmático–. Apareció en la arena de uno de los cubos de dragado. El grupo de trabajo que la descubrió no tenía un buen capataz: en vez de denunciar oficialmente el hallazgo, lo mostraron en público a cambio de dinero. –Lo dijo como si lo desaprobase aunque no pudiera echarles la culpa.

–¿Y eso fue lo que ocasionó los disturbios de hoy?

–Eso parece. Por fortuna para él, el inspector de acueductos estaba en el circo. Uno de sus ayudantes no tuvo tanta suerte, ya que fue reconocido por la calle y lo apalearon. También ha habido daños contra la propiedad. Y, como es natural, la gente protesta por la falta de higiene en el suministro de aguas. El pánico ha provocado todo tipo de dificultades. De la noche a la mañana ha estallado una epidemia.

–Naturalmente –dije–. En el mismo instante en que supe que el agua de la ciudad estaba contaminada, yo también empecé a sentirme débil.

–Histeria –declaró el cónsul con firmeza–. Pero hay que encontrar a quien la está provocando.

–¡Qué falta de consideración! –Helena ya había oído bastante. Iba a aplastarnos con sus dulces palabras–. Una chica estúpida se deja coger por un psicópata, éste la mata, y pone Roma patas arriba. Realmente creo que habría que convencer a las mujeres de que no se pusieran en esa situación. ¡Por Juno! No podemos responsabilizar a las mujeres de las epidemias, y mucho menos de los daños a la propiedad.

–Es a ese hombre a quien hay que responsabilizar. –Intenté capear el temporal. Frontino me miró con impotencia y me dejó solo ante los problemas–. Tanto si las víctimas caen en sus manos por su propia estupidez como si es él quien las coge por la fuerza en un callejón oscuro, nadie ha dicho que se lo merezcan, amor mío. Y supongo que la gente ni siquiera ha pensado lo que el asesino les hace antes de matarlas y mucho menos en lo que les hace después.

Para mi sorpresa, Helena se calmó enseguida. Se crió en un entorno seguro y protegido, pero sabía lo que ocurría en el mundo y tenía imaginación.

–Esas mujeres sufren unas terribles ordalías.

–Sin lugar a dudas.

Su rostro se entristeció de nuevo por compasión hacia ellas.

–La poseedora de esta mano era joven y cariñosa. Sólo hace uno o dos días que cosía o hilaba. Esta mano acariciaba a su marido o a su hijo. Preparaba comida, se peinaba, ofrecía tartas de trigo a los dioses...

–Y sólo ha sido una en una larga lista, y fue secuestrada para acabar así. Todas ellas tenían vidas por delante,

–Yo creía que esto era un fenómeno reciente –dijo Frontino.

–No, señor. Hace años que ocurre –explicó Helena, enfadada–. Nuestro cuñado trabaja en el río y dice que desde que él recuerda, siempre han aparecido cuerpos mutilados. Durante muchos años, las desapariciones de mujeres no han sido denunciadas o no han sido investigadas. Sus cadáveres permanecían escondidos en secreto. ¡Fue necesario que la gente pensara que los acueductos estaban contaminados para que alguien se preocupara!

–Al menos se ha conseguido abrir una investigación. –Para sugerir aquello se necesitaba a alguien más valiente que yo. Frontino lo hizo–. Pero está claro que es un escándalo y que esta investigación se inicia demasiado tarde. Eso nadie lo niega.

–Está siendo usted muy comedido, señor –le recriminó ella con suavidad.

–No, sólo práctico –replicó el cónsul.

–Sean quienes fueren –le aseguré a Helena–, esas mujeres tendrán la investigación que merecen.

–Sí, ahora veo que sí. –Confiaba en mí. Era una responsabilidad muy seria.

Alargué la mano y cogí el plato.

–Hay algo que debemos hacer –dije, sosteniéndolo en el aire–. Aunque nos parezca una falta de respeto, tenemos que quitarle la alianza. –Sería mejor hacerlo a solas. El anillo estaba incrustado en la carne hinchada y sería muy difícil sacarlo–. La única posibilidad que tenemos de resolver este caso es identificar al menos a una de las víctimas y descubrir qué le ocurrió.

–¿Qué probabilidades hay de ello? –quiso saber Frontino.

–Bien, será la primera vez que el asesino tenga que deshacerse del cuerpo mientras se le está buscando. Es probable que el cuerpo de la chica aparezca enseguida en el Tíber, como Helena ha dicho. –El cónsul alzó la vista, dispuesto ya a planificar la estrategia–. En los próximos días –le dije–. Al menos justo después del final de los juegos. Si dispone de hombres, deberían vigilar el río y los muelles.

–Una vigilancia permanente, de día y de noche, requiere más recursos de los que poseo.

–¿Con qué recursos cuenta?

–Me han asignado unos cuantos esclavos públicos. –Su expresión me indicó que tenía entre manos una investigación sin grandes presupuestos.

–Haga todo lo que pueda, señor, pero que no sea demasiado notorio o el asesino se asustará. Yo correré la voz entre los remeros, y mi socio podrá conseguir ayuda de los vigiles.

Los grandes ojos castaños de Helena seguían tristes, pero vi que meditaba.

–Marco, en primer lugar, no entiendo cómo son arrojados al agua esos pequeños restos. Los acueductos, ¿no suelen ser subterráneos o sus arcos tan altos que resultan inaccesibles?

Yo callé, pasándole la pregunta a Frontino con la mirada.

–Buena apreciación –convino–. Tenemos que preguntar a la administración hasta qué punto está restringido su acceso.

–Si conseguimos saber dónde ocurre, tal vez podamos atrapar en acción a ese hijo de puta. –A mí me interesaba saber cómo afectaría a Anácrites nuestra intervención–. Pero si hablamos con la Compañía de Aguas, ¿no estaremos interfiriendo en las investigaciones del inspector?

–Él sabe que a mí me han pedido un informe –dijo Frontino tras encogerse de hombros–. Mañana pediré una entrevista con un ingeniero. El inspector tendrá que aceptarlo.

–Pero no alentará a su personal para que colabore. Tendremos que ganarnos a esos funcionarios con nuestro ingenio.

–Utiliza tu encanto –se burló Helena.

–¿Qué me recomiendas, amor mío? ¿Ser accesible y mi sonrisa con el hoyuelo en la barbilla?

—No, pensaba en darles algunas monedas.

—¡Vespasiano no lo aprobaría! —Puse cara seria ante Frontino. Escuchaba nuestra chanza con aire precavido—. Seguro que los ingenieros nos darán información valiosa, cónsul. ¿Quiere supervisar usted mismo esa parte del trabajo?

—Por supuesto.

—¡Fantástico!

Me pregunté cómo nos sentaría a Petro y a mí revelar nuestras corazonadas a un ex magistrado. No teníamos práctica en tratar con un cónsul.

La cuestión estaba a punto de resolverse: Petronio se dejaba caer por casa de visita. Tenía que haber visto a los lictores languideciendo en la lavandería de Lenia. En teoría, él y yo no nos hablábamos, pero la curiosidad es algo maravilloso. Se detuvo unos instantes en el umbral, con su alta y corpulenta figura y gesto de timidez por haber interrumpido.

—¡Falco! ¿Qué has hecho para que te asignen seis lictores con sus hachas y bastones?

—Es un reconocimiento tardío de mi valor para el Estado... Entra, estúpido. Éste es Julio Frontino. —Vi que Petro captaba el mensaje de mi mirada—. Es el cónsul de este año y nuestro último cliente. —Mientras Petronio asentía complacido y fingía que el rango no le impresionaba, le expliqué qué investigación le habían encargado y la necesidad de nuestra experiencia en el trabajo más pesado. También le di a entender que nuestro cliente supervisaría personalmente los interrogatorios.

Sexto Julio Frontino era el hombre de nuestra generación que alcanzaría mayor fama por su talento como abogado, estadista, general y administrador de la ciudad, sin olvidar su autoría de diversas obras de estrategia militar, y el abastecimiento de aguas, un interés que quiero creer que desarrolló trabajando con nosotros. Su carrera sería un ideal ilustre pero, de momento, lo único que nos preocupaba era si podríamos soportar su supervisión, y si el poderoso Frontino se avendría a arremangarse la túnica púrpura hasta las rodillas para entrar en las miserables tabernas donde Petro y yo discutíamos sobre las pruebas que encontrábamos.

Petronio cogió una silla y se sentó con nosotros. Alzó el plato que contenía la mano más reciente, la miró con el lógico desánimo, yo señalé unos cortes de hacha a la altura de la muñeca y volvió a dejarla en la mesa. No desperdició energía en exclamaciones histéricas ni pidió que le pusiéramos al corriente de lo que hasta entonces habíamos hablado. Se limitó a formular la pregunta que, en aquel momento, le pareció prioritaria.

–Esta investigación es de gran importancia. ¿Estará nuestra remuneración al mismo nivel?

Había aprendido rápido. Lucio Petronio ya era un verdadero investigador.

XXIV

El anillo de boda fue nuestra primera pista útil. Quitárselo me dio náuseas. No me pregunten cómo lo conseguí. Tuve que irme solo a otra habitación. Petronio valoró el trabajo, hizo una mueca de asco y me lo dejó a mí, aunque le pedí que no permitiese entrar a Helena ni al cónsul.

Me alegró nuestra perseverancia ya que dentro del anillo encontramos las palabras «Asinia» y «Cayo». En Roma hay miles de hombres llamados Cayo, pero encontrar a uno que hubiese perdido hacía poco a una esposa llamada Asinia tal vez sería posible.

Nuestro nuevo compañero dijo que solicitaría al prefecto de la ciudad poder investigar a todas las cohortes de vigiles que estuvieran bajo su mando. Dejamos que Frontino tomase esta iniciativa, por si acaso su rango aceleraba la respuesta. Sin embargo, y sabiendo cómo tendían a reaccionar los vigiles ante los mandos, Petronio también abordó, a título personal, a la Sexta Cohorte, que patrullaba el Circo Máximo y que en aquellos momentos eran las desafortunadas huestes de Martino. Ya que los asesinos parecían estar relacionados con los juegos, era posible que el circo fuera el lugar en el que la víctima se encontró con su agresor. Con toda probabilidad sería la Sexta la que recibiría la denuncia de desaparición que pondría el marido. Con su habitual tono de voz, tan poco digno de confianza, Martino nos prometió que si recibía esa denuncia, nos lo comunicaría de inmediato. No era un tipo completamente inútil por lo que, con el tiempo, tal vez lo haría.

Mientras esperábamos más noticias, abordamos la cuestión de los acueductos. A la mañana siguiente, Petro y yo nos presentamos en casa de Frontino. Llevábamos túnicas limpias, el cabello peinado y teníamos el aire solemne de los investigadores eficientes. Parecíamos hombres de negocios. Doblamos los brazos muchas veces y fruncimos el ceño ostensiblemente. A cualquier cónsul le alegraría tener a su cargo a dos tipos tan brillantes como nosotros.

Aunque se nos permitió interrogar a un ingeniero, fue el inspector de acueductos quien lo eligió. El hombre que nos impuso se llamaba Estatio y supimos que era un bobo por su equipo de trabajo: llevaba dos esclavos con tablillas para tomar notas en las que apuntarían todo lo que dijera, a fin de que él pudiera leerlo después y mandarnos las correcciones pertinentes si creía que había hablado con demasiada franqueza, otro que le llevaba el cartapacio, un secretario y un ayudante del secretario, sin contar los porteadores de la silla de mano y la guardia armada con porras que dejó fuera. En teoría, estaba allí para darnos su opinión como experto, pero se comportaba como si hubiese sido citado a un juicio, acusado de corrupción.

Frontino hizo la primera pregunta y, como siempre, fue directamente al grano.

–¿Tiene un mapa del sistema de aguas?

–Me parece que quizás exista un dibujo de localización de las canalizaciones subterráneas y de las que van por tierra.

Petronio y yo intercambiamos una mirada: aquel hombre era uno de sus favoritos, de los que nunca llamaban a las cosas por su nombre.

–¿Puede proporcionarnos una copia?

–Por lo general, no puede accederse a ese tipo de información reservada.

–¡Comprendo! –gritó Frontino airado. Si alguna vez llegaba a ocupar un cargo en el organismo de las aguas, ya sabíamos quién sería el primero que saldría volando por una ventana.

–Entonces –sugirió Petronio, haciéndose el simpático y fraternal (el hermano mayor con un bastón duro en la mano)–, ¿por qué no nos cuenta cómo funcionan las cosas?

Estatio recurrió a su cartapacio, en el interior del cual tenía un pañuelo de lino con el que se secó la frente. Era obeso y de tez encarnada. Llevaba la túnica arrugada y sucia, aunque probablemente se la había puesto ese mismo día.

–Bien, explicar el funcionamiento a profanos... Me están preguntando por algo sumamente técnico.

–Pruébelo. ¿Cuántos acueductos hay?

–Ocho –respondió Estatio después de una horrorizada pausa.

–¿Está seguro de que no son nueve?

–Bien, si tenemos en cuenta el Alsietina... –Parecía incómodo.

–¿Hay alguna razón por la que no debamos incluirlo?

–Está en el Trastévere.

–Comprendo.

–El Aqua Alsietina sólo se utiliza para la nuamaquia y para regar los jardines del César.

–O para que los pobres de la otra orilla puedan beber cuando los demás acueductos están secos. –Yo estaba molesto–. Sabemos que la calidad del agua es asquerosa. Su finalidad siempre ha sido llenar el estanque para falsas peleas de trirremes. No se trata de eso, Estatio. ¿Se han encontrado manos de mujer u otras partes de su cuerpo en la Alsietina?

–No tengo información exacta acerca de ello.

–Entonces, ¿admite que pueden haber aparecido restos?

–Podría haber una probabilidad estadística.

–Es estadísticamente cierto que un conducto del agua está lleno de cabezas, piernas y también brazos. Si hay manos, el resto del cuerpo suele existir, y todavía no hemos encontrado ninguno.

Petronio intervino de nuevo y me observó, interpretando una vez más su papel de hermano bueno, amable y comprensivo.

–Bien, entonces, ¿podemos considerar que son un grupo de nueve? Con un poco de suerte podemos eliminar enseguida algunos, pero debemos empezar teniendo en cuenta todo el sistema. Tenemos que ver por qué un hombre y sus cómplices, si los tiene, se aprovecha de los acueductos para deshacerse de los restos de sus terribles crímenes.

–La Compañía de Aguas no se hace responsable de ello. –Estatio seguía aferrado de lo irrelevante–. No estará sugiriendo que la mala calidad, tristemente famosa, del Aqua Alsietina se debe a impurezas ilegales de origen humano, ¿verdad?

–Claro que no –respondió Petro, sombrío.

–Claro que no –repetí yo. El Alsietina está llena de porquería absolutamente natural.

El ingeniero nos miró nervioso con sus ojos pequeños. Sabía que Julio Frontino era demasiado importante y no podía despreciarlo, pero nosotros éramos un par de insectos desagradables a los que pisaría si se atreviera.

–Intentan saber cómo han sido introducidos unos pocos restos humanos, porque verdaderamente son muy pocos, en nuestros canales. Bien, yo apoyo esa iniciativa. –Mintió–. Sin embargo, debemos valorar la magnitud de la empresa que tenemos por delante. –Él hablaba y nosotros escuchábamos. Había recuperado la confianza, tal vez denegar peticiones lo hacía sentirse importante–. Las conducciones de agua tienen una longitud de entre doscientos y trescientos cincuenta kilómetros. –Aquello era un cálculo un tanto vago. Alguien tenía que haberlo medido con más exactitud, al menos cuando se construyeron los acueductos–. Se me ha comunicado que esos insólitos contaminantes...

–Extremidades humanas –intervino Petro.

–... han sido encontrados en torres de las aguas, cuyo número total en el sistema es abrumador.

–¿Cuántas? –se apresuró a preguntar Petro.

Estatio consultó a su secretario, que nos informó al momento.

–El Aqua Claudia y Anio Novus tienen casi cien torres, y en todo el sistema habrá bastantes más del doble.

Vi que Frontino anotaba las cifras. Lo hacía él mismo, sin utilizar escriba, aunque debía de tener muchos.

–¿Cuál es el caudal diario de agua? –preguntó. Estatio se puso nervioso–. Aproximadamente –añadió servicial.

Estatio necesitó consultar de nuevo con su secretario y éste, en tono prosaico, respondió:

–Es difícil medirlo porque las corrientes están en flujo constante, y también hay variaciones según las estaciones del año. Una vez, hice unas estadísticas del Aqua Claudia, uno de los cuatro grandes procedentes de las montañas de las Sabinas. Fue una locura, señor. Conseguimos realizar algunas mediciones técnicas y cuando extrapolamos las cifras, concluimos que el caudal era de algo más de siete millones de pies cúbicos al día. En términos

143

de la vida cotidiana, son unos siete millones de ánforas de tamaño normal, o en *culleus*, si lo prefieren, unos sesenta mil.

Como un *culleus* es toda la carga de un carro, se me hacía difícil imaginar sesenta mil de ellos llenos de agua, llegando por el camino, y eso era sólo la cantidad que un solo acueducto suministraba a la ciudad.

—¿Es eso importante? —quiso saber Estatio. En vez de mostrarse agradecido con su secretario, estaba molesto porque éste ponía en evidencia su ignorancia.

Frontino alzó la cabeza y lo miró, asombrado por las cifras.

—No lo sé —respondió—, pero es fascinante.

—Lo que nadie sabe —prosiguió el secretario, que parecía complacido— es si hay restos humanos sin descubrir en los depósitos del recorrido.

—¿Cuántos hay? —preguntó Petro al instante, antes de que el intrigado cónsul pudiera reaccionar.

—Innumerables. —Fue el propio Estatio el que quiso desairarlo. Parecía que el secretario sabía la respuesta correcta pero no quería decirla.

—Coja un censo y cuéntelos —gruñó Frontino, dirigiéndose al ingeniero—. Sé que esta contaminación repulsiva lleva años produciéndose—. Me asombra que la Compañía de Aguas no haya investigado antes.

Hizo una pausa a la espera de una respuesta, pero Estatio no dijo nada. Petro y yo presenciábamos una encarnizada lucha entre la inteligencia y la pedantería. El ex cónsul tenía todo el tacto y la elegancia de los buenos funcionarios, el ingeniero había ascendido en una institución corrupta, sentado en su poltrona, para sellar cualquier documento que le pasasen sus subordinados. Ninguno de los dos podía pensar que el otro espécimen existiera.

Frontino comprendió que tenía que mantenerse firme.

—Vespasiano quiere que este horrible caso cese de inmediato. Ordenaré al inspector de acueductos que haga registrar todas las torres lo antes posible, entonces tendremos que empezar con los depósitos de recogida. Hay que encontrar a las víctimas, identificarlas y celebrar sus funerales.

—Creía que eran esclavas —dijo Estatio débilmente, todavía resistiendo.

Se produjo una pausa.

—Probablemente lo son —convino Petronio. Su tono era duro—. Entonces, todo esto es un desperdicio de recursos y un riesgo para la salud pública.

El ingeniero, prudente, calló. En su silencio resonaban todas las bromas y obscenidades con que los trabajadores de los acueductos saludaban cada nueva aparición de miembros mutilados y los lamentos de sus superiores ante la tarea de tener que ocultarlo. Helena había dado en el clavo: aquellas muertes resultaban incómodas. Hasta la comisión formal que podía detenerlas era una molestia impuesta de manera injusta desde arriba.

Julio Frontino nos miró a Petro y a mí.

—¿Alguna pregunta más? —Quería dejar claro que ya tenía bastante de Estatio y su verborrea inútil. Sacudimos negativamente la cabeza.

Mientras el grupo del ingeniero se marchaba, cogí por el cuello al rechoncho escriba del secretario. Yo llevaba una tablilla de tomar notas y una pluma y le pregunté su nombre, como si tuviera que presentar un informe de la reunión celebrada y necesitase confeccionar la lista de los asistentes. Me confió su nombre como si fuera un secreto de Estado.

—¿Y quién es el secretario? —pregunté.

—Bolano.

—Y si tuviera que comprobar mejor las estadísticas, ¿dónde podría encontrar a Bolano?

Con renuencia, el escriba me dio la dirección. Tal vez le aconsejaron que no colaborase con nosotros, pero debió de pensar que si yo abordaba al secretario, Bolano se desembarazaría de mí. Aquello estaba bien.

Volví junto a Frontino y le dije que sospechaba que Bolano era un experto. Me entrevistaría con él en privado y le pediría ayuda. Mientras, Petronio visitaría la oficina del prefecto del ayuntamiento y preguntaría a los vigiles para ver si habían aparecido más fragmentos de la última chica muerta. Pareció resentido al ver que ninguno de los dos le necesitábamos, y decidió que en lo único en que podía ocupar el día era en averiguar qué hacían los ex cónsules en casa.

Seguramente, pierden el tiempo como el resto de nosotros, pero con más esclavos para recoger las manzanas a medio comer y para que busquen los útiles y pergaminos que han guardado y no saben dónde.

XXV

Era más que probable que Estatio, el ingeniero, tuviese un despacho lleno de mapas que nunca consultaba, cómodas sillas plegables para las visitas, y aparatos para calentar el vino y revitalizarle la circulación si alguna vez se veía obligado a subirse a un acueducto un día un poco frío. Cuán a menudo debía ocurrirle...

Bolano tenía una choza. Estaba cerca del templo de Claudio y era difícil de encontrar porque estaba encajada en una esquina, detrás del depósito terminal del Aqua Claudia. Había una razón para que fuese de ese modo: Bolano tenía que vivir cerca de su trabajo. Bolano, por supuesto, era la persona que hacía el trabajo. Me alegró localizarle, ya que nos ahorraría mucho esfuerzo.

Sabía que hablaría. Tenía tanto que hacer que no podía permitirse holgazanear. Íbamos a imponerle tareas extras, por lo que sería mejor responder de una manera práctica.

Su pequeña choza era un buen refugio contra el calor del verano. Una cuerda en un par de bolardos protegían a su ocupante de las miradas ajenas. Pura formalidad: cualquiera podía tropezar con ella. Fuera se amontonaban escaleras, lámparas y parapetos. El interior también estaba lleno de equipamiento: unas palancas especiales llamadas corobates, ejes de visión, dioptómetros, un odómetro, un reloj de sol portátil, plomadas, cuerdas de medir enceradas, divisores, compases... Sobre una piel desenrollada, que me pareció ser uno de los mapas de los que el orgulloso Estatio decía que eran demasiado confidenciales para nosotros, había un panecillo con fiambre a medio comer. Bolano lo tenía desplegado sobre la mesa, listo para ser consultado.

Debió de llegar unos instantes antes de que yo apareciese. Los trabajadores que aguardaban su regreso hacían cola pacientemente para presentarle cuentas y órdenes de variación. Me pidió que esperase mientras despachaba rápidamente con algunos de ellos mientras que a otros les prometía una visita inmediata a las obras. La cola se disolvió antes de que yo empezara a aburrirme.

Era un hombre bajo y macizo, con anchas espaldas y sin cuello. Llevaba la cabeza afeitada, una túnica de color cereza y un retorcido cinturón de cuero que tendría que haber tirado cinco años antes. Para sentarse en el alto taburete tuvo que hacer un movimiento extraño, como si sufriera de dolor de espalda. Uno de sus ojos castaños se veía brumoso, pero ambos parecían inteligentes.

–Soy Falco.

–Sí. –Se acordaba de mí. Me gusta pensar que impresiono, pero hay personas con las que puedes hablar durante una hora y luego, si te ven en un contexto diferente, no te reconocen.

–No quiero molestarte, Bolano.

–Todos tenemos que hacer nuestro trabajo.

–¿Te importa que sigamos la conversación que iniciamos esta mañana?

–Siéntese.

Me senté a horcajadas en otro taburete mientras él aprovechaba la ocasión para terminar el bocadillo de fiambre. Primero sacó un cesto de debajo de la mesa, abrió una servilleta inmaculada y me ofreció un bocado de un abundante almuerzo. Eso me preocupó. Las personas que son amables con los investigadores normalmente ocultan algo. Sin embargo, el aspecto de la merienda me convenció para que dejase de lado el cinismo.

–Mira, ya sabes que el problema es... –Hice una pausa para que quedase claro lo buena que estaba la comida–. Tenemos que encontrar a un psicópata. Una cosa que nos tiene asombrados es cómo mete los restos de sus víctimas en el agua. Las canalizaciones, ¿no son casi todas subterráneas?

–Tienen conductos de acceso para realizar el mantenimiento.

–¿Como las alcantarillas? Las conozco bien. Yo mismo me deshice de un cadáver en una de ellas. Era Publio, el tío de Helena.

–Las alcantarillas tienen una salida al río como mínimo, Falco. Cualquier cosa que discurre por los acueductos termina asustando al público en una casa de baños o en una fuente. ¿Cree que el asesino quiere que se descubran esos restos mortales?

–Quizá no los pone ahí deliberadamente. ¿Es posible que lleguen a los acueductos por casualidad?

–Es lo más probable. –Bolano mordió el panecillo con vigoroso apetito. Esperé mientras masticaba. Noté que era un hombre al que debía presionarse–. He estado pensando en ello, Falco.

Yo ya sabía que lo haría. Era una persona práctica que se dedicaba a resolver problemas. Misterios de todo tipo agobiaban su mente. Si proponía alguna solución, seguramente sería la acertada. Era el tipo de individuo al que desearía tener como cuñado, en lugar de los gorrones con los que se habían casado mis hermanas. Un hombre con el que construir un solario. Un hombre que te arreglaría una persiana rota mientras estuvieses de vacaciones.

–Los acueductos que discurren por arcadas tienen techos abovedados o, a veces, losas, principalmente para impedir la evaporación. De forma que puedes tirar porquería y esperar que caiga dentro, Falco. Cada setecientos metros hay una boca de acceso. Cualquiera puede encontrarlas, de hecho están señaladas con los *cippi*.

–¿Las «lápidas»?

–Exacto. Augusto tuvo la brillante idea de numerar las bocas de acceso. En realidad, nosotros ya no utilizamos más ese sistema. Es más fácil guiarse por los hitos del camino. Es por ahí por donde se desplazan las brigadas de trabajo.

–Supongo que César Augusto no trabajaba en una de esas brigadas.

–Si unas semanas de trabajo en una brigada ayudasen a escalar posiciones en el Senado, las cosas irían un poco mejor –dijo Bolano con una mueca.

–Totalmente de acuerdo.

–De todas formas, encontrar las bocas de acceso no es difícil, pero todas ellas están cubiertas con unos grandes tapones de piedra que sólo se pueden levantar con una palanca. No necesitamos acceder a ellas tan a menudo como las brigadas que trabajan en las alcantarillas y, además, estamos librando una batalla contra quienes arreglan sus propias tuberías y roban agua, por lo que la posibilidad de que nuestro psicópata se meta en una de ellas es muy remota.

En realidad, aquello era una buena noticia.

—De acuerdo. ¿Y cuál es el escenario del crimen? No estamos hablando de un doméstico crimen pasional. Hay cierto malnacido que, desde hace mucho tiempo, ha cogido mujeres con la intención de abusar de ellas, tanto vivas como muertas. Luego tiene que deshacerse de las pruebas de manera que no le señalen directamente a él. Por eso, cuando mata a una mujer, la descuartiza para que le resulte más fácil deshacerse del cadáver.

—O porque le gusta hacerlo. —Bolano era un alma feliz.

—Ambas cosas, probablemente. Los hombres que matan repetidas veces pueden anular sus mentes. Tiene que ser un obseso, y además, es calculador. Entonces, ¿por qué ha elegido los canales de los acueductos? Y si son tan inaccesibles, ¿cómo lo hace?

—Tal vez no sean tan inaccesibles —admitió Bolano tras respirar hondo—. Tal vez trabaje en la Compañía de Aguas. Quizá sea uno de nosotros.

Era algo que yo, por supuesto, ya me había preguntado.

—Es una posibilidad —dije mirando seriamente a Bolano, que pareció aliviado por haber podido decirlo. Aunque se había sincerado conmigo, debía sentirse desleal hacia sus compañeros—. Eso no me gusta mucho, Bolano. Como los esclavos públicos trabajan todos en brigadas, a menos que toda una brigada esté al corriente de los asesinatos y haya encubierto a uno de sus integrantes durante años, piensa en los problemas que todo eso plantea. ¿Ha podido este asesino deshacerse de numerosos cadáveres sin que ninguno de sus compañeros lo haya notado? Y si alguien lo ha notado, seguramente ya se hubiese comentando algo.

—Ir a una conducción con una mano o un pie en el bolsillo tiene que ser algo horrible. —Bolano frunció el ceño.

—¿Un pie?

—Una vez apareció uno. —Me pregunté cuántos hallazgos macabros me quedaban aún por conocer—. El que lo tiró tuvo que haber esperado a que sus compañeros se marcharan para poder hacerlo sin que nadie lo viera.

—¡Qué estupidez! ¿Y merece la pena correr ese riesgo?

–Correr el riesgo tal vez sea parte de la emoción –sugirió Bolano.

Me pregunté si no me estaba revelando muchos datos de la personalidad del asesino. Al fin y al cabo, trabajaba en los acueductos y como secretario del ingeniero; si quería, podía realizar inspecciones él solo. Además, debido a su rango, podía enterarse de cualquier investigación que se llevase a cabo y participar en ella para comprobar por sí mismo lo que ocurría.

Muy improbable. Sí, era un tipo solitario debido a su conocimiento de especialista, pero era un hombre entregado a su trabajo y no uno que descuartizaba mujeres por algún oscuro móvil inhumano. Bolano era uno de esos expertos que movían el mundo, habían construido el imperio y lo mantenían en buena forma. Y sin embargo, el asesino, con sus largos años de crímenes no descubiertos, también debía ser eficiente. Si llegábamos a identificarlo, sé que en él encontraríamos explicaciones para su locura, pero se trataría de alguien que había vivido en sociedad sin despertar sospechas entre quienes le rodeaban. El verdadero horror de esas personas es lo mucho que se parecen a los demás.

–Tal vez tengas razón –dije, decidido poner a prueba a Bolano. No quería terminar como el informador idiota que se deja llevar por un voluntario servicial y al cabo de unas semanas de frustración descubre que el voluntario era la verdadera presa. Ha ocurrido bastantes veces. Demasiadas–. Quizá lo que más le excite es el poder que tiene sobre sus víctimas. Cuando lo encontremos, descubriremos que es alguien que odia a las mujeres.

–Un excéntrico entre la multitud –se burló Bolano.

–Le cuesta mucho abordarlas y cuando lo hace, éstas se ríen de él. Cuando más resentido está por el rechazo, más notan ellas el peligro y más se alejan.

–Es como la pesadilla de cualquier muchacho.

–Sí, pero desproporcionada, Bolano. Y a diferencia de los demás, nunca aprende a correr riesgos. No sólo tiene una personalidad difícil sino también un defecto innato, por eso no quiere ganarse la confianza de nadie, y los demás lo saben. Ese hombre está encerrado en su negativa a comunicarse de una manera adecuada, mientras que los demás cometemos muchos errores

151

en la vida pero, si tenemos suerte, también conseguimos jugadas ganadoras.

–Y cuando nos ocurre, eso es magia. –De repente, Bolano sonrió nostálgico.

Todo eso estaba muy bien. Los asesinos en serie solían ser también mentirosos compulsivos y grandes farsantes. Ese hombre podía ser uno de ellos, un falso manipulador que sabía qué era exactamente lo que yo quería oír. Tan depravadamente listo que podía fingir naturalidad y engañarme en cada movimiento.

–Podrías ser tú, o yo mismo –sugirió Bolano como si supiera lo que estaba pensando. Seguía devorando su tentempié–. Seguro que no va por ahí llamando la atención como un monstruo de un solo ojo. De otro modo, lo hubiesen arrestado hace tiempo.

–Sí –asentí–. Probablemente su aspecto es de lo más normal.

Me miró de nuevo con los ojos entrecerrados, como si me leyera el pensamiento.

Volvimos a hablar de cómo el asesino se deshacía de los cuerpos.

–¿Sabes que los remeros también han encontrado torsos en el río?

–Es normal, Falco. Tiene que haber encontrado una manera de tirar las manos a los acueductos, pero los torsos son demasiado grandes y se quedarían atascados. Probablemente, el asesino intenta dispersar los trozos en una zona grande para evitar que lo localicen, por lo que no quiere que la conducción se obstruya un kilómetro más abajo de su casa.

–Exacto.

Bolano me instó a comer de nuevo pero se me había pasado el hambre.

–¿Cuánto tiempo hace que sabes de esos hallazgos en los acueductos?

–Esos hallazgos se remontan a antes de mi nacimiento.

–¿Cuánto llevas en este cargo?

–Quince años. Aprendí la especialidad en el extranjero, con las legiones; me licenciaron por invalidez y volví a casa justo a tiempo de empezar a trabajar en las presas que Nerón construyó en su gran villa de Sublaqueum. Eso está en el río Anio,

¿sabe?, que también es la fuente de los cuatro acueductos de las Sabinas.

—¿Tiene esto alguna importancia?

—Pienso que tal vez sí. Por lo que yo sé, los miembros mutilados sólo aparecen en determinadas zonas del sistema. Estoy empezando a elaborar una pequeña teoría con respecto a esto. —Agucé los oídos. Una teoría de Bolano podía merecer todos mis respetos—. Me he convertido en una especie de especialista de todos los acueductos que proceden del Anio.

—¿Ésos tan largos construidos por Calígula y Claudio?

—Y el viejo monstruo, Anio Vetus.

—Los he visto recorriendo la Campiña, claro.

—Una vista magnífica. Se comprende por qué Roma gobierna el mundo. Recogen agua buena y fresca del río y de las fuentes de las montañas Sabinas, las desvían alrededor de elegantes casas en Tíbur, y recorren kilómetros hasta aquí. Es una obra maestra de ingeniería, pero permíteme que lo explique a mi manera.

—Lo siento. —Sus teorías podían ser sensatas pero sentí un repentino terror hacia su retórica. Yo ya había hablado con ingenieros en otras ocasiones. Durante horas y horas—. Adelante, amigo.

—Retrocedamos un poco. Esta mañana ya has discutido con Estatio acerca del Aqua Alsietina.

—Quería que lo pasáramos por alto. ¿Se han encontrado miembros mutilados también allí?

—No. En mi opinión, podemos olvidarnos de ella. Procede de Etruria, al oeste de Roma, y no creo que el asesino se acerque por allí. Ni tampoco al Aqua Virgo.

—¿Ésa no es la que Agripa construyó especialmente para sus baños cerca de Saepta Julia? —Yo conocía bien la Saepta. Además de ser un punto de encuentro tradicional de los investigadores, que yo tenía que evitar para no encontrarme con mis colegas de las clases bajas, la Saepta estaba lleno de anticuarios y joyeros, entre ellos mi padre, que tenía una oficina allí. También me gustaba evitar a mi padre.

—Sí, el Virgo procede de un pantano cercano a Vía Collatina, y es casi todo subterráneo. También he descartado el Aqua Julia y el Tépula.

—¿Por qué? –pregunté.

—Nunca he oído que en ellos se haya encontrado nada relacionado con esos crímenes. El Julia tiene su origen en un depósito que se encuentra sólo a quince kilómetros de Roma, en la Vía Latina. El Tépula no está lejos de allí.

—¿Cerca del lago Albano?

—Sí. El Julia y el Tépula llegan a Roma a través de las mismas arcadas así como también el viejo Aqua Marcia, y ahí es donde mi teoría cruje un poco, porque en el Marcia también ha habido hallazgos.

—¿De dónde viene el Marcia?

Bolano abrió la mano en un gesto triunfante.

—Es uno de los cuatro grandes procedentes de las Sabinas.

Fingí que comprendía lo que eso implicaba.

—Todos esas conducciones, ¿están unidas de alguna manera? ¿Puede transportarse el agua de uno a otro acueducto?

—¡Eso es precisamente lo que ocurre! –Bolano creía que me estaba enseñando lógica–. En toda la red hay puntos en los que las aguas de un acueducto pueden ser desviadas a otro si necesitamos más suministro, o si queremos cerrar una parte del sistema para trabajar en él. La única limitación es que hay que desviar desde un acueducto alto hacia otro más bajo, el agua no se puede subir. En cualquier caso, al llegar aquí, el Claudia, el Julia y el Tépula comparten un mismo depósito. Esto tal vez sea interesante. Lo que también podría ser relevante es que el Marcia tiene una importante conducción que comunica con el Claudia. El Claudia llega a Roma con el Anio Novo. Ambos discurren por arcadas que se unen en un grupo de arcos cercanos a la ciudad.

—¿En un canal?

—No, en dos. El Claudia fue construido primero. Se unen bajo tierra. –Hizo una pausa–. Mira, no quiero confundirte con tecnicismos.

—Ahora mismo te pareces al maldito Estatio. –Sin embargo, tenía razón. Yo ya estaba harto de todo aquello.

—Lo único que quiero decir es que no me sorprendería que las manos humanas aparecidas en Roma hayan sido depositadas en el agua muy lejos de la ciudad.

154

–¿Quieres decir que entran en el sistema en dirección contraria? ¿Antes de que los canales estén cubiertos o pasen bajo tierra?

–Mucho más que eso –respondio Bolano–. Apuesto a que las dejan justo en el manantial.

–¿En el manantial? ¿En lo alto de la montaña? ¿Seguro que un objeto tan grande como una mano puede llegar flotando hasta Roma?

–Hemos hecho pruebas con calabazas y la corriente las trae. Extraemos montones de guijarros que no se han posado en los depósitos. Llegan perfectamente redondos debido a la fricción.

–Y esa fricción, ¿no destruiría una mano?

–Es posible que bajen flotando sin problema. De otro modo, aún habría miembros mutilados en el fondo de los depósitos. O que haya restos que han llegado a Roma tan pulverizados que nadie advirtiera lo que eran.

–Así, si algo ha bajado flotando sin pulverizarse, ¿cuánto tiempo tardaría en llegar hasta aquí?

–Le sorprendería saberlo. Incluso el Aqua Marcia, que tiene una longitud de ciento veinte kilómetros después de su curso sinuoso en el campo para regar unos bancales, sólo tarda un día en traer el agua a Roma. En los más cortos, es cuestión de horas. Como es natural, la fricción hace más lento el avance de un objeto, pero yo diría que no mucho.

–Entonces, ¿intentas convencerme de que ese psicópata tal vez esté trabajando en el campo, en algún lugar como Tíbur?

–Seré más concreto. Apuesto a que tira esos fragmentos al río Anio.

–No puedo creerlo.

–Bueno, sólo es una sugerencia.

Hablaba con un hombre acostumbrado a exponer buenas ideas de las que los incompetentes de sus superiores hacían caso omiso. Había ido más allá de las sugerencias. Yo podía tomarlo o dejarlo. La propuesta sonaba demasiado traída por los pelos y, sin embargo, en cierto modo era ridículamente factible.

No supe qué pensar.

XXVI

Por fortuna, pude posponer mi opinión respecto a lo que Bolano había dicho, ya que primero había algo más urgente que investigar.

Quedé en encontrarme con Petronio en la plaza de la Fuente, llegué a primera hora de la tarde y vi que me había perdido el almuerzo con Helena. Ella ya había comido el suyo, suponiendo que yo ya habría almorzado fuera. Mi segundo descubrimiento fue saber que, como Petronio apareció buscándome, Helena le dio mi comida.

—Cuánto me alegro de tenerte en la familia —comenté.

—Gracias —sonrió—. Si hubiésemos sabido que estabas a punto de llegar, te habríamos esperado, claro.

—Han quedado unas cuantas aceitunas —intervino Helena en tono pacificador.

—¡A la porra! —dije.

Cuando nos tranquilizamos, volví a lo que Bolano me había contado. Petronio fue más insistente que yo con la idea de que el asesino vivía en el campo. Tampoco se tomó mucho interés en mis recién adquiridos conocimientos sobre los acueductos. En realidad, como socio, estaba más celoso que el demonio. Lo único que quería era contar lo que él había averiguado.

Al principio no se lo permití.

—Si Bolano tiene razón y los asesinatos se cometen en la Campiña o en las montañas, tendremos problemas.

—No pienses en ello. —Hablaba la voz de la experiencia de Petro en los vigiles—. Si tienes que salir de Roma, los problemas de jurisdicción son una pesadilla.

—Tal vez Julio Frontino pueda vencer los galimatías habituales de la burocracia.

—Necesitará varias legiones. Intentar abrir una investigación fuera de los límites de la ciudad es una atrocidad. Los políticos locales, los magistrados locales en estado semicomatoso, los inútiles que se dedican a la captura de ladrones de caballos, los viejos generales retirados que piensan que lo saben todo porque una vez oyeron a Julio César aclararse la garganta...

—Muy bien. Primero seguiremos todas las pistas de Roma que nos parezcan factibles.

—Gracias por tu sensatez, Marco Didio. Si bien he sido siempre un admirador de tu enfoque intuitivo...

—¿Quieres decir que mi método huele mal?

—Si quieres puedo hasta probarlo. Los procedimientos policiales políticos son los únicos que dan resultado.

—¿Ah, sí?

—He identificado a la chica.

Al parecer su método tenía algo que lo avalaba: ese ingrediente místico llamado éxito.

Helena y yo lo pusimos nervioso negándonos a hacer preguntas por más impaciente que estuviera por contárnoslo todo. Permanecimos tranquilos, molestándolo con la discusión de si su identificación era más útil que la información que yo había obtenido y que podía aportar ideas que llevasen a soluciones.

—O dejáis de importunarme —espetó Petro— o me voy a interrogar a ese hombre yo solo.

—¿Qué hombre, querido Lucio? —le preguntó Helena con amabilidad.

—Un hombre llamado Cayo Cicurro, que esta mañana denunció a la Sexta Cohorte que había perdido a su querida esposa Asinia.

Lo miré con bondad.

—Mira, Falco, esta información es mucho más útil que perder las mejores horas de tu turno comprobando que si meas en Tíbur por la mañana, al día siguiente estarás envenenando a las personas que desayunen en la taberna cercana a los baños de Agripa.

—No me has escuchado, Petro. El agua que abastece los baños de Agripa procede del Aqua Virgo, que tiene su origen en la Vía Collatina, no en Tíbur. Además, el Virgo sólo tiene treinta kilómetros de longitud, comparado con el Marcia y el Anio Novus, que miden cuatro o cinco veces más, por lo que si meas en el pantano por la mañana y tenemos en cuenta lo despacio que el aguador de la posada va y viene de la fuente hacia tu hipotética taberna, tu residuo tóxico pasará de su cubo a las jarras de vino a media tarde aproximadamente.

–¡Por todos los dioses! ¡Eres un engreído y un cabrón! ¿Quieres que te cuente lo que he averiguado, o prefieres seguir con tus tonterías?

–Me encantará escuchar lo que tengas que contarme.

–Entonces deja de sonreír como un estúpido.

Por fortuna, quizás, en esos momentos llamó Julio Frontino y entró. No era de esos que se sentaban y esperaban que le informáramos cuando nos apeteciera.

Gracias a Júpiter, Juno y Minerva, teníamos noticias fiables que darle.

–Falco ha estado estudiando unos hechos y unas cifras fascinantes acerca del suministro de agua –dijo Petronio Longo con cara de palo. Qué Jano tan hipócrita...–. Mientras, debido a mi contacto personal con los vigiles de la Sexta Cohorte, he sabido que un hombre llamado Cayo Cicurro ha denunciado la desaparición de su esposa. El nombre de ésta es Asinia. El mismo que había en el anillo que usted nos trajo, señor.

–El prefecto del ayuntamiento no me ha dicho nada de esto. –Frontino estaba decepcionado. Los canales oficiales le habían fallado. Nosotros, simples sabuesos, nos habíamos anticipado a la red de su ilustre compañero, al parecer, sin llegar a extenuarnos.

–Estoy seguro de que las noticias le llegaran enseguida. –Petro sabía decirlo de manera que quedase claro que el prefecto nunca se enteraría–. Discúlpeme por vaciar de antemano canales oficiales: quería estar en condiciones de interrogar a ese hombre antes de que se inmiscuyan esos idiotas que investigan por cuenta del inspector de acueductos.

–Entonces, lo mejor sería hacerlo ahora.

–Será delicado –dije, esperando disuadir al cónsul.

–A Cayo todavía no se le ha dicho que su mujer está muerta –explicó Petro–. Mi viejo subordinado, Martino, se las ha apañado para no revelarle que ya se conoce su trágico destino. –En realidad, Martino fue tan lento que sólo relacionó a Cayo Cicurro con la mujer muerta después de que el hombre se hubo marchado.

–¿Y no tendría que haberle informado de su desgracia? –preguntó Frontino.

–Será mejor que se lo expliquemos nosotros. Conocemos los detalles del hallazgo y somos los que nos ocupamos de la investigación principal. –Petro rara vez demostraba que desaprobaba el proceder de Martino.

–Queremos ver la reacción del marido cuando se entere de lo ocurrido –añadí.

–Sí, yo también quiero verlo. –Era imposible frenar a Frontino, estaba decidido a acompañarnos. Petronio tuvo la brillante idea de decir que la túnica a rayas púrpura del cónsul podía intimidar al afligido esposo, por lo que Frontino se sacó la túnica, la enrolló en forma de pelota y pidió prestada una túnica de color liso.

Yo era el que usaba la talla más parecida a la suya. Helena fue al armario y cogió una de mis túnicas blancas menos remendadas. El ex cónsul se desnudó y se la puso sin ruborizarse.

–Será mejor que nos deje hablar a nosotros, señor –dijo Petro.

Me pareció que nuestro nuevo amigo Frontino era muy atractivo, pero si había alguien a quien Petronio odiara más que a los pájaros de altos vuelos que mantienen las distancias era a los pájaros de altos vuelos que jugaban a ser uno de los nuestros.

Mientras salíamos en tropel, Petro se detuvo de repente en el porche.

Al otro lado, una bonita silla de mano se detenía a la puerta de la lavandería. De ella bajó una pequeña figura. Lo único que vi fueron retazos muy finos de fina tela violeta, con unos pesados dobladillos de oro que remataban aquella hermosa prenda, y una tobillera en una pierna delgada. La que vestía aquella fruslería habló unos instantes con Lenia y luego se encaminó hacia las escaleras de mi apartamento.

Por la forma en que Petronio se escabullía doblando la esquina para entrar en la calle de los Sastres, debía ser precisamente eso lo que quería.

XXVII

Mientras caminábamos en la dirección que Martino le había indicado a Petro, oímos un clamor lejano procedente del circo. Los Juegos Romanos, de quince días de duración, seguían su curso. El presidente de los juegos debía haber dejado caer su pañuelo blanco y las cuadrigas empezaban a salir al amplio estadio. Doscientas mil personas contenían el aliento ante algún vuelco o algún fallo de conducción. Su exhalación masiva resonaba en el calle entre el Aventino y el Palatino, lo que provocó que las palomas alzaran el vuelo, describieran unos círculos en el cielo y luego volvieran a posarse en sus tejados y balcones calentados por el sol. La multitud acogió la reanudación de la carrera con gritos de aliento.

En algún lugar del Circo Máximo se encontraban los hermanos Camilo y Claudia Rufina (de hecho, sólo Justino y Claudia). Y también por allí tenía que estar el asesino que descuartizaba mujeres, el hombre cuyo último espantoso crimen debíamos explicar a un marido que ignoraba lo ocurrido. Y si Cayo Cicurro no podía contarnos algo útil, en algún otro lugar del Circo Máximo estaría la siguiente mujer cuyo destino era terminar mutilada en las aguas de los acueductos.

Cayo Cicurro tenía una cerería. Vivía con su esposa, con la que no había tenido hijos, en el tercer piso de un bloque lleno de inquilinos de su misma condición. El apartamento estaba abarrotado de objetos pero ordenado. Incluso antes de llamar a su brillante aldaba con forma de cabeza de león, las respetables macetas de flores y el felpudo del rellano nos sugirieron una cosa: probablemente su Asinia no era una prostituta. Nos abrió una esclava joven. Iba limpia y aseada, y se la veía tímida aunque no intimidada. El buen orden doméstico era evidente. Las repisas estaban limpias de polvo y había un agradable aroma de hierbas secas. La esclava nos invitó a sacarnos nuestro calzado de calle.

Encontramos a Cayo sentado solo, con la mirada perdida en el vacío y el cesto de hilar de Asinia a sus pies. En las manos tenía lo que debía de haber sido su joyero, y se pasaba cuentas de colores y de cristal de roca por entre los dedos. Se le veía obsesivamente turbado y adormilado por el dolor. Su infelicidad no era simplemente la típica de un chulo abandonado por la pérdida económica.

Cayo era de piel aceitunada pero completamente italiano. Yo nunca había visto unos brazos tan peludos como los suyos; en cambio, tenía la cabeza casi calva. Con treinta y tantos años, parecía un hombre totalmente ordinario e inofensivo que aún no sabía lo que había perdido y las terribles circunstancias de esa pérdida.

Petronio nos presentó, explicó que realizábamos una investigación especial, y le pidió que nos hablase de Asinia. Pareció contento. En realidad, le gustaba hablar de ella; la echaba muchísimo de menos y necesitaba consolarse explicándole a alguien lo dulce y amable que había sido. Era hija de la liberta de su padre, y Cayo la había amado desde los trece años. Eso explicaba por qué el anillo de boda le quedaba tan apretado. La chica creció con él. En estos momentos sólo tendría, tenía, veintiún años, dijo Cayo.

–¿Ha denunciado su desaparición esta mañana? –Petronio siguió dirigiendo la entrevista. Gracias a su trabajo en los vigiles tenía mucha experiencia para dar malas noticias a los afligidos, incluso más que yo mismo.

–Sí, señor.

–Pero ¿lleva más tiempo desaparecida? –Pareció que la pregunta lo alteraba–. ¿Cuándo la vio por última vez? –preguntó Petro en voz baja.

–Hace una semana.

–¿Ha estado usted fuera de casa?

–Sí, visitando la granja que tengo en el campo –respondió Cayo. Petro había adivinado algo de eso–. Asinia se quedó en casa. Tengo un pequeño negocio, una cerería, de la que ella se ocupa. Le confío todos mis negocios, es una compañera maravillosa.

–La cerería, ¿no estaba cerrada por ser festividad pública?

–Sí, por lo que cuando empezaron los juegos, Asinia fue a pasar unos días con una amiga que vive mucho más cerca del circo; de ese modo, no tendría que recorrer por la noche todo el camino de vuelta hasta casa. No me gusta que se mueva sola por Roma.

Vi que Petronio respiraba hondo, preocupado por la inocencia del hombre. Para aliviarlo, intervine en la conversación y, con amabilidad, pregunté:

–¿Cuándo advirtió exactamente que Asinia había desaparecido?

–Ayer por la noche, cuando llegué. La esclava me dijo que Asinia estaba en casa de su amiga, pero cuando llegué allí, la amiga me contó que hacía tres días que había regresado.

–¿Estaba segura?

–Sí, la trajo aquí en palanquín y la dejó en la puerta. Ella sabía que yo esperaba que lo hiciera de ese modo. –Miré a Petronio. Tendríamos que hablar con esa amiga.

–Perdone que le haga esta pregunta –dijo Petronio–, pero comprenda que tenemos que hacerla. ¿Hay alguna posibilidad de que Asinia se viera con otro hombre durante su ausencia?

–No.

–¿Su matrimonio era completamente feliz y la chica era tranquila?

–Sí.

Petronio elegía sus palabras con cuidado. Como habíamos empezado la investigación suponiendo que las víctimas eran chicas de vida alegre, de las que pueden desaparecer sin llamar mucho la atención, siempre cabía la posibilidad de que Asinia hubiera llevado una doble vida, desconocida para su ansioso marido. Sin embargo, sabíamos que era más probable que el psicópata que la había mutilado fuese un extranjero y que Asinia tuviera la mala suerte de que él la viese y pudiera secuestrarla. Recordé las mutilaciones que Lolio me había descrito. Los hombres que mataban a las mujeres de esa forma nunca habían estado unidos sentimentalmente a ellas.

En esos momentos, se nos decía que la víctima era una chica respetable, pero ¿dónde se había metido desde que su amiga la dejara en la puerta de su casa? ¿En pos de qué aventura habría salido? ¿Lo sabía su amiga?

Petronio, que llevaba el anillo, lo sacó del bolsillo. Se tomó su tiempo. Sus movimientos eran lentos y su expresión grave. Se suponía que Cayo empezaría a intuir la verdad, pero no daba muestras de hacerlo.

–Quiero que vea una cosa, Cayo. ¿Lo reconoce?

–¡Claro que sí! Es el anillo de Asinia. Entonces, ¿la han encontrado?

Impotentes, vimos que la cara del marido se iluminaba de alegría.

Advirtió despacio que los tres hombres que llenaban su diminuta habitación se habían puesto sombríos. Lentamente comprendió que estábamos esperando que llegase a la trágica conclusión verdadera y palideció gradualmente.

–No encuentro otra manera de decirlo –empezó Petronio–, pero me temo, Cayo Cicurro, que debemos dar por muerta a su querida esposa. –El afligido esposo calló–. Hay muy pocas dudas acerca de ello. –Petronio intentaba decirle que no había cadáver.

–¿La han encontrado?

–No..., y lo peor de todo es que tal vez no la encontremos.

–Entonces, ¿cómo puede decir que...?

–¿Ha oído hablar de los restos humanos que de vez en cuando aparecen en el suministro de agua? –preguntó Petronio tras un hondo suspiro–. Hace tiempo que un asesino mata mujeres, las descuartiza y luego las deja en los acueductos. Mis colegas y yo estamos investigando el caso.

–¿Y qué tiene que ver todo esto con Asinia? –Cicurro seguía negándose a comprender.

–Tenemos que creer que este asesino la ha secuestrado. El anillo de Asinia se encontró en el depósito terminal del Aqua Claudia. Lamento mucho tener que decírselo pero una de sus manos estaba con él.

–¿Sólo la mano? ¡Entonces tal vez esté viva! –El hombre se aferraba a la mínima esperanza.

–No lo crea –dijo Petro con voz áspera. Aquello le resultaba casi insoportable–. Convénzase a sí mismo de que ha muerto, amigo. Convénzase de que murió muy deprisa, cuando la secuestraron hace tres días. Dígase que ella no sabía nada en absoluto y que lo que le ocurrió después al cuerpo no tiene ninguna importancia porque Asinia no lo sintió. Díganos todo lo que sepa y que nos ayude a arrestar al hombre que mató a su esposa antes de que mate esposas de otros ciudadanos.

Cayo Cicurro lo miró asombrado. Su mente no podía ir tan deprisa.

–Entonces, ¿Asinia está muerta?

–Me temo que sí.

–Era tan hermosa... –Empezaba a asimilar lo ocurrido. Su tono de voz se intensificó–. Asinia no era como las demás mujeres. Tenía un carácter tan dulce y nuestra vida familiar estaba tan llena de afecto... No, no puedo creerlo. Es como si sintiera que va a volver a casa en cualquier momento. –Unas gruesas lágrimas surcaron su rostro. Finalmente, había aceptado la verdad y a partir de ese momento, tendría que aprender a soportarla, y eso tal vez le llevaría toda la vida–. ¿Sólo han encontrado la mano? ¿Qué le ha ocurrido al resto del cuerpo? ¿Qué tengo que hacer yo? ¿Cómo debo enterrarla? –Cada vez se ponía más frenético–. ¿Dónde está ahora esa mano?

–La mano de Asinia está siendo embalsamada –intervino Frontino–. Se la devolveremos en un cofrecito cerrado con candado. No rompa el candado, se lo ruego.

A todos nos aterraba la idea de que si aparecían más restos, tendríamos que decidir si se los devolvíamos, pieza por pieza, a aquel pobre desgraciado. ¿Celebraría funerales por cada miembro por separado o los coleccionaría para un solo y último funeral? ¿Llegado qué punto decidiría que ya tenía bastantes trozos del cuerpo de su amada para justificar la ceremonia? ¿Cuando encontráramos el torso con el corazón? ¿Cuando encontrásemos la cabeza? ¿Qué filósofo podía decirle dónde residía el alma de su amada? ¿Cuándo terminaría su dolor?

Resultaba indudable que su devoción por Asinia era auténtica. Las semanas que tenía por delante podían llevarlo a la demencia, nada de lo que hiciéramos le ahorraría el sufrimiento de pensar en su amargo final. Le diríamos muy poco pero, como nosotros, enseguida imaginaría el trato que la víctima había recibido del asesino.

Petronio salió de la habitación como si fuera a buscar a la esclava para que atendiera a su amo. Primero lo oí hablar en voz baja. Supe que estaba comprobando discretamente la información sobre los últimos movimientos conocidos de Asinia y que, probablemente, conseguiría el nombre y la dirección de la amiga en cuya casa se había hospedado. Hizo pasar a la chica a la sala y nosotros nos marchamos.

Al salir, hicimos una pequeña pausa. El encuentro nos había desmoralizado.

–Una esposa perfecta –dijo Frontino, citando las esquelas tradicionales–. Modesta, casta y en absoluto pendenciera. Se quedaba en casa y cardaba la lana.

–Tenía veinte años –gruñó Petronio desesperado.

–Que la madre tierra la acoja en su seno –dije para terminar la fórmula. Como todavía no habíamos encontrado lo que quedaba de Asinia, tal vez nunca la completaríamos.

XVIII

Esa noche, ninguno de nosotros podía afrontar más trabajo. Petro y yo acompañamos al cónsul a su casa. Se desvistió en las escaleras de la entrada y me devolvió la túnica. Se notaba que era de clase alta; un plebeyo se avergonzaría de tal excentricidad. Yo conocía luchadores que se volvían de espalda para desnudarse, incluso en el ambiente tranquilo de las termas. El portero de la mansión de Frontino pareció alarmarse y eso que, seguramente, estaba acostumbrado a la conducta de su amo. Dejamos al cónsul a buen recaudo y el esclavo nos hizo un guiño para agradecernos que no nos hubiéramos reído.

Entonces Petro y yo volvimos despacio al Patio de la Fuente. Unas cuantas tiendas abrían de nuevo sus puertas para aprovechar las ventas de la tarde a medida que el circo se vaciaba; todas las calles estaban llenas de hombres con expresión pérfida, buscavidas, esclavos que no andaban detrás de nada bueno y chicas en acción; la gente hablaba demasiado fuerte. Nos echaron a empujones de las aceras y cuando nos metimos en la calzada otros nos dieron empellones y tropezamos con alcantarillas abiertas. Probablemente no lo hacían a propósito, pero tampoco les importaba. Instintivamente, nos pusimos también a empujar.

Así era la ciudad en sus peores momentos. Tal vez siempre era así, y aquella noche yo lo notaba más. Quizá los juegos sacaban a relucir mucha más escoria.

Estábamos tan deprimidos por nuestra charla con Cicurro que ni siquiera entramos en una bodega para tomar un vino relajante antes de la cena. Por una vez en la vida, teníamos que haberlo hecho, ya que nos hubiéramos evitado un incidente muy desagradable en la plaza de la Fuente. Caminábamos tristes, cabizbajos y eso nos impidió escapar a tiempo. En cambio, toqué el brazo de Petro para avisarlo y él gruñó con fuerza. El palanquín que habíamos visto por la tarde a la puerta de la lavandería seguía allí. Era obvio que su ocupante esperaba que regresáramos.

La mujer salió de él y se nos acercó. Sin embargo, aquella no era Balbinia Milvia, con su túnica violeta y sus pequeñas sandalias. El palanquín debía de ser compartido, utilizado por todas las mujeres de la casa de Florio. Traía una visita mucho más aterradora que la dulce y coqueta florecilla de Petro. Era la madre de Milvia.

Vimos lo furiosa que estaba incluso antes de que se abalanzara sobre Petro y empezase a gritar.

XXIX

Cornelia Fláccida tenía toda la gracia de un rinoceronte volador: las manos grandes, los pies gordos y un semblante irremediablemente impúdico. Sin embargo, iba muy bien arreglada. En los rasgos de una bruja amarga habían pintado la máscara de una doncella de piel tersa, recién salida de la espuma de Pafos entre al arco iris de brillantes chorritos de agua. En un cuerpo que se había abandonado a largas veladas de alas de garza adobadas en espléndido vino, vestía sedas transparentes de Cos y lucía collares de filigrana de oro, todos ellos tan ligeros que revoloteaban y tintineaban asaltando los sorprendidos sentidos de los hombres cansados. Los pies que se habían plantado ante nosotros calzaban unas hermosas botas de lentejuelas. Un abrumador olor a bálsamo nos atacó la garganta.

Si teníamos en cuenta que, cuando Petronio detuvo a Balbino Pío, todas las propiedades del mafioso pasaron al Estado, resultaba sorprendente la cantidad de dinero que todavía podía gastar su enfurecida esposa. Además, Balbino era un hueso duro de roer y se había asegurado de que una buena parte de sus efectos terrenales quedasen fuera del alcance de las autoridades. Muchos de ellos los tenía Fláccida bajo custodia porque eran parte de la dote de su elegante hija Milvia.

En aquellos momentos, madre e hija vivían juntas. Les habían confiscado todas sus mansiones, por lo que ambas se vieron obligadas a residir en la poco menos que espectacular residencia de Florio, el marido de la chica. Todas las cohortes de los vigiles hacían apuestas sobre cuánto tiempo aguantarían los tres juntos. En esos instantes, formaban un equipo sólido, con las manos tan unidas como las de los apicultores en la época de recogida de la miel.

Era la única manera de seguir controlando dinero. Un contable del Tesoro de Saturno comprobaba diariamente la salud económica del matrimonio de Milvia, porque si se divorciaba de Florio y la dote volvía a su familia, entonces el emperador se haría con ella. Éste era un caso en el que las leyes que alentaban el matrimonio no servían de nada.

Como nuestro nuevo emperador Vespasiano había creado una plataforma de apoyo a las peculiares virtudes tradicionales de la vida familiar, si la cantidad de dinero que estaba dispuesto a recibir por el divorcio de Milvia acallaba su peculiar y tradicional conciencia, se consideraría seguro que la cifra debía de ser muy alta. Bien, éstas eran las alegrías que nos brinda el crimen organizado. Me extrañó que no hubiera muchas más personas metidas en él.

No, en realidad, la razón por la que la gente era honrada era otra: tener un rival como Cornelia Fláccida daba demasiado miedo. ¿Quién quiere que lo hiervan, lo asen, lo rellenen por todos los orificios y lo sirvan en una brocheta con salsa de tres quesos y con los órganos internos ligeramente salteados y servidos aparte, como delicia picante?

Todo eso era inventado. Fláccida diría que, como castigo, era demasiado refinado.

—¡No huyas de mí, condenado! —gritó.

Petro y yo no huíamos de ella, ni siquiera habíamos tenido tiempo de pensarlo.

—¡Madame! —exclamé. La neutralidad era un refugio dudoso.

—¡No juegues conmigo! —bramó.

—Qué sugerencia tan repulsiva.

—Calla, Falco. —Petro pensó que yo no estaba ayudando. Callé. Por lo general, es lo bastante grande para cuidar de sí mismo. Sin embargo, la aguerrida Fláccida tal vez fuera demasiado para él, por lo que me quedé a su lado, en prueba de lealtad. Además, quería ver algo divertido.

Helena salió del porche de casa, con *Nux*, la perra, abriéndole camino al tiempo que olisqueaba el suelo. Había notado el regreso de su amo. Nerviosa, Helena se agachó y la cogió por el collar; seguramente intuyó que nuestra visitante rompía las cabezas de los perros guardianes por pura diversión.

–¿No nos habíamos visto antes, pareja de imbéciles? –La madre de Milvia no podía haber olvidado a Petronio Longo, el hombre que dirigió la investigación que condenó a su marido. Al verla de nuevo, frente a frente, decidí que prefería que no recordase que yo era el héroe con conciencia social que, en realidad, la convirtió en viuda.

–Es maravilloso que nuestras personalidades vibrantes le hayan causado tanta impresión –murmuré.

–Dile a tu payaso que se marche de aquí –ordenó Fláccida a Petro. Él se limitó a sonreír.

La dama echó hacia atrás la cabeza, con su cabellera rubia casi canosa, y lo observó como si fuera una pulga a la que hubiera pillado en ropa interior. Él retrocedió, tan tranquilo como era habitual. Grande, sólido, con una presencia subvalorada: cualquier madre tendría que envidiar a su hija por elegirlo como amante. Petronio Longo rezumaba esa seguridad y control de sí mismo que todas las mujeres deseaban; muchas de ellas lo perseguían y yo lo había visto. Lo que no tenía de guapo lo compensaba con el tamaño y con su fuerte carácter. En esa época, llevaba además unos cortes de pelo muy seductores.

–¡Tienes mucho nervio!

–Déjame en paz, Fláccida. Te estás poniendo en evidencia.

–Yo sí que te pondré en evidencia. Después de todo lo que le has hecho a mi familia...

–Después de todo lo que tu familia le ha hecho a Roma, y lo que probablemente sigue haciéndole... Me sorprende que no te hayas visto obligada a trasladarte a una de nuestras provincias más remotas.

–Nos has destruido y, además, has seducido a mi pobre hijita.

–Tu hija no es tan pequeña. –«Y no cuesta tanto seducirla», quiso añadir Petronio. Era demasiado cortés para insultarla, aunque fuera en defensa propia.

–¡Deja en paz a Milvia! –Su voz fue un grave rugido, como el de una leona amenazando a su presa–. A tus superiores en los vigiles les gustará saber de tus visitas a mi hija.

–Mis superiores ya lo saben. –Sus superiores, sin embargo, no veían con buenos ojos las visitas airadas de la pendenciera Cornelia Fláccida a la oficina del tribuno. Aquella peligrosa avispa podía ser la causante del despido de Petro.

–Florio todavía no lo sabe.

–Oh, eso me horroriza.

–¡Ojalá fuese verdad! –gritó Fláccida–. Todavía tengo amigos. No quiero que aparezcas por casa y te prometo que Milvia tampoco saldrá a verte.

Fláccida se alejó. En aquel momento, a Helena Justina se le escapó la perra, que bajó como una flecha del apartamento, toda ella un desgreñado bulto de pelo gris y marrón, con las orejas hacia atrás y enseñando los dientes. *Nux* era pequeña y hedionda, y tenía una aversión canina hacia los problemas domésticos. Mientras Fláccida se metía de nuevo en su palanquín, la perra se precipitó contra ella, agarró los bajos bordados de su costosa túnica y luego retrocedió sobre sus fuertes patas traseras. En el linaje de *Nux* parecía haber cazadores de osos y cavadores. Fláccida cerró la puerta del palanquín para ponerse a salvo. Oímos el satisfactorio desgarrón de una tela cara. La dama nos insultó a gritos y ordenó a los porteadores que se movieran, mientras mi terca sabuesa siguió tirando del dobladillo de la túnica hasta que se rompió.

–¡Por todos los dioses! –gritamos Petronio y yo al unísono. *Nux* movía el rabo orgullosa mientras arrastraba dos metros de seda de Cos como si fuera una rata muerta.

Petro y yo intercambiamos una mirada furtiva, sin que Helena nos viera. Entonces nos saludamos el uno al otro con toda formalidad. Él subió a mi viejo apartamento, saltando sobre sus talones como un alegre disidente. Yo me fui a casa con cara de buen chico.

Los ojos de mi amada eran cariñosos y tiernos, de un marrón tan intenso como las salsas de carne de los banquetes imperiales. Su sonrisa era peligrosa pero la besé de todos modos. Un hombre no tiene que dejarse intimidar en el umbral de su propia puerta. El beso, sin embargo, fue formal, en la mejilla.

–Marco, ¿qué ha sido todo ese jaleo?

–Un saludo de regreso al hogar, nada más.

171

–¡No seas estúpido! ¿Y esa mujer que se dejó los volantes en la plaza? ¿No era Cornelia Fláccida? –En una ocasión, Helena me había ayudado a interrogarla.

–Me imagino que alguien ha ido a molestar a Balbina Milvia, ésta ha ido a llorarle a su mamá y mamá ha venido a toda prisa a regañar al desconsiderado amante. Seguramente, la pobre mamá se ha alarmado de veras al descubrir que un miembro de los vigiles tiene un acceso tan fácil a la casa. La idea de que Petronio se esté ganando la confianza de la chica debe ponerla más que nerviosa.

–¿Crees que habrá pegado a Milvia?

–Sería la primera vez. Milvia es una princesa malcriada.

–Sí, ya lo supongo –dijo Helena un tanto lacónicamente.

–¿Ah, sí? –pregunté, fingiendo una ligera curiosidad–. ¿Y no puede ser que la princesa se lo haya pasado muy mal por culpa de algo que no esté directamente relacionado con su peligrosa madre?

–Es una posibilidad –admitió Helena.

–¿Y a qué podría deberse?

–¿A alguien con quien se encontró cuando salió en ese hermoso palanquín, tal vez? –Helena me devolvió el formal beso en la mejilla, saludándome como una púdica matrona al marido que regresa a casa. Olía a champú de romero y a esencia de rosa. En ella todo era limpio y terso y su cuerpo suplicaba una atención más íntima. Empecé a temblar de excitación–. Así Milvia tal vez aprenda a quedarse en casa tejiendo –añadió Helena.

–¿Como tú? –La llevé al interior, abrazándola. *Nux* entró pisándonos los talones, alerta a los besos y caricias a los que ladrar.

–Como yo, Marco Didio.

Helena Justina no tenía un telar. Nuestro apartamento era tan pequeño que no había mucho sitio para él. Si lo hubiese pedido, lo habría tenido. Como es obvio, yo fomentaría aficiones tradicionales y virtuosas, pero Helena Justina no soportaba las tareas largas y repetitivas.

¿Se quedaba en casa trabajando la lana? Como la mayor parte de romanos, me veía obligado a decir que no. Mi queridísima tórtola no.

Al menos sabía cómo se comportaba la mía, incluso pasándome el día fuera de casa. Bueno, eso fue lo que me dije.

XXX

A la mañana siguiente, Petronio vino a buscarme. Tenía el aspecto de un pobre hombre que no había conseguido hacerse con un desayuno. Como en casa yo era el cocinero, le ofrecí unos panecillos mientras Helena comía los suyos. Esa mañana había bajado a buscarlos descalza, a la panadería de Casio, y yo los había dispuesto armoniosamente sobre un plato.

—Ya veo que tú eres el encargado, Falco.

—Sí, soy un romano severo y paternalista. Yo hablo, mis mujeres se cubren la cabeza con velos y corren a obedecerme.

Petronio se burló mientras Helena se limpiaba miel de los labios con un gesto melindroso.

—¿Qué fue todo ese lío de anoche? —le preguntó abiertamente, para demostrar lo servil que era.

—La vieja carnera tiene miedo de que me haya infiltrado demasiado y esté presionando de nuevo a los gángsters con el conocimiento que he obtenido desde dentro. Piensa que Milvia es tonta y me cuenta todo lo que yo le pido.

—Cuando todos los demás sabemos que precisamente no vas allí a hablar... Una situación interesante —murmuré, tomándole el pelo. Luego, me dirigí a Helena y dije—: Al parecer es Milvia la que persigue a Lucio Petronio, mientras que se dice que el amante intenta quitarse de en medio.

—¿Ah, sí? ¿Y cómo es posible? —preguntó Helena, sometiéndolo a una divertida mirada.

—Tiene miedo de su mamá —sonreí.

—Milvia acaba de tener unas ideas muy peculiares —dijo Petro con el ceño fruncido.

–¿Quieres decir que por fin ha notado que no eres bueno para ella? –pregunté, arqueando una ceja.

–No, quiere dejar a Florio. –Tuvo el detalle de ruborizarse un poco.

–¡Oh, querido!

–¿Y vivir contigo? –preguntó Helena.

–¡Y casarse conmigo!

–¿Y no es una buena idea? –Helena se lo tomó con mucha más decisión que yo.

–Estoy casado con Arria Silvia, Helena Justina. –Helena se contuvo de comentar aquellas valientes palabras–. Admito que ella niegue este hecho –prosiguió Petro–, pero eso sólo demuestra lo poco que sabe de la vida.

Helena le pasó la miel. Yo esperaba que se la tirase a la cara. Guardábamos la miel en una vasija con un rostro céltico que había comprado de viaje por la Galia. Petro me miró de soslayo. Entonces se fijó en la vasija y comparó vagamente aquellos rasgos caricaturescos con los míos.

–¿Así que nunca te tomaste en serio lo de Milvia? –le presionó Helena.

–De esa manera, no. Lo siento.

–Cuando los hombre se disculpan, ¿por qué siempre lo hacen con personas que no son las indicadas? ¿Y ahora Milvia quiere ser más importante para ti?

–Piensa que lo es, pero ya se dará cuenta de lo que ocurre.

–Pobre Milvia –murmuró Helena.

–Es más dura de lo que parece. –Petronio intentó aparentar responsabilidad–. Es más dura de lo que ella misma cree.

En la cara de Helena había la expresión de creer que tal vez Milvia resultaría mucho más dura, y ser un problema mucho más grande, de lo que el propio Petro advertía.

–Esta tarde iré a ver a tu mujer, Lucio Petronio. Maya me acompañará. Hace siglos que no veo a las chicas y tengo unas cosas que trajimos de Hispania para ellas. ¿Quieres que le dé algún mensaje?

–Dile a Silvia que prometí a Petronila que la llevaría a los juegos. Ya tiene edad para ello. Si Silvia la deja mañana en casa de su madre, la recogeré y la devolveré a ese mismo lugar.

–¿En casa de su madre? ¿Quieres evitar verla?

–Intento evitar que me apaleen y me amilanen. Y además, si voy a casa, el gato se molesta.

–De esa manera nunca conseguirás la reconciliación.

–Ya lo arreglaremos –espetó Petronio. Helena respiró hondo y calló de nuevo–. Muy bien –le dijo Petronio capitulando–. Como Silvia añadiría, eso es lo que digo siempre.

–Oh, entonces yo no le diré nada –replicó Helena sin dureza–. Y vosotros, dos, ¿por qué no habláis de vuestro trabajo?

No había necesidad de ello. Las cosas habían arrancado por fin. Ese día sabíamos qué teníamos que hacer y qué esperábamos averiguar.

Al cabo de poco, besé a la niña, besé a Helena, eructé, me rasqué, conté las monedas que llevaba en el bolsillo, prometí ganar más, me peiné a toda prisa y salí con Petronio. No le habíamos contado a Frontino nuestros planes. En su lugar, teníamos a *Nux*. Helena no la llevaría de visita porque nuestra perra era enemiga declarada del famoso gato de Petronio. A mí no me importaba en absoluto que maltratase a aquella pulgosa criatura, pero Petro se pondría de mal humor. Además, Helena no necesitaba un perro guardián cuando salía con mi hermana Maya. Ésta era más agresiva que cualquiera con quien pudieran encontrarse en ese corto recorrido por el Aventino.

Petro y yo íbamos en dirección contraria. Nos dirigíamos a la calle del Cíclope, en el Caelio. Teníamos que entrevistar a la amiga de Asinia.

Se llamaba Pía, pero el zarrapastroso edificio en el que vivía nos hizo saber de antemano que su altivo nombre no le era nada apropiado. Resultaba difícil comprender cómo había hecho amistad con alguien de la buena fama de Asinia, aunque sabíamos que eran amigas desde hacía tiempo. Yo era demasiado viejo para que me preocupara cómo eligen las chicas sus amistades.

Subimos varios tramos de unas escaleras apestosas. Un portero con bocio nos hizo pasar pero se negó a acompañarnos hasta arriba. Pasamos ante puertas ennegrecidas, apenas iluminadas por pequeñas rendijas en las sucias paredes. Antes de subir a la primera planta, ya nos habíamos manchado la túnica. En los sitios en los que se colaban haces de luz, flotaban en el aire gruesas motas de polvo. Petronio tosió y el sonido resonó en el edificio como si éste estuviera vacío. Tal vez algún magnate esperaba poder echar a los inquilinos que quedaban para remodelarlo y alquilarlo a buen precio. El lugar amenazaba ruina y el aire tenía el olor rancio de la desesperación.

Pía esperaba visitas. Pareció aún más interesada cuando vio que éramos dos. Le dijimos que no comprábamos nada y su tono de voz se tornó menos amable.

Estaba tumbada en un sofá de lectura aunque no practicaba esa actividad para estimular la mente, pues no había nada que leer. Dudé de que supiera hacerlo, pero no se lo pregunté. Llevaba el pelo largo, con un extraño matiz bermellón, que probablemente ella consideraba moreno; sus ojos eran casi invisibles entre oscuros círculos de carbón y plomo de colores. Se la veía ruborizada, y no debido a una buena salud. Llevaba una túnica interior muy corta de color amarillo, y una exterior más larga y transparente, de un desagradable turquesa oscuro; la prenda externa tenía agujeros, pero no por eso había dejado de usarla. Las gasas eran caras. Llevaba horribles anillos en todos los dedos, siete cadenas colgando de su flaca garganta, brazaletes, tobilleras y ornamentos tintineantes en las trenzas. En Pía todo era exagerado menos el buen gusto.

Y pese a todo ello, aún podía ser una muñeca sincera y cariñosa.

—Queremos hablar de Asinia.

—Lárguense los dos —dijo ella.

XXXI

–A ti te gustan los retos, empieza –le dije a Petronio.

–No, el experto en brujas desagradables eres tú –replicó con cortesía.

–Bueno, tú eliges –le dije a Pía–. ¿Cuál de los dos?

–Tonterías. –Alargó las piernas para que las viéramos. Si las llevase limpias y no tuviese las rodillas tan gruesas podrían ser bonitas.

–Unas buenas piernas –mintió Petronio, en tono de admiración, un tono que los demás creían sincero hasta que a los cuatro segundos advertían que era una mofa.

–¡Márchense!

–Cántanos otra canción, querida.

–¿Desde cuándo conoces a Asinia? –intervine. Petronio y yo nos repartíamos los interrogatorios y era mi turno.

–Desde hace muchísimos años. –Pese a su cólera no pudo evitar respondernos.

–¿Dónde la conociste?

–En la tienda donde trabajaba.

–¿La cerería? ¿Ibas allí a comprar? –Supuse que Pía, por aquel entonces, era una esclava. En esos momentos debía de ser independiente, pero carecía de fondos.

–Nos gusta charlar.

–¿Y también ibais juntas a los juegos?

–No hay nada malo en eso.

–No habría nada malo si de verdad hubieseis ido.

–Pero si fuimos. –Le salió deprisa y con indignación. Hasta allí, la historia era cierta.

–¿Tenía novio Asinia? –me relevó Petro.

–Ella no.

–¿Ni siquiera uno del que no te hubiera contado nada?

–Ya me gustaría verlo. ¿Ésa? Pero si no sabe guardar un secreto, ni nunca lo ha querido.

–¿Amaba a su marido?

–Una estupidez por su parte. ¿Lo conocen? Es un llorón.

–Su esposa ha desaparecido. Es comprensible. –Petronio desperdició palabras para reprobarla mientras ella se metía los dedos mugrientos en sus enmarañados cabellos–. Entonces, ¿nadie vino con vosotras y Asinia no se encontró con nadie después? Será mejor que nos cuentes lo que pasó al salir del circo.

–No pasó nada.

–A Asinia le pasó algo –dije, relevándolo de nuevo.

–No le ha ocurrido nada.

–Está muerta, Pía.

–Me están tomando el pelo.

–Alguien la mató y la cortó en pedazos. No te preocupes, al final la encontraremos, aunque tardemos años.

Se había quedado pálida. Parecía muy distante. Era obvio que pensaba que podría haberle ocurrido a ella.

–¿Con quién se encontró Pía? –prosiguió Petro.

–Con nadie.

–No mientas. Y no temas que se lo contemos a Cayo Cicurro. Seremos discretos si es necesario. Queremos saber la verdad. Quienquiera que fuese la persona con la que Asinia se marchó, es peligrosa. Sólo tú puedes lograr que lo detengamos.

–Asinia era una buena chica. –No dijimos nada–. De veras lo era –insistió Pía–. No se marchó con nadie. Yo sí. Conocí a alguien y ella dijo que se iba a casa.

–¿Que vendría aquí?

–No. Yo necesitaba traer aquí a mi hombre, estúpido. Ella se iba a su casa.

–¿Y cómo se fue?

–A pie. Dijo que no le importaba.

–Creía que ambas habíais alquilado un palanquín. Cicurro piensa que eso fue lo que pasó. Te dijo que dejaras a Asinia en la puerta de su casa.

178

–Ya no nos quedaba dinero. Y además, era muy tarde. El circo ya estaba cerrando. Los asientos reservados ya estaban vacíos.

–Entonces, ¿la dejaste sola? –grité–. ¿A esa buena chica que era tan amiga tuya desde hacía tantos años, sabiendo que tendría que abrirse paso entre una multitud de juerguistas chillones y caminar hasta mitad de camino del Pinciano?

–Eso fue lo que ella quiso –insistió la chica–. Asinia era de ese modo. Hacía cualquier cosa por los demás; vio que yo ya tenía plan y se quitó de en medio.

–¿Te ayudó a entablar amistad con ese caballero?

–No.

–¿Solía hablar con hombres?

–No, era una inútil.

–Pero bonita.

–Oh, sí, atraía todas las miradas aunque ella no se daba cuenta.

–¿Era una persona demasiado confiada?

–Sabía suficiente.

–Pues parece que no –gruñó Petro airado. Hizo un ademán de repugnancia y me cedió el turno del interrogatorio.

–¿Quién era ese hombre?

–¿Y cómo quiere que lo sepa? Podía ser de cualquier sitio. No lo había visto nunca. Estaba borracho y no tenía dinero; en eso fui una estúpida. Si me lo encuentro otra vez, sus gónadas serán mías.

–Un amor ardiente, veo. Me interesan mucho las historias románticas. ¿Lo reconocerías si lo vieras?

–No.

–¿Estás segura de ello?

–Yo también había tomado mucho vino. No merece la pena que lo recuerde, créanme.

–Entonces, ¿dónde fue la última vez que viste a Asinia?

–En el Circo Máximo.

–¿Dónde? ¿Qué salida utilizasteis?

Pía echó los hombros hacia atrás y se dirigió a mí con tanta claridad como si yo fuera sordo.

–La vi por última vez junto al templo del Sol y la Luna. –Eso quedó perfectamente claro, pero enseguida lo estropeó con una

179

nueva idea–. He dicho una mentira... La última vez que la vi caminaba por la calle de los Tres Altares.

La calle de los Tres Altares discurre desde extremo del ábside del circo, cerca del templo del Sol y la Luna que Pía había mencionado, y que sube hasta la colina Escara. La colina Escara pasa por delante del templo del Divino Claudio y llega hasta el arco de Dolabella, que en la actualidad se usa como depósito del Aqua Claudia. Ahí se había encontrado la mano de Asinia.

Me pregunté si eso tendría importancia o si sólo era una coincidencia que la mujer fuera vista por última vez tan cerca de donde después había aparecido su mano mutilada. Y entre una cosa y otra, ¿adónde se habría dirigido? Dudaba de que llegáramos a averiguarlo.

Miré a Pía con amargura.

–¿Así que Asinia se dispuso a emprender su larga caminata hacia el norte y tú volviste a casa? ¿Cuántas personas había en la calle de los Tres Altares?

–Cientos de ellas, por supuesto. Era casi de noche. Bueno, bastante gente, sí.

–Has dicho que no había palanquines. ¿Algún otro tipo de vehículo?

–Sólo privados.

–¿Privados?

–Sí, ya sabe. Muchísimos mamones en sus grandes carros. Era mucho después del toque de queda.

–¿Cuántos carros?

–Oh, casi ninguno. –Su especialidad era contradecirse a sí misma–. No era la salida adecuada para eso. A los nobles les gusta que los recojan en la puerta principal o cerca del palco imperial, ya saben.

–Me temo que no –comentó Petro–. Para nosotros, después del toque de queda, la salida del lado del ábside es demasiado peligrosa.

Pía le dedicó una mirada lánguida. Para calmar a Petronio se necesitaba algo más que el rostro retorcido de una chica pintada.

–¿Viste si Asinia hablaba con alguien? –pregunté.

–No, no lo vi, pero ella no hacía esas cosas.

180

–¿Alguien intentó hablar con ella?

–¡Acabo de decírselo!

–Alguien pudo llamarla, o silbar, pero eso no significa que ella respondiera.

–No –dijo Pía.

–No nos estás ayudando mucho. –Petro decidió que había llegado el momento de ser abiertamente duro con ella–. Lo que le ocurrió a ella, podría haberte ocurrido a ti. De hecho, aún puede ocurrirte.

–Imposible. Ya no iré más a los juegos.

–Muy prudente por tu parte, pero ¿vendrás con nosotros una noche, al mismo lugar donde dejaste a Asinia, para ver si puedes reconocer a alguien?

–Yo no vuelvo a acercarme por allí.

–¿Ni para ayudarnos a encontrar al asesino de tu amiga?

–No servirá de nada.

–¿Cómo puedes estar tan segura de ello?

–Porque he vivido en este mundo.

Petro me miró. Si nos poníamos tan pesimistas como aquella furcia barata, acabaríamos dándonos por vencidos. Tal vez ni siquiera hubiésemos empezado. Quizá no deberíamos haberlo hecho pero, en esos momentos, nos encontrábamos metidos de lleno en ello. Sin que dijera nada, adiviné que quería que los vigiles interrogasen de nuevo a Pía con la esperanza de que le metieran miedo en el cuerpo. La calle del Cíclope en la que vivía debía pertenecer al Sector Primero o al Segundo; no lo sabía seguro, pero los límites discurrían cerca de Porta Metrovia, al final de la calle. Todo aquel territorio pertenecía a la Quinta Cohorte. Si no se habían enterado de que Rubella había suspendido a Petro, éste podría conseguirlo mediante una petición «oficial».

No teníamos ningún incentivo para continuar, y tratar con aquella chica resultaba muy doloroso. Cuando ya nos marchábamos, se echó a llorar, horrorizada.

–Lo que han dicho de Asinia, ¿no será verdad?

–Por desgracia lo es. –Petro se apoyó en el umbral de la puerta y puso los pulgares en el cinturón–. ¿No quieres decirnos nada más?

181

—No sé nada más —respondió Pía en tono de desafío.

Salimos y cerramos la puerta despacio. Petronio Longo bajó con firmeza los primeros tramos de las hediondas escaleras, luego se detuvo unos instantes y lo miré. Se mordía el dedo con aire meditabundo.

—Esa furcia estúpida miente —dijo.

XXXII

Petro y yo nos separamos en la puerta del edificio donde vivía Pía. Tal como esperaba, quería ir a charlar con la Quinta Cohorte. Su cuartel general estaba justo al final de aquella calle y muy cerca del depósito del Arco de Dolabella. Le sugerí que les pidiera que, cada noche, al terminar los juegos, vigilasen a conciencia por si acaso el asesino se dedicaba a contaminar las aguas justo ante sus narices.

–Muy bien, pero no necesito que me escribas el discurso de lo que debo decirles.

–Sólo unas cuantas cuestiones retóricas, socio.

–Eres un entrometido. –Volvio a adoptar un aire pensativo. Luego, en tono casi de desafío, añadió–: Mira, Falco, si Pía no está mintiendo en algo yo soy el Coloso de Rodas.

–Tú lo que eres es un testarudo colosal –sonreí, y como ya casi habíamos llegado al cuartel general de la Quinta, lo dejé, para qué continuar la farsa de representar a su propia cohorte. Aparecer con un investigador sería una señal inequívoca de que trabajaba por su cuenta.

La calle del Cíclope se encontraba a dos manzanas de distancia de la calle del Honor y la Virtud, otro destartalado y adecuadamente bautizado santuario para prostitutas con pasmosos historiales, entre ellas Marina, el excéntrico bollito que había sido novia de mi fallecido hermano y había dado a luz a Marcia. Yo me responsabilicé de Marina, ya que ella había dejado claro que no tenía intenciones de ser responsable de ella misma. Como estaba tan cerca de lo que parecía inevitable, me obligué a ir a verlas a ambas.

Fue inútil. Tendría que haber sabido que lo sería mientras durasen los juegos. Marina había ido al circo, a un lugar en el que había doscientas mil personas. Debía de haber dejado a Marcia en algún sitio. Apenas encontré a nadie a quien poder preguntar, y de esos pocos nadie me pudo contar nada. Dejé mensajes para avisar a Marina de que había un tipo peligroso que secuestraba mujeres en su zona. Ella no haría caso, pero si creía que yo patrullaba en las cercanías haciendo un trabajo de vigilancia, tal vez se asustaría y cuidaría más de mi sobrina.

Marcia ya tenía unos seis años. Parecía una niña feliz, equilibrada y llena de vida. Eso era lo importante. Helena y yo no estábamos en condiciones de adoptarla.

Mi hermano Festo murió en Judea sin saber que había sido padre de Marcia. Por varias razones, unas cuantas de ellas muy nobles, intenté ocupar su lugar.

El día se había vuelto cada vez más caluroso pero me recorrió un escalofrío. Esperaba que el asesino de los acueductos no se volviera paidófilo. Marcia se hacía amiga de todo el mundo y me horrorizó la idea de que mi sobrina favorita corriera por esas calles con su sonrisa inocente y amable, mientras un obseso carnicero vagaba por el mismo barrio en busca de carne femenina sin protección.

Nadie estaba a salvo. Cuando encontramos la primera mano, en aquel terrible estado de descomposición, su anónima dueña nos parecía tan remota que Petro y yo pudimos permanecer indiferentes. Nunca podríamos identificarla, ni aquella ni la siguiente, pero cada vez estábamos más cerca. Así fue como empezaron las pesadillas. Había averiguado tantas cosas sobre la víctima que ya era casi como si la hubiera conocido. Había visto hasta qué punto su muerte afectó a sus familiares y amigos. Asinia, esposa de Cayo Cicurro, de veinte años, tenía un nombre y una personalidad. Pronto sería demasiado fácil despertarse empapado de sudor por la noche si la víctima siguiente era alguien cercano a mí.

Regresé caminando al cuartel general de la Quinta Cohorte, pero Petronio ya se había marchado. Como me encontraba muy cerca, fui a ver a Bolano a su cabaña, pero también había salido. Le escribí un mensaje para decirle que era posible que las mujeres secuestradas desapareciesen en su mismo barrio, por lo que quería hablar con él acerca de ello. Me preguntaba si había algún acceso al Aqua Claudia o a cualquier otro de los acueductos cercanos.

Como no había logrado encontrar a tres personas distintas, intenté remediar mi mala suerte con un viejo truco que emplean los informadores: me fui a casa a almorzar.

No volví a ver a Petronio hasta el atardecer. Las golondrinas revoloteaban en el cielo cada vez más oscuro y yo crucé la calle para subir a la oficina, donde lo encontré acabando de cenar. Como yo, se había puesto ropa de calle; llevábamos túnicas y togas blancas para parecernos al público habitual de los juegos, pero debajo calzábamos botas de trabajo, muy buenas para patear a los desaprensivos. Además, Petronio se metió una gruesa vara en el cinturón, por debajo de la toga. Yo me las apañaría con el cuchillo que me había puesto en la bota.

Caminamos hacia el templo del Sol y la Luna casi sin hablar. Petro se detuvo en las escaleras del templo y yo retrocedí un poco y enfilé la calle de los Tres Altares. De día era un barrio comercial, con un aspecto muy abierto pese a estar tan cerca del Circo Máximo. El valle entre el Aventino y el Palatino era ancho y llano y no había demasiado movimiento comercial, ya que la gente evitaba dar toda la vuelta al circo para dirigirse a otro lugar. Posiblemente era más rápido hacer ese recorrido en una cuadriga tirada por caballos con el rugido de la gente para animarlos, pero a pie, ese trayecto era un crimen.

Al anochecer, el ambiente se deterioraba. Las tiendas de comida que durante el día se veían mucho mas agradables de lo que uno podía imaginar, por la noche volvían a parecer lúgubres. Los mendigos, probablemente esclavos huidos, salían a la calle para molestar a la gente que se marchaba de los juegos. Las viejas pintadas en las paredes de los descuidados edificios resaltaban aún más. Mientras desalojaba el circo de las cansadas hordas, el ruido era insoportable. Por eso nunca podría convertirse en un barrio residencial selecto. Las personas que se despedían a gritos después de habérselo pasado de maravilla eran una molestia para los que no habían asistido al espectáculo. A nadie le gusta que los aficionados a las carreras que han tomado demasiado el sol y han comido en exceso vomiten quince noches seguidas a la puerta de su casa. Los primeros en salir eran grandes grupos que se marchaban a casa; pandillas de amigos, de compañeros de trabajo y familias que corrían hacia la calle, empujando un poco si había demasiada gente y que, luego, enseguida se dispersaban. Los rezagados eran más variados y también más ruidosos. Algunos estaban borrachos, la prohibición del vino en la arena no surgió efecto en ningún lugar del imperio, y los que lo entraban a hurtadillas siempre bebían hasta embriagarse. Las apuestas eran ilegales y, sin embargo, todo el espectáculo giraba en torno a ellas. A los que ganaban les gustaba celebrarlo en la zona del templo del Sol y la Luna, donde Petro se había detenido, o en el vecino templo de Mercurio, antes de caminar tambaleantes por las calles, peligrosamente felices, con los ladrones pisándoles los talones entre las sombras esperando para robarles. Los que habían perdido cogían borracheras lloronas o se mostraban agresivos, dando vueltas por la zona en busca de alguna cabeza que romper. Finalmente, cuando las puertas del circo estaban a punto de cerrar, salían las chicas estúpidas que querían arruinar su reputación y los machos a los que esperaban atraer. Casi todas las chicas iban en parejas o en grupos pequeños. Eso les daba una confianza que según mi experiencia, no necesitaban para nada. Tarde o temprano se detenían ante una serie de vagos y decidían cuál sería el objetivo de cada una, aunque a veces había una bruja sencilla y desmañada cuyo papel tradicional era decirles a las demás que creía que se estaban buscando problemas y marcharse sola mientras sus descaradas amigas se lanzaban de cabeza a ello.

Observé a unas cuantas de las más sencillas e incluso las seguí una corta distancia para ver si alguien de aspecto siniestro iba tras ellas. Enseguida abandoné. Por un lado, no quería asustarlas y por otro, algún conocido podía verme detrás de esas mujeres, lo cual arruinaría mi buen nombre.

La situación del transporte me interesó. Al empezar el éxodo de espectadores parecía haber sillas de alquiler en todas partes, pero los prudentes que habían salido los primeros en busca de transporte para volver a casa las habían ocupado todas. Sólo unos pocos palanquines volvieron a la zona para un segundo recorrido y, por aquel entonces, los que todavía aguardaban estaban tan desesperados que las sillas volvieron a desaparecer al instante. También había algunos transportes privados que, por supuesto, tenían orden de esperar a sus dueños, por lo que, en teoría, estaban ocupados; aunque vi a ciertos esclavos encargados de ellos recibiendo abundantes propuestas para hacer horas extras, y algunos de ellos aceptaban.

Lo habitual eran las sillas en ángulo recto con dos porteadores o unos palanquines más altos con cuatro o incluso ocho hombres musculosos en los extremos. Los carros no abundaban; en la ciudad eran mucho menos versátiles. En Roma estaba prohibida la circulación de vehículos de ruedas durante el día, a excepción de las carretas de los constructores que trabajaban en los edificios públicos y el vehículo ceremonial de las vírgenes vestales.

Por lo que yo sabía, ninguna vestal le habría ofrecido nunca asiento a una gatita callejera descarriada. Una mujer podía estar pariendo en una alcantarilla y las altivas vírgenes hacían caso omiso de ella. De ese modo, esa noche fatal, después de dejar a Pía, y sin dinero, Asinia tuvo que haberse marchado a casa caminando. Aquél no era un sitio seguro para una mujer sola. Imaginé la situación: una chica negra, muy bonita, encantadora pero por completo inconsciente de ello, con aspecto tal vez nervioso, subiéndose tímidamente la estola y con la vista clavada en el suelo. Por más deprisa que caminase, tenía que ser fácil ver que era vulnerable. Seguro que esos andares rápidos llamaban la atención. Tal vez, el que la había seguido ya había abordado a Pía, pero ésta lo había rechazado. Luego, cuando Asinia, casta y modesta, se marchó sola, mucho más respetable que la amiga que con tanta prisa la había dejado, el hombre no creyó que pudiera tener tan buena suerte.

Aquella noche, en la zona próxima al circo, las prostitutas se entregaban a su negocio con alegría. Las chicas eran libidinosas, pero cuando advirtieron que lo que yo buscaba no tenía nada que ver con su trabajo, me dejaron en paz. Tenían muchísima faena. Aquellas noches largas y calurosas eran ideales para hacer dinero a la sombra del circo. Si se comportaban conmigo de una manera ofensiva, eso sólo les acarrearía mala publicidad, y lo más importante, perderían un maravilloso tiempo durante el que podían ganar dinero. Lo que más me chocó de las mujeres más jóvenes y de las no tan jóvenes fue que muchas de ellas se veían más peligrosas que las bandas de jóvenes. Un grupo de doncellas saltarinas, malhabladas y chillonas que movían sus parasoles amarillos, con los párpados pintados de plomo blanco y en busca de acción, me asustaba incluso a mí. Ante sus proposiciones, cualquier obseso sexual que tuviera dificultades con las mujeres se escondería detrás de una columna y se mearía.

No vi a nadie que tuviera aspecto de serlo, pero más abajo, en la calle de los Tres Altares, empecé a intuir que un hombre con esas características debía sentirse habitualmente atraído por esa zona. Imaginé que se burlaban de él y lo insultaban, y comprendí que su espíritu oscuro alentase salvajes pensamientos de venganza.

XXXIII

Petronio y yo decidimos pasar todas las noches que quedasen de los Juegos Romanos a las puertas del Circo Máximo. Tal vez habíamos estado junto al asesino todo el tiempo. Quizás había pasado tan cerca de nosotros que nuestras túnicas se habían rozado y no lo supimos.

Teníamos que conseguir más datos, trabajábamos con una información demasiado escasa. Empezábamos a creer que sería necesario que muriese otra mujer para tener la posibilidad de encontrar más pistas. Eso no podíamos deseárselo a nadie y no formulamos esos pensamientos en voz alta, pero tanto Petro como yo queríamos que Asinia, de cuyo nombre y carácter dulce nos habíamos enterado, fuese la última en sufrir.

El día siguiente al inicio de la vigilancia, los jóvenes Camilo sufrían las consecuencias de haber comido un pollo asado poco hecho y, como no podían ir al circo, mandaron a un esclavo para ofrecernos a mí y a Helena sus entradas. Incluso sabiéndolo con tan poca antelación, Helena consiguió que el joven Gayo se quedara unas horas con la niña. Era una oportunidad para salir solos, lo cual nos apetecía muchísimo. Bueno, solos, con un cuarto de millón de ruidosos compañeros.

Helena Justina no era demasiado aficionada a las carreras de cuadrigas. Yo estaba contento porque ese día los azules lo estaban haciendo muy bien. Mientras me revolvía en el asiento, gritaba ante la incompetencia de los conductores o vitoreaba sus éxitos, Helena permanecía quieta, paciente, con la mente a kilómetros de distancia de allí. Cuando me ponía en pie de un salto para animar, ella cogía la almohadilla y la ponía de nuevo en su sitio para que no me golpeara el culo con el banco. Qué chica tan agradable... Podías llevarla a todas partes. Ella sabía cómo hacerte saber que sólo un idiota disfrutaría con aquello, pero no se quejaba abiertamente.

Mientras yo me divertía, ella intentaba resolver el caso. Helena comprendía que buscábamos a alguien del que sólo podíamos intuir las características más esquemáticas. Durante un rato de tranquilidad, me hizo un resumen de lo que había pensado.

–La naturaleza del crimen, sobre todo lo que Lolio te contó con respecto a las mutilaciones, indica que estáis buscando a un hombre.

»El asesino puede ser cualquiera, un senador o un esclavo. Lo único que con toda seguridad puede deducirse es que no tiene aspecto sospechoso. Si lo tuviera, las mujeres muertas no se hubiesen ido con él. Y también sabemos algo respecto a su edad, porque esas muertes llevan mucho tiempo produciéndose. A menos que empezara de muy pequeño, puede ser de mediana edad o algo mayor.

»Tanto Petro como tú pensáis que actúa solo. Si trabajara con algún cómplice, después de todos estos años, uno u otro hubiera cometido un error o se habría ido de la lengua. La naturaleza humana es así. Cuanta más gente implicada, mayores son las posibilidades de que alguien se emborrache, sea vigilado por su mujer o atraiga la atención de los vigiles por un delito aparentemente no relacionado con esas muertes. El conocimiento compartido se divulga más fácilmente, por lo que piensas que se trata de una sola persona.

»También piensas que le cuesta relacionarse. Las características del crimen sugieren que el móvil es la gratificación sexual, la excitación a través de la venganza.

»Si Bolano está en lo cierto cuando dice que vive fuera de Roma, lo cual todavía estáis considerando, entonces debe tratarse de alguien que tenga acceso a los medios de transporte. De ese modo, las mujeres como Asinia son secuestradas en las proximidades del circo y luego son llevadas a otro lugar; vivas o ya muertas, eso no lo sabemos.

»Puede que utilice un cuchillo, pero tiene que estar en forma porque, para secuestrar a las mujeres, descuartizarlas y cargar con sus cuerpos se necesita fuerza física.

»Vive en algún lugar donde puede actuar con sigilo, o al menos tener acceso a un refugio secreto. Necesita intimidad para matar y las demás cosas que haga. Puede guardar cadáveres mientras empieza a deshacerse de otros. Puede lavarse y lavar sus ropas manchadas de sangre sin llamar la atención.

»Parece una descripción bastante detallada –comentó Helena al terminar su resumen–. Pero no basta, Marco. Lo que necesitas saber con más urgencia es qué aspecto tiene. Tiene que haber alguien que pueda describirlo, aunque ese alguien no advierta de quién se trata. No puede salirse siempre con la suya. Algunas mujeres a las que haya abordado no le habrán hecho caso o lo habrán mandado a freír espárragos. Incluso es posible que alguna chica haya podido huir de él.

–No se ha presentado ninguna –dije, sacudiendo negativamente la cabeza–. No hemos conseguido testigos ni siquiera con el famoso anuncio que Petro puso en el Foro.

–¿Tienen miedo?

–Lo más probable es que nunca hayan pensado que el plasta del que han escapado sea el asesino de los acueductos.

–Lo harán –dijo Helena decidida–. Los hombres que ahuyentan a sus asaltantes se limitan a reírse y dicen: «¡Ja, a ver si da un buen susto a otro!», pero a las mujeres les preocupa que otras corran la misma suerte que ellas.

–Las mujeres tienen mucha imaginación –dije con aire misterioso. Ella sonrió.

Sin darme cuenta, empecé a mirar al público que me rodeaba. No vi a ningún asesino inconfundible, pero a quien sí vi fue a Lucio Petronio, mi antiguo compañero en el ejército. Estaba sentado unas cuantas filas detrás de nosotros, hablando seriamente con su acompañante femenina de la carrera que estaba a punto de empezar. Seguro que le explicaba que los verdes eran un desastre, incapaces de conducir derecho un carro aunque tuvieran todo el Campo de Marte para ellos, mientras que los azules eran un equipo elegante y moderno que humillaría a todos los demás.

Di un suave codazo a Helena y ambos sonreímos, aunque también nos entristecimos. Contemplábamos lo que probablemente se convertiría en un espectáculo mucho más raro: Petronio disfrutando de la compañía de su hija de siete años.

Petronila estaba junto a él y lo escuchaba muy seria. Desde la última vez que la vi, sus rasgos habían cambiado, ya no tenía cara de bebé y se había convertido en una niña. Se la veía más tranquila de lo que yo recordaba y eso me pareció preocupante. Tenía el cabello castaño, peinado con un moño en lo alto de la cabeza y unos ojos oscuros y solemnes, casi tristes. Ambos comían empanada. Petronila lo hacía con mucha delicadeza, pues había heredado la finura de su madre. Su padre tenía toda la barbilla pegajosa y se había manchado de salsa la parte delantera de la túnica. Petronila lo advirtió y lo limpió con su servilleta. Petronio se rindió como un héroe. Cuando su hija volvió a sentarse, le pasó un brazo por el hombro y la estrecho contra sí. Miraba hacia la arena con una expresión impasible. Pensé que ya no veía la carrera.

XXXIV

Al día siguiente, Julio Frontino nos convocó a una reunión para revisar el caso. Yo odiaba esas formalidades, pero Petronio estaba en su salsa.

–Lamento mucho tener que presionaros, pero me exigen resultados. –Al cónsul lo atizaban desde arriba y él transmitía las quejas hacia abajo–. Hoy es el octavo día de los juegos.

–Tenemos una imagen mucho más clara de lo ocurrido que cuando hablamos con usted la última vez –lo tranquilicé. Me pareció poco prudente recordarle que sólo hacía cuatro días que colaborábamos con él. Había que mirar siempre hacia adelante, de otro modo pensaban que te escabullías.

–Supongo que ésa es vuestra manera de transmitir seguridad al cliente. –Frontino fingía bromear pero no caímos en la trampa.

–Identificar a Asinia nos ha dado mucha ventaja –afirmó Petro. Otra maniobra para transmitir seguridad. Frontino no se impresionó en absoluto.

–Se me ha indicado que nuestro objetivo tiene que ser resolver el problema antes de terminen los juegos.

Petronio y yo intercambiamos una mirada. Ambos estábamos acostumbrados a que nos pusieran plazos imposibles. A veces los cumplíamos, pero los dos sabíamos que nunca debíamos admitir que eran factibles.

–Tenemos pruebas definitivas de que el asesino comete sus crímenes durante los festivales –admitió Petronio, sincero–. Secuestró a Asinia el primer día de los Juegos Romanos. Sin embargo, soy cauteloso a la hora de suponer que aún esté en la ciudad. Tal vez sólo vino para la ceremonia de inauguración, cogió a una chica, se lo pasó bien a su terrible manera y luego se marchó. Quizá, después matar a Asinia, su ansia de sangre haya remitido hasta más adelante. Además, tenemos la teoría de que las descuartiza y se deshace de ellas fuera de Roma.

Aquello era muy significativo. Había sido Petronio el que insistió en que descartásemos esa posibilidad por motivos logísticos. Cuando lo hablé con Helena, ella se inclinó por la teoría de que nuestro hombre iba y venía, y yo intuí que tenía razón.

Por lo que había oído acerca de esos hombres, pensé que el cadáver sólo tenía una semana, que de momento sólo le había cortado una mano y que quizá tenía el resto del cuerpo escondido en algún cubil... No, en septiembre hacía demasiado calor.

–No podemos abandonar esta investigación hasta que empiecen unos nuevos juegos –nos gruñó–. Si lo hiciéramos, perderíamos impulso y todo el caso se quedaría estancado. Ha ocurrido tantas veces... Además, ¿qué implicaría eso? ¿Que le permitiríamos matar a otra chica durante la inauguración de los Juegos de Augusto?

–Es un riesgo demasiado grande –convino Petro. No teníamos otra opción.

–Los juegos son el peor de los escenarios –sugerí, obligándome a participar–. Pero no vamos a dormirnos en nuestros laureles hasta octubre, sólo porque tal vez ese tipo se haya marchado de Roma.

–Si se ha marchado, tendréis que ir tras él –dijo Frontino.

–Oh, ya nos gustaría, señor, pero no sabemos dónde buscarlo. Ahora es el momento de seguir las pistas, y tenemos algunas.

–¿Por qué no me las contáis? –Como siempre, la actitud del cónsul era enérgica. Había conseguido no sugerir que nos estaba llamando incompetentes, aunque su suposición de que los profesionales estarían dispuestos contarle exactamente lo que él quería saber imponía cierta tensión. Con aquel hombre tendríamos que ser muy agudos, ya que sus expectativas eran muy elevadas.

Para empezar, lo atosigué con el sumario que me había hecho Helena de la personalidad del asesino. Quedó encantado porque estaba bien estructurado y le gustaron su claridad y su sentido común. Petronio pensó que yo improvisaba y con una expresión

gélida me hizo saber que prefería no tener como socio a un orador fantasioso. Sin embargo, también él reconoció el valor de
aquella exposición. Lo único que le molestaba era no haberlo pensado él.

Entonces Petro, que no quería ser menos, añadió:

–Sabemos, señor, que Asinia desapareció en algún lugar entre
la salida del ábside del Circo Máximo, donde fue vista por última vez, y su casa. Se marchó hacia el norte. Tal vez la secuestraron en la presa cercana al circo o después, cuando llegó a calles
más tranquilas. Eso depende de si ese hombre actúa engañando
a las mujeres o si simplemente se abalanza sobre ellas. Falco y yo
continuaremos nuestra vigilancia nocturna. Una rutina tenaz puede revelarnos algo.

–Una rutina tenaz –repitió Frontino.

–Exactamente –dijo Petro con voz firme–. Lo que también
quiero averiguar es si alguno de los porteadores de las sillas de
alquiler o los palanquines vio algo la noche de la inauguración.

–¿Crees que el autor es uno de los transportistas comerciales?
–Vimos que Frontino estaba decidido a machacar al edil responsable del control de las calles.

–Sería una tapadera ideal. –Estaba claro que a Petro se le había
ocurrido alguna artimaña. Había que confiar en los vigiles ya que
podían inventar una sola hipótesis y luego probarla, mientras
que los investigadores teníamos que trabajar con varias ideas a
la vez. Cuando la vida real sacaba a la luz algo que se apartaba del
escenario de los vigiles, se desmoronaban. Tratándose de Petro,
sin embargo, aquella teoría podía ser válida–. Los porteadores
pueden llevar mujeres sin despertar sospechas... y después dispo-
nen de los medios para deshacerse de los cuerpos.

–Pero suelen trabajar en pareja –objeté.

–Tal vez al final descubramos que dos de ellos trabajan a dúo,
y no sólo como porteadores –prosiguió Petro tranquilo–. Yo rea-
lizaré mis propias investigaciones, pero hay muchísimos tipos de
ésos. Si pidiera al prefecto de los vigiles que ordenara una investigación oficial, eso nos sería de gran ayuda, señor.

–Ciertamente. –Frontino tomó una rápida nota en una tablilla encerada.

–Tendrá que poner a trabajar en ello a la Quinta y la Sexta Cohortes ya que de ese modo cubriremos los dos extremos del circo. Es probable que el asesino tenga su ruta favorita, pero no podemos fiarnos de eso. Los vigiles tendrían que preguntar también a las mariposas nocturnas.

–¿A quiénes?

–A las prostitutas.

–¡Ah!

–Si ese hombre acosa a las mujeres de manera habitual, tal vez lo haya visto alguna de las mariposas que revolotean por la zona del circo.

–Sí, claro.

–También es probable que odie a las profesionales y que prefiera mujeres respetables, porque son más limpias o están menos acostumbradas a escapar de peligros. ¿Quién sabe? Pero si pasea mucho tiempo por la zona, entonces seguro que las prostitutas saben de su existencia.

Me tocó el turno de hacer sugerencias, y como Petro, adopté una actitud modesta.

–Me gustaría inspeccionar mejor las conducciones de agua, señor. Bolano, el secretario del ingeniero que estuvo aquí, ha tenido buenas ideas. Está dispuesto a inspeccionar los acueductos incluso fuera de la ciudad, por si nuestro hombre no es de Roma. Ésa es otra de las razones por las que no salimos corriendo hacia el campo; pues es posible que Bolano descubra algo interesante y concreto.

–Investigad con él –ordenó Frontino–. Le diré al inspector de acueductos que Bolano nos ayudará cuando lo necesitemos.

–¿Y el magnífico Estatio? –preguntó Petro con malicia.

Frontino alzó los ojos de la tablilla y dijo:

–Supongamos que le digo que hemos pedido a Bolano para evitar que su superior tenga que abandonar tareas de gestión de mayor importancia. ¿Qué más?

–Ponernos en contacto con el prefecto de los vigiles.

Frontino asintió, aunque pareció advertir que le estábamos dejando los trabajos más aburridos mientras que Petronio y yo iríamos por libre. Sin embargo, ambos confiábamos en que establecería aquellos contactos esa misma mañana y que luego seguiría acosando al inspector y al prefecto hasta obtener los resultados deseados. A él tampoco le importaba que le recordásemos sus deberes, aceptaba que lo acosaran desde arriba siempre que pudiera hacer lo mismo con nosotros. En un hombre de su rango, aquello era muy raro.

Habíamos esperado con ganas que la investigación arrancase de una vez y las nuevas pruebas obtenidas relacionadas con Asinia nos dieron mucho impulso. No obstante, fue sólo momentáneo. Cuando salimos de la oficina de Frontino ya sabíamos que le habíamos mentido y, a medida que transcurrieron los días, fuimos presa de una gran depresión.

Petronio se cansó de hablar con los porteadores, una tarea aburrida donde las haya, y también intentó preguntar a algunos transeúntes, que era verdaderamente peligroso. Apenas se enteró de nada. Mientras tanto, yo conseguí por fin ponerme en contacto con Bolano, que llevaba muchos días fuera, en alguna obra. Cuando lo encontré, parecía desanimado. Dijo que había realizado inspecciones en las torres y en otras partes de los acueductos de la zona de la Campiña y que no había encontrado nada. Temí que le hubieran ordenado no colaborar. Dispuesto a recordarle el poder total del cónsul para apoyarse en sus superiores, se lo pregunté directamente pero lo negó. Tuve que aceptarlo y me marché.

Estábamos en un callejón sin salida y tanto Petro como yo lo supimos enseguida. A menos que tuviéramos suerte, habíamos llegado a un punto a partir del cual no se podía avanzar más. Los Juegos Romanos no tardarían en terminar. Los malditos verdes iban por delante de los azules en la clasificación de las carreras de cuadrigas. Muchos gladiadores famosos habían sufrido inesperadas derrotas y ya estaban en el Hades, dejando desconsoladas a sus seguidoras femeninas y arruinados a sus entrenadores. Las representaciones dramáticas eran tan calamitosas como siempre, y como siempre, nadie se atrevía a decirlo, excepto yo.

Y el caso se nos escapaba de las manos.

XXXV

No íbamos a resolver el caso antes de que terminasen los Juegos Romanos.

Yo supuse que Julio Frontino nos pagaría y nos despediría. En cambio, aceptó el hecho de que, si no aparecían nuevas pruebas, estábamos atascados. Nos renovó el contrato aunque sus palabras hacia nosotros fueron muy severas. Sin una solución que ofrecerle al emperador, él también se vería privado de gloria, por lo que debió pensar que nos necesitaba.

Nuestro único progreso eran los nombres de unas cuantas mujeres desaparecidas que Petro había logrado averiguar. Casi todas se dedicaban a la prostitución. Otras prostitutas nos los dijeron, y cuando les recriminamos que no hubiesen denunciado la desaparición a los vigiles, repitieron una y otra vez que sí lo habían hecho. A veces tenían niños que cuidar, otras veces trabajaban para chulos que habían visto reducir considerablemente sus ingresos. Nadie había relacionado nunca los distintos incidentes. A decir verdad, nadie se había preocupado demasiado por ellos. Era muy difícil reunir información fiable de los casos antiguos, pero Petro y yo notamos que el número de esas muertes había aumentado en los últimos tiempos.

—Ahora es más valiente —dijo Petro—. Un método. Es casi como si nos desafiara a que lo descubramos, sabe que puede salirse con la suya, se ha vuelto adicto y necesita esa emoción.

—¿Cree que es invencible?

—Sí, pero se equivoca.

—¿Ah, sí? ¿Y si no encontramos una pista que nos permita identificarlo?

—No pienses en ello, Falco.

Ni siquiera era posible relacionar las dos primeras manos que habíamos encontrado con ninguna de las mujeres desaparecidas. Para demostrar nuestra buena voluntad, le pasábamos copias de las listas de víctimas a Anácrites por si podía vincularlas con alguna denuncia llegada a la oficina del inspector. Nunca respondió. Conociéndolo, era de esperar que no leyera ninguno de nuestros mensajes.

Habíamos esperado que los casos anteriores nos aportasen alguna información útil, pero no fue así. Los secuestros ocurrieron hacía demasiado tiempo; las fechas eran muy vagas; la ética de la profesión desaconsejaba a las amigas de las mujeres que nos ayudasen. Ver a un hombre abordando a una prostituta apenas despertaba curiosidad. Al parecer, todas las mujeres habían desaparecido de la calle sin que ningún testigo lo presenciara.

Al menos podíamos informar al cónsul de algunos avances. En nuestra siguiente reunión, Petronio sugirió a Frontino que llamásemos a los vigiles para que nos ayudasen a vigilar la noche de clausura de los juegos.

—El asesino no centra sólo su atención en las prostitutas —le recordó Frontino a Petro—. Asinia era una mujer absolutamente respetable.

—Sí, señor, pero es posible que el asesino cometiera una equivocación. Asinia estaba sola, era de noche, muy tarde, y tal vez sacó conclusiones erróneas. Por otro lado, quizás esté ampliando sus objetivos, pero las mariposas nocturnas que rondan por las columnatas siguen siendo las chicas más vulnerables.

—¿Cuántas prostitutas registradas hay en Roma? —preguntó el cónsul, siempre interesado en las cifras.

—Treinta y dos mil en el último censo —respondió Petronio con su calma habitual, y dejó que Frontino llegara a la conclusión de que era completamente imposible protegerlas a todas.

—¿Y se ha hecho algo por saber si hay otras mujeres respetables a las que les haya ocurrido lo mismo?

—Martino, mi viejo segundo al mando, ha sido asignado a las investigaciones de la Sexta Cohorte. Ha revisado casos sin resolver de personas desaparecidas y en algunas ocasiones ha entrevistado de nuevo a las familias. Cree que ha encontrado una o dos que pueden haber muerto a manos del asesino de los acueductos, pero todavía no hay nada definitivo.

–Y los vigiles, ¿no tendrían que haberse ocupado de ello mucho antes?

Petronio se encogió de hombros.

–Tal vez. Lo que sí es cierto es que no podemos culpar a Martino de ello porque en esa época estaba conmigo en el Aventino. Los que recogieron las denuncias fueron agentes distintos, y durante un largo período de tiempo. Además, cuando una mujer desaparece durante un festival público, lo primero que pensamos es que se ha fugado con su amante. En uno o dos casos, Martino ha descubierto que eso fue lo que pasó. Una de ellas vive ahora con ese hombre y la otra volvió con el marido porque se peleó con el amante.

–Al menos, Martino puede cerrar ya esos dos casos –dije.

Mi investigación seguía centrándose en el suministro de agua.

Bolano se hartó de que lo molestara, estaba seguro de que en la ciudad no había ningún acceso fácil a los acueductos. Los que no llegaban de manera subterránea lo hacían a través de grandes arcadas de treinta metros de alto que cruzaban la Campiña. Al llegar a la ciudad, su curso seguía siendo elevado y pasaba por encima de las calles para abastecer las ciudadelas.

Bolano había preguntado a los trabajadores dignos de su confianza si era posible que nuestro hombre estuviera empleado en la Compañía de Aguas, y por eso tuviera acceso a los acueductos. Si alguien albergaba alguna duda acerca de un esclavo, hubiese avisado a Bolano. En los acueductos, la corrupción era algo conocido. Los funcionarios de la Compañía de Aguas aceptaban sobornos desde tiempos legendarios, y si los sobornos no llegaban, no se mostraban cooperativos; pero esos escabrosos asesinatos eran un delito especial, cualquiera que sospechase en serio de un compañero, lo delataría.

Julio Frontino había empezado a demostrar interés por Bolano. Le intrigaba el sistema de canalizaciones y dibujó sus propios planos. Un día, Bolano nos llevó a ambos a ver el cruce del Aqua Claudia y el Aqua Marcia, para demostrar la teoría de que los miembros mutilados podían tirarse a un canal y pasar después a otro, confundiéndonos acerca de su verdadera procedencia. Bolano nos metió en un canal que se ramificaba del Marcia. De alto mediría el doble que un hombre, tenía el techo plano y estaba rebozado con un liso cemento impermeable.

–Cal y arena, o cal y ladrillos desmenuzados –nos contó Bolano, mientras llegábamos a nuestro destino a través de una boca de acceso superior–. Vigile donde pisa, cónsul. Está rebozado por capas. Tarda tres meses en secarse. La última está tan pulida que brilla como un espejo.

–¡Cuánto trabajo! –exclamé–. ¿Por qué se esmera tanto la Compañía de Aguas?

–Las superficies lisas impiden la formación de sedimento, y al reducir la fricción, eso ayuda también a la corriente.

–Entonces, si entrase un cuerpo extraño, al bajar dando tumbos en el agua, ¿no se estropearía? –preguntó Frontino.

–Falco y yo hemos hablado de ello. Probablemente habría algún efecto de la fricción, pero si las manos mutiladas se hallan en tan mal estado, es debido a la descomposición, porque las paredes de los canales son perfectamente lisas, aunque un buen golpe podría destrozarlas. Si llega aquí un cuerpo extraño mientras estamos desviando la corriente, supongo que no quedará entero mucho de él.

Habíamos llegado al punto que quería mostrarnos. El Aqua Claudia cruzaba el Marcia directamente por arriba, un lugar muy poco recomendable para los claustrofóbicos. Bolano nos dijo que había una boca de acceso al lateral de la canalización del Claudia que discurría sobre nuestras cabezas, controlada por una compuerta. Nos mostró la boca, de casi un metro cuadrado. Obedientes, Frontino y yo miramos hacia arriba. Estaba oscuro y, aunque llevábamos lámparas, no vimos mucho de la negra y estrecha chimenea.

–Como pueden ver, abajo en el Marcia ahora mismo el caudal es muy débil. Tenemos que rellenarlo rápidamente porque el Marcia abastece al Capitolio. En teoría, el canal tendría que estar lleno en una tercera parte como mínimo...

Todo aquello estaba preparado, por supuesto. Mientras escuchábamos con toda cortesía, alguien que había sido avisado de antemano abrió la compuerta. La oímos crujir levemente en lo alto. Entonces, de manera inesperada, una gran cantidad de agua procedente del Aqua Claudia cayó por la boca de acceso hasta llegar al techo del Marcia. Precipitándose desde unos diez metros de altura, avanzó hacia nosotros y cayó en el techo del Marcia con un ruido ensordecedor. En el agua que discurría por el Marcia se formaron grandes olas de furiosa fuerza y su nivel aumentó de manera alarmante. Las salpicaduras nos empaparon y apenas oíamos nada.

Sin embargo, no corríamos peligro. Nos encontrábamos en una plataforma fuera del alcance de la corriente. Bolano agarró a Frontino para que no se cayera con la fuerte impresión. Yo me mantuve firme aunque las piernas me temblaron. El fuerte chorro de agua era espectacular. Bolano murmuró algo y a mí me pareció entender: «Esta mañana aún estaba en la Fuente Caeruleana», aunque pensé que era inútil preguntárselo.

Como Bolano había dicho, cualquier cuerpo extraño procedente del Aqua Claudia que bajase por esa cascada quedaría pulverizado o bien seguiría flotando en la corriente del recién llenado Aqua Marcia para ir a parar al depósito de éste, como la segunda mano que el esclavo público Cordo había encontrado y nos había entregado, en respuesta al anuncio que Petro puso en el Foro.

Frontino estaba asombrado por lo que veía. A mí tampoco me hubiera gustado perdérmelo. No averiguamos nada concreto por lo que básicamente fue un día desperdiciado pero, al parecer, en Roma tampoco había mucho que descubrir.

–Cuando quieran una visita comentada al Tíbur, avísenme por favor –nos ofreció Bolano sonriente cuando nos marchábamos.

Me gustan los hombres que se aferran a una teoría.

No habían aparecido más restos macabros, y mucha gente ya se bañaba, bebía agua y cocinaba sin apenas acordarse de las consecuencias que todo ello podía acarrearle.

Aunque, en muchos aspectos, la ausencia de miembros en los acueductos era un alivio, eso significaba que un hombre llamado

Cayo Cicurro seguía hundido en el dolor. Fui a verlo justo antes de que los juegos terminaran. Me acompañó Helena por si la presencia de una mujer lo consolaba. Además, quería saber qué opinaba de él. Cuando una mujer es asesinada, su marido se convierte automáticamente en el principal sospechoso. Aunque se hubieran dado otros casos de muertes parecidas, no estaba de más pensar que él podía haberlas imitado.

Fuimos a su casa a la hora del almuerzo por si había vuelto a hacerse cargo de la cerería. Lo encontramos allí y nos dio la impresión de que se pasaba todo el tiempo en casa y que la tienda estaba casi siempre cerrada. Nos hizo pasar la misma esclava que la vez anterior.

–Lo siento, Cicurro, pero tengo muy poco que contarle. Esta visita es sólo para comunicarle que continuamos buscando y que lo seguiremos haciendo hasta que encontremos algo, pero no quiero engañarlo diciéndole que hemos averiguado grandes cosas.

Nos escuchaba con aire compungido y aún parecía adormilado. Cuando le pregunté si quería saber algo, o si Frontino podía ayudarlo en cuestiones oficiales, se limitó a negar con la cabeza. Por lo general, las muertes repentinas provocan resentimiento y recriminaciones. Las suyas ya llegarían. En algún momento inoportuno, cuando tuviera muchas cosas que hacer, el pobre Cayo se encontraría preguntándose una y otra vez: «¿Por qué ella? ¿Por qué Asinia eligió aquel camino para volver a casa? ¿Por qué Pía la dejó sola? ¿Por qué Asinia y no Pía, que siempre se buscaba problemas de una manera tan abierta? ¿Por qué él mismo se había marchado al campo esa semana? ¿Por qué Asinia había sido tan guapa? ¿Por qué lo odiaban los dioses?». Aún no. De momento, no se le había dado una explicación oficial a aquella pesadilla. Se debatía entre querer saber y no querer saber los detalles exactos del terrible destino que había corrido su joven esposa.

Cicurro señaló un cofre de mármol marrón y dijo que allí estaba la mano embalsamada de la chica. Por suerte, no insistió para que lo abriéramos. Era muy pequeño, parecía más un plumier que un relicario. Incluso a nosotros nos pareció un símbolo ideal de la fallecida Asinia.

–Todavía vigilamos el Circo Máximo cada noche –le dije–. La noche de la clausura de los juegos la vigilancia será máxima y...

–Era una esposa perfecta –me interrumpió–. No puedo creer que se haya ido.

No quiso saber lo que íbamos a hacer. Lo único que necesitaba era que le dieran el cadáver de su esposa para poder celebrarle un funeral y llorar por ella. Yo no podía ayudarlo.

Cuando salimos de la casa, Helena no dijo nada. Luego, decidida, aseguró:

–Ese hombre no está implicado. Creo que si la hubiese matado, insultaría al presunto asesino con más vehemencia. Proferiría amenazas o bien ofrecería cuantiosas recompensas por su captura. Cuando dice que Asinia era perfecta, sus protestas serían más furiosas. En cambio, se queda ahí sentado, esperando que sus visitantes lo dejen en paz lo antes posible. Todavía está conmocionado, Marco. –Pensé que ya había terminado, pero entonces murmuró–: ¿Viste el collar de cristal de roca que llevaba la esclava? Supongo que pertenecía a su esposa.

–¿Lo ha robado? –Me quedé atónito.

–No, lo llevaba abiertamente.

–¿Quieres decir que, después de todo, Cicurro tenía una buena razón para deshacerse de Asinia? –Yo estaba aún más atónito.

–No –respondió Helena, sonriendo con ternura–. Está desconsolado, de eso no hay duda. Lo único que digo es que es un hombre típico.

XXXVI

A medida que pasaban los días y las pistas disminuían, nos íbamos preparando para una última noche de vigilancia en el exterior del Circo Máximo, coincidiendo con el final de los juegos. Frontino y el prefecto de los vigiles lo habían convertido en una cuestión oficial y se utilizaría a todos los hombres disponibles de las cohortes.

Me pasé el día en casa. Helena necesitaba descanso y yo necesitaba estar con ella. Trabajar de noche toda la semana me evitaba despertarme cuando la niña lloraba, pero Helena tenía que ocuparse de todos los asuntos domésticos cuando ya estaba realmente cansada. Julia había descubierto que podía sacarnos de quicio llorando horas y horas, y sin embargo callaba tan pronto como alguna de sus abuelas se presentaba a ver a la querida niña de Helena y la cogía en brazos. Helena estaba harta de que creyeran que no intentaba calmarla o que era una incompetente. Ella durmió toda la tarde. Mantuve a Julia callada con un método que Petro me había enseñado. Consistía en dormitar juntos en el porche con una taza de vino con miel, de cuyo contenido papá no era el único que bebía.

La única auténtica interrupción fue una lagartija de letrina llamada Anácrites.

–¿Qué quieres? Y no levantes la voz. Si la niña se despierta, despertará a Helena, y si eso ocurre, te retorceré ese asqueroso pescuezo.

No había ninguna razón para pensar que no se lavaba, sino todo lo contrario. Anácrites siempre iba muy pulcro y acicalado, era amanerado y se consideraba atractivo; lo único asqueroso en él era su carácter.

–¿Cómo has conseguido la colaboración del cónsul, Falco?

–Gracias a una buena reputación y a unos contactos inmejorables.

–Muchos hilos que mover, supongo. ¿Puedo sentarme?

–¿Todavía te encuentras mal? Siéntate en el escalón.

Yo lo hacía en una silla de mimbre que había sacado de casa y estaba arrellanado en ella, con un brazo alrededor de la niña dormida. *Nux*, que estaba tumbada a mis pies, llenaba el diminuto rellano del porche. Anácrites no podía pasar a mi alrededor para entrar a por un taburete y tampoco sentarse a la sombra. Tuvo que hacerlo bajo el ardiente sol en las polvorientas escaleras de piedra. No soy bastardo del todo. No quería que al pobre enfermo le diera otro dolor de cabeza, sino que se convirtiera en una uva pasa secada al sol y eso lo animara a marcharse.

Alcé la taza ante él y bebí. Y como sólo había una, no pudo más que asentir con la cabeza. Ni siquiera ese detalle obró ningún efecto.

–Tus andanzas con Frontino se interponen en mi camino, Falco.

–¡Cuánto lo siento!

–No tienes que fingir.

–Es ironía, compañero.

–Estupideces. ¿Por qué no unimos esfuerzos?

Sabía qué quería decir. Estaba tan atascado como Petronio y yo.

–¿Quieres que te contemos lo que sabemos y afirmar luego que lo has descubierto todo tú?

–No seas duro.

–Te he visto trabajar otras veces, Anácrites.

–Sólo pienso en aunar esfuerzos.

–Bueno, eso tal vez te dé el doble de probabilidades de éxito. –Yo también sabía parecer razonable y que el otro se retorciera de nerviosismo.

–¿Y todo el lío que vais a organizar esta noche? –Anácrites cambió de tema. Tenía las orejas muy limpias. Aunque con todas las cohortes de los vigiles en las calles para vigilar el circo, era inevitable que la información se filtrase a cualquier espía de medio pelo.

–Una medida contra posibles actos vandálicos que se le ha ocurrido a Frontino.

–¿Y eso? Él está *ex oficio*, aparte de la investigación de las muertes de la Compañía de Aguas.

–¿Ah, sí? No tenía la menor idea. No me interesa nada la política. Es un mundo demasiado oscuro para un pobre chico del Aventino como yo. Todas esas cosas en las que no hay escrúpulos se las dejo a los tipos que se han criado en palacio. –Comprendió el doble sentido de mis palabras y que lo estaba insultando por su inferior rango social. Nunca me había molestado en averiguarlo, pero era muy posible que Anácrites fuese un ex esclavo del palacio imperial. En aquella época casi todos los funcionarios de palacio lo eran.

Incapaz de tranquilizarse, cambió de tema de nuevo:

–Tu madre se queja de que nunca vas a visitarla –dijo.

–Dile, que se busque otro inquilino.

–Quiere ver más a la niña –mintió.

–No me digas lo que quiere mi madre. –Cuando mi madre quería ver a la niña hacía lo que siempre había hecho, pasarse por nuestro apartamento, andar por él como si fuera suyo y dar la lata.

–Tendrías que ocuparte más de ella, Falco –dijo Anácrites, que sabía dar golpes bajos.

–¡Lárgate, Anácrites!

Se marchó. Me puse más cómodo e hice lo propio con la niña. *Nux* alzó la cabeza, me miró con un solo ojo abierto y meneó la cola. Me había arruinado la tarde. Pasé el resto del tiempo preguntándome qué se traería entre manos aquel cabrón. Decidí que lo único que ocurría era que estaba celoso, pero eso todavía me puso de peor humor. Que Anácrites me tuviera envidia significaba correr peligro.

Al anochecer, Petro vino a nuestro apartamento para tomar una cena ligera. Le guiñé un ojo y le di las gracias por su consejo para el cuidado de la niña, y luego hincamos el diente a una empanada de carne que habíamos subido de la panadería de Casio. Siempre se pasaba un poco con la sal, aunque estábamos demasiado excitados para tener hambre.

–¿Qué ocurre? –preguntó Petro, al notar que Helena estaba más callada de lo habitual. Yo no necesitaba preguntarle qué pasaba.

–Cada vez que Marco sale tras la pista de un asesino me preocupo.

–Pensé que era porque salíamos a vigilar prostitutas.

–Marco tiene mejor gusto.

Pareció que Petronio tuviera pensado empezar a contar historias groseras y luego decidiese no alterar nuestra paz doméstica.

–No se trata sólo de que salgamos y veamos prostitutas –comentó en tono sombrío. Era muy propio de él haber estado pensando en la noche que teníamos por delante–. Me he preguntado cuántas personas distintas pueden estar implicadas si estos asesinatos están relacionados con los juegos.

–¿Cualquiera que trabaje en el transporte, por ejemplo? –preguntó Helena, que se aferraba a la teoría de que el asesino venía de las afueras de Roma.

–Sí, y los vendedores de entradas de las puertas...

–Y los vendedores de programas –dije, apuntándome al juego–. Chicas que venden flores, corredores de apuestas, los que dan información sobre éstas, los vendedores de comida y bebida.

–Los que alquilan sombrillas y taburetes –colaboró Petro.

–Ediles y porteros.

–Los que limpian el estadio.

–Los conductores de cuadrigas, los gladiadores, los que cuidan los establos, los entrenadores, los actores, los payasos, los músicos –canturreó Helena–. Los trabajadores del circo que abren las puertas del interior, los que se encargan de los marcadores. Los esclavos que maniobran el órgano de agua.

–El elegante chambelán que abre y cierra la puerta del palco imperial cuando el emperador tiene ganas de salir a mear.

–¡Gracias, Marco! Y todo el público, desde el emperador hasta abajo, sin olvidarnos de la Guardia Pretoriana.

–¡Para, para! –gritó Petronio–, ya sé que es verdad pero vuestras bromas me deprimen, parejita.

–Eso es lo que ocurre siempre con los vigiles –dije a Helena pesaroso–. No son persistentes.

–Ha sido idea tuya –le recordó Helena–. Algunos pensamos que las muertes sólo ocurren durante los festivales porque el asesino viene de fuera.

Sin embargo, cuando llegó el momento de marcharnos a nuestra patrulla nocturna, Petro tuvo la diplomacia de salir antes que yo para que pudiera abrazarla unos instantes. La besé con ternura y ella me recomendó que me cuidara.

Era otra noche calurosa. La zona que rodeaba el Circo Máximo estaba lleno de sillas de mano y malos olores. Después de dos semanas de festivales, los barrenderos de las calles se habían rendido. El público también debía de estar muy cansado, porque cuando llegamos algunos de los asistentes ya se marchaban, mucho antes de que sonaran las trompetas de la ceremonia de clausura.

Esa noche Petro empezaría en la calle de los Tres Altares. Pensé que irnos turnando de sitio nos mantendría despejados. Le di una palmada en el hombro y seguí adelante, hacia el templo del Sol y la Luna. Al final de la calle volví la vista atrás. Tardé unos instantes en distinguirlo; pese a su tamaño, Petro se escondía muy bien entre la multitud. Su figura vestida de marrón y su oscura cabeza se fundía con el gentío mientras deambulaba con despreocupación, como un hombre con todo el derecho de estar allí, bajo un pórtico, sin hacer nada y sin prestar demasiada atención a nadie. Supe que miraba a todas las mujeres que pasaban, poniendo a las más atractivas en su casillero de «notable», pero sin olvidarse de los descartes. Localizaría a los acechadores y a los holgazanes, frunciría el ceño porque había demasiados niños en la calle a esas horas, regañaría a los quinceañeros ruidosos, gruñiría a las chicas insensatas. Si se acercaba una mujer sola o un obseso, los distinguiría; si alguien era observado de muy cerca o molestado, por no decir asaltado en plena calle, la dura y pesada mano de Petronio Longo descendería de la nada y detendría al criminal.

Me crucé con algunos vigiles, para mí obvios pero bien disfrazados. Su prefecto había respondido bien a Frontino y todo el distrito estaba lleno de hombres, pero, igual que nosotros, en realidad no sabían a quién estaban buscando.

Tomé la calle del Estanque Público. El corazón me latía con fuerza. Aquello era la noche. Supe seguro que nuestro hombre estaba allí.

El éxodo de espectadores del estadio era constante. La gente caminaba con pereza, cansada después de quince días de juegos, cansada de la excitación y de gritar, de la comida comercial y el vino barato y pegajoso, con ganas de volver de nuevo a la vida cotidiana. Mediados de septiembre, el tiempo pronto refrescaría. El largo y caluroso verano tocaba a su fin, en dos semanas se acabaría la temporada de lucha. Con octubre terminarían las vacaciones escolares. Después de tres meses y medio sería un alivio para muchos (entre ellos los maestros, necesitados de seguir ganando un sueldo). Con octubre también llegarían festivales nuevos, pero todavía no se habían acabado los Romanos. Aún teníamos una noche, una última oportunidad de convertir esos juegos en algo memorable, unas horas finales para el simple placer o el libertinaje más absoluto.

Dentro del circo sonaba la banda de *cornu*, las grandes cornetas de latón casi circulares, que los músicos cargaban al hombro encima de travesaños, con sus diferentes notas sonando a fuerza de soplidos, aunque muchas de ellas fallaban debido al cansancio de aquel largo día. Decidí que había un tipo de sospechoso al que descartar: ningún cornetista tendría fuerza suficiente para secuestrar una mujer después de quedarse sin aliento actuando con la banda.

Con un debilitado aplauso que se propagó por todo el valle un año más terminaron por fin los Juegos Romanos. En esos momentos, los que habían tenido la suerte de presenciar todos los juegos ya se habían ido. Los demás arrastraban los pies, cansados, y ante su renuencia a marchar, eran empujados por los porteros que querían cerrar. Fuera había muchos grupos, los más jóvenes querían más diversión. Los visitantes se despedían de los amigos a los que sólo veían durante los festivales, había jóvenes que silbaban a chicas de risitas tontas, los vendedores de comida empezaban a recoger sus tenderetes, los músicos se quedaban cerca de ellos por si alguien los invitaba a tomar algo, los buhoneros con ojos de gitanos del Trastévere iban de grupo en grupo intentando hacer las últimas ventas de sus joyas de imitación, un enano, que llevaba multitud de cojines baratos atados a la cintura, se abría paso hacia el templo de Mercurio.

Entre las sombras que proyectaba el espacio estaban las prostitutas. Caminaban de una en una o por parejas, con las faldas levantadas, mostrando las piernas, al tiempo que correteaban sobre zapatos de altos tacones de corcho y miraban con ojos llenos de carbón. Con los cabellos postizos, o tan descuidados que ya parecían postizos, movían altivas sus empolvadas caras, unos rostros como máscaras cruzados por una pincelada en los labios de color hígado de cerdo. Los hombres se acercaban a ellas, intercambiaban unas palabras y luego desaparecían en silencio hacia la oscuridad. Transcurrido poco tiempo, ella salía de nuevo, a la espera del próximo cliente.

A mis espaldas, en la oscuridad de la entrada del templo, oí ruidos que sugerían que ese comercio se realizaba también allí. O tal vez aquella diversión no era pagada y algún joven había tenido la suerte de pescar a una de las chicas traviesas y chillonas que se quedaban merodeando por las calles con sus insolentes amigas mucho después de la hora fijada por sus madres para que volviesen a casa. Antaño las hubiese animado, pero ahora ya era padre.

Toda la escena era sórdida. Desde los borrachos que se apoyaban en las puertas de las tiendas cerradas y que hacían horribles insinuaciones a los transeúntes hasta los trozos de sandía aplastados en las alcantarillas, con sus interiores tan rojos como sangre recién derramada; desde los carteristas que, a hurtadillas y contentos de sí mismos, se marchaban a sus casas hasta el olor de orines en los callejones de los gamberros que no podían esperar. Cada vez era peor. Las pocas lámparas encendidas iluminaban la entrada de pequeñas tabernas o se difundían desde las altas ventanas de los apartamentos y los espacios entre unas y otras se veían aún más oscuros y peligrosos. Pasaron un par de palanquines, con sus linternas de cuerno moviéndose en los ganchos de los extremos. Alguien cantaba una canción obscena que yo recordaba del tiempo pasado en las legiones. Pasaron dos hombres montados a lomos de un asno; estaban tan borrachos que ni siquiera sabían adónde iban. El animal bajaba trotando la Vía de las Piscinas Públicas con ellos a cuestas, eligiendo el recorrido por sí mismo. Tal vez sabía ir a una alegre taberna bajo los Muros Servios, junto a la Puerta Radausculana. Dudé y estuve a punto de seguirlos. Había tanta gente que no se llevaba nada bueno entre manos que resultaba difícil elegir a quién vigilar. En todas direcciones las mujeres se comportaban de una manera desvergonzada y estúpida mientras unos hombres de aspecto siniestro las miraban esperanzados. No soportaba verme allí, siendo parte de todo aquello. Estaba tan nervioso que casi pensé que todos los que participaban en aquella sórdida escena se merecían lo que tenían.

El éxodo se prolongó otras dos horas. Al final, tenía la mente tan aturdida que empezó a divagar por sí misma. De repente, volví a la realidad y advertí que llevaba diez minutos mirando directamente ante mí, mientras perfeccionaba mi plan de alquilar un teatro y dar un recital público de mi poesía. Era un sueño que alimentaba desde hacía tiempo pero que, hasta entonces, mis amigos me habían aconsejado olvidar, sobre todo los que habían oído mis odas y mis églogas. Volví a la vida real con un sobresalto.

Fuera de la puerta más cercana del circo había una chica sola, muy joven. Iba vestida de blanco, con un destello de bordado de oro en el dobladillo de su estola, su piel era delicada y llevaba el cabello muy bien peinado. Lucía, inocente, unas joyas que sólo podían pertenecer a una rica heredera; miraba a su alrededor como si formase parte de una intocable procesión de vestales a plena luz del día. La habían educado para que creyera que siempre la tratarían con respeto, y sin embargo, algún idiota la había dejado allí. Aunque no se la conociera, se la veía por completo fuera de lugar, y yo, además, sabía quién era; se trataba de Claudia Rufina, la joven y tímida criatura que Helena y yo habíamos traído con nosotros de Hispania. Estaba allí sola, rodeada de individuos dispuestos a abordarla.

XXXVII

–¡Claudia Rufina! –Conseguí plantarme a su lado antes de que ninguno de los presuntos asaltantes, violadores o secuestradores. Varios tipos miserables retrocedieron un poco, aunque seguían apretujados cerca, escuchándonos a la espera de que Claudia rechazese a un oportunista como yo y les dejara el botín a ellos.

–¡Cuánto me alegro de verte, Marco Didio!

Claudia era dócil y honrada. Intenté bajar la voz.

–¿Puedo preguntarte qué haces tú sola en esta peligrosa calle a altas horas de la noche?

–Oh, no importa –dijo la estúpida para tranquilizarme–. Estoy esperando que Eliano y Justino regresen con nuestra silla de mano. Su madre dice que la han mandado a buscarme, pero con tanta gente es muy difícil encontrarla.

–Éste no es un buen sitio para esperar, señorita.

–No, no lo es, pero es la salida más cercana a la Puerta Capena. Desde ahí podríamos volver a casa andando, pero Julia Justa no quiere ni oír hablar de ello.

Volver los tres juntos a casa sería más seguro que dejar a Claudia allí sola, como un cebo, mientras ellos localizaban el palanquín.

Mientras yo seguía discutiendo, apareció Justino.

–¡Claudia! ¿No te he dicho que no hables con desconocidos?

–¡No vuelvas a dejarla sola! –intervine, perdiendo los estribos–. ¿No sabes que fue en esta zona donde desapareció la última víctima del asesino de los acueductos? ¡Estoy aquí vigilando por si hay alguna mujer estúpida que se hace seguir por un maníaco, y no quisiera que eso le ocurriese a una dama que yo mismo traje a Roma y que va a convertirse en mi cuñada!

Él no conocía esa información pero, tan pronto como expliqué lo que ocurría, sintió peligro inmediato.

–Hemos sido unos imbéciles, te pido disculpas.

–No tiene ninguna importancia –repliqué con brusquedad–, siempre y cuando tú y tu hermano seáis los que tengáis que dar razón de vuestra estupidez a Helena, por no hablar de vuestra ilustre madre, vuestro noble padre y los abuelos de Claudia...

Claudia posó unos ojos solemnes en Justino. Era uno de los pocos con la estatura suficiente como para que sus miradas se encontrasen, pese a la costumbre de Claudia de inclinarse hacia atrás y mirar el mundo desde su larga nariz.

–Oh, Quinto –murmuró–. Creo que Marco Didio está un poco enfadado contigo.

–¡Por todos los dioses! ¿Voy a tener problemas? –Era la primera vez que veía a Claudia reprendiendo a alguien. El rebelde de Quinto parecía acostumbrado a ello–. No te preocupes, si en casa se dice algo, le echaremos la culpa a Eliano. –Aquello sonó a vieja broma compartida. En medio del tintineo de sus brazaletes, Claudia ocultó una sonrisa tras la mano repleta de anillos.

En aquel preciso instante llegó Eliano, procedente de otra dirección, trayendo el palanquín para su prometida. Además de los porteadores, había tres chicos con varas que hacían de vigilantes, pero eran pequeños y parecían indefensos. Ordené a los dos Camilo que se marcharan enseguida.

–Caminad todos juntos, mantened los ojos bien abiertos y llegad a casa lo antes que podáis –les dije.

La Puerta Capena estaba muy cerca, o me hubiese sentido obligado a ir con ellos. Al principio pareció como si Eliano quisiera llevarme la contraria, pero su hermano había comprendido lo que ocurría. Cuando Claudia intentó tranquilizarme con un beso de despedida en la mejilla, Justino le dio un pequeño empujón para que entrase en el palanquín. Se plantó ante la puerta entornada del mismo, protegiendo a la chica de las miradas de los transeúntes, para ponerse entre ella y el peligro. Dijo algo entre dientes a su hermano y éste alzó la cabeza para comprobar si era verdad que estábamos rodeados de malhechores. Entonces, Eliano tuvo el detalle de cerrar filas con Justino y ambos se pusieron a andar junto al palanquín, que ya empezaba a moverse.

Justino me dedicó un enérgico saludo militar; era un recuerdo de la época que habíamos pasado juntos en Germania, y con él quería hacerme saber que él se ocupaba de todo. Eliano también estuvo en el ejército pero yo no sabía en qué provincia había servido. Conociéndolo, seguro que fue en algún lugar donde la caza era buena y los nativos habían olvidado cómo luchar. Si su hermano pequeño parecía más maduro y responsable en una situación difícil, era porque Justino había aprendido a sobrevivir en un territorio bárbaro y yo le había instruido. También le hubiera podido enseñar tácticas para tratar a las mujeres, pero en aquella época no las necesitaba. En esos momentos, no supe seguro si todavía las necesitaba.

Apesadumbrado, volví a mi puesto de vigilancia en el templo del Sol y la Luna. Estaba nervioso; había tantísima gente en la calle en peligro, y encima tenía que preocuparme de los míos.

La siguiente mujer a la que vi haciendo el ridículo era otra a la que también conocía: Pía, la amiga de la fallecida Asinia, la desvergonzada vestida de color turquesa que nos había asegurado a Petro y a mí que no volvería a acercarse al circo después de lo ocurrido con Asinia. No era ninguna sorpresa que aquel tembloroso capullo de rosa saliera del estadio esa noche, después de asistir, como siempre, a los juegos. Y, por si fuera poco, iba acompañada de un hombre. Caminé deprisa para alcanzarlos y, al verme, se molestó. Yo también estaba molesto: porque nos había mentido y por su tan flagrante falta de lealtad hacia su amiga asesinada. Sin embargo, alberguué la pequeña esperanza de poder desenmascarar sus mentiras.

Aquel tipo de gustos enfermizos que acompañaba a Pía era un perro seboso con remiendos en la ropa y un ojo amoratado. Se hacía pasar por un viejo amigo, por lo que tal vez había sido la propia Pía la que le había dado el puñetazo. Ella, sin embargo, quería hacerme creer que apenas conocía a aquel zarrapastroso.

–¿Es ésta la comadreja con la que estuviste fornicando la noche que dejaste sola a Asinia? –pregunté, yendo directo al grano.

Ella quería negarlo, pero él no se dio cuenta y empezó a decir que sí. Pía debía de haberlo elegido por su inteligencia; él a ella, resultaba difícil de deducir.

Era casi seguro que habían hablado de la noche en cuestión, que él sabía lo que le había ocurrido a Asinia, y tal vez más que eso.

—¿Cómo te llamas, amigo?

—No te lo diré.

—Muy bien. —A veces merece la pena dejarles que guarden el secreto. No me interesaba quién era, quería saber qué había visto—. ¿Te has enterado de lo que le ha pasado a la pobre Asinia?

—¡Terrible!

—Me gustaría que me contaras tu versión de la historia. Pía dice que, esa noche, ambos la dejasteis aquí, pero ¿no la visteis de nuevo en la calle de los Tres Altares?

—Sí, debimos alcanzarla, pero ella no nos vio.

—En esos momentos, ¿se encontraba bien?

—Entonces, ¿no le has contado lo de ese tipo? —preguntó él, dirigiéndose a Pía.

—Oh —mintió Pía con todo el descaro—. Lo había olvidado.

—¿Qué tipo era ése? —Deseé la compañía de Petro. Como tenía menos escrúpulos que yo, la hubiera arrastrado del brazo hasta el cuerpo de guardia de los vigiles al tiempo que alentaba su libertad de expresión retorciéndole la garganta con la otra mano.

—Oh —exclamó Pía, como si fuese algo muy poco importante y además, lo acabase de recordar—. Creo que vimos a Asinia hablando con un hombre.

216

XXXVIII

Yo estaba tan furioso que hubiese podido lanzarlos alegremente a ambos al torturador público para que los escarificase con ganchos. Vi que Pía advertía que la atmósfera era mucho mas pegajosa de lo que a ella le gustaría. Aun así, seguía negándose a hablar, pero cuando su asqueroso compañero de cama lo hacía, ella fruncía el ceño y callaba. Lo que pensara hacerle después, sería una cosa entre ambos.

–Vimos a ese tipo –me dijo él, con una actitud servicial. Yo lo hubiera admirado por ello de no haber sospechado que Pía le había ordenado que mantuviese la boca cerrada. El hombre calló aquella información vital durante una semana, aun sabiendo que podía ayudar a arrestar a un obseso y salvar la vida de otras mujeres.

–Has dicho que viste a ese tipo.

–Estaba hablando con Asinia.

–¿La importunaba?

–No, no lo parecía. Nos fijamos en eso porque Asinia nunca hablaba con hombres, pero él parecía muy animado. De otro modo, nos hubiéramos interpuesto, claro.

–Claro. –La forma en que se escudaba en Pía sugería que aquel tipo no era de los que están dispuestos a perderse una caricia–. Y entonces, ¿qué ocurrió?

–Ella le respondió algo y él se alejó.

–¿Y eso fue todo?

–Eso es todo, legado.

–¿Estás seguro de que viste a Asinia seguir andando sola?

–Del todo.

–¿Cómo era el hombre?

–No sé. Sólo lo vimos de espaldas.

–¿Alto?

–No, bajo.

–¿Grueso?

–Normal.

–¿Edad?

–No podría decirlo.

–¿Joven o viejo?

–Viejo, probablemente.

–¿Mucho?

–Probablemente no.

–¿Alguna característica nacional?

–¿Qué?

–¿Parecía romano?

–¿Qué quiere decir?

–Olvídalo. ¿Pelo?

–No lo sé.

–¿Sombrero?

–Creo que no.

–¿Cómo vestía?

–Túnica y cinturón.

–¿Qué color de túnica?

–Ninguno en particular.

–¿Blanca?

–Podría ser.

–¿No te fijaste en algún detalle especial?

–No, legado.

–¿Botas o zapatos?

–No puedo decirlo, legado.

–Y tampoco puede importarte menos, ¿verdad?

–No nos fijamos mucho en él. Era un hombre corriente.

–Tan corriente que tal vez sea un brutal asesino. ¿Por qué ninguno de los dos habéis informado antes de todo esto?

–No pensé que fuera importante –dijo el hombre con vehemencia para que me tranquilizara. Pía no intervino. Comprendí su problema: temía que Cayo Cicurrro la culpase por dejar que su esposa se metiera en líos mientras ella se ocupaba de acostarse con aquel gusano.

—Muy bien. Y ahora quiero que vengáis conmigo a la calle de los Tres Altares y señaléis exactamente dónde visteis a Asinia con ese desconocido.

—¡Tenemos otros planes! —protestó la bola de grasa. Pía, que seguía fingiendo que apenas lo conocía, tenía un aire arrogante.

—Muy bien —dije en tono agradable—. Yo también tengo un plan. Tengo el plan de llevaros ante el juez esta noche, acusaros del delito de obstruir una investigación consular, engañar a la justicia y poner en peligro de secuestro, heridas o muerte a ciudadanos libres.

—Bien, entonces hágalo enseguida —murmuró el amigo de Pía. Ella calló pero empezó a caminar con nosotros por si él decía algo por lo que ella tuviera que pegarle más tarde.

Después de pasar junto al Circo Máximo, la repugnante pareja se detuvo en el extremo opuesto del cruce de la calle del Estanque Público. Hacia la izquierda, una carretera discurría junto a la zona norte del circo en dirección al Foro Boario y al río. A la derecha se encontraba la Vía Latina. Ante nosotros, al otro lado del cruce, el camino por el que veníamos cambiaba de nombre. El ramal de la izquierda iba hacia el Foro, saliendo de delante del Coliseo y el nuevo anfiteatro de los Flavios. La de la derecha era la calle de los Tres Altares.

—Entonces, cuando llegasteis ahí, ¿os fuisteis directamente hacia la Vía Latina, para pasar el extremo de la calle del Honor y la Virtud, y doblar luego por la calle del Cíclope? —Asintieron. Como no sabían que la novia de mi hermano vivía en la calle del Honor y la Virtud, quedaron subyugados por mi conocimiento de la zona—. Y entonces, ¿más adelante estaba Asinia?

—Tuvo que haber llegado por la calle de los Tres Altares —dijo el hombre, asintiendo de nuevo.

—¿Y no hubiera ido más rápido por el otro lado?

—Le gustaba caminar sola por el Foro —dijo Pía.

—¿Por Júpiter! ¿Prefería un camino más tranquilo para que nadie la oyera chillar si la cogía un maníaco?

–Asinia era tímida.

–¡Lo que quieres decir es que estaba muerta de miedo porque la habías dejado sola y tú lo sabías! –La mundana Pía tenía que saber además que una mujer como Asinia, sola y nerviosa en la calle, estaba pidiendo a gritos que la viera un hombre al que, por encima de todo, le gustaban las mujeres aterrorizadas. Desde el momento en que las dos amigas se separaron, Asinia se había convertido en objetivo de obsesos. Tal vez ya lo había descubierto en ocasiones previas y por eso le gustaba alejarse de las multitudes.

–¿Cuánta gente había esa noche?

–No mucha. Un poco más que ahora.

–¿Los espectáculos habían terminado? ¿Casi todo el mundo se había ido a casa?

–A menos que tuvieran otras cosas que hacer. –El amigo de Pía soltó una risa tonta y la manoseó, como preámbulo a un sudoroso coito–. Yo no les hice caso.

No había visto a Petro pero éste nos había localizado porque, de repente, se materializó a nuestro lado y se puso a escuchar. Yo le presenté lo mejor que pude al pichón de Pía.

–Oh, ya lo conozco –se burló Petro–. Se llama Mundo. –No explicó qué había hecho ese tal Mundo para atraer la atención de los vigiles. Sin embargo, su expresión me dio unas cuantas pistas.

Le narré toda la historia a Petro y éste quiso que Mundo se la contara de nuevo, intentándolo después con Pía. Ella seguía sin soltar prenda, pero tuvimos la impresión que lo hacía más por mal genio que maldad.

–Lo que no entiendo es por qué te separaste de Asinia junto al templo del Sol y la Luna si cuando llegó aquí la estabais siguiendo de nuevo.

–Primero íbamos al templo a retozar –respondió Mundo, como si tuviera que ser obvio–. Pensábamos quedarnos un rato y luego comprar comida y llevarla a casa de Pía, pero cuando subimos las escaleras vimos que el pórtico estaba lleno de viejos fornicando con chicos bonitos, por lo que cambiamos de idea.

Petronio hizo una mueca de asco. Parecía poco probable que pudiéramos sacar más información útil a aquel par de asquerosos. Decidimos dejarlos marchar.

–Una cosa más –dije, en tono severo, intentando que Mundo me escuchase antes de perderse por completo en los sucios atavíos de Pía–. ¿Estás absolutamente seguro de que el hombre que acosaba a Asinia iba a pie?

–Sí, legado.

–¿No llevaba palanquín? –preguntó Petro–. ¿Ni un carro o una carreta?

–Ya se lo ha dicho –intervino Pía, que quería librarse de nosotros–. No había nada.

Si decía la verdad, podía haber varias explicaciones. El encuentro que presenciaron tal vez no tenía nada que ver con el posterior secuestro. O quizás el asesino molestó a la chica, luego fingió dejarla pero la siguió, sin que Pía y Mundo lo notasen, para cogerla sola y llevarla después a su medio de transporte. O tal vez estableció el contacto inicial, la miró, vio que se ajustaba a sus necesidades, fue a buscar el transporte y después la secuestró en una calle más tranquila. Si la primera conversación fue amistosa, la segunda vez que la vio, la chica ya fue un objetivo fácil.

–Era él –decidí.

–Es probable –convino Petro.

Despedimos a los inocentes enamorados, que se marcharon por la Vía Latina; Mundo toqueteando a Pía mientras ella lo insultaba malhumorada.

–Esa mujer todavía quiere mentirnos... Por principio. –Me tocaba el turno de proclamar el veredicto–. Si pudiera conseguirlo, lo haría, pero ese gilipollas dice la verdad.

–Sí, es un encanto –convino Petro con displicencia–. Puro y verdadero. Y su falta de remordimientos por Asinia es casi tan conmovedora como la de Pía. ¿Qué sería de nosotros sin unos ciudadanos tan honestos que nos ayudaran en nuestro trabajo?

La multitud ya casi se había dispersado. Sólo seguían allí los holgazanes que continuarían bebiendo hasta caer en una alcantarilla. Petro quería que nos quedásemos de guardia toda la noche. Yo me sentía con fuerzas, pero había dejado de gustarme aquel trabajo. Dije que tomaría el camino que probablemente siguió Asinia y que luego, antes de volver a csa, me acercaría al río a echar un vistazo. Como me esperaban una mujer y una niña, Petro lo aceptó. No necesitaba que patrulláramos cogidos de la mano. En cuanto al trabajo se refería, siempre había sido un solitario. Lo mismo que yo. Tal vez ésa era la mejor manera de llevar adelante nuestra sociedad.

Hice todo el recorrido hasta la casa de Cayo Cicurro. No vi nada inusual. La casa estaba cerrada y a oscuras. En la puerta de entrada había unos pensamientos en señal de duelo. Me pregunté cuánto tiempo tendrían que permanecer allí esas flores antes de que Cicurro pudiera celebrar un funeral.

Volví paseando hacia el Foro por un camino algo distinto. Seguía sin ver nada, salvo rateros y ese tipo de mujeres que se arrastraban por el pavimento y que tenían a los chulos escondidos en los callejones para robar a sus desventurados clientes. Consideré la posibilidad de preguntarles si alguna vez habían visto a una hermosa mujer negra siendo secuestrada en plena calle, pero si lo hacía corría el peligro de que me abrieran la cabeza, y me alejé de allí.

Llegué al Foro justo al norte del templo de Venus y Roma. Empecé a recorrer la Vía Sacra con las orejas y los ojos muy abiertos, como un animal al acecho esperando el más leve movimiento entre las sombras. Me mantuve en el centro de la calzada, pisando en silencio el antiguo y gastado empedrado.

Junto al templo de Vesta había una chica, doblada hacia adelante y vomitando ruidosamente, mientras otra mujer la sostenía. Mientras yo me acercaba con precaución, un vehículo avanzó por el otro lado de la calle: iba sin carga y sin pasajeros. Era una carreta de campo tirada por un solo caballo. La mujer que estaba más incorporada llamó frenéticamente al conductor. Éste agachó la cabeza, horrorizado de que lo molestaran, espoleó al caballo y se alejó del Foro, enfilando la cuesta de la Basílica Julia.

Suspiré tranquilo. Luego, aunque por lo general estaba en contra de mis principios acercarme a un par de putas borrachas, crucé la calle y me dirigí hacia ellas. La que había gritado se llamaba Marina, madre de mi hermosa sobrinita Marcia. Había reconocido su voz.

XXXIX

Allí, probablemente, había más personas de las que advertíamos, pero se encontraban al acecho en torno al Regia, moviéndose evasivas entre las columnas del templo o escondidas entre las densas sombras del Arco de Augusto. De las personas que veía, ninguna estaba lo bastante cerca para oírla. La chica alta medio desplomada sobre el brazo izquierdo de Marina acababa de vomitar junto a las majestuosas columnas corintias del templo de Vesta. Tenía que haberse parecido a una cabaña antigua construida con madera y paja, pero la imitación de antigüedad se veía muy firme. Tenía menos de una década, se quemó en el gran incendio de Nerón y después fue reconstruido para «asegurar la inmortalidad de Roma». La amiga de Marina se encargaba del duro trabajo de otorgarle un aire más gastado a la nueva columnata. La chica que vomitaba con tantas ganas era también muy delgada, como una larga muñeca que estuviese perdiendo el relleno mientras Marina la agarraba por la cintura. Marina, cuando andaba erguida del todo, me llegaba al pecho, una hazaña que, en esos momentos, lograba con grandes dificultades. Iba a acercarme a un par de mujeres especialmente desgraciadas y me sentía diez años demasiado viejo para ello.

–Hola, Marco. Hemos dejado algo para que lo limpien las cuidadoras sagradas de este templo.

Marina podía ser pequeña, pero lo que allí quedaba de ella era un cuerpo atractivo que atraía miradas de diversa intención. Iba vestida para demostrarlo y llevaba abundante maquillaje. Con la mano que le quedaba libre, hizo un gesto obsceno.

–¡Zorras! –gritó en dirección a la casa de las vestales, mucho más alto de lo que era aconsejable para dirigirse a las guardianas de la llama sagrada. Su amiga vomitó de nuevo–. ¡Meteros eso en el Palladium! –gritó Marina en la vacía cabaña.

–Escucha –la interrumpí débilmente–. ¿Dónde está...?

–Marcia está en casa, idiota. A salvo en su camita, y la hija de mi vecina cuida de ella. Una chica de trece años, limpia, sensata, a la que todavía no le interesan los chicos, gracias a los dioses. ¿Quieres saber algo más?

–¿Has estado en los juegos?

–No. Hay demasiados tipos de baja estopa. ¿Tú sí, Falco? –La deliciosa visión cloqueó con una risa abominable.

En el suelo se encendió una lámpara, situada allí mientras Marina atendía a su compañera. Bajo su temblorosa luz vi a la exótica novia de mi hermano: piel transparente, unos asombrosos rasgos armónicos y la belleza remota de la estatua de un templo. Cuando hablaba, sin embargo, el embrujo se desvanecía: tenía la voz de un vendedor de caracoles. Aun así, lo único que tenía que hacer era mover esos ojos unas cuantas veces y yo recordaba con demasiada claridad cómo me corroían los celos cuando Festo se acostaba con ella. Luego Festo murió y yo tuve que pagar las facturas de Marina. Eso contribuyó a que me mantuviera casto.

–Si no habéis ido a los juegos, ¿en qué aquelarre habéis estado echando maleficios, par de brujas?

–Somos señoras –dijo Marina, pomposa, aunque parecía mucho más sobria que quienquiera que fuese la que vomitaba ante el templo–, y hemos estado en la reunión mensual de las «Jóvenes trenzadoras».

Durante un tiempo, circuló el rumor de que Marina trabajaba haciendo trenzas para decorar túnicas, aunque hacía todo lo posible por rechazar el empleo. En esos momentos, lo único que quería era trenzarme a mí mismo.

–¿Y no es muy tarde para volver de una fiesta, jóvenes?

–No, para las trenzadoras es bastante pronto. –Soltó una risita descarada. La flacucha hipó por toda respuesta.

–Margaritas del alba, ¿eh? Supongo que, después de juguetear con los maestros borleros, os habéis parado a beber unos vinos en Los Cuatro Peces.

–Me parece recordar que fue en La Paloma Gris, Marco Didio.

–¿Y La Ostra?

–Después, quizá, la Venus de Cos. Sí, fue en la maldita Venus que ésta se puso así...

Marina se entregó a un cuidado más tierno de su amiga, que consistía en mantenerla erguida, al tiempo que le echaba la cabeza hacia atrás con un peligroso crujido de nuca.

–No grites –le dije–, o saldrán todas las vestales en camisa de dormir a ver qué pasa.

–¡Ni lo sueñes! Están todas muy ocupadas copulando con el Pontífice Máximo alrededor del fuego sagrado.

Si tenían que llevarme ante un juez, prefería elegir el delito por mí mismo, por lo cual decidí que ya era hora de marcharme de allí.

–¿Puedes llegar bien a casa?

–Claro que sí.

–¿Y este pétalo?

–Yo la llevaré. No te preocupes por nosotras –me tranquilizó Marina amablemente–. Ya estamos acostumbradas.

No había duda de ello.

Apoyadas la una en la otra, recorrieron la Vía Sacra. Había advertido a Marina que fuera con cuidado porque el asesino de los acueductos podía estar actuando en la zona. Ella, muy razonable, me había preguntado si yo realmente creería que un obseso tendría el coraje de atacar a dos trenzadoras después de su fiesta mensual. Era una idea ridícula, claro. Las oí cantar y reír hasta que llegaron al Foro. Caminé hasta el *tabularium,* doblé a la derecha rodeando el Capitolio y salí por el puente del río cerca del Teatro de Marcelo, en el extremo opuesto de la isla del Tíber. Seguí el embarcadero más allá de los puentes Emiliano y Subliciano. En el Foro Boario, me encontré con una patrulla de vigiles al mando de la cual estaba Martino, el antiguo ayudante de Petronio. Buscaban a la misma persona que yo. Ninguno creíamos posible encontrarla. Intercambiamos unas palabras en voz baja y luego me apresuré para llegar cuanto antes al Aventino.

Pero al subir hacia el templo de Ceres recordé que quería preguntarle a Marina qué hacía llamando a un conductor desconocido. Era una extraña inversión de la escena que podía haber ocurrido con Asinia: la brusquedad de la mujer y el nerviosismo del hombre, y luego las burlas de ella mientras él se alejaba. Le resté importancia al hecho. Que ese detalle estuviera relacionado con mi investigación sería mucha coincidencia.

Aun así, abajo en el Foro había ocurrido algo, algo realmente importante.

XL

Empezó como cualquier soleada mañana romana. Me desperté tarde, solo en la cama, con pereza. Los rayos de sol surcaban la pared opuesta a través de la persiana. Oí la voz de Helena hablando con alguien, un hombre desconocido.

Antes de que me llamara me las apañé para ponerme una túnica limpia y lavarme los dientes, gruñendo. Es por eso que muchos investigadores prefieren vivir solos. Me había ido a la cama sobrio y, en cambio, al levantarme, me encontraba fatal.

Tenía un vago recuerdo de lo ocurrido a mi regreso a casa. Había oído llorar frenéticamente a Julia. O Helena estaba demasiado cansada o estaba probando una nueva táctica que habíamos discutido medio en serio acerca de dejarla llorar hasta que volviera a dormirse. Para ello, Helena había sacado la cuna de la habitación. Y yo alteré el plan: ante los desconsolados lloros de Julia olvidé el acuerdo tomado y fui a por ella. Paseé con la niña en los brazos, evitando despertar a Helena, hasta que Julia se durmió de nuevo y conseguí dejarla en la cuna con éxito. Entonces irrumpió Helena, que se había despertado, y horrorizada por el silencio... ¡Oh, vaya! Naturalmente, después de eso fue necesario llenar lámparas y encenderlas, preparar bebidas y beberlas, contar la historia de mi ronda nocturna, apagar de nuevo las lámparas y dormirse entre arrumacos, calentamientos de pies, besos y otras cosas que no interesan a nadie y que me dejaron inconsciente hasta bien pasada la hora del desayuno.

Ese día iba a perderme el desayuno.

El hombre cuya voz había oído, esperaba fuera, abajo. Miré desde la barandilla del porche y vi un rizado pelo negro en un brillante cuero cabelludo moreno. Una burda túnica roja y las puntas de unas recias botas de correas de cuero. Un miembro de los vigiles.

—Viene de parte de Martino —dijo Helena—. Tienes que ir a ver algo al muelle.

Nuestros ojos se encontraron. No era momento de especular.

La besé, abrazándola más estrechamente de lo habitual, al tiempo que recordaba y ella también, la acogida nocturna a su héroe. La vida doméstica y la laboral se encontraban y, sin embargo, seguían por completo separadas. La leve sonrisa de Helena pertenecía a nuestra vida privada, como la calidez que sentí como respuesta a esa sonrisa. Me pasó los dedos por el cabello, tirando de los rizos, al tiempo que intentaba arreglármelos para aparecer más presentable. La dejé que lo hiciera, aunque sabía que la cita que me esperaba no requería un elaborado peinado.

Nos reunimos en el muelle, justo debajo del Puente de Emiliano. El voluminoso Martino era el nuevo jefe de investigaciones de la Sexta Cohorte. Tenía las nalgas muy grandes, el rostro cuadrado y un lunar en una mejilla, con unos ojos que podían parecer pensativos durante horas para camuflar que no se preocupaba por nada. Me dijo que había decidido no mandar llamar a Petro porque su situación en los vigiles era muy «delicada». Yo callé. Si, como sospechaba, Petro había estado de guardia la noche anterior, necesitaba dormir. Y de todas maneras, lo bueno de tener un socio era que siempre podíamos compartir los trabajos desagradables. Lo ocurrido no requería la presencia de ambos, lo único que teníamos que hacer era anotar el hallazgo y demostrar nuestro interés.

Con Martino iban dos de sus hombres y también se encontraban presentes algunos remeros, entre los que no se incluía mi cuñado Lolio, lo cual me alegró. Bueno, todavía no era mediodía y Lolio debía de estar aún dormido en el regazo de una camarera. En el suelo del muelle había un bulto oscuro, un trozo de tela y un charco a su alrededor. Los dos objetos, como los llamó Martino mientras tomaba notas en su tablilla, estaban empapados, y habían sido sacados del Tíber aquella mañana, después de haberse enredado en el amarre de una barcaza. La barca había llegado del interior el día antes, por lo que sólo había pasado una noche en el muelle romano.

–Nadie ha visto nada.

–¿Tú qué crees, Falco?

–Que alguien tiene que haber visto algo.

–Y sabes que nos costará mucho encontrarlo.

La tela podía ser una cortina vieja porque terminaba con una cenefa. Antes de pasar por el agua tenía que haber estado manchadísima de sangre, y sangre lo bastante coagulada para sobrevivir a una corta inmersión. La tela estaba enrollada alrededor del tronco delgado y juvenil de una mujer que debió de tener una hermosa piel oscura. En esos instantes, el cuerpo que fuera flexible se había convertido en algo descolorido y amoratado y había adquirido una textura casi inhumana. El paso del tiempo, el calor del verano y, finalmente, el agua, eran los responsables de aquellos horribles cambios. Pero quienquiera que le hubiese robado la vida, antes de eso le había hecho algo peor. Supusimos que era el cuerpo de Asinia. Nadie sugirió que pidiéramos a su marido que la identificara. No tenía cabeza ni extremidades, como tampoco pechos. Miré porque me pareció obligatorio. Después, me costó no vomitar. Asinia llevaba muerta unas dos semanas, durante las que su cuerpo había estado escondido en algún sitio. Tanto Martino como los remeros dijeron que el cadáver no había pasado más que unas horas en el agua. Tendríamos que pensar en lo que le había ocurrido hasta llegar al agua porque eso podía ayudarnos a localizar al asesino, pero obligar nuestras mentes a hacerlo era una dura tarea.

Un miembro de los vigiles puso la cortina sobre los restos. Aliviados, todos retrocedimos, intentando olvidar lo que habíamos visto.

Todavía discutíamos las posibilidades cuando llegó un mensajero, preguntando por Martino. Lo reclamaban en el Foro. En la Cloaca Máxima había aparecido una cabeza humana.

XLI

Cuando abrieron la bocana de acceso, oímos ruido de agua a nuestros pies, en la distancia. No había escalera ni suficientes botas impermeables ni antorchas. Tuvimos que esperar que fueran a buscarlas a un almacén cercano mientras, a nuestro alrededor, se congregaba una multitud de curiosos. Notaban que algo ocurría.

—¿Y toda esta gente por qué no aparece cuando el asesino tira los cuerpos? ¿Por qué ni siquiera lo han visto hacerlo?

Soltando maldiciones, Martino ordenó a sus hombres que formaran un cordón de seguridad, que no consiguió detener a los morbosos que se agolpaban desde el extremo oeste del Foro. Todavía esperábamos las botas cuando apareció mi odiado Anácrites; la oficina del inspector estaba cerca, algún payaso le habría informado de lo ocurrido.

—Lárgate, Anácrites, tu jefe sólo es responsable de los acueductos, el mío lo es de todo.

—Iré contigo, Falco.

—Asustarías a las ratas.

—¿Ratas, Falco? —Martino estaba dispuesto a echarse atrás y a dejar que Anácrites lo representara en aquella desagradable tarea.

Miré hacia el cielo, consciente de que si llovía, la cloaca se convertiría en un furioso torrente y que meterse en ella sería imposible por lo peligroso, pero un cielo inmaculadamente azul me tranquilizó.

—¿Por qué no suben los restos a la superficie? —Martino no tenía ningunas ganas de bajar. A mí me faltaba entusiasmo, pero él estaba verdaderamente aterrorizado.

—Julio Frontino ha ordenado que todo lo que se encuentre en el sistema deberá dejarse *in situ* para que nosotros lo examinemos. Yo bajaré. Si hay alguna pista, la traeré. Podéis fiaros de mi descripción del hallazgo y sus circunstancias. Soy un buen testigo judicial.

–Me parece que mandaré llamar a Petronio.

–Pero si ya son ustedes muchos –dijo el capataz de los obreros de las alcantarillas–. No me gusta bajar a desconocidos.

–No me importunes –murmuré. Si estaba nervioso, ¿qué creía que nos pasaba a los demás?–. Escucha, cuando Marco Agripa era el encargado del abastecimiento de aguas, creo que recorría todas las alcantarillas en bote, ¿no es así?

–¡Menudo majadero! –se burló el capataz. Eso me animó.

Llegaron las botas de cuero: tenían unas gruesas e incómodas suelas y eran altas hasta los muslos. También llegó la escalera, pero cuando la metieron por la boca de acceso vimos que no alcanzaba el agua, y nadie sabía lo hondo que era el hueco a partir de ese punto, ni siquiera el capataz. Iban a llevarnos cerca del lugar en el que habían encontrado la cabeza. Ellos llegaron hasta allí por un camino subterráneo, uno que se juzgaba demasiado difícil para pobres escribas como nosotros. Enseguida llegó un nuevo trozo de escalera, que fue unido al anterior con cuerdas. Metieron todo aquel inseguro aparejo por el oscuro agujero y tocó fondo, sin dejar escalera en la superficie. Cualquier experto en escaleras hubiese visto que bajar por allí era casi un suicidio, pero situaron en lo alto a un hombre muy grande que la sostenía con un trozo de cuerda. Estaba contento, sabía que su trabajo era el mejor.

Se decidió que yo bajaría con Anácrites y uno de los chicos de Martino, dispuesto a hacer lo que fuese. Era inútil obligar a Martino a que se metiera en el agujero ya que estaba demasiado nervioso y le dijimos que él sería nuestro vigía. Si tardábamos demasiado en subir, iría a buscar refuerzos. El que sostenía la escalera aceptó enseguida, como si pensase que algo podía ir mal. Nos dijo que nos tapáramos la cabeza con capuchas y nos envolvimos la cara con trozos de tela. La leve sordera y el peso de las botas empeoraban más las cosas.

Bajamos de uno en uno. Tuvimos que dejarnos caer desde el agujero hasta tocar al escalera con los pies y agarrarla con las manos. Una vez conseguido, todo empezaba a moverse de una manera completamente insegura. El capataz bajó el primero y mientras descendía vimos que la parte superior se desalojaba del punto donde estaba fijada, y tuvo que ser subido tirando de la cuerda. Salió un poco blanco, mirando hacia arriba desde el agujero oscuro, pero el tipo que sujetaba la cuerda le gritó algo que lo animó y volvió a intentarlo.

—No te vayas a caer —me aconsejó Martino.

—Gracias —le dije.

Me tocaba el turno. Conseguí no hacerme daño aunque los peldaños eran pequeñas cuerdas demasiado distantes entre sí. Tan pronto como empecé a bajar mis músculos se quejaron por la tensión. A cada travesaño, la endeble escalera se balanceaba.

Anácrites saltó después de mí como si se hubiera pasado media vida colgado de una escalera. El golpe en la cabeza lo había dejado sin sensibilidad y sin sentido común. El chico de Martino lo siguió y nos quedamos quietos en la más completa oscuridad, esperando que nos pasaran las antorchas encendidas desde arriba. Supongo que podría haber tirado a Anácrites al agua pero estaba demasiado preocupado para pensar en ello.

El aire era helado. El agua, o el agua y otras sustancias, nos pasaban por los pies y los tobillos, y yo tuve frío y la desagradable aunque falsa sensación de que las botas estaban agujereadas. Había un inconfundible aunque tolerable olor a cloaca. Le preguntamos al capataz si las antorchas encendidas eran seguras ya que en las profundiadas tal vez hubiera gas y, contento, dijo que esos accidentes eran escasos. Entonces, nos explicó uno ocurrido la semana anterior.

Cuando llegaron las antorchas vimos que nos encontrábamos en un largo túnel de techo abovedado, dos veces más alto que nosotros. Estaba recubierto con cemento y en el lugar por el que habíamos entrado el agua nos llegaba a los tobillos. En el centro del pasadizo la corriente era más rápida debido a la pendiente, en las zonas menos profundas vimos hierbas marrones que se balanceaban todas en la misma dirección impulsadas por una suave brisa. El suelo estaba pavimentado de losetas como una carretera, pero había muchos más escombros, gravilla y piedras, alternando con extensiones arenosas. La luz de la antorcha no alumbraba bastante y apenas veíamos dónde pisábamos. El capataz nos dijo que caminásemos con cuidado; al instante siguiente, metí el pie en un agujero.

Seguimos avanzando hacia un recodo del túnel. La profundidad del agua cada vez era más grande y perturbadora. Pasamos ante una entrada de aguas que procedía de una canal abastecedor pero que, en aquellos momentos, estaba seco. Nos encontrábamos bajo el Foro Romano. Antaño, toda esa zona había sido un cenagal y seguía siendo una zona pantanosa. Los hermosos monumentos que teníamos encima elevaban sus fachadas al ardiente sol, pero sus cimientos estaban empapados. Los mosquitos infestaban el Senado, y los visitantes extranjeros, carentes de inmunidad, caían presos de virulentas fiebres. Setecientos años antes, los ingenieros etruscos enseñaron a su primitivos ancestros a secar la zona pantanosa que se extendía entre el Capitolio y el Palatino, y sus técnicas aún se utilizaban. La Cloaca Máxima y su hermana que discurría por debajo del circo eran las que posibilitaban que la ciudad fuese habitable y que sus instituciones funcionasen. El gran canal absorbía toda el agua que se acumulaba y el agua de la superficie, el excedente de las fuentes, acueductos, del alcantarillado y el agua de lluvia.

Y la noche anterior, un malnacido había levantado una boca de acceso y había tirado una cabeza humana.

Probablemente era de Asinia. Su cráneo se había detenido en un banco de arena, donde una playa baja de fino légamo se adentraba en los bajíos de la corriente. El estado de la cabeza era tan lamentable que incluso alguien que la hubiese conocido tendría dificultades para identificarla, aunque todavía le quedaba algo de cuello y carne facial; las ratas se habían ensañado con ella. Yo estaba dispuesto a identificarla a pesar de todo eso. En Roma había otras mujeres negras pero, por lo que sabíamos, Asinia era la única que había desaparecido hacía dos semanas.

Pudimos precisar el tiempo que llevaba ahí dentro: el cráneo había pasado la última noche en la cloaca. Nos dijeron que los esclavos públicos la habían limpiado río arriba el día anterior y que no habían visto nada. Tenían que haberla tirado justo antes o justo después que el cuerpo, en la cloaca no había bastante caudal de agua para que el cuerpo hubiese llegado hasta el Tíber; además, recordé que había aparecido más arriba de la bocana de salida, por lo que tenían que haberla tirado directamente al río, desde el muelle o desde lo alto de un puente, probablemente el Emiliano.

Así pues, se habían deshecho del cuerpo y de la cabeza por separado, lo cual apuntaba hacia una nueva posibilidad: el asesino tiraba las partes distintas en lugares diferentes, aunque eso significaba que podía ser más fácil verlo mientras lo hacía. Tenía ruedas; la noche anterior salió con la cabeza y el tronco, por lo menos, y tal vez con los miembros que todavía no habíamos encontrado. Podía hacer un paquete con ellos y correr, dirigirse a otra boca de acceso o a otro puente, y seguir tirando restos. Llevaba muchos años haciéndolo y había aprendido a hacerlo de una manera tan natural que nadie reparaba en ello.

El agua se arremolinó junto a la cabeza de Asinia y la arena se desplazó de debajo de ella en pequeños arroyuelos para ser sustituida al instante por otra nueva capa de arena. Si nadie la cogía, podía acabar enterrada en el banco o arrancada y llevada por la corriente del canal hacia el gran arco de piedra que comunicaba con el río.

–¿Has encontrado cabezas otras veces?

–Algunos cráneos, pero en un estado que no puedes saber de dónde vienen ni lo antiguos que son. Pero ésta es más... –El capataz calló por cortesía.

–¿Fresca? –preguntó Anácrites. Ésa no era exactamente la palabra y lo miré con aire de reprobación.

El capataz respiró hondo. Se sentía incómodo y no respondió. Finalmente, dijo que creía que más abajo había otro banco de arena como aquél y que, si queríamos esperar, él iría a echar un vistazo. Oímos a Martino gritando en la distancia, por lo que su muchacho volvió a la escalera para confirmar que todos estábamos bien. De ese modo, Anácrites y yo nos quedamos solos en el túnel.

Era silencioso, hediondo y oscuro hasta el punto de ponerte la piel de gallina. La fría agua pasaba continuamente entre nuestras botas, que se hundían en el fino barro que nos servía de base. Nos rodeaba el silencio que, de vez en cuando, rompía el sonido de algunas gotas. El cráneo de Asinia, una parodia de humanidad, seguía a nuestros pies, en medio del lodo. Más adelante, iluminado desde atrás por la oscilante llama de la antorcha, la figura oscura del capataz avanzaba hacia un recodo del túnel caminando por aguas cada vez más profundas. Estaba solo, si doblaba el recodo, tendríamos que seguirlo, adentrarse sin compañía en una cloaca era peligroso.

De repente se detuvo. Apoyó una de las manos en la pared lateral y se agachó como si examinase la zona, pero pronto comprendí lo que le ocurría: estaba vomitando. La experiencia había sido demasiado para él y dejamos de mirarlo.

Una tarea nos reclamaba. Le pasé la antorcha a Anácrites y, lamentándome porque esa mañana me había puesto una sobretúnica limpia, arranqué una de sus capas. Planté el pie sobre la cabeza para que no se moviera e intenté pasarle la túnica por debajo. Lo que quería era no tocar aquello, pero fue un error porque el cráneo salió rodando. Anácrites movió los pies y entre los dos paramos la cabeza como si estuviéramos jugando a un horrendo juego de pelota. Reacios incluso a sostener su peso con una mano, la envolví con el trozo de túnica, lo cogí por los cuatro extremos y me levanté, llevando el horripilante paquete colgando de la mano.

–Por todos los dioses, ¿cómo es capaz de hacerlo? Y yo que pensaba que era un tipo duro... ¿Cómo puede el asesino tocar los distintos fragmentos del cuerpo, y hacerlo repetidamente?

–Esto es un trabajo sucio. –Por una vez, Anácrites se expresaba en el mismo idioma que yo. Hablábamos en voz baja y, mientras, sostuvo las antorchas y con la mano libre me ayudó a anudar los extremos de la túnica para que el paquete fuera más seguro.

–A veces tengo pesadillas en las que sueño que, en situaciones como ésta, me contagio de toda su suciedad –convine.

–Podías habérselo dejado a los vigiles.

–Los vigiles llevan años eludiendo cuestiones importantes. Ha llegado el momento de detener a ese hombre. –Miré a Anácrites con una sonrisa malévola–. Podía habértelo dejado a ti.

–No hubiera sido propio de ti, Falco. –Me devolvió una mirada irónica–. Tú siempre tienes que entrometerte.

Por una vez, su comentario fue desapasionado. Entonces me sentí horrorizado. Si seguíamos compartiendo muchos más trabajos detestables y sus interludios filosóficos, podíamos terminar haciendo buenas migas.

Volvimos hacia la escalera y allí esperamos al capataz. El chico de Martino subió el primero con las antorchas y después ascendí yo. Había pasado el cinturón por los nudos del paquete y me lo había colgado del hombro para tener las dos manos libres. Subir los estrechos peldaños de la oscilante escalera con el calzado mojado era peor que bajar. Cuando salí a la superficie, deslumbrado como un topo por la luz del sol, Martino tiró de mí. Le estaba contando lo ocurrido cuando apareció Anácrites, que subía tras de mí, y me aparté para dejarle sitio. Entonces fue cuando advertí que el jefe del Servicio Secreto era muy profesional. Al salir, echó un rápido vistazo a la multitud que miraba a nuestro alrededor. Supe por qué, yo también lo había hecho. Anácrites quería saber si el asesino se encontraba allí, si el hombre había tirado los restos en lugares distintos para confundirnos, y si en esos instantes se encontraba presente observando su hallazgo. Ver a Anácrites controlar la situación de aquel modo fue toda una revelación para mí.

Al poco, descubrí algo más. Después de estar en el interior de una alcantarilla, lo primero que tienes que hacer es quitarte las botas.

XLII

Martino se hizo cargo de la cabeza. La reuniría con el tronco en el cuartelillo de la cohorte. Entonces se pondrían en marcha las formalidades para que Cicurro pudiera celebrar un funeral por su esposa.

Por primera y probablemente última vez, Anácrites y yo fuimos juntos a las termas del gimnasio de Glauco, que se encontraban a pocos pasos del Foro. Un error. Anácrites empezó a mirar a su alrededor como si todo aquello le pareciese muy civilizado y tuviese que pedir que lo admitieran como socio. Lo dejé marcharse solo para que regresara a dondequiera que perdiese el tiempo en la oficina del inspector de acueductos, y yo me quedé para explicarle a Glauco que no le gustaría tener como cliente a un tipo como el jefe del Servicio Secreto.

—Ya lo he visto —gruñó Glauco. Al admitir a mi acompañante de aquel día, me había dirigido una mirada ceñuda. Glauco evitaba los problemas. Por sistema, prohibía la entrada a su establecimiento a todo aquel que solía causarlos. A mí me aceptaba porque me consideraba un aficionado inofensivo. Los profesionales cobran por su trabajo y sabía que yo raramente lo hacía.

Le pregunté a Glauco si le quedaba alguna hora libre para practicar un poco de lucha. Gruñó y yo lo interpreté como una negativa. Sabía por qué.

Bajé deprisa las escaleras, y pasé ante la pastelería y la pequeña biblioteca destinadas a aumentar los placeres de los clientes. Glauco dirigía un establecimiento de lujo. En él no sólo podías bañarte y hacer ejercicio sino deleitarte además leyendo unas odas que reavivaran una aventura amorosa y luego saborear unos pastelillos de pasas azucaradas que eran peligrosamente deliciosos.

Ese día no tenía tiempo para leer ni mi humor estaba para dulces. Me había puesto aceite y me había restregado cada poro y, aun así, seguía sintiéndome incómodo. Había estado en muchos sitios asquerosos, pero la idea de bajar a una acantarilla a buscar restos humanos mutilados me producía escalofríos. Sin recordar que una vez yo mismo tiré el cadáver descompuesto de un hombre a un lugar así, ya era terrible. Por fortuna, habían pasado dos años y había llovido mucho como para que fuera a tropezarme con fantasmas inoportunos. Pero allí abajo, en la Cloaca Máxima, casi me había alegrado la presencia irritante de Anácrites porque había impedido que me acosaran esos fantasmas.

Todo eso había terminado. No había ninguna necesidad de que Helena se enterara de lo ocurrido. Aún no sabía cómo reaccionaría si se enteraba de que el cuerpo de su desaparecido tío Publio se pudrió al aire libre hasta terminar arrojado a la Cloaca Máxima, arrojado precisamente por mí. Yo ya me sentía a salvo y me había convencido de que nunca tendría que enfrentarla con esa verdad.

Aun así, estuve pensativo un buen rato; en el gimnasio de Glauco me sentía como en casa. Los investigadores aprenden que precisamente en casa no te puedes relajar. Los tipos malos te buscan en lugares donde eres conocido. Y aquel día, cuando vi el grupo que me estaba esperando fuera, ya había pasado ante ellos y les había dado tiempo a salir por la puerta de la pastelería y situarse en las escaleras tras de mí.

Oí pisadas de botas. No me detuve y, en vez de volverme para ver quién me seguía, subí los tres tramos corriendo y luego, de un salto, crucé los escalones que faltaban para llegar a la calle. Entonces me volví. Era un grupo numeroso. No los conté, unos cuatro o cinco que habían salido de la pastelería, seguidos por otros tantos que lo hacían de la biblioteca. Podía gritar pidiendo ayuda, pero con el rabillo del ojo vi al dueño de la pastelería que se precipitaba hacia el gimnasio para impedirles el paso.

—¡Quietos ahí! —Merecía la pena intentarlo. Hicieron una leve pausa.

—¿Eres Falco?

–No.

–Mientes. No me insultes, yo soy Gambaronio Filodendrónico, un famoso plisador de gasas de este lugar.

–¡Es Falco!

No se trataba de un grupo de amables estudiantes de filosofía. Eran tipos duros, navajeros de la calle, caras desconocidas con ojos de guerreros que difundían amenazas como si fueran caspa. Estaba atrapado. Si corría, me seguirían y me cogerían. También podía quedarme quieto, pero eso era aún más estúpido. Aunque no mostraban armas, debían de llevarlas escondidas bajo aquellos ropajes oscuros. Su constitución física indicaba que podían hacer mucho daño sin ir equipados.

–¿Qué queréis?

–¿Eres Falco?

–¿Quién os manda?

–Florio. –Sonreían aunque a mí no me parecía nada divertido.

–Entonces os habéis equivocado. Vosotros buscáis a Petronio Longo. –Mencionarlo podía ser mi única salida. Era más grande que yo y cabía la pequeña esperanza de que pudiera avisarlo.

–Ya hemos visto a Petronio –se burlaron. Me quedé helado. Después de su noche de vigilancia en el circo debía de haber dormido solo en la oficina, cuando Petronio estaba muy cansado dormía a pierna suelta. En el ejército bromeábamos diciendo que un día se lo comerían los osos, empezando por los pies, y que él no se enteraría hasta que le hiciesen cosquillas en las orejas.

Sabía qué tipo de pelotón de castigo era aquel. Una vez había visto a un hombre a quien pegaron por orden de la madre de Milvia. Cuando lo encontraron estaba muerto. Y antes que le llegara la muerte, debía haberla esperado con ganas. Aquellos matones trabajaban para esa familia. No había ninguna razón para creer que el marido de Milvia fuera más escrupuloso que la madre. Luché contra la idea de imaginar a Petro soportando su ataque.

–¿Lo habéis matado?

–Eso será la próxima vez. –La táctica del terror. Meter miedo en el cuerpo y luego darle unos días o unas semanas a la víctima para que piense en la muerte que se le avecina.

239

Estaban coordinados. El grupo se había abierto hacia los lados y me encontré rodeado. Retrocedí despacio. El tramo de escaleras del gimnasio era empinado y yo quería verlos lejos de allí. Miré un momento hacia atras, preparado para la fuga. Cuando me embistieron, yo miré a uno pero salté sobre otro, y abalanzándome contra él, me agaché y lo derribé, golpeándole las rodillas; me eché sobre su cuerpo y conseguí subir unos escalones. Pasé el brazo alrededor del cuello de otro cuerpo distinto y lo arrastré conmigo hacia el gimansio, luchando para ponerlo entre mi cuerpo y el de alguno de los otros. Disuadí a los demás a base de patadas sin dejar de subir. Si hubiesen llevado navajas, habrían acabado conmigo, pero aquellos chicos eran deportistas, y pateaban y yo esquivaba sus golpes como podía. Durante unos instantes me vi muy cerca del Hades. Recibí puñetazos y patadas muy fuertes, pero entonces se oyó ruido más arriba. Ayuda, por fin.

Perdí a mi hombre pero conseguí retorcerle el pescuezo con tanta fuerza que casi lo maté. Mientras se encogía, tosiendo a mis pies, le di una patada que lo hizo bajar las escaleras volando. Alguien a mis espaldas daba gritos de ánimo. Era Glauco, que salió con un puñado de clientes. Algunos habían estado levantando pesas, vestían calzón y llevaban muñequeras. Otros, entre ellos el propio Glauco, estaban practicando esgrima e iban armados con unas grandes espadas de madera, romas pero que servían para dar un buen golpe. Dos almas generosas salieron incluso del baño. Desnudos y brillantes de aceite, corrieron en mi ayuda. No podían luchar cuerpo a cuerpo pero tampoco nadie podía cogerlos a ellos, y se añadieron a la confusión general mientras nos entregábamos a una encarnizada pelea callejera.

–¡Pierdo el tiempo, Falco! –gritó Glauco mientras ambos nos ensañábamos con un par de duros matones.

–¡Tienes razón! No me has enseñado nada útil...

Por lo general, los clientes del gimnasio de Glauco bruñían sus cuerpos de una manera discreta, sin apenas hablar entre ellos. Íbamos a hacer ejercicio, a utilizar los baños y las manos fieras de un masajista cilicio, pero no íbamos a charlar. En aquellos momentos vi a un hombre que conocía de vista, un famoso abogado, metiéndole los dedos en los ojos a uno de los matones con tanta furia que cualquiera diría que había nacido en los arrabales de Suburra. Un ingeniero intentaba romperle el cuello a otro de ellos y era evidente que la experiencia le estaba gustando. El valioso masajista no metía las manos en líos, aunque eso no impedía que utilizara los pies para unos fines absolutamente inaceptables.

–¿Cómo es posible que te hayan atrapado justo en el umbral de la puerta? –gruñó Glauco parando un golpe y respondiendo con cinco seguidos.

–Estaban escondidos en tu tienda de dulces. Deben de haber salido de ahí corriendo. Ya te dije yo que las tartas de canela estaban rancias.

–¡Atrás! –gritó Glauco. Me volví justo a tiempo para dar un rodillazo al bastardo que se me ponía delante–. Habla menos y vigila la guardia –me aconsejó Glauco.

Cogí a uno de los matones que estaba a punto de agarrarlo por el cuello.

–Aplícate el cuento –sonreí. Glauco le retorció la nariz hasta que se oyó un chasquido–. Un buen truco. Requiere un temperamento tranquilo –miré a la víctima manchada de sangre–, y unas manos muy fuertes.

Abajo en la calle seguía la acción. Se trataba de un pasaje comercial muy animado. Los vendedores sólo se detuvieron para alejar sus mercancías del peligro y luego se pusieron a ayudar a Glauco, que era un vecino muy conocido. Los transeúntes que se sentían excluidos empezaron a propinar puñetazos y los que no se sentían capaces de ello, lanzaban manzanas. Los perros ladraban y las mujeres se asomaban a las ventanas de los pisos, insultando y animando a la vez, para terminar tirando, por diversión, dos cubos llenos de vaya usted a saber qué sobre las cabezas de los que peleaban. Los levantadores de pesas mostraban sus pectorales y levantaban pesos humanos horizontales. Un asno asustado resbaló en la calle y se le cayeron las odres de vino que llevaba cargadas. Éstas reventaron, mojaron al hombre que iba montado en el animal y dejaron un charco de líquido resbaladizo en el suelo que se cobró varias víctimas que cayeron al pavimento, siendo terriblemente pisoteadas por el animal.

Entonces, algún idiota avisó a los vigiles.

Nos alertó el sonido de un silbato.

Cuando los túnicas rojas entraron en el callejón, el orden se restableció en cuestión de segundos. Lo único que vieron fue una escena callejera normal. La banda de Florio, con su larga experiencia, se había volatilizado. De un barril con pescado salado sobresalían dos pies, probablemente de alguien que dormía la borrachera. Una muchacha que cantaba una obscena canción vaciaba en una alcantarilla un cubo con un líquido que parecía tinte de túnica de color rojo. Grupos de hombres cogían piezas de fruta de los distinos puestos y realizaban estudios comparativos. Las mujeres se asomaban a las ventanas llenas de cuerdas de tender. Los perros estaban tumbados de lado y movían el cuerpo desenfrenadamente cuando los transeúntes les hacían cosquillas en la tripa. Yo le comentaba a Glauco que el gablete de sus termas tenía una excelente acrotera de diseño puramente clásico, mientras él agradecía mis generosas alabanzas de su antefija de características gorgonas.

El cielo estaba azul, el sol calentaba de veras. Dos individuos subían desnudos las escaleras del gimnasio y hablaban sobre el Senado, pero aparte de esos, no había nadie más a quien los guardianes de la ley pudieran arrestar.

XLIII

Cuando llegué a la plaza de la Fuente, después de dar un largo rodeo por cuestiones de seguridad, vi que sacaban a Petronio con los pies por delante. Lenia y sus empleadas lo habían encontrado. Vieron salir deprisa y furtivamente a los matones de Florio. No fue la primera vez que deseé que Lenia fuera tan buena viendo llegar los problemas como viéndolos marchar.

Yo corrí al callejón trasero, pasé ante los hornos negros de humo, el estercolero y el corral de los pollos. Corrí por entre las obras de la cordelería, salté por encima de las letrinas y entré en la lavandería por la puerta trasera. En el patio, la ropa tendida y mojada me golpeó la cara y el humo de la madera me asfixió y luego, al llegar al interior, resbalé y caí de bruces en el suelo mojado. Una chica con una tabla de lavar me ayudó a ponerme en pie. Pasé corriendo ante la oficina y me detuve en la columnata.

Petro yacía en una burda litera que habían hecho con las cuerdas de tender y la toga de un cliente.

–¡Apartad! Aquí viene su desconsolado amigo.

–Estoy harto de tus bromas mordaces, Lenia. ¿Está muerto?

–Yo no bromearía. –No, Lenia tenía principios. Estaba vivo, pero su estado era lamentable.

Si estaba consciente debía de sufrir mucho, porque no reaccionó ante mi llegada. Llevaba vendas en la cabeza, la cara, el brazo izquierdo y la mano derecha y tenía cortes y arañazos en las piernas.

–¡Petro! –No hubo respuesta.

Lo llevaron hacia un palanquín.

–Va a casa de su tía.

–¿Qué tía?

–Sedina, la que tiene la floristería. Hemos mandado llamarla, pero ya sabes lo gorda que está. Si la hubiéramos dejado subir a la oficina, habría muerto. Y además, no quería que la mujer lo viera hasta después de asearlo un poco. Se ha ido a casa a prepararle la cama. Ella lo cuidará. –Era obvio que Lenia se había hecho cargo de todo.

–Muy buena idea. Allí estará más a salvo que en ningún otro sitio.

–El bueno de Petro se pondrá bien.

–Gracias, Lenia.

–Era una banda callejera –me contó.

–Yo también me he encontrado con ellos.

–Pues tuviste suerte.

–Me ayudaron.

–Falco, ¿por qué estará más seguro en casa de Sedina?

–Porque me prometieron que volverían a por él.

–¡Por el Olimpo! ¿Y todo esto por esa amiguita que tiene?

–Me dijeron que era un aviso del marido. Un aviso claro, pero ¿lo escuchará Petro?

–Estará varios días fuera de combate. Y tú, ¿qué harás, Falco?

–Ya me las apañaré.

Mientras el palanquín se alejaba, mandé un mensajero a los vigiles, pidiéndoles que Scythax, el médico, se personase en casa de la tía Sedina para atender a Petro. Pregunté a Lenia si alguien le había contado a Silvia lo ocurrido. Antes de desmayarse, Petro había dicho que no quería que su esposa se metiera en ello. Era comprensible.

–¿Y qué piensa hacer con su querida Milvia? –quise saber.

–Se me ha olvidado preguntárselo –sonrió Lenia.

Helena Justina había ido a casa de sus padres y se perdió la refriega. Cuando volvió, poco después que yo, le expliqué lo ocurrido intentando restarle importancia. Helena siempre notaba cuándo yo disimulaba una crisis. No dijo nada. Vi que forcejeaba con sus emociones, luego me puso la niña en los brazos y nos abrazó a los dos. Como yo era más grande, el beso fue para mí.

Empezó a moverse de un sitio a otro, y a dedicarse a las tareas domésticas mientras intentaba asimilar el problema. De repente oímos voces en la plaza de la Fuente. Me puse en pie de un salto antes de recordar que no debía reaccionar con demasiada vehemencia por si Helena había notado mi nerviosismo. En realidad, ya estaba en el porche, había salido antes que yo. Al otro lado de la calle, Lenia, a la que contemplaban algunos de sus empleados, estaba soltando un discurso obsceno ni más ni menos que a la altiva Balbina Milvia.

Cuando la chica nos vio, corrió hacia nuestra casa. Con una seña, le indiqué a Lenia que yo me haría cargo de ella y le dije a Milvia que subiera. La hicimos pasar a lo que se consideraba nuestra sala de visitas y le ofrecimos asiento. Nosotros nos quedamos de pie.

–¡Oh, qué niña tan bonita...! –comentó ajena a nuestra hostilidad.

–Llévala a otra habitación, Helena Justina. No quiero que mi hija se contamine con la suciedad callejera.

–¿Por qué dice cosas tan terribles, Falco? –se quejó Milvia.

Helena, con rostro inexpresivo, se llevó la cuna de Julia. Esperé su regreso mientras Milvia me miraba con ojos de lechuza.

Cuando Helena volvió, parecía incluso más enfadada que yo mismo.

–Si has venido a ver a Petronio Longo, has perdido el tiempo, Milvia. –Rara vez había visto a Helena hablar con tanto desdén–. Esta mañana le han dado una paliza terrible y lo han llevado a una casa segura, lejos de tu familia.

–¡No! ¿Está herido? ¿Quién lo ha hecho?

–Una chusma enviada por tu marido –explicó Helena con frialdad.

Milvia parecía no comprender, por lo que añadí:

–Florio, que estaba susceptible. Pero es culpa tuya, Milvia.

–Florio nunca lo haría.

–Acaba de hacerlo. ¿Cómo sabe lo que está ocurriendo? ¿Se lo has contado tú?

Milvia vaciló unos instantes y hasta se ruborizó levemente.

–Supongo que mi madre se lo habrá mencionado.

Reprimí una maldición. Era por eso que Rubella había suspendido de empleo a Petro: Fláccida era demasiado peligrosa y su principal cometido era causar problemas a los vigiles.

–Bueno, quizá tuvo un mal día...

–¡Me alegro de que Florio lo sepa! –gritó Milvia desafiante–. Lo que yo quiero es...

–Lo que creo que no quieres –intervino Helena– es destruir a Petronio Longo. Ahora mismo, está gravemente herido. Afronta los hechos, Milvia. Con esto, lo único que conseguirás es que Petro decida lo que él realmente quiere. Y yo sé la respuesta: quiere recuperar su trabajo y, como buen padre, quiere poder ver a sus hijas de nuevo. –Noté que Helena no había mencionado a la esposa.

Milvia nos miró. Esperaba que le dijéramos dónde estaba Petronio pero vio que no teníamos intenciones de hacerlo. Acostumbrada a dar siempre órdenes, se sentía desorientada.

–Dale a Florio un mensaje de mi parte –le dije–. Hoy ha cometido un error, ha hecho golpear a dos ciudadanos libres y, en mi caso, sin consecuencias posteriores; pero el hecho ocurrió delante de varios testigos, por lo que si llevo a Florio a los tribunales, podré contar con el apoyo de un edil, un juez, y dos centuriones veteranos. –Helena estaba asombrada. Yo no podía permitirme los gastos de juicio y tampoco tenía intención de tirar el dinero de ese modo, pero eso Florio no tenía por qué saberlo. Y como investigador, a menudo había hecho trabajos judiciales. En la Basílica había unos cuantos abogados que me debían favores, y le dije–: Si pido una indemnización por daños y perjuicios tu marido se arruinará. Dile que si nos molesta otra vez, a Petronio o a mí, no dudaré en hacerlo.

Milvia se había criado entre gángsters. Aunque fingía no saber nada de su entorno, tenía que haber notado que sus familiares vivían en un mundo en el que imperaba el secreto. La publicidad de un pleito judicial era algo que su padre siempre había evitado, al menos hasta el caso en el que Petronio lo había arrestado. Su marido era un novato en el crimen organizado, pero él también se ganaba la vida en negocios oscuros. Se dedicaba a las apuestas, una actividad basada en especulaciones, sospechas y engaños, y también estaba implicado en el arrendamiento de inmuebles a precios abusivos. Para ello recurría a las amenazas y no a las órdenes judiciales.

–Florio no me escuchará.

–Pues tendrás que obligarlo a que lo haga –le espetó Helena–. De otro modo no sólo será su nombre el que aparezca en portada de *La Gaceta*. También se hablará de ti y tendrás que despedirte de los últimos restos de respetabilidad que le quedan a tu familia. Todo Roma lo sabrá.

–¡Pero si yo no he hecho nada!

–De eso hablará precisamente *La Gaceta*. –Helena sonrió con serenidad. Si quieres aplastar a un nuevo rico, confía en la hija de un senador. No hay nada más cruel que una dama, patricia de nacimiento, destruyendo a la esposa de un advenedizo–. Olvídate de las fechas de abastecimiento de trigo, las reuniones del Senado, los artículos sobre la familia imperial, los juegos y los circos, los milagros y los portentos. Los romanos quieren leer acerca de personas que, cuando se hacen públicas sus aventuras amorosas, afirman que no han hecho nada malo.

Milvia, con poco más de veinte años, aún no tenía la cara lo bastante dura para replicar. Ya le llegaría pero, por suerte, Petronio la había conocido antes de que se le agriase el genio. Impotente, pero como una auténtica fierecilla luchadora, cambió de tema petulantemente.

–De todas formas, yo había venido a hablar de otra cosa.

–No me importunes –dije.

–Yo quería pedirle ayuda a Petronio.

–Sea para lo que fuese, tu marido ya lo ha impedido.

–¡Pero es muy importante!

–Difícil. Petro está inconsciente y además está harto de ti.

–¿De qué se trata? –le preguntó Helena, que había notado auténtica histeria en la voz de Milvia. Yo también la había notado pero no me importaba. La chica estaba al borde de las lágrimas. Un buen golpe de efecto. Si no se hubiera acostado con Milvia, Petronio se habría enamorado de ella, pero a mí no me impresionó.

–¡Oh, Falco, no sé qué hacer! Estoy tan preocupada...

–Entonces, dinos qué ocurre. –Los ojos de Helena tenían un brillo glorioso que indicaba que podía perder la paciencia de un momento a otro y pegarla con un plato de corazones de apio en adobo. A mí me apetecía verlo aunque, a decir verdad, prefería comérmelos. Era probable que nos los hubiera traído mi madre, y si eran de nuestra huerta familiar de la Campiña, serían sabrosísimos.

–Quería pedirle un favor a Petronio, pero como no está, tendrá que ser usted quien me ayude, Falco.

–Falco está muy ocupado –respondió Helena con energía, desempeñando el papel de experta secretaria.

–Sí, pero puede estar relacionado con el trabajo que están haciendo con Petronio –prosiguió Milvia impertérrita. Los corazones de apio volvían a estar en peligro, pero tuve suerte porque las siguientes palabras que pronunció la chica la dejaron atónita. En realidad, nos asombraron a los dos–. Mi madre ha desaparecido –dijo–. Fue a los juegos y no ha regresado más. ¡Me parece que ha sido secuestrada por ese hombre que descuartiza mujeres y las tira a los acueductos!

Antes de que Helena pudiera detenerme, me encontré diciéndole con crueldad que, de ser cierto, ese bastardo tenía un gusto espantoso.

248

XLIV

Yo estaba dispuesto a despedir a la desolada Milvia con palabras todavía más duras, pero fuimos interrumpidos por Julio Frontino en una de sus habituales visitas de control. Con aire paciente, me indicó que continuase, pero yo le expliqué que la chica pensaba que su desaparecida madre había sido secuestrada por nuestro asesino y que había venido a pedirnos ayuda. Probablemente dedujo que yo no me había creído ese lastimero cuento incluso antes de que yo comentara:

–En una situación como ésta, el verdadero problema es que da ideas a la gente. Cualquier mujer que pase en el mercado una hora más de lo previsto es susceptible de ser considerada la siguiente víctima.

–¿Y el peligro está en que pasemos por alto a las verdaderas víctimas? –Hacía mucho tiempo que no me contrataba una cliente inteligente.

–Mira, Milvia –intervino Helena–, cuando desaparece un miembro de la familia, las razones suelen ser domésticas. Según mi experiencia, las cosas se complican cuando una viuda poderosa va a vivir con sus parientes políticos. Recientemente, ¿habéis tenido alguna pelea familiar?

–¡Claro que no!

–Eso suena bastante insólito –dijo Frontino sin que nadie le diera pie a hacerlo. Yo había olvidado que, para llegar a cónsul, tenía que haber ocupado primero altos cargos judiciales y estaba acostumbrado a interrumpir declaraciones con comentarios cáusticos.

–Balbina Milvia –dije–, éste es Julio Frontino, el ilustre ex cónsul. Te advierto seriamente que no le mientas.

Milvia parpadeó asombrada. Yo sabía que su padre solía invitar a miembros del gobierno a cenar, a beber y a disfrutar de las atenciones de bailarinas o bailarines, lo que entre los dignatarios supremos se conoce como hospitalidad, aunque para el pueblo llano no sean más que sobornos. Un cónsul podía ser algo nuevo.

—¿Ha habido discusiones en tu casa? —repitió Frontino con toda frialdad.

—Bueno, posiblemente.

—¿Sobre qué cuestión?

Sobre Petronio Longo, hubiera apostado yo. Fláccida se veía obligada a regañar a Milvia por acostarse con un miembro de la Brigada de Investigación de los vigiles. Luego Fláccida se había divertido contándoselo a Florio. Éste, por su parte, podía culpar a Fláccida de la infidelidad de su hija, bien porque pensase que ésta la permitía o al menos por haberla malcriado. En esa casa tenía que haber un buen lío.

—Mire, señor —intervino Helena—, por si no está al corriente de esto, debo explicarle que estamos tratando con una importante banda del crimen organizado.

—Un grupo al que no beneficiaría en absoluto una investigación oficial —presioné.

—Primero una cosa y después otra, Falco —dijo el cónsul con descaro.

—Si crees que tu madre ha muerto, no se te ve muy triste —dije, mirándola fijamente.

—Oculto mi dolor con valentía.

—¡Qué estoica! —Tal vez pensaba que si liquidaban a su madre todavía sería más rica. Quizá por eso tenía tanta prisa en asegurarse.

Frontino golpeó la mesa con el dedo, para llamarle la atención.

—Si el criminal que andamos buscando ha secuestrado a tu madre, seguiremos investigando con todo el vigor; pero si resulta que se ha ido a pasar unos días a casa de una amiga como consecuencia de una pelea, no entorpezcas nuestro trabajo con una queja trivial. Y ahora responde: ¿ha existido esa pelea?

–Es posible –Milvia se revolvió en el asiento y miró al suelo. Otras chicas de su categoría se revolvían mucho mejor, pero Milvia no había ido a la escuela. Los hijos de los gángsters tienen problemas de relación con los otros alumnos, y sus padres no permiten que adquieran malas costumbres y mucho menos valores morales. Milvia había recibido una pródiga educación a base de tutores, los cuales debían de estar aterrorizados porque no habían encontrado nada a lo que sacar partido. Sin lugar a dudas, habían tomado el dinero, habían comprado unos cuantos libros para adornar el aula y se habían gastado el resto del presupuesto para equipamiento adquiriendo pergaminos pornográficos para ellos.

–¿Has tenido algún problema con tu madre o lo ha tenido ella con tu marido? –Si Petronio me fallaba como socio, lo mejor que podía ocurrirme era que el ex cónsul ocupase su lugar. Enseguida se metió de lleno en el interrogatorio y parecía pasárselo de maravilla. Qué pena que lo hubieran nombrado gobernador de Bretaña. Cuánto talento desperdiciado...

Milvia se alisó las costosas faldas que llevaba con una mano de dedos pequeños, llenos de anillos.

–El otro día, mamá y Florio montaron un buen número.

–¿Número?

–Bueno, una pelea terrible.

–¿Por qué?

–Por un hombre del que he sido amiga.

–¡Bien! –Frontino se incorporó en su asiento, como un juez que quiere marcharse a casa a almorzar–. Mira, jovencita, tengo que advertirte que tu situación doméstica es seria. Si un hombre descubre que su mujer ha cometido adulterio, la ley lo obliga a divorciarse de ella.

Si algo había pensado Milvia alguna vez era que, para poder seguir disfrutando del dinero de su padre, Florio y ella no debían separarse. No era una idealista dispuesta a sacrificar todos sus bienes a cambio del amor verdadero con Petro. A Milvia le gustaban demasiado sus cofres de piedras preciosas y sus hermosas cuberterías de plata. Parpadeó como un conejo tímido y preguntó:

–¿Divorciarse?

–De otro modo –respondió Frontino, que había notado su vacilación–, el hombre puede ser llevado a los tribunales acusado de ser su proxeneta. Que se deshonre a una matrona romana es algo que no podemos tolerar. Supongo que comprendes que si tu marido te sorprende en la cama con otro hombre, tiene derecho a mataros a ambos.

Todo eso era cierto. Para Florio sería la ruina. No mataría a su esposa y a Petro en un ataque de celos, y si era juzgado por las antiguas leyes de escándalo público por proxeneta, todo el mundo se reiría de él.

–Me gusta el sentido del humor que tiene el cónsul –le dije a Helena en voz alta.

–Su sentido de la justicia, Marco Didio –replicó Helena, fingiendo reprobación.

–Prefiero no ser el causante de vuestra desarmonía matrimonial –le dijo Julio a Milvia con amabilidad. Era un hueso duro de roer y ya había tratado con chicas de pocas luces. Veía más allá de sus brillantes sedas y sus grandes ojos pintados, y sabía lo peligrosas que podían ser–. Tendré que estudiar con calma lo que hoy se ha hablado aquí. Por lo que veo, quieres conservar tu matrimonio, por lo que terminarás cuanto antes esa aventura amorosa. Y todos te deseamos mucha suerte.

Milvia estaba atónita. Los extorsionadores de su familia poseían una legión de abogados, que se habían hecho famosos por descubrir estatuas pasadas de moda con las que martillear al inocente. Le resultaba completamente nuevo saberse víctima de una antigua legislación, por no hablar de verse sometida a un delicado chantaje por parte de un senador de alto rango. Frontino estaba tan simpático que a ella debieron entrarle ganas de gritar.

–Y por lo que respecta a la desaparición de tu madre, está claro que sin ella te quedas completamente desamparada. Tienes que hacer todo lo que puedas para averiguar si se ha refugiado en casa de una amiga o un familiar. Si el tiempo se lo permite, Falco investigará en tu nombre, pero si no presentas una prueba de que ha sido secuestrada, esto es un asunto privado. Puede haber muchas otras explicaciones, aunque si se ha cometido un crimen, el asunto es competencia de los vigiles, ¿no?

–Sí, pero yo no puedo acudir a ellos. –Frontino me miró–. Tal vez no se muestren muy simpáticos, señor. Se pasan mucho tiempo investigando casos en los que la mujer desaparecida está seriamente implicada en su desaparición. Es posible que Fláccida no sea para ellos la ama favorita a la que rescatar. Necesito ayuda –dijo Milvia entre sollozos.

–Contrata a un investigador –le espetó Helena.

Milvia abrió su boquita de rosa para lamentarse de que precisamente había venido para eso y entonces se fijó en la palabra «contratar». Naturalmente, Petro no le habría cobrado.

–¿Tengo que pagarle, Falco?

–Se considera una cortesía –respondió Helena. Era ella quien llevaba la contabilidad.

–Muy bien, de acuerdo.

–Por anticipado –dijo Helena.

Frontino se divertía. Por nuestro trabajo en su investigación le dejábamos que nos pagase cuando lo termináramos.

XLV

Su ilustrísima no quedó contento cuando le informé de que había perdido a la mitad de su equipo por una baja por enfermedad. De la forma que se lo conté, Petronio Longo, ese entregado luchador en contra del crimen organizado, había sido atacado por una banda como venganza por haber eliminado al criminal Balbino Pío. Si antes de contratarnos, Frontino había sido informado de la suspensión de empleo de Petro en los vigiles, pronto comprendería la conexión con Milvia. Yo no iba a contarle nada a menos que preguntase.

–Esperemos que se recupere lo antes posible. Y, ¿cómo ves lo de seguir adelante tú solo, Falco?

–Estoy acostumbrado a hacerlo, señor, y, además, Petronio pronto estará bien.

–No lo bastante pronto –advirtió el cónsul–. Acabo de recibir un mensaje que ha traído un esclavo público que estaba muy excitado.

Entonces abordó el verdadero motivo de su visita: por fin se habían recibido noticias de Bolano. Lejos de abandonar el caso como yo empezaba a sospechar, el secretario del ingeniero había estado muy ocupado. Seguía aferrado a su teoría de que los acueductos que debían investigarse eran los que llegaban a Roma procedentes de Tíbur, había organizado inspecciones sistemáticas de todas las torres de aguas y depósitos de sedimentación de toda la Campiña; al final sus hombres sacaron más restos humanos, un hallazgo importante, nos habían dicho, que consistía en varios brazos y piernas en distintos estados de descomposición cerca de las bocas de acceso de Tíbur.

Julio Frontino miró a Helena como pidiéndole disculpas y dijo:

—Me temo que tendré que robarte a tu marido unos cuantos días. Él y yo debemos visitar un emplazamiento fuera de Roma.

—Eso no es ningún problema, señor —le dijo Helena Justina con una sonrisa—. Lo que necesitamos la niña y yo es precisamente un viaje al campo.

Nervioso, Frontino quiso aparentar que era un hombre que admiraba el espíritu de las mujeres modernas. Yo me limité a sonreír.

XLVI

La desaparición de Fláccida me brindó la oportunidad de presentarme por su casa. Tenía un día libre antes de que nos marchásemos de Roma, por lo que decidí utilizarlo para investigar por cuenta de Milvia. Es innecesario decir que no era tan divertido como pueda serlo perseguir viudas. Todas las viudas para las que había trabajado hasta entonces no sólo estaban dotadas de suculentas herencias sino que además eran muy atractivas y se derretían ante una sonrisa. En realidad, desde que conocía a Helena había prescindido de ese tipo de clientes. La vida ya era, por sí misma, bastante peligrosa.

Tenía el día libre, ya que aguardaba a que mi compañero de viaje resolviese sus asuntos privados que, naturalmente, eran mucho más complejos que los míos. Tenía unos cuantos sestercios invertidos en tierras que reclamaban su atención y una reputación que cultivar en el Senado, por no hablar de su inminente traslado a Bretaña. No podía dejar en manos de sus subordinados las preparaciones que requería una estancia de tres años en el otro extremo del imperio. Sus secretarios y los que le doblaban las togas no podían hacerse cargo de lo dura que era esa provincia. Frontino insistió en supervisar las investigaciones de Tíbur. Siempre y cuando no quisiera supervisarme a mí, yo no me opondría a ello. Como romano, tenía pocos conocimientos acerca de las poblaciones vecinas y ninguna potestad, sólo la de miembro de su equipo de investigación en los acueductos. Su presencia me daría más poder. Dado que los habitantes de la zona eran casi todos terratenientes, era más que probable que dificultasen nuestro trabajo. Los ricos tenían muchos más secretos que guardar que los pobres. Aproveché la oportunidad y, mientras el cónsul resolvía sus asuntos privados, fui a la choza de Florio con la intención de espiar un poco. Salió un esclavo que iba de compras, lo agarré por el cuello, le puse una moneda en la mano (a indicación suya, le puse unas cuantas más) y le pregunté si sabía algo de la desaparición de la señora. Odiaba a Fláccida y dijo que nadie en la casa conocía su paradero. No me molesté en llamar y hablar con Milvia.

En la calle no había presencia de vigiles, de otro modo, yo lo hubiera notado. Por ello regresé al Aventino pasando por el cuartel general de la Cuarta Cohorte del Sector Duodécimo. Hablé con Marco Rubella y le pregunté qué había ocurrido con su equipo de vigilancia.

–La actividad de Balbino ha terminado. Él está muerto y no queremos que nos acusen de acosamiento. ¿Qué equipo de vigilancia?

Rubella había sido jefe de centuriones, tenía una experiencia de veinte años en la legión y en aquel momento estaba al mando de mil aguerridos ex esclavos que formaban su cohorte contra incendios. Tenía el cuero cabelludo brillante, una barbilla gruesa y roma y unos profundos ojos castaños que habían presenciado cantidad de actos de violencia irracionales. Le gustaba considerarse una araña peligrosa que tiraba de los hilos de una gran tela perfectamente formada. Se tenía en demasiada estima, era obvio, pero yo nunca le desdeñaba o le contradecía. No era estúpido, y tenía mucho poder en el distrito donde yo vivía y trabajaba.

Me senté en su oficina sin que me lo ofreciera. Con cuidado, puse las botas en el borde de su valiosa mesa de trabajo y con el tacón rocé el tintero de plata como si fuera a volcarlo deliberadamente.

–¿Qué equipo? El grupo de vigilancia que cualquier tribuno inteligente como usted, Marco Rubella, pondría para seguir los pasos de Cornelia Fláccida, viuda de Balbino Florio.

Los ojos castaños de Rubella revolotearon de uno a otro de los objetos de su escritorio. Su larga carrera en el ejército le había enseñado a respetar el equipamiento, un respeto que aún tenía en aquel destacamento donde carecía por completo de él. Su tintero siempre estaba lleno y la bandeja de arena también. Una leve sacudida de mis pies insolentes y aquella bonita mesa se convertiría en un caos. Le sonreí como si no tuviera intenciones de hacerlo. Se le veía incómodo.

–No puedo hacer comentarios sobre el curso de la investigación, Falco.

–Muy bien. Guárdese sus comentarios donde le quepan. No soy el editor de *La Gaceta* en busca de un titular sensacionalista. Sólo quiero saber dónde se ha metido Fláccida. Eso, a usted, a largo plazo le interesa. –Podía basarme en ese argumento para obtener sus favores. Rubella era un oficial nato. Nunca se movía a menos que fuera en interés propio, pero si lo había, no se movía, saltaba.

–¿Cómo está la situación?

Le conté lo que sabía. Rubella era un profesional y eso me merecía demasiado respeto para confundirlo. Además, el ofrecimiento de compartir una confidencia siempre lo incomodaba, y eso era muy agradable.

–Fláccida ha tenido una gran discusión con su yerno, el mafioso Florio, y se ha marchado de casa. La estúpida de Milvia cree que el asesino de los acueductos ha cortado en rebanadas a su mamá, una tontería, por supuesto. Al asesino de los acueductos le gustan unas víctimas más jugosas; de eso podemos estar seguros.

–¿Hasta dónde has llegado? –preguntó Rubella–. ¿Es cierto que ayer apareció una cabeza en la cloaca?

–No exactamente lo que los excelentes ingenieros etruscos originariamente calcularon pero, sí, es cierto. Y un torso en Tíbur, la misma mañana. A decir verdad, de momento no es que estemos avanzando, y eso que cooperan todas las cohortes de los vigiles y se realizan dos investigaciones distintas. Una para el inspector de acueductos, que no ha conseguido nada, lo cual no lamento porque está dirigida por el jefe del Servicio Secreto.

–No te cae bien, ¿eh? –se burló Rubella.

–No apruebo sus métodos, su actitud, ni el hecho de que le esté permitido contaminar la tierra... El equipo con el que trabajo –con tacto deliberado omití especificar que trabajaba con Petronio, al cual Rubella había suspendido de empleo– tiene pocas pistas. Me marcho a Tíbur con Frontino, el ex cónsul encargado de la investigación. ¿Lo conoce? –Negó con la cabeza–. Al parecer, han sido hallados fragmentos de cuerpos desaparecidos. Dígame, por favor, ¿cómo trabajan las fuerzas del orden por ahí afuera?

–¿En el Lacio? –El tribuno habló del campo con el desdén de un hombre de ciudad. Él también lamentaba los fallos de la administración local–. Supongo que en los mejores pueblos hay algo parecido a un duunviro que organiza una cuadrilla armada si, por casualidad, son acosados por un banda de ladrones de pollos especialmente violentos.

–En las provincias extranjeras es el ejército el que se encarga de mantener el orden.

–Pero en la sagrada Italia no, Falco. Somos una nación de hombres libres, no podemos tener soldados a los que dar órdenes. La gente no les haría caso, ¿y cómo crees que se sentirían, los pobres muchachos? Hay una cohorte de la Guardia Urbana en Ostia, pero eso es una excepción porque se trata del puerto.

–Para proteger los cargamentos nuevos de cereales –añadí–. Sí, también hay urbanos en Puteoli, por la misma razón.

A Rubella le molestó que yo supiera tanto.

–Fuera de Roma no encontrarás policía regular.

–Qué asco.

–Dicen que en el campo no hay delitos.

–Sí, y todas sus cabras tienen cabeza humana y sus caballos nadan por debajo del agua.

–La Campiña es un lugar salvaje, y lo peor de todo son sus habitantes. Es por eso que tú y yo, Falco, vivimos en una gran ciudad, donde todos estos amables agentes de túnicas rojas garantizan que podamos dormir tranquilos.

Aquélla era una visión romántica de los vigiles y de su eficiencia, pero él ya lo sabía.

El Lacio no me sería un problema. Aunque Rubella lo ignoraba, yo me había pasado media infancia ahí. Sabía plantar ajos, sabía que las setas crecían sobre boñigas de vaca, pero que era mejor no mencionar ese detalle al servirlas. Y Rubella tenía razón: yo prefería Roma.

–No acabo de creerme que Fláccida haya sido secuestrada por un asesino –dije, retomando el hilo de la conversación–. Tiene que ser un tipo valiente e ingenioso a la vez. Petronio Longo diría que es probablemente Florio el que quiere quitarla de en medio. Florio está vinculado con las bandas y ahora ya podría organizarlas él solo. Y tiene otro móvil mucho más fuerte. Mi teoría, muy cínica, por cierto, es que a la propia Milvia le encantaría ver fuera de juego a su peleona madre.

–¿Y Petro? –bromeó Rubella–. Siempre había pensado que era grande, y callado y profundo...

–Supongo que le gustaría que esa bruja desapareciese, pero aún le apetecería más pescarla en pleno delito y llevarla ante el juez. Lo que Milvia pretende es que Petro la ayude a averiguar dónde está su querida madre. Si le puedo decir que la vieja está bien, con eso conseguiremos mantenerla alejada de Petro.

–¿Es cierto que alguien le dio una buena paliza? –Rubella solía saber todo lo que ocurría en su zona.

–Florio se ha enterado de la aventura de Milvia y Petronio, Fláccida se lo ha contado, por eso se pelearon. Él decidió por fin hacer notar su presencia.

–Roma puede apañárselas perfectamente sin Florio. –La sola idea de Florio flexionando los músculos bastaba para preocupar a Rubella–. Y todo eso, ¿afectará a la actitud que Petronio tiene hacia la mujer?

–Es la única esperanza a la que podemos aferrarnos.

–No pareces muy optimista.

–Bueno, creo que él quiere recuperar su trabajo cuanto antes. –Yo conocía a Petro desde hacía mucho tiempo.

–Pues vaya manera de demostrarlo. Yo le di un ultimátum que ha pasado completamente por alto.

–Y eso usted lo sabe –comenté en voz baja– porque sus hombres han visto a Petronio frecuentando la casa de Milvia. Desde el juicio de Balbino, ha tenido espías vigilando todos los movimientos de Fláccida, pero cuando ella decide desaparecer, ¿sus hombres no la han seguido hasta su nueva guarida?

–Tuve que disolver ese cuerpo de guardia –se quejó Rubella–. Ella es demasiado lista para ir dejando pistas, y esa vigilancia nos cuesta mucho dinero. Además, sin Petronio Longo, voy escaso de personal.

–¿Así que disolvió el equipo de vigilancia antes de que ella se marchara? ¿O es que por fin me han sonreído los hados?

Le gustaba tenerme intrigado. Luego sonrió.

–Se retirarán esta noche, después del último turno.

Alcé los pies de la mesa, evitando tirar el tintero y la bandeja de arena. Para añadir énfasis, me incliné hacia adelante y retoqué ligeramente la posición de los objetos hasta dejarlos pulcramente alineados. No sé si ese malnacido se sintió agradecido por mi moderación, pero me dio la nueva dirección de Cornelia Fláccida.

La mujer había alquilado un apartamento en un pasaje bajo el Esquilino, cerca de las Murallas Servias. Para llegar hasta allí, tuve que bajar hasta el puerta del ábside del circo, pasando por lugares que habían tenido mucha importancia en nuestra persecución del asesino de los acueductos. Dejé atrás el templo del Sol y la Luna, la calle de los Tres Altares y el templo del Divino Claudio. Me desvié hacia la calle del Honor y la Virtud y fui a visitar a Marina. Había salido. Conociéndola, aquello no era ninguna sorpresa.

El nuevo cubil de Fláccida era un amplio piso en la segunda planta de un limpio bloque de apartamentos. Cuando su marido fue condenado y el Tesoro confiscó todos sus bienes, se le permitió conservar todo el dinero que pudiera demostrar que era suyo, como la dote y las herencias personales. Así, y por más que afirmase que la habían dejado en la ruina, ya se había instalado en una casa nueva, con esclavos llenos de moratones negros y azules, como era habitual entre sus sirvientes, y un mobiliario básico. Todo el recinto estaba decorado con frescos y vasijas de tipo griego, fabricadas en serie en el sur de Italia y utilizadas por todos aquellos que quieren llenar espacios de una manera estética sin tener que molestarse comprando en los mercadillos de antigüedades. Parecía que Fláccida llevase tiempo viviendo allí y aposté a que no se lo había contado ni a Milvia ni a Florio.

Estaba en casa. Lo supe por los agentes de los vigiles que la controlaban desde una tienda de comestibles que se encontraba al otro lado de la calle. Fingiendo no saber que su presencia se consideraba un secreto, los llamé y los saludé con la mano. Seguramente Fláccida estaba al corriente de ello. Además, si el cuerpo de vigilancia estaba a punto de ser disuelto, ya no tenía demasiada importancia delatar su escondrijo. Me dejaron entrar aunque sólo fuera para que no alarmara a los vecinos. No era una casa en la que te invitaban a pasteles de sésamo y té de menta. Me daba lo mismo, ya que cualquier cosa que me diesen podía estar envenenada.

Para celebrar su emancipación de la generación más joven, la valiente dama se había mandado hacer un peinado nuevo, y había cambiado el tinte del cabello por un rubio más intenso. Estaba tumbada en un sofá de marfil, y vestía unas prendas en contrastados púrpuras y escarlatas cuya compra habría alegrado a un gran número de tejedores y tintoreros. Cuando mandase las gasas a la lavandería, se produciría un tumulto entre los clientes cuyas prendas quedasen manchadas por la terrible mezcla de colores. No hizo ningún ademán de levantarse y saludarme. Debió de ser porque sus zapatos tenían una suela de plataforma de varios centímetros y ponerse en pie con ellos o caminar tenía que ser un infierno. O tal vez pensó que no merecía la pena. Bueno, ese sentimiento era mutuo.

–¡Qué sorpresa, Cornelia Fláccida! Estoy encantado de verla viva y tan bien... Corrían rumores de que la habían secuestrado para hacerle una disección.

–¿Quién haría eso? –Era indudable que Fláccida creía que se trataba de algún enemigo de los bajos fondos. Seguramente tenía muchísimos.

–Podría ser cualquiera, ¿no cree? Hay tantas personas que albergan la fantasía de saber que usted ha sido torturada y mutilada...

–Oh, usted siempre lleno de buenos deseos. –Soltó una brusca carcajada que me hizo apretar los dientes.

–Yo apostaría a que son Florio, o Milvia, aunque, por extraño que parezca, ha sido su hija la que ha hecho correr el bulo. Le tiene tanto cariño que me ha contratado para que la busque. Tendré que informarla de que está usted tan fresca como una rosa, aunque no necesariamente tengo que revelarle dónde se encuentra.

–¿Cuánto? –preguntó con aire cansino, suponiendo que yo quería dinero para callar.

–No, no. No puedo aceptar dinero.

–Pensaba que era usted un investigador.

–Digamos que me conformaría con que usted se apuntara al movimiento general que hay en su familia para dejar de molestar a mi amigo Lucio Petronio. Me alivia no tener que añadirla a la lista de mujeres cortadas en pedazos y tiradas a los acueductos.

–No –convino Fláccida, impasible–. No le gustaría verme sonriendo, con la cabeza asomando en una fuente. Y no quiero entrar en unas termas de hombres y que esos bastardos tengan excusa para dar unos cuantos golpes bajos.

–No se preocupe –la tranquilicé–. Este asesino prefiere víctimas más jóvenes y lozanas.

XLVII

Para una salida de quince días, resolver asuntos y hacer visitas de despedida me tomó más tiempo que cuando me marché de Roma por seis meses. Yo hubiera preferido no decírselo a nadie, pero en ello había cierto peligro. Aparte del ambiente de histeria contenida de Roma, debido al cual hubiesen corrido rumores de que toda nuestra familia había sido secuestrada por el asesino de los acueductos, el tiempo era todavía cálido, y no queríamos que mi madre apareciera por casa y dejara media langosta en nuestra mejor habitación, en un recipiente sin tapadera.

Eso no significaba que tuviera que contárselo directamente, y le pedí a mi hermana Maya que lo hiciera después de nuestra marcha. Mi madre nos hubiera cargado de paquetes para la tía abuela Foeba, que vivía en la granja familiar. La Campiña se extiende al sur y al este de Roma, formando un gigantesco arco entre Ostia y Tíbur, pero en la mente de mi madre sólo contaba el pequeño lugar en Vía Latina en el que vivían los chalados de sus hermanos. Decirle que no íbamos cerca de la granja de Fabio y Junio hubiera sido como golpearme la cabeza contra una pared. Para mi madre, la única razón para ir al campo era traer más productos de mejor calidad, cogiéndolos gratis en casas de parientes a los que llevaba años sin ver.

Yo, en realidad, iba por el vino. Era absurdo ir a la Campiña sólo a por un asesino psicópata que mataba mujeres. El Lacio era el lugar al que iba un chico romano cuando sus bodegas se quedaban vacías.

—¡Tráeme un poco! —gruñó Famias, el marido de Maya, que era un borrachín. Como siempre, no hizo ademán de darme dinero, por lo que guiñé un ojo a mi hermana para hacerle saber que no se lo traería aunque sí probablemente la obsequiaría con unas buenas coles a fin de que le preparara pócimas para la resaca.

–Alcachofas, por favor –dijo Maya–. Y tuétanos pequeños, si todavía se encuentran.

–Perdona, pero yo tenía previsto ir en busca de un psicópata.

–Lolio dice que ha resuelto el caso y tú no.

–No me digas que hay alguien que ha empezado a tomarse en serio a Lolio.

–Sólo él mismo –Maya tenía una manera muy cínica de insultar a los maridos de sus hermanas. Su único problema era el propio marido, y eso era comprensible. Una vez se hacía cargo de las deficiencias de Famia, a los demás nos tenía preparadas largas diatribas–. ¿Cómo está Petronio? ¿Se marcha contigo?

–Está en cama por culpa de la sociedad de la mafia para la preservación de los matrimonios, un grupo de chicos listos con una estricta conciencia moral que se consideran el trueno de Júpiter. Le dieron una paliza tan descomunal que cuando sus ojos ya no estén amoratados, arremeterá contra ella.

–No estés tan seguro de eso –se burló Maya–. Que llame a la puerta, que ella no le abrirá. Lo último que he oído es que se está consolando lo mejor que puede de la pérdida.

–¿Qué significa eso, hermanita?

–¡Oh, Marco! Significa que su marido hizo apalizar a Petronio, ella lo ha abandonado y ahora la han visto por ahí con un nuevo acompañante.

–¿Silvia?

Maya me abrazó. No sé por qué pero siempre me había considerado un inocente gracioso.

–¿Y por qué no? Cuando la vi, parecía que no se hubiera divertido tanto en muchos años. –Me quedé helado–. ¿Cómo van tus poemas? –Si Maya quería animarme con aquella oportuna pregunta acerca de mi afición literaria (de la cual yo sabía que se burlaba), no lo consiguió.

–Tengo pensado dar un recital público un día de éstos.

–¡Por Juno y Minerva! Cuanto antes te vayas al campo mejor, hermanito.

—Gracias por tu apoyo, Maya.

—Estoy siempre dispuesta a salvarte de ti mismo.

Me quedaba un pequeño asunto por resolver. No podía permitirme perder una hora con Milvia, por lo que me negué a visitarla. Escribí un amable informe, al que Helena adjuntó la factura por mis servicios. En el informe, le aseguraba que había visto a su madre y había hablado con ella personalmente. Le dije que Fláccida estaba bien, que se había apuntado a unas clases de ciencias naturales y que no deseaba ser molestada en sus estudios.

A continuación, fui a visitar a Petronio a casa de su tía, una visita a la que nuestro vehemente supervisor, el ex cónsul, quiso acompañarme. Su idea del buen funcionamiento de la administración era comprobar personalmente si el personal fingía enfermedad. Una vez más le sugerí a Frontino que se presentase de paisano, no fuera que Sedina, la tía de Petro, que era asmática, muriese de excitación ante la idea de tener a un hombre tan eminente sentado a los pies de la cama en su propia casa, examinando a su sobrino descarriado. De ese modo, Sedina me recibió con cariño, y trató a mi acompañante como si fuera un esclavo que me cambiara los zapatos. Fui honrado con el plato de almendras del visitante, y le dejé coger algunas al cónsul.

Cuando entramos, me pareció que mi viejo amigo tenía peor aspecto porque los golpes y morados habían llegado a su estado de color más glorioso. Tenía tantos arco iris que podría representar a Iris en un escenario. También estaba consciente, y era lo bastante él mismo para saludarme con una retahíla de obscenidades. Dejé que vaciara el buche y luego me hice a un lado para que viera a Frontino, que había entrado tras de mí con un frasco de jarabe de fruta medicinal. Era un cónsul bien educado. Yo le había llevado uvas. Eso le dio algo que mascar y no tuvo que seguir hablando ante el personaje. Mantener una conversación trivial con un inválido que sólo podía culparse a sí mismo de su desgracia no resultaría fácil. Que discutiésemos sobre sus síntomas no lo pondría de buen humor. Preguntarle cómo se había hecho tanto daño aún lo pondría peor. La estupidez es una enfermedad sobre la que nadie quiere hablar abiertamente.

Frontino y yo cometimos el error de decir que habíamos pasado a despedirnos antes de emprender un viaje a Tíbur. Enseguida se le ocurrió alquilar una silla de mano y acompañarnos. No podía moverse y no podía resultarnos útil. Sin embargo, alejarlo del peligro de posibles ataques sucesivos por parte de Florio sí era una buena idea, y a mí me encantaba la perspectiva de ponerlo también fuera del alcance de Milvia. Asimismo, su tía se quitó de encima el peso de creer que su hospitalidad no era lo bastante buena y comentó que lo que mejor le sentaría al bobalicón de su sobrino era el aire fresco y limpio del campo. De ese modo, Petronio se uniría al grupo.

–Todo eso está muy bien –dijo Helena cuando se lo conté al llegar a casa–, pero ese viaje no contribuirá a que Petro se reconcilie con su mujer.

Yo callé. Ya había estado en la Campiña con ese tunante y comprendí cómo quería pasar la convalecencia: en las vendimias de las distintas granjas de sus familiares, tumbado a la sombra de una higuera, con una jarra de piedra de vino del Lacio y abrazado a una rolliza moza del campo.

La última aventura consistió en ir hasta la Puerta Capena a despedirnos de la familia de Helena. Su padre había salido y se había llevado a su hijo mayor de visita a casa de otros senadores para pedirles sus votos. La madre se hizo con la niña en una ardiente demostración de cariño hacia ella, lo cual implicaba que estaba disgustada con otros miembros de su tribu. Claudia Rufina estaba muy callada, y Justino sólo apareció un instante con un gesto muy serio y enseguida se marchó. Julia Justa le dijo a Helena que él intentaba rechazar la idea de entrar en el Senado, por más que su padre se hubiese hipotecado a sí mismo a fin de conseguir fondos para la campaña electoral. El hijo acababa de anunciar que quería realizar un viaje de ampliación de conocimientos al extranjero.

–¿Adónde, mamá?

–A ningún sitio –respondió la noble Julia, airada. Tuvimos la inconfundible impresión de que sólo nos estábamos enterando de la mitad de la historia, pero tenía a los demás bien cogidos por las riendas y les resultaba imposible intervenir.

–Bueno, pero supongo que no se marchará antes de que Elia-no y Claudia se casen –dijo Helena para consolarse a sí misma. Justino era su hermano favorito y si se marchaba de Roma lo echa-ría de menos.

–Los abuelos de Claudia llegarán en un par de semanas –repli-có la madre–. Una hace todo lo que puede. –Julia Justa parecía más deprimida de lo habitual. Yo siempre la había considerado una mujer lista. Era un espécimen insólito entre las patricias: bue-na madre y esposa; ella y yo teníamos nuestras diferencias, pero sólo porque ella vivía según unos elevados principios morales. Si tenía problemas con alguno de sus hijos yo me compadecía de ella, pero Julia Justa nunca me permitiría ofrecerle mi ayuda.

Con la idea de averiguar lo ocurrido me fui a buscar al sena-dor al gimnasio de Claudio, del cual los dos éramos clientes, pero Camilo Vero no estaba allí.

Al día siguiente estábamos todos instalados en Tíbur. Frontino se hospedaría con unos amigos patricios en una suntuosa villa con unas increíbles vistas panorámicas. Helena y yo alquilamos una pequeña granja en el llano, que no era más que dos construc-ciones adjuntas a un rústico edificio. Instalamos a Petro en las habitaciones de soltero que se encontraban encima de la cabaña donde funcionaría la prensa de vino, de haberla, mientras que su tía compartía un vestíbulo con nosotros. Sedina había insistido en venir para continuar cuidando de su querido sobrino. Petronio estaba pálido pero no podía hacer nada al respecto. Sus aspira-ciones románticas se habían desmoronado. Su tía lo cuidaría, lo mimaría... y lo controlaría.

–Esto es una pocilga, Falco.

–Tú quisiste venir. Sin embargo, tienes razón, podríamos com-prar esta granja por no mucho más de lo que pagamos de alquiler.

Mis palabras resultaron desastrosas.

–Qué buena idea –dijo Helena, acercándose de improviso–. Puedes empezar tu cartera de clientes en el campo italiano, y así estarás preparado para cuando decidas aspirar a un cargo más ele-vado. Y de ese modo podremos alardear de «nuestra residencia de verano en Tíbur».

–¿Eso es lo que quieres? –Yo estaba alarmado.

–Yo quiero lo que tú quieras, Marco Didio. –Helena sonrió con malicia. No había respondido a mi pregunta y lo sabía muy bien. Parecía más tranquila y menos cansada que en Roma, por lo que yo hablé menos ariscamente de lo que pretendía:

–No invertiría en un lugar tan lamentable como éste ni para abrumar a mi hermana Junia con sus caprichosas aspiraciones.

–Es buena tierra, muchacho –intervino gritando la tía de Petro, que volvía con un manojo de verduras silvestres en el chal–. La parte de atrás está llena de unas ortigas espléndidas. Voy a preparar una sopa para todos. –Como a todas las mujeres de ciudad, a la tía Sedina le gustaba mucho ir al campo para demostrar sus aptitudes domésticas preparando dudosos platos con unos espantosos ingredientes, ante los cuales los nativos del lugar gritarían horrorizados.

Comprar un trozo de tierra con ortigas de dos metros de alto con la esperanza de convertirme en un ecuestre superaba mi nivel de ambiciones. Eso sólo lo haría un idiota. En la llanura no vivía nadie; era insalubre y sucia. Cualquiera que tuviese buen gusto y dinero compraría un pequeño trozo de tierra rodeado de jardines ornamentales en los pintorescos riscos sobre los cuales el río Anio formaba unas impresionantes cascadas. El Anio era el hermoso río en el que, según Bolano, algún loco del lugar solía echar trozos de cuerpos humanos diseccionados.

XLVIII

Yo no había ido a disfrutar del paisaje.

Lo primero que tenía que hacer era familiarizarme enseguida con la zona. Estábamos colgados en el extremo sur de las montañas Sabinas. Desde Roma, habíamos tomado la antigua Vía Tiburtina, habíamos cruzado el Anio dos veces, la primera fuera de la ciudad, en el Puente de Mammeo, y más tarde en el Puente de Luciano, un puente de cinco arcos sobre el que se levantaba la hermosa tumba de los Plauto. Ya estábamos en la tierra de ese rico personaje, en la que se hallaban las fuentes termales de Aquae Albulae, y donde Sedina hizo bañar a Petronio. Como se suponía que aquellas aguas curaban afecciones urinarias y de la garganta, yo no veía qué relevancia podían tener para un hombre que había sido golpeado y pateado hasta dejarlo inconsciente, y la lamentable visión de sus heridas ocasionó que salieran de las fuentes unos apresurados enfermos. Los lagos que alimentaban las fuentes eran muy bellos y de un asombroso azul claro. El olor de azufre que impregnaba la atmósfera era completamente repulsivo. Por miedo a que nos volviéramos turistas, el emperador había hecho todo lo posible para estropear aquella zona. Se había utilizado como cantera de piedra travertina para el nuevo anfiteatro romano de los Flavios, y el proceso había destrozado el paisaje y llenado las carreteras de carros. Todo ello debía resultar una molestia para los ricos que habían construido allí sus villas de vacaciones, pero apenas podían protestar contra el proyecto favorito de Vespasiano. Por todo nuestro recorrido en la Campiña nos habían acompañado los majestuosos arcos de los acueductos. Aun cuando se alejasen de la carretera, veíamos sus grandes arcadas parduscas que se alzaban en la llanura, procedentes de las montañas, en su camino hacia Roma. Su trazado era muy amplio, cubriendo muchos kilómetros con la pendiente más suave posible, para llegar a Roma y suministrar agua a sus fortalezas, al Capitolio y al Palatino. En el punto donde se terminaba el llano y empezaban las colinas, rodeado por hermosos olivares, se elevaba Tíbur, con unas espléndidas vistas. Allí, el río Arnio se veía obligado a doblar tres recodos a través de una estrecha garganta, donde formaba unas hermosas cataratas. El alto terreno terminaba de manera abrupta y el río caía doscientos metros en su descenso. Aquel grandioso lugar, sagrado para la Sibila Albunia, contaba con dos elegantes templos, además del de la Sibila, los de Hércules Víctor y Vesta, temas populares para artistas de toda Italia cuando pintaban paisajes en rondeles para decorar los comedores elegantes. Aquí, los estadistas habían levantado opulentas casas, lo que había inspirado unas artes más especulativas. Los poetas vagaban por el lugar como pelagatos intelectuales. Mecenas, el financiero de César y el capitalista de Augusto tenía aquí su suntuosa villa. Augusto también estuvo en Tíbur, y Varo, el legendario e incompetente militar que perdió tres provincias en Germania, era propietario de una gran extensión de terreno y había una carretera que llevaba su nombre. Todo rezumaba dinero y esnobismo. El centro de la población era limpio, agradable y adornado con helechos de culantrillo. Los habitantes parecían simpáticos. En las poblaciones acostumbradas a recibir visitantes ricos solían serlo.

Supimos que Bolano estaba en las montañas, por lo que mandamos un mensajero para que le anunciara nuestra llegada. Mientras, Julio Frontino y yo nos repartimos el trabajo de averiguar quiénes eran los propietarios de las fincas. Él se ocupó de las mansiones siniestras con estadio de carreras privado y guardias armados, las que se consideraban impenetrables a los extraños. Casi todas ellas abrieron la puerta a un oficial consular acompañado de seis lictores. Como era natural, los lictores habían viajado con él. Se merecían unas vacaciones y el cónsul era muy considerado. Yo me encargué de las otras propiedades, que eran muchas menos de lo que yo creía. Tíbur era una zona de multimillonarios, tan exclusiva que era peor que la bahía de Neápolis en pleno verano.

Helena Justina había decidido coordinar nuestros esfuerzos. Sedina cuidaba de Julia en los momentos en que dejaba a

Petronio acostado para que durmiera un rato. De ese modo, Helena tuvo tiempo libre para organizarnos a Frontino y a mí una tarea a la que se entregó con alegría. Trazó un mapa de todo el distrito, marcó las fincas y decidió si sus propietarios tenían que estar en nuestra lista de sospechosos. Por razones diversas, la lista terminó siendo más corta de lo que en principio pensábamos.

–Como parece que el asesino de los acueductos lleva tiempo dedicándose a esa afición tan macabra, podemos excluir a quienes hace poco tiempo que han comprado un terreno –nos recordó Helena–. Como ha matado repetidas veces, podemos eliminar también las villas que no están siempre habitadas. Sus propietarios no vienen con la frecuencia suficiente. Buscamos algo muy específico: una familia que no sólo utilice Tíbur como lugar de descanso en el que pasar, o no pasar, determinadas épocas del año y desde donde regresar, o no regresar, a Roma para los festivales más importantes. Tenéis que investigar a las personas que, por costumbre, asisten a todos los juegos, y que llevan haciéndolo desde hace décadas. Si poseen una casa con acceso al río, mejor que mejor.

Por lo general, obtener ese tipo de información no resultaba difícil. Si Frontino encontraba a los dueños en sus casas, les preguntaba por sus costumbres y movimientos. La gente respondía bien. Colaborar con una investigación oficial es un deber y hay castigos para quien no lo hace. Mi manera de actuar era más sutil pero los resultados también eran positivos. Yo incitaba a la gente a contar chismes de sus vecinos y me enteraba de muchísimas cosas.

–Habéis averiguado mucho –dijo Helena, tras hacernos sentar para una reunión después de un día de trabajo. A Frontino lo habían acompañado hasta la granja. No tuvo ningún reparo en visitar algunas de las chozas del ortigal. Helena se quejó de él tanto como de mí–. Lo único que ocurre es que apenas habéis encontrado sospechosos.

–¿No vamos en buena dirección? –preguntó Frontino con tristeza.

–No deje que lo avasalle –sonreí.

–¿Estoy siendo mandona, Falco? –Helena estaba molesta.

–No, eres la misma de siempre, cariño.

–No quiero ser pedante.

–¡No digas tonterías, Helena! ¿No ves que el cónsul y yo te escuchamos como mansos corderos? Di lo que sea.

–Bueno, mirad, éste es un ejemplo típico: Julio Frontino ha entrevistado a una familia llamada Lúculo. Tienen una casa inmensa junto a la cascada, con una gran vista del templo de la Sibila...

–Ahora están aquí, y enseguida han admitido que fueron juntos a Roma varios días durante los juegos –explicó Frontino, que aún estaba algo nervioso por el entusiasmo de Helena.

–Sí, señor, pero... –Ese «señor» fue un tranquilizante para su vanidad. Se lo tomó bien–. Los Lúculo son una familia riquísima desde hace tres o cuatro generaciones. Han comprado villas en los centros de vacaciones más elegantes. Tienen dos en la bahía de Neápolis, una frente a la otra, desde Cumae y Surrentum, más un embarcadero en el lago Albano, cerca de Clusium, que es su finca más septentrional. Más al sur tienen una en Velia y en esta zona, no sólo poseen la casa de Tíbur sino otra en Tusculum y otra en Praeneste, una mansión al viejo estilo que es la que prefieren cuando buscan un buen clima para huir del verano de Roma.

Frontino estaba completamente apabullado.

–De modo que las posibilidades de que los movimientos de los Lúculo sigan unas pautas regulares son cero –intervine de buena gana.

–O casi. –Helena parecía desanimada–. Los Lúculo van siempre de acá para allá. Aun cuando visiten Roma para los festivales, no siempre viven aquí. Buscamos una persona que secuestra a las víctimas y que, al parecer, se deshace de ellas siempre del mismo modo y, probablemente, en el mismo lugar.

–¿Y hemos encontrado a alguien que pueda serlo?

–No. –Helena estaba desalentada–. Hay muy pocos que encajen en esa categoría. Pensaba que teníamos uno. Natural de Roma, hace veinte años que vive aquí, va a la ciudad para los grandes festivales, pero es una mujer, Aurelia Maesia. Tiene una villa cerca del santuario de Hércules Víctor.

–Ya la recuerdo. –La había entrevistado Frontino–. Es viuda. Antecedentes correctos. No se ha vuelto a casar. Llegó después de la muerte del marido y compró la finca, pero ahora va a Roma y se hospeda en casa de su hermana siempre que hay un acontecimiento importante al que asistir. Tendrá cincuenta y pico... –Con su tono nos sugirió que era una estimación galante–. Ha sido sospechosa de nuestra investigación, pero difícilmente puede ser una asesina. Además, se queda en Roma todo lo que duran los juegos. Nuestro asesino secuestró a Asinia en la jornada inaugural y enseguida puso una de sus manos en el suministro de agua. Eso significa que si Bolano la encontró donde dice y es en esta zona, el hombre tuvo que regresar a Tíbur el mismo día.

–Éste es otro de los puntos oscuros del caso –advertí–. El asesino va a Roma para los festivales, y sin embargo regresa después de la ceremonia de apertura, pero tampoco se queda aquí. Tiene que ir a Roma otra vez, porque los torsos y las cabezas son arrojados al río y a la Cloaca Máxima. Es una conducta muy peculiar. –Me asaltó una explicación obvia–. Aurelia Maesia debe de tener porteadores o un conductor. ¿La deja el porteador en casa de su hermana, regresa a Tíbur y luego, al final de los juegos, vuelve a buscarla?

–Tiene un conductor. –Frontino, quisquilloso, quería demostrar lo que sabía–. Recuerdo habérselo preguntado. Viaja en carruaje, pero el carretero se queda en él, en unos establos a las afueras de Roma. La mujer quiere tenerlo cerca por si a ella y a su hermana les apetece salir al campo.

No podía tratarse de Aurelia Maesia pero, al menos, habíamos encontrado a una persona que casi encajaba en nuestro perfil. Eso nos alentó a pensar que, en algún sitio, tenía que haber más.

–No se desanime –le dije a Frontino–. Cuantas más personas excluyamos, más fácil será localizar a la que buscamos.

El cónsul asintió, pero planteó un nuevo problema:

–Si Bolano tiene razón y los cuerpos mutilados entran en los acueductos a través de las fuentes de éste, Tíbur no es el lugar indicado donde buscar.

–Tíbur está abastecido por el Aqua Marcia –comentó Helena–, pero se trata de un ramal que termina aquí. La conducción principal que va a Roma comienza a kilómetros de distancia.

–A mitad de camino de Sublaqueum –añadí para no verme desbordado por cuestiones de abastecimiento–. Sólo son sesenta kilómetros más de territorio en el que identificar todas las casas y preguntar a los propietarios si, por casualidad, son asesinos.

IL

Al día siguiente, Bolano informó al cónsul. Me reuní con ambos en la casa donde se hospedaba Frontino. Bolano llevaba la misma túnica vieja y el mismo cinturón que la primera vez que nos vimos, a los cuales había añadido una sombrero para protegerse del sol y una mochila de viaje. Su plan era llevarnos a Frontino y a mí a Sublaqueum, por razones que me pareció que tenían más que ver con un deseo de ver la presa en la que antaño había trabajado que con la investigación que teníamos entre manos. Sin embargo, como funcionario público sabía muy bien cómo conseguir que una visita sentimental pareciese una necesidad logística. Frontino envió un mensaje preguntando a Petro si quería que lo llevasen a la villa para ayudarnos a preparar el material de la excursión, pero mi socio se negó con todo descaro.

—No, gracias. Dile a su excelencia que prefiero quedarme aquí holgazaneando y contando gansos.

—Flirteando con la cocinera del vecino, querrás decir, ¿no? —gruñí.

—¡Pues claro que no! —exclamó con una sonrisa. Yo tenía razón. Petro había visto que la chica tenía dieciocho años, carnes prietas y era propensa a mirar por encima de la valla que separaba las dos casas, con la esperanza de que apareciera algún personaje de sexo masculino para charlar con él. Yo había reparado en la chica porque tuvo una conversación perfectamente sensata con Helena Justina acerca del poco trabajo que le daban arrancando hierbas y ordeñando cabras. En opinión de Helena, la señorita era una descarada, mientras yo intentaba argüir que las costumbres indecorosas no siempre terminaban en tragedia.

Petronio Longo estaba convirtiéndose en un investigador más típico de lo que yo nunca había sido. No se tomaba el trabajo nada en serio. Si había una jarra que beber o una mujer atractiva con la que pasar el tiempo, se dedicaba a ello. Parecía creer que la vida de autónomo consistía en quedarse en la cama hasta que arruinase su reputación y después pasarse el resto del día divirtiéndose. Si eso significaba que yo tenía que hacer todo el trabajo, se limitaba a reírse de mi estupidez. Era el reverso completo de su dedicación y entrega en los vigiles. Incluso de mozo, en el ejército, había sido más serio. Tal vez necesitaba un supervisor al que enfrentarse. De ser así, yo, como amigo, nunca le daría órdenes por lo que por ahí no había solución. Y, por otro lado, sabía escabullirse del cónsul.

—¿Petronio Longo no ha venido contigo? —fue lo primero que me preguntó Frontino.

—Lo siento, señor. Está otra vez muy pálido. Él quería venir, pero su tía no se lo permitió.

—¿De veras? —replicó Frontino, como un gallo joven que sabe que unos bromistas le tiran de la cola.

—Sí, señor, de veras.

Bolano sonrió, comprendiendo la situación, y enseguida quitó hierro al asunto hablando de nuestro recorrido por las montañas.

Llevaron a Frontino en un rápido y práctico carruaje mientras nosotros íbamos montados en sendas mulas. Primero tomamos la Vía Valeria, la gran carretera que cruzaba los Apeninos y ascendía por unas cuestas suaves y boscosas, acompañada por los elegantes arcos del Aqua Claudia. En ese punto seguían el río Anio, aunque más abajo de Tíbur trazaban una gran curva hacia el sureste para evitar el acantilado y su brusco descenso. Las montañas Sabinas se extendían de norte a sur. Empezamos caminando hacia el noroeste casi todo el día. El valle del Anio se ensanchaba, el terreno se volvía cultivable, y en él crecían viñas y olivos. Comimos un tentempié y luego continuamos hasta donde el río doblaba un recodo hacia el sur y nosotros teníamos que dejar la carretera principal. Estábamos cerca del desvío que según me habían contado llevaba a la granja de las Sabinas de Horacio. Como poeta aficionado a tiempo parcial, me hubiese gustado acercarme hasta allí y rendir tributo a la Fuente Bandusia, pero íbamos en busca de un asesino y no de cultura. Para los investigadores, ésta es la triste rutina.

Pasamos la noche en un pequeño asentamiento antes de apartarnos de la carretera principal y tomar un camino muy poco utilizado que bajaba por el valle del Anio hasta Sublaqueum, que había sido lugar de retiro de Nerón. Al llegar, quedamos asombrados. Se trataba de una población nueva que había crecido a partir de los talleres y cabañas que se habían levantado para albergar a los constructores y artesanos que crearon la villa de Nerón. Era un lugar discreto y limpio, mucho más vacío de lo que debía haberlo estado, aunque aún quedaban algunos habitantes. La situación era espléndida. En la entrada de un valle pintoresco y boscoso donde el río recogía las aguas de sus afluentes y se hacía mucho más grande, hubo tres pequeños lagos. Nerón construyó presas y subió los niveles del agua para crear unos fabulosos lagos en los que deleitarse alrededor de su suntuosa villa de mármol. Era una extravagancia típica de Roma: en un escenario hermoso, recogido y tranquilo había levantado una arquitectura de dimensiones tan asombrosas que ya nadie se acercaba por allí para contemplar las vistas, sino el complejo de villas edificado por un hombre rico y vulgar. Un valle remoto y espléndido había sido destruido para convertirlo en la zona de recreo de Nerón, a fin de que allí pudiera divertirse con todo tipo de lujos a la vez que fingía ser un recluso. Apenas llegó a venir, ya que murió poco después de su construcción; nadie más quiso aprovecharlo y Sublaqueum nunca volvería a ser el mismo.

Orgulloso, Bolano nos advirtió que la presa intermedia, en la que había trabajado, era la más grande del mundo. Con sus dieciocho metros de alto, si tenías delirios de grandeza, en la parte superior podías hacer cabalgar diez caballos, uno al lado del otro. Estaba pavimentada con unas baldosas especiales, con un pequeño orificio en el medio para que hicieran de vertedero y las aguas pudieran continuar su curso natural río abajo. La presa era verdaderamente inmensa, un dique macizo de gravilla, cubierta con bloques encajados y sellada con cal hidráulica y roca desmenuzada que formaban una escayola impermeable. Muy bonito. ¿Quién podía culpar a un emperador que contaba con los mejores ingenieros del mundo por utilizarlos para embellecer sus jardines de aquella manera? Era mucho mejor que un estanque hundido con una lamprea y unas cuantas hierbas verdes. Un puente cruzaba la presa de lado a lado y llevaba a la mansión y a sus elegantes instalaciones. Bolano nos había contado muchas cosas sobre la opulencia del lugar, pero no estábamos de humor para visitas turísticas. Frontino nos llevó hacia el puente, y cuando ya habíamos recorrido la mitad de éste, yo deseé volver a tierra firme, pero si la altura mareaba al cónsul, no dio muestras de ello.

–Hemos venido contigo porque confiamos en tu experiencia, Bolano –le dijo el cónsul–. Ahora convéncenos de que esta visita a la presa merece la pena.

Bolano hizo una pausa. Miró hacia el valle, con su robusta figura impasible ante la importancia del ex cónsul que lo estaba presionando. Señaló la vista con el brazo y dijo:

–¿No es maravilloso? –Frontino frunció los labios y asintió en silencio–. ¡Exacto! Quería verlo de nuevo –añadió Bolano–. El acueducto Anio Novus necesita una reparación completa. El que sus aguas procedan directamente del río nunca lo ha beneficiado. Ya sabíamos de antemano que, debido a la mala calidad del Anio Vetus original, el canal se llenaría de excesivo lodo. Creo que se podría mejorar de una manera espectacular si pudiera convencerse al emperador de ampliarlo hasta aquí arriba y utilizar el agua de la presa...

Frontino había sacado su tablilla y había empezado a tomar notas. Lo imaginé animando a Vespasiano a que restaurase el acueducto. El tesoro público podía tardar más tiempo que lo que durase el emperador. Sin embargo, Julio Frontino no llegaba a los cincuenta años, y era de ese tipo de personas que meditaría una y otra vez sobre aquellas sugerencias. Quizá, dentro de un par de décadas, me vería sonriendo ante la noticia de la extensión del Anio en *La Gaceta* y recordaría haber estado en el lago de Nerón mientras el ayudante de un ingeniero proponía sus teorías con vehemencia.

Pero aquello no tenía nada que ver con los asesinatos, me dije a mí mismo. Noté que el obstinado Bolano tenía preparada otra de sus largas charlas educativas. Me moví inquieto, mirando al cielo; era azul, con el leve matiz frío del inminente otoño. Bolano, que tenía un ojo débil, había sufrido los efectos del sol y la brisa. Aun así, se había quitado el sombrero para que el viento no se lo llevara volando río abajo.

—He pensado mucho en el Anio Novus. —A Bolano le gustaba sacar a relucir el punto crucial de un asunto y después callar unos instantes para dejar expectante a su público.

—¿Sí? —pregunté en el tono frío del hombre que sabe que están jugando solapadamente con él.

—Ustedes me han pedido que considere cómo entran las manos y otros restos humanos en el suministro de agua. He decidido que para terminar en Roma, tienen que proceder de una de las cuatro vías principales de abastecimiento que empiezan más arriba de Tíbur. Son los acueductos Claudia, Marcia, Anio Vetus y el Anio Novus. El Anio Vetus, que es el más viejo de todos, y el Marcia, discurren casi siempre bajo tierra. Otra cuestión: el Marcia y el Claudia se alimentan ambos de varias fuentes, unidas a los acueductos mediante túneles, pero el Anio Vetus y el Anio Novus se surten directamente del río cuyo nombre llevan.

Miramos hacia abajo, al maldito río que corría a nuestros pies.

—¿Relevante? —lo presionó Frontino.

—Creo que sí.

—Tú siempre has creído que los restos son arrojados primero al río —dije—. Eso fue lo que sugeriste la primera vez que hablamos.

—¡Buena memoria! —exclamó con una sonrisa.

Se me acababa de ocurrir una mala idea.

—¿Y crees que los tiran precisamente aquí?

Nos miramos el uno al otro y luego volvimos a fijarnos en la presa. Enseguida vi los problemas. Cualquier persona que se subiera al puente a tirar cosas al agua sería vista desde varios kilómetros de distancia. El embalse tenía una cara vertical en el lado del depósito, pero bajaba en suave pendiente por el lado del río. Tirar miembros humanos con fuerza suficiente para que cayesen al Anio

279

era imposible y además, el asesino corría el riesgo de caer él mismo. Si soplaba viento, sería especialmente peligroso. Aun ese día, en que el valle estaba lleno de flores silvestres y pájaros cantores, un día caluroso, húmedo y sin viento, allí arriba las constantes ráfagas amenazaban con hacernos caer.

–Es una idea pintoresca, pero, piénsala de nuevo –dije, explicando mis dudas.

–Entonces tendrían que ver el río entre este punto y Vía Valeria –dijo Bolano, encogiéndose de hombros.

Lo único que yo quería era cruzar el puente con mucho cuidado y volver a tierra firme.

L

Mis compañeros me encargaron la tarea de inspeccionar las fincas de importancia. Esa noche nos alojamos en Sublaqueum y me pasé el resto de la tarde averiguando que casi toda la tierra cultivada de la entrada del valle y al pie del monte Livata formaba parte de la inmensa finca imperial. Cualquier emperador que planease construir un parque recreativo tendría que asegurarse que sólo sería controlado por los aduladores que se llevase consigo para ayudarle a disfrutar de su aislamiento. Los chismosos inveterados nunca se quedarían sin trabajo.

La villa había pasado a Vespasiano. Estaba casi abandonada y era probable que siguiera de ese modo. Nuestro nuevo emperador y sus dos hijos detestaban los delirios de ostentación a los que Nerón era tan aficionado. Cuando querían visitar las montañas de la Sabina, como hacían con frecuencia, iban hacia el norte, a Reato, pueblo natal de Vespasiano, donde la familia poseía numerosas fincas y pasaba los veranos al viejo estilo, en la tranquilidad y la paz del campo, como si fueran unos sanos mozos rurales. Ninguno de los esclavos imperiales que en esos momentos cuidaban la villa de Nerón o los habitantes ordinarios del pueblo podían permitirse la costumbre de viajar regularmente a Roma para divertirse. Todavía teníamos que encontrar una mansión privada, cuyos dueños fueran personas que tuvieran tiempo libre, dinero y que, año tras año, asistieran a los festivales más importantes.

Al día siguiente regresamos hasta Vía Valeria, en busca de ese tipo de propiedad. Frontino y Bolano se adelantaron una vez más para encontrar alojamiento nocturno, mientras yo me detenía a investigar en una villa privada que parecía lo bastante fastuosa.

–Te toca a ti. Yo ya he cubierto mi cupo en Tíbur –me dijo Frontino alegremente.

–Sí, señor. ¿Y tú, Bolano? ¿No quieres ayudarme a hacer unas cuantas preguntas?

–No, Falco. Yo sólo aporto mi experiencia técnica.

–Gracias, amigos.

La finca era propiedad de los hermanos Fulvio, un jovial trío de solteros. Todos tenían alrededor de cuarenta años y admitieron alegremente que les gustaba ir a Roma para los juegos. Les pregunté si el conductor regresaba a la finca después de dejarlos en la ciudad. Oh, no, porque los Fulvio prescindían de pagar sueldos extra y se turnaban conduciendo. Eran gordos, curiosos, no paraban de contar historias divertidas, y se los veía muy desinhibidos. Enseguida me formé la imagen de un grupo alborotador, unos borrachines alegres que iban y venían de Roma cuando les apetecía. Dijeron que iban a menudo, aunque no eran asistentes fijos y de vez en cuando se perdían algún festival. Aunque ninguno de ellos se había casado, parecían demasiado amantes de la diversión y demasiado unidos entre sí para que uno de ellos fuera un asesino secreto y morboso.

–Por cierto, ¿fueron a la ciudad durante los últimos Juegos Romanos?

–Pues no. –Aquello los exculpaba del asesinato de Asinia.

Cuando los presioné, resultó que no habían estado en Roma desde los últimos juegos de Apolo, que tuvieron lugar en julio, y luego confesaron un tanto avergonzados que había sido en julio del año anterior. Vaya hombres de mundo. Aquellos solteros eran realmente unos hombres amantes del hogar. Al final les conté a los Fulvio la razón de mi interés y les pregunté si sabían de algún vecino que se desplazase a Roma para los festivales. Por ejemplo, en sus anteriores viajes, ¿nunca habían adelantado a algún otro vehículo local que llevara el mismo destino que ellos? Respondieron que no. Luego se intercambiaron miradas y pareció como si compartieran alguna broma secreta, pero creí sus palabras.

Eso pudo ser un error. El Anio pasaba exactamente por su finca. Me dejaron que inspeccionara la zona; el terreno estaba lleno de cabañas, establos, graneros, corrales para animales y hasta un mirador en forma de imitación de templo en la soleada orilla del río. En cualquiera de esos lugares podían haber encerrado a las mujeres secuestradas para torturarlas, matarlas y descuartizarlas. Yo era muy consciente de que los Fulvio parecían unos seres felices y de naturaleza sincera y que, sin embargo, podían albergar oscuros celos y descargar odios largo tiempo contenidos a través de actos perversos.

Yo era romano y cualquiera que prefiriese vivir en el campo despertaba mis sospechas.

Seguí recorriendo el valle y encontré otra entrada particular, no mucho más arriba de donde el agua era desviada del río hacia la conducción del Anio Novus. La finca se veía algo distinta de las fértiles huertas de los Fulvio. Había olivos aunque, como ocurría en tantos otros lugares, parecían no tener dueño pero eso no significaba que estuvieran abandonados. Era probable que el propietario apareciera en la época de la cosecha. Sin embargo, los árboles tenían un aspecto tan descuidado que mis amigos de la Bética que cultivaban olivos los hubieran mirado con desdén. Alrededor de los troncos crecía demasiada vegetación. Los conejos silvestres se sentaban a mirarme en vez de huir para poner a salvo sus vidas. Quise seguir caminando, pero el deber me obligaba a entrar en esa finca e investigar. Seguí un sendero flanqueado de altas hierbas, escondido bajo la maleza. Cuando llevaba recorrida una corta distancia, encontré a un hombre quieto junto a un montón de troncos que estaban a un lado del camino. Si hubiera llevado un hacha o alguna otra herramienta afilada, me habría puesto nervioso, pero me miraba sorprendido como si no esperase encontrar a nadie. Como me hallaba en una finca particular, tuve que detenerme.

–¡Hola!

Su respuesta fue una insondable mirada rural. Probablemente era un esclavo, bronceado y curtido por el trabajo al aire libre; llevaba el pelo descuidado, le faltaban varios dientes y tenía la piel gruesa; edad indeterminada, unos cincuenta años tal vez; ni demasiado alto ni enano; iba mal vestido, llevaba una burda túnica marrón, cinturón y botas. Difícilmente podría considerársele un dios, pero no era peor que los otros miles de plebeyos que poblaban el imperio y que nos recordaban lo afortunados que habíamos sido por haber ido a la escuela, tener personalidad y la energía necesaria para procurar por nosotros mismos.

–Iba a acercarme a la casa. ¿Podrías decirme quién vive allí?

–El viejo –dijo con una recia voz rural. Tenía los pómulos anchos y su expresión no era exactamente hostil. De hecho, había respondido. Como yo no me había presentado, eso era mucho más de lo que podía esperarse en Roma. Era probable que tuviera órdenes de ahuyentar a los desconocidos, ya que podían ser ladrones de ganado. Dejé de lado los prejuicios.

–¿Trabajas para él?

–Ésa es mi tarea en la vida. –Había conocido a tipos como él. Culpaban al mundo de todas sus desventuras personales. Un esclavo de su edad podía esperar ganarse la libertad de una manera o de otra, tal vez no tenía la posibilidad de ahorrar dinero gracias a su encanto personal o de demostrar una forma correcta de lealtad. En realidad, carecía del encanto y la sofisticación de los esclavos de Roma.

–Necesito saber si alguien de aquí se desplaza a Roma para asistir a los juegos del Circo Máximo.

–El viejo no. ¡Tiene ochenta y seis años!

Nos reímos un poco. Eso explicaba el aire de abandono de la finca.

–¿Te trata bien?

–No podría pedirle más. –Con la broma, el esclavo se había vuelto más tratable.

–¿Cómo se llama?

–Rosio Grato.

–¿Y vive aquí solo?

–Sí.

–¿No tiene familiares?

–Están en Roma.

–¿Puedo ir a verlo? –El esclavo se encogió de hombros a modo de asentimiento. Supuse que no averiguaría nada importante pero me había equivocado en mi juicio anterior. No se había opuesto a mi petición–. Y tú, ¿cómo te llamas?

Me miró con la leve arrogancia que muchas otras personas demuestran, como si esperasen que todo el mundo las conociera.

–Turio.

Asentí con la cabeza y seguí caminando. Rosio Grato estaba sentado en un diván en el porche, perdido en sueños de cosas ocurridas sesenta años antes. Era obvio que se pasaba las horas de ese modo. Iba tapado con una manta, pero vi una figura encogida, algo jorobada, con el pelo cano y los ojos acuosos. Se le veía muy bien atendido y, teniendo en cuenta su edad, en relativa buena forma, aunque no lo bastante para dar siete vueltas corriendo al estadio. Ciertamente no era un asesino.

Una ama de llaves me hizo pasar y me dejó hablar a solas con él. Le formulé unas cuantas preguntas sencillas, a las que respondió con gran cortesía. Me miró como si fingiera ser más bobo de lo que era, pero a casi todos los ancianos les divierte hacerlo; yo esperaba con ganas poder hacerlo algún día. Conversando, le dije que había ido hasta allí desde Tíbur.

–¿Has visto a mi hija?

–Pensaba que su familia vivía en Roma, señor.

–Oh... –El pobre viejo parecía confundido–. Sí, tal vez. Sí, sí, eso es. Tengo una hija en Roma...

–¿Cuándo la vio por última vez, señor? –Deduje que llevaba tanto tiempo abandonado en aquel lugar que había olvidado qué familia tenía.

–Oh..., no hace mucho –me aseguró, aunque algo me sugirió que había pasado mucho tiempo, pero el viejo era tan vago que muy bien hubiese podido ser dos días antes. Como testigo, el viejo consiguió aparentar que no podía fiarme de él. Sus hundidos ojos sugirieron que él también lo sabía y que no le importaba confundirme.

–¿Y visita Roma con frecuencia?

–Tengo ochenta y seis años, ¿no lo sabe?

–¡Eso es fantástico! –le aseguré. Ya me lo había dicho dos veces.

Se le veía deseoso de compañía, aunque tenía pocas cosas interesantes que contar. Conseguí librarme de él lo más amablemente que pude. En Rosio Grato había algo que sugería cierta maldad, pero cuando supe que no podía ser el asesino, me marché. Volví a la carretera y en esta ocasión no me encontré a nadie en el sendero.

LI

El lugar donde nos alojaríamos estaba cerca de las diversas fuentes que alimentaban el Aqua Marcia. Bolano había sugerido que su situación subterránea hacía que su acceso para el asesino fuera muy difícil e improbable. Las manos mutiladas no entraban de esa forma en el suministro de agua. Pero Bolano creía que podría encontrar la respuesta a nuestra pregunta. Tal como habíamos acordado, Frontino y él me esperaban en el hito cuarenta y dos de la carretera, que estaba junto a un gran depósito de barro en el nacimiento del Anio Novus. El valle estaba lleno de cantos de pájaros. Era una brillante tarde que contrastaba con las sombrías conversaciones que tendríamos que mantener.

Una presa con una compuerta en el lecho del río ayudaba a canalizar parte de la corriente hacia ese depósito. Formaba un gran estanque de sedimentos que filtraba las impurezas antes del inicio del acueducto. En esos instantes, por primera vez en muchos años, había sido vaciado y limpiado. En toda su superficie se secaban bancos de barro dragado. Unos esclavos públicos de lentos movimientos descargaban su desayuno de un asno, después de dejar las herramientas en las bolsas: una escena típica. El asno volvió repentinamente la cabeza, y cogió un bocado que desapareció rápidamente. Sabía cómo sacarle el máximo provecho a la Compañía de Aguas.

–Con los acueductos –nos explicó Bolano–, es difícil e innecesario elaborar un sistema de filtración en todo su recorrido. Intentamos hacer un gran esfuerzo al principio y luego situamos depósitos adicionales al final, justo antes de que empiece la distribución, pero eso significa que todo lo que pase el primer filtro puede llegar hasta Roma.

–Y llegar enseguida. Al día siguiente –apunté, recordando lo que me había contado en otra de nuestras conversaciones.

–¡Es mi discípulo predilecto! En fin, tan pronto como llegamos aquí arriba vi que habíamos tenido problemas. Este estanque no se había limpiado desde que Calígula inauguró el canal. Ya pueden imaginar qué encontramos.

–¿Eso fue cuando descubriste más restos? –se apresuró a preguntarle Frontino.

–Encontré una pierna. –Bolano parecía mareado.

–¿Eso es todo? –Frontino y yo intercambiamos una mirada. El mensaje que nos había llegado antes implicaba extremidades de todo tipo y tamaño.

–¡Para mí fue suficiente! Su estado de descomposición era muy avanzado. Tuvimos que enterrarla. –Bolano, que había aparentado tanta frialdad, estaba verdaderamente alterado hablando de la horrible pierna que encontró–. No puedo explicar lo que fue quitarle el lodo. Encontramos huesos sueltos que no pudimos identificar.

Los trajo un capataz. A los obreros les gustaba tener una jarra en la que coleccionaban los hallazgos interesantes, y si entre ellos había restos humanos antiguos, mucho mejor.

–Preguntaré a alguien que se dedique a la caza –sugirió Frontino, siempre práctico mientras sostenía, impasible, los trozos de nudillo y fémur–, pero aunque lleguemos a la conclusión de que son humanos, no creo que nos ayuden en la investigación.

–Pero éstos sí –dijo Bolano, al tiempo que abría su mochila.

Sacó un paquete pequeño de tela que parecía una servilleta de su excelente cesta del almuerzo. Lo desenvolvió con cuidado y nos mostró un pendiente de oro. Era un buen trabajo de joyería, en forma de luna creciente y cinco cadenitas colgando, las cuales terminaban en unas hermosas bolas de oro. Bolano lo sostuvo en silencio, como si lo imaginara en una hermosa oreja femenina. Con el pendiente, había también una cadena que debía ser un trozo de un collar más largo porque le faltaba el cierre. Estaba formado por unas bonitas cuentas azules, probablemente lapislázuli o algo parecido, que alternaban con unos rombos de oro de delicada talla.

–Aquí arriba, encontrar objetos como éstos es muy raro –dijo Bolano–. En las alcantarillas, sí, porque pueden haberse perdido en la calle o algo así. Allí aparecen monedas y piedras preciosas, una brigada de trabajo llegó a encontrar una cubertería casi entera.

–Es como si alguien los hubiera tirado al agua para deshacerse de ellos –dije–. ¿Qué chica se pone las mejores joyas para dar un paseo a la orilla del río en medio del campo? –Mis compañeros permanecieron callados, dejándome la tarea de juzgar a las chicas. Deprimido por la conversación, Frontino caminó hacia el río.

–¿Deberíamos hacer dragar el río Anio? –preguntó con tristeza mientras yo le seguía, compartiendo su desánimo–. Podría utilizar a los esclavos públicos que tengo asignados, al menos que sirvan para algo.

–Tal vez sí, pero a su debido tiempo. De momento, tendríamos que evitar cualquier actividad pública que sea demasiado evidente. Hay que dar la impresión de normalidad absoluta. Lo que no podemos hacer es asustar al asesino, sino al contrario, debemos inducirlo a actuar y luego cogerlo.

–Antes de que vuelva a matar –suspiró Frontino–. Esto no me gusta, Falco. Seguro que ahora ya estamos cerca de él, pero todo podría salir tan mal...

Bolano se acercó a nosotros. Nos quedamos unos instantes contemplando el agua que se precipitaba en una tubería divergente que alimentaba el acueducto. Me volví despacio y miré hacia el bosque, casi como si sospechara que el asesino podía estar cerca, espiándonos.

–Voy a contarles qué es lo que, en mi opinión, está ocurriendo –dijo Bolano en tono sombrío. Luego hizo una pausa.

Estaba muy triste. Aquel lugar apartado había hecho mella en él. En su imaginación, compartía los últimos momentos de las mujeres que habían sido traídas desde tan lejos para encontrar un destino terrible, para que las matasen, las mutilasen y arrojasen los fragmentos de sus cuerpos muy cerca de donde nos encontrábamos.

–El asesino vive en esta zona –dije, para sacarlo de su melancolía–. Secuestra a sus víctimas en Roma, posiblemente porque allí no es conocido y piensa que no lo identificarán. Luego las trae hasta aquí, a sesenta kilómetros.

–Y cuando termina de hacerles lo que les haga –dijo Bolano, recuperando la serenidad–, regresa a Roma para deshacerse de las cabezas y los cuerpos en el río y en la cloaca, probablemente para reducir el riesgo de que algo lo delate aquí. Pero primero les corta las extremidades y las tira al río...

–¿Por qué no tira todos los fragmentos al Anio? ¿O por qué no se los lleva todos a Roma? –preguntó Frontino.

–Supongo –respondí despacio– que quiere ver los trozos más grandes lo más lejos posible porque su aspecto de restos humanos identificables se prolonga más tiempo. Por eso los lleva a Roma, pero mientras se deshace de ellos en el río o en la cloaca es vulnerable. Lo único que quiere es un par de paquetes grandes que pueda hundir enseguida si, de repente, se siente observado. Sin embargo, cree que es seguro deshacerse aquí arriba de las extremidades más pequeñas porque se deterioran más deprisa y no pueden reconocerse. Si las tira a la corriente, los pájaros carroñeros y otros animales pueden comérselas, en las montañas o abajo en la Campiña. Todo lo que cae por la cascada de Tíbur se desintegra.

–Exacto, Falco –dijo Bolano–. Supongo que no pretende que aparezcan en el suministro de agua de Roma, pero a veces, las partes más pequeñas y ligeras, como las manos, por ejemplo, se cuelan en el estanque del Novus y luego pasan al canal. Tal vez el asesino no sepa que esto ocurre. Si por casualidad salen flotando del sistema de filtro, los fragmentos corporales viajarán hasta Roma. Al final del recorrido, dos acueductos se unen en una arcada, el Novus pasa por encima del Aqua Claudia, con ramales intercambiables. Y el Claudia también tiene un punto de intercambio con el Marcia, como ya les he mostrado.

Frontino y yo asentimos, recordando el torrente que pasaba con gran estruendo de uno a otro acueducto.

–Así, ya sabemos cómo circulan esas partes pequeñas una vez han llegado a Roma. El único enigma –dijo Bolano despacio– es la primera mano, la que encontró Falco y que se supone que apareció en el Aventino en una torre de las aguas de Aqua Appia.

Me pareció que había pasado mucho tiempo desde que Petro y yo bebíamos juntos en la calle de los Sastres.

–Entre los canales de Tíbur y el Aqua Appia, ¿hay algún tipo de enlace? –pregunté.

–Cabe la posibilidad. La fuente del Appia no es subterránea, empieza en un depósito de unas antiguas canteras de Vía Collantina.

–Así, ¿alguien pudo pasar por ahí en carro y tirar un paquete?

–Lo más probable –respondió Bolano– es que esa fuente pública tenga dos chorros, procedentes de dos acueductos distintos. Eso nos permite mantener un suministro alterno. Es cierto que el Appia abastece el Aventino, el depósito terminal está junto al templo de la Luna, pero puede llegar un segundo suministro procedente del Aqua Claudia...

–Entonces, todo encaja –interrumpió Frontino–. Y todo empieza aquí.

–¿Y quién es ese malnacido? –preguntó Bolano, irritado. Darle caza ya era una cuestión personal para él.

–Lo único que he encontrado en el camino es un trío de alegres hermanos que, al parecer, llevan años sin pisar Roma, unos cuantos esclavos y un viejo demasiado débil para moverse.

–Entonces, ¿qué sugieres? –preguntó el cónsul–. Sabemos lo que hace ese malnacido y sabemos que lo hace aquí. Si no actuamos, en los próximos festivales lo hará de nuevo.

–Si tuviéramos mucha sangre fría –le dije despacio–, cuando empiecen los Juegos de Augusto, dentro de una semana exactamente, apostaríamos a los esclavos públicos detrás de los árboles valle arriba, desde aquí hasta Sublaqueum, diciéndoles que se camuflaran lo mejor que pudieran hasta que viesen a alguien tirando algo al Anio.

–Pero hacer eso y cogerlo en el acto...

–Primero tendría que morir una mujer.

–Si tuviéramos que hacerlo, lo haríamos –dijo Frontino tras respirar hondo. Pragmático hasta el final.

–Pero si podemos –repliqué yo–, me gustaría cogerlo antes.

–¡Muy bien, Falco!

–Tenemos pocas pistas. Antes de que empiecen los Juegos de Augusto, quiero que estemos preparados para apresarlo en Roma. No tenemos mucho tiempo. Yo me quedaré en Tíbur un día más para echar un último vistazo a nuestros sospechosos. Quiero asegurarme de que no dejamos cabos sueltos. Sabemos que el asesino tiene recursos para recorrer largas distancias. Tal vez vive en Tíbur y sube a la montaña cuando empieza a descuartizar los cuerpos.

Así que había que volver a Tíbur. Mientras nos alejábamos de la soleada orilla, un martín pescador asustado voló en medio de un brillante destello de colores; a nuestras espaldas una libélula bajó en picado hacia las cristalinas y aparentemente limpias aguas del contaminado río Anio.

LII

Para descubrir a nuestro visitante de los festivales, Tíbur parecía la mejor base. Volviendo por la Vía Valeria vimos poco que nos interesase. Había un par de suntuosas fincas rurales en cuyos pórticos se leían nombres de hombres ilustres, tanto que hasta el encumbrado Frontino vaciló ante la idea de sugerir con cortesía que la generación actual de personas de alcurnia podían estar implicadas en una larga serie de asesinatos morbosos. Por otro lado, los dueños de las granjas iban más a Roma por los mercados que por los festivales. Los terratenientes que no vivían en la zona, que eran la mayor parte, quedaban excluidos por razón de esa ausencia, que al mismo tiempo eximía de responsabilidad a sus territorios.

Al regresar a Tíbur, me recibieron de distinta manera. Oí llorar a Julia Junila desde el ortigal.

–Ven con papá, querida. –Cuando la cogí, las lágrimas corrieron por sus mejillas enrojecidas.

–Se pregunta quién es este extraño –sugirió Helena.

–¿Y tú qué piensas, querida? –Había captado por completo la ironía.

–Yo me acuerdo de todo perfectamente.

La niña también debía acordarse porque, de repente, decidió darme la bienvenida con un ruidoso eructo.

Lucio Petronio, mi apaleado compañero, tenía mejor aspecto, los morados habían perdido intensidad. A la luz del candil parecía que no se hubiera lavado la cara en una semana. Cuando decía ponerse en marcha, podía moverse con más libertad.

–Bueno, ¿y qué tal ha ido la búsqueda de sospechosos en Sublaqueum?

–Como a mí me gusta. Muchos escenarios idílicos en los que he podido tener pensamientos poéticos.

–¿Has encontrado algo?

–Gente encantadora que nunca va a ningún sitio. Tipos rurales sanos que llevan vidas intachables y que me han dicho que no creen que haya ningún vecino que se dedique a descuartizar mujeres en los bosques.

–¿Y ahora qué? –Desperezó su gran cuerpo. Estaba claro que nuestro chico convaleciente empezaba a aburrirse.

–Regresaremos a Roma enseguida, pero yo volveré a controlar algunas de las elegantes mansiones en las que ha estado ya Julio Frontino.

–Pensé que lo habías mandado a aquellas en las que no te habían dejado entrar.

–Voy camuflado de factótum itinerante, un tipo al que cualquiera de ellos recibiría con los brazos abiertos.

–¿Existe ese tipo? –preguntó arqueando una ceja escéptico.

–Todas las buenas casas del imperio tienen, al menos, una fuente que no funciona. Yo me ofrezco a arreglarla –le sonreí–. Y, si quieres, tú podrías venir como mi terrible aprendiz. –Petro aceptó enseguida, aunque intentó convencerme de que él era el fontanero y yo el aprendiz. Le dije que, como parecía un matón después de una pelea callejera, sería mejor que fuese él quien cargase las herramientas–. Ya veo que con la doncella de los vecinos no has encontrado mucha diversión.

–Es demasiado joven –se burló–. Demasiado peligrosa. Además –admitió–, huele a ajo y es tonta de capirote.

Todas las investigaciones incluyen un interludio durante el cual todo investigador digno de confianza se pone una túnica de una sola manga, se peina el cabello hacia atrás con aceite y se dispone a llamar a una puerta. Yo ya lo había hecho, pero Petronio, acostumbrado a imponer sus peticiones de información por medio de un garrote y la amenaza de cárcel, tenía que aprender unos cuantos trucos, sobre todo el de quedarse callado. Sin embargo, su tía Sedina le aseguró que su aspecto era el de un perfecto estúpido, el primer requisito de un fontanero. Helena nos hizo ensayar el papel, y nos dio unos cuantos consejos como «húrgate las narices con más convicción» y «no te olvides de chasquear la lengua y murmurar "oh, ésta parece complicada. Creo que aquí hay un problema grande..."».

Lo hicimos de la manera siguiente: nos pusimos unas túnicas cochambrosas y cargamos una gran bolsa que contenía diversas herramientas pesadas que encontramos en los graneros de la granja donde nos habíamos instalado. Petro y yo paseamos ante las puertas de las opulentas mansiones en las que queríamos investigar. Siempre comíamos melón. Cuando los fieros guardianes salían a mirarnos, los saludábamos alegremente y les ofrecíamos un trozo de fruta. Después de hablar del tiempo unos instantes, persuadíamos a nuestro nuevos amigos, que aún tenían jugo de melón en las barbillas, de que nos dejasen entrar. Cargábamos la bolsa por la calzada de acceso y, con todos los respetos, comunicábamos al suspicaz mayordomo que aquélla era la ocasión de su vida para sorprender al dueño y reparar esa fuente que llevaba años sin manar. La mayor parte nos dejaban entrar, ya que no tenían nada que perder. Mientras nosotros nos dedicábamos a nuestro trabajo con total ingenuidad, ellos se quedaban mirando por si acaso éramos ladrones de enseres domésticos. Eso nos daba la oportunidad de hablar, y cuando conseguíamos que la fuente funcionara de nuevo, lo que, para mi orgullo, ocurría la mayor parte de las veces, los de la casa quedaban tan agradecidos que casi siempre nos contaban algo.

Bueno, algunos sólo nos decían que nos largáramos. Hubo una casa en concreto que a Petro y a mí nos hizo sospechar. Mientras yo había estado fuera, Petro examinó la lista y las teorías formuladas (la compañía de la doncella de los vecinos tenía que haber sido un absoluto desastre), y compartió mi opinión de que debíamos investigar de nuevo la villa de Aurelia Maesia. Aunque era una mujer, sus idas y venidas de Roma eran lo más parecido a lo que andábamos buscando. Vivía en el mismo Tíbur. Su casa estaba en el lado occidental, cerca del templo de Hércules Víctor. Ese famoso santuario era el más importante de Tíbur, y estaba situado en lo alto de una colina sobre el Anio a su paso por la población. Las viejas arcadas, sostenidas sobre macizos bloques de piedra, formaban una plaza central, rodeada de unas columnas de altura doble que estaban abiertas por uno de sus lados, desde el cual se dominaba una espléndida vista del valle. En el centro del *temenos*, se accedía al templo del semidiós subiendo unas altas escaleras, al otro lado de las cuales había un pequeño teatro. Bajo las columnas había instalado un mercado, por lo que se oían murmullos, y también había un oráculo.

–¿Por qué no consultamos al oráculo? –gruñó Petro–. ¿Para qué malgastar energía vistiéndonos de vagabundos y mojándonos hasta los sobacos cuando, en vez de eso, podemos pagar un poco de dinero para que el oráculo nos dé la respuesta?

–Los oráculos sólo tratan cuestiones sencillas. «¿Cuál es el sentido de la vida?» O bien: «¿Cómo puedo engañar a mi suegra?». La gente no suele preguntar complicaciones técnicas como «¿quién es el malnacido que secuestra y mata por diversión?». Eso requiere una elaborada capacidad de deducción.

–Y unos idiotas como tú y como yo que no sabemos cuándo rechazar un trabajo inadecuado.

–Exacto. Los oráculos son caprichosos. Te toman el pelo y te confunden. Tú y yo entramos ahí y obtenemos un resultado irrefutable, ¿no?

–Bueno, pues –se burló Petro–, vayamos de una vez a hacer un poco de daño.

A diferencia de casi todas las casas de mujeres, en las que no estaba permitida la entrada a hombres desconocidos, las tierras bien cuidadas de Aurelia Maesia eran de fácil acceso. Era de suponer que la casa tendría portero y mayordomo, pero fuimos admitidos por una cocinera que enseguida nos llevó ante la dama.

Debía de tener unos sesenta años. Iba vestida con un estilo muy majestuoso y llevaba pendientes de oro con ámbar incrustado y perlas que colgaban de ellos. Tenía una cara carnosa, que empezaba a languidecer y a demacrarse; la piel estaba llena de pequeñas arrugas. Me pareció agradable pero estúpida. Desde el primer momento en que la vi supe que no era la asesina, pero eso no excluía a su conductor o a las personas con las que compartía la carreta cuando se desplazaba a Roma. Estaba escribiendo una carta y le resultaba difícil, ya que no utilizaba un escriba y su vista no estaba en la mejor de las condiciones. Cuando entramos, alzó la mirada un tanto nerviosa. Le contamos a que nos dedicábamos, y ordenó que nos mostrasen una fuente seca en un patio lleno de líquenes. Unos gorriones saltaban en las dos rebordes de la fuente y contemplaban nuestra llegada trinando de curiosidad. La dama había ordenado a un muchacho que se encargara de nosotros.

–Soy Gayo. –Con cuidado, dejé nuestra bolsa en el suelo para que no sospechara que su supuesto contenido técnico no era más que chatarra de granja. Saqué un bastón romo y empecé a rascar el liquen para arrancarlo. Petro se quedó en segundo plano, mirando al cielo con el rostro inexpresivo.

—Y él, ¿cómo se llama? –preguntó el muchacho, que seguía comprobando nuestras credenciales.

–También se llama Gayo.

–Entonces, ¿cómo puedo saber quién es cada uno?

–Yo soy el listo.

Cuando Petro intervino en la presentación, dijo que nuestro nombre de familia era «Tito», y añadió:

–Como el hijo del emperador. –Cuando tratábamos con patanes, asumir parentesco imperial le producía un placer infantil.

–Y tú, ¿cómo te llamas?

–Tito –dijo el muchacho.

–¡Como el hijo del emperador! –exclamó Petro con una indolente sonrisa.

Era obvio que el joven Tito ya había oído esa broma.

–Esa Aurelia no sé qué parece una buena mujer –dije, después de pasarme un rato limpiando la gastada piedra–. Y vive aquí, ¿no? Lo pregunto porque la mayor parte de nuestros clientes en esta zona sólo vienen a Tíbur en vacaciones.

–Lleva años viviendo aquí –dijo Tito.

–Pero supongo que, de vez en cuando, va a Roma.

–Pues sí, la verdad es que va muy a menudo.

Petronio se había metido un dedo en la nariz. Tito casi lo imitó y luego se avergonzó. Yo alcé la cabeza y me dirigí a Petronio.

–Oye, Gayo, mira a ver si encuentras una piedra pequeña o un trozo de teja en alguna parte...

–¿Por qué siempre tengo que ir yo?

–Porque eres el aprendiz, por eso.

Petro puso cara de no saber lo que yo le pedía, y empezó a caminar de un sitio a otro mientras yo tenía a Tito atrapado en una tediosa conversación.

–Para tu señora, ir a Roma es un viaje un poco largo, ¿no? No quiero ser brusco, pero ya no está en la flor de la juventud. –Al chico debía de parecerle una antigualla–. Sin embargo, tiene dinero para moverse de una manera confortable. Si tuviéramos que ir tú y yo, lo haríamos en un carro viejo y destartalado...

–La señora tiene carruaje propio.

–¿La lleva algún carretero?

–Sí, Damonte.

–Un nombre griego muy bonito.

–Damonte la lleva a la ciudad y la trae de vuelta. Allí, la señora se aloja en casa de su hermana. Va a los festivales en familia. Es algo habitual.

–Qué bien.

–¡Es maravilloso! –se burló. Era obvio que su idea de la diversión implicaba muchas más emociones de las que unas damas de sesenta años pudieran inventar. El chico tenía catorce años y anhelaba convertirse en un granuja.

–Van a los juegos y se pasan todo el rato charlando. Al final, no saben quiénes han ganado los combates ni las carreras de cuadrigas; lo único que quieren es ver quién hay entre el público.

–Y sin embargo –yo seguía hurgando los grifos con el alambre–, a las señoras debe de gustarles ir de tiendas. En Roma hay muchísimas.

–Sí, trae cosas. El carro siempre vuelve cargado.

–Ese Damonte que hace de conductor tiene un buen trabajo. Apuesto a que te gustaría hacerlo tú.

–¡Imposible, compañero! Damonte nunca se lo cedería a nadie.

–¿Tanto le gusta?

–Vive con la cocinera y aprovecha cualquier oportunidad para alejarse de ella.

Petronio regresó junto a nosotros. Al parecer, había olvidado lo que yo le había pedido que me trajese.

297

Mientras fingíamos arrancar suciedad y vegetación de la fuente, descubrí lo que buscaba. La villa de Aurelia Maesia tenía una tubería doméstica de agua procedente del acueducto de Tíbur, y la fuente era alimentada por una tubería secundaria cuyo suministro podía interrumpirse mediante un grifo. Aquello era una rareza, ya que casi todo el mundo tenía una reserva de agua para las letrinas. Supuse que alguien había cerrado el grifo y lo había olvidado. El grifo era la habitual pieza de bronce forjado, con un lazo cuadrado en la parte superior que podía accionarse mediante una llave móvil especial.

–Hazme un favor, Tito. Ve y pregunta a quien tenga esa llave si puede prestártela. Entonces te mostraré algo extraordinario.

Mientras el chico se marchaba, Petro dijo en voz baja:

–Hay un establo con un carruaje, un gran carro de cuatro ruedas lleno de ornamentos de destellante bronce. Un tipo que debe de ser el conductor estaba dormido sobre un fardo: pelirrojo, una barba sucia, una pierna torcida y mide la mitad que yo...

–Fácil de distinguir.

–Proverbial.

–Se llama Damonte.

–Suena a pastor griego.

–Un auténtico arcadio. Me pregunto si posee un gran cuchillo para degollar ovejas.

El joven Tito volvió corriendo y dijo que nadie tenía la llave del grifo. Yo me encogí de hombros. En nuestra bolsa llevábamos una barra de hierro que podía utilizar, cuidando de no doblarla. No me gustaba tener que dejarla allí. Además de poder emplearla para abrir cabezas, ¿qué haríamos cuando la necesitásemos para arreglar el grifo de otra casa de la vecindad? El grifo estaba rígido y era muy difícil hacerlo girar, como ya imaginaba que ocurriría. Noté que el ariete hidráulico se ponía en marcha de inmediato, martilleando en dirección a la casa. Probablemente habían cerrado el grifo por eso. Una pena, porque tan pronto como lo abrí, la fuente volvió a la vida. Era bonita y musical aunque no demasiado uniforme.

–¡Vaya! ¿Con que era eso?

–Danos una oportunidad, chico...

–Es un perfeccionista –le dijo Petro al muchacho, al tiempo que asentía con sensatez.

–Mira, el agua se derrama toda hacia un lado. Dame esa piedra que has encontrado, Gayo. –Puse una cuña en el tubo superior para que el agua manase de manera más regular–. Mira, Tito, Gayo y yo somos así: ponemos una piedra y lo arreglamos. Otros meten un palito y eso es deliberado; con el tiempo, se pudre y los tienen que llamar de nuevo. Pero Gayo y yo, si arreglamos una fuente, lo hacemos para siempre.

Tito asintió, impresionado por los trucos de nuestro oficio y supuse que pensaba en aprovechar esos conocimientos él mismo.

–Y a ese Damonte, ¿por qué le gusta tanto ir a Roma? –pregunté mientras recogía la bolsa de herramientas.

El chico miró a su alrededor para asegurarse de que nadie lo oía y dijo:

–Por las mujeres, ¿no? –El muchacho también tenía unos conocimientos muy especiales.

LIII

Pero sabíamos que probablemente no estábamos buscando al cochero de una dama, y mucho menos si estaba casado. Petronio Longo estuvo de acuerdo conmigo: Damonte quería huir de la cocinera porque ella sabía que el hombre tenía asuntos extramatrimoniales y lo regañaba. Miré a Petro fijamente. Para él, la situación era conocida. Aceptó mi mirada soltando una maldición y pusimos fin a nuestra jornada como fontaneros.

Terminamos la jornada en el propio Tíbur porque íbamos escasos de tiempo. A la mañana siguiente, hicimos los equipajes y nos pusimos en marcha hacia Roma. Era como si no hubiésemos avanzado mucho, aunque yo sentía que habíamos mejorado la información básica hasta tal punto que, si el asesino daba un paso, tendría mucha suerte de no delatarse. Y aunque Damonte no era el sospechoso ideal, podía cumplir los requisitos para serlo. Yo, además, compré una granja; sería la ruina de mi vida, pero al menos podía considerarme propietario.

Cuando llegamos al Aventino, la primera persona a la que vimos fue a mi sobrino, el verdadero Gayo.

–Me has decepcionado de veras –gritó enfadado. Gayo podía encolerizarse como un caballo moribundo. Yo no sabía qué le ocurría–. Tú eres un buen amigo, tío Marco...

Helena había entrado en casa para dar de comer a la niña mientras yo seguía descargando el asno que había transportado nuestros equipajes.

–Tranquilízate y deja de chillar. Toma, sujeta esto...

–¡Yo no soy tu esclavo!

–Como gustes.

Al ver que yo no me alteraba, se tranquilizó. Tenía el rasgo familiar de no malgastar esfuerzos, por lo que adoptó el mal humor típico de los Didio. Se parecía a mi padre. Mi corazón se endureció.

–Mira Gayo, aquí tenemos mucho que hacer. Si callas y nos ayudas, escucharé tus quejas. Si no, lárgate y ve a molestar a otro.

Reacio, Gayo se quedó quieto mientras yo lo cargué con equipajes hasta que apenas pudo subir las escaleras del apartamento. Bajo todas sus jactancias y sus rabietas había un buen trabajador. No era la primera vez que pensaba que tendría que hacer algo por él, y hacerlo pronto. Al recordar el ortigal que había comprado en Tíbur, se me ocurrió una posible solución. Lo que Gayo necesitaba era que lo sacasen de esa dura vida callejera que llevaba, tal vez podía mandarlo a la granja de la familia. La tía abuela Foeba tenía mucha práctica en ablandar a jóvenes rebeldes, y podía confiar en que Gayo se enfrentaría con firmeza a las extravagancias de mis peculiares tíos, Fabio y Junio, pero no dije nada. A su madre, mi ridícula hermana Gala, habría que permitírsele que aireara su aversión ante cualquier plan que yo propusiera. Y además, estaba Lolio, claro. Yo esperaba con ganas el momento de superar a Lolio...

Mientras seguía a Gayo hacia el interior de la casa, suspiré. Sólo llevaba cinco minutos en ella y el peso de los asuntos domésticos ya me abrumaba.

–¿Me darás dinero por llevar el asno de vuelta al establo, tío Marco?

–No.

–Sí que te lo dará –intervino Helena–. ¿Por qué estás tan enfadado, Gayo?

–Porque aquí se me había prometido un trabajo –declaró mi sobrino, indignado–. Iba a ganar dinero cuidando a la niña. Pronto me harán volver a la escuela.

–No te preocupes –le dije con displicencia–. Todavía quedan dos semanas de vacaciones. –Gayo nunca tenía noción del tiempo.

–De todas formas, cuando cumpla catorce años ya no iré más.

–Bien, pues dile a tu abuela que no gaste más dinero en matrículas.

–El día de mi cumpleaños dejaré la escuela.

–Lo que tú digas, Gayo.

–¿Cómo es que no me llevas la contraria?

–Porque estoy cansado. Ahora, escucha. Los Juegos de Augusto están a punto de empezar y tendré que hacer muchas guardias nocturnas. A Helena le gustará poder contar con tu ayuda para cuidar a la niña. Me atrevería a decir incluso que agradecerá tu compañía durante el día, pero si yo vengo a dormir, tendrás que estar callado.

–¿Vas a explicarle a la niña que no tiene que llorar porque tú duermes? –Como posible niñero, Gayo tenía una actitud agradable y sarcástica–. ¿Para qué son esas vigilancias nocturnas?

–Para arrestar a ese maníaco que pone trozos de mujeres en el suministro de agua.

–¿Y cómo lo harás? –Como todos mis parientes, Gayo se tomaba mi trabajo con incredulidad, asombrado de que hubiese alguien lo bastante loco para contratarme o de que las tareas que realizaba dieran fruto.

–Tendré que quedarme fuera del Circo Máximo hasta que aparezca y secuestre a una. –Explicándolo de ese modo, las burlas de mi familia estaban justificadas. ¿Cómo podía creer que lo lograría de ese modo?

–Y entonces, ¿qué?

–Entonces lo arrestaré.

–Oh, cómo me gustaría verlo. ¿Puedo ayudarte?

–No, es demasiado peligroso –dijo Helena con firmeza.

–Por favor, tío Marco.

–Si quieres ganar un poco de dinero, harás lo que Helena diga. Aquí, es ella la que guarda las llaves y lleva las cuentas.

–Es una mujer.

–Pero sabe sumar –dije. Dediqué una sonrisa a mi mujer.

–Y sé hacerlo de maneras distintas –comentó–. Venid a comer, par de gamberros.

Con desgana, Gayo aceptó sentarse a la mesa y comer. Seducido por la experiencia inusual de una cena familiar, algo que no se sabía que Gala y Lolio dieran nunca a sus hijos, finalmente recordó que tenía un mensaje para Helena.

–Ayer vino a verte tu hermano –le dijo.

–¿Quinto? ¿El alto y simpático? ¿Camilo Justino?

–Probablemente. Dijo que te contara que lo habían mandado fuera por problemas de salud.

–¿Y eso qué significa? –preguntó Helena, alarmada–. ¿Que está enfermo?

Gayo se encogió de hombros bajo su sucia túnica.

–Me parece que era una broma o algo así. Yo estaba instalado bajo tu porche, esperando que volvierais.

Helena dio un respingo ante la idea de que ese indeseable pilluelo hubiese merodeado por nuestra casa.

–¿Hablaste con él?

–Se sentó a mi lado, en las escaleras, y tuvimos una agradable charla. No se encuentra mal pero está muy deprimido.

Cansada por el viaje, Helena se frotó los ojos y luego miró a mi sobrino apoyando la barbilla en ambas manos.

–¿Por qué está deprimido, Gayo?

–Habló conmigo en privado... –Al ver la mirada de Helena, se revolvió incómodo en la silla, pero al final confesó, con rostro avergonzado–. Bueno, cosas del amor y todo eso...

–Una buena lección para ti –reí–. Eso es lo que les ocurre a los hombres que coquetean con actrices.

Con rostro pensativo, Helena volvió a llenarle el plato de comida. Luego, como sabía evitar las disputas, llenó de nuevo el mío.

Los juegos en honor del fallecido emperador Augusto empezaban el tercer día de octubre. Dos días después era la fecha mítica de la apertura de las puertas del Hades. Yo esperaba que para entonces ya hubiéramos cogido al maníaco y pudiésemos enviarlo allá abajo. Inmediatamente antes de los juegos, en el calendario había un día marcado en negro, el tradicional día de mala suerte que seguía a las Calendas, el primero del mes. Habíamos llegado a la conclusión de que los supersticiosos evitarían viajar en día negro y que llegarían a Roma el día de las Calendas. Para asegurarnos por completo de que estaríamos en el sitio adecuado en el momento oportuno, montamos guardia el día anterior.

Observamos las puertas de la ciudad y, confiando en que nuestras teorías eran correctas, nos concentramos en las del lado oriental. Petro y yo nos turnamos en la Puerta Tiburtina y en la Prestina, donde nos apostamos cada noche cuando se levantaba la prohibición de vehículos y entraban en Roma los carros. Luego nos quedábamos hasta que el tráfico se dispersaba al amanecer. Gracias a Julio Frontino, el prefecto de los vigiles había puesto hombres a nuestro servicio. Para cubrir más territorio, vigilaban las dos puertas que estaban más al norte de los Castra Pretoria y dos del lado sur.

–Espero que estés dispuesto a ser tú quien digas a los vigiles que buscamos a un tipo pequeño, de cabello jengibre y con una pierna endeble –comentó Petro.

–Pensarán que es una broma.

–Falco, he llegado a la conclusión de que todo lo que haces es una broma –replicó con amargura.

Esperábamos que el asesino entrase por la Puerta Tiburtina, tanto si era nuestro Damonte de cabello color jengibre u otra persona. Tanto la Vía Tiburtina como la Collatina entraban en Roma a través de ella. Allí y también en la Puerta Prestina, adonde llegaba una carretera procedente de la misma zona de la Campiña, los vigiles detenían y anotaban cada vehículo. Sin ánimo de exagerar, tengo que decir que se organizó un buen caos. Explicamos que era un censo de vehículos ordenado por el emperador. Todos los conductores tenían que declarar de dónde venían y cuál era su destino previsto en Roma. Unos cuantos lo dijeron a desgana y otros probablemente nos mintieron por principios. Cuando les preguntamos la razón del viaje y lo a menudo que venían a la ciudad para los festivales, algunos ocupantes de los carros de clase media y de clase alta dijeron que correrían de vuelta a casa para redactar una queja y presentársela a Vespasiano. Como era de esperar, les dijimos: «Lo siento mucho señor, son órdenes de arriba» y «No nos eche la culpa, tribuno, yo sólo cumplo con mi deber», lo cual les enfurecía más. Cuando se marchaban con las ruedas echando chispas, estaban demasiado enfadados para preguntarse cuál sería el verdadero motivo de nuestras preguntas.

El carruaje de cuatro ruedas, gran envergadura y adornos de bronce llegó por Puerta Tiburtina en las Calendas. En ese momento, yo estaba allí. Me había apostado en ese lugar tan pronto como se permitió la entrada de vehículos. Cuatro caballos tiraban del gran carruaje pero avanzaba a paso de funeral y su lentitud había provocado una cola de vehículos de un kilómetro. Era fácil de distinguir, no sólo por los gritos de frustración de los conductores que iban detrás sino porque arriba, en la parte delantera, iba el pequeño hombre con el cabello color jengibre al que todos buscábamos. Retrocedí y dejé que uno de los vigiles alzase su bastón para detenerlo. Vi a la anciana Aurelia Maesia que miraba frunciendo las cejas; era la única pasajera. Damonte, el carretero, tendría unos cincuenta años, era pecoso, con la piel clara y el pelo rojizo, como rojizas eran también sus cejas y pestañas. No tenía aspecto de psicópata, aunque por alguna extraña razón, suele ser de ese modo. Mientras los vigiles los sometían al cuestionario, yo me escondí bajo el portal interior y oí todo lo que decían. Aurelia Maesia contó los planes que tenía en Roma con su hermana, que, según dijo, se llamaba Aurelia Grata y vivía en Vía Lata. Afirmó que se quedaría en Roma durante todos los juegos con motivo de una reunión familiar. Damonte dio el nombre de un establo fuera de la Puerta Metrovia donde aseguró que se alojaría con los caballos y el carruaje, y luego prosiguió en medio del gran atasco de tráfico que había en Roma esa noche. Un agente de los vigiles avisado de antemano lo siguió a pie, tenía instrucciones de pegarse a Damonte hasta el establo y luego montar guardia allí durante el resto de los juegos, siguiendo al hombre cada vez que saliera.

Damonte no encajaba con nuestra idea del asesino. Si era cierto que se quedaba en esos establos todos los juegos, se escapaba de nuestra pauta del asesino, que regresaba a Tíbur para cometer los asesinatos y volvía a la ciudad para deshacerse de los torsos y las cabezas de las víctimas. Sin embargo, si por casualidad los asesinatos tenían alguna relación con Damonte, yo sentiría una tranquila satisfacción: la Puerta Metrovia estaba al final de la calle del Cíclope, a pocos minutos de donde Asinia había sido vista por última vez, y era la puerta de acceso a la ciudad más próxima al Circo Máximo.

LIV

Había dos festivales romanos en honor de Augusto. Su aniversario era ocho días antes de octubre y ese día se habían celebrado los juegos en el circo. Nos los perdimos porque estábamos en Tíbur, pero acababan de inaugurarse los grandes Juegos de Augusto, en los que se conmemoraba el aniversario de su regreso del extranjero donde había estado pacificando provincias extranjeras. Con ello iban a la quiebra bancos de todo el imperio, y ésos eran los gastos públicos que a mí me hubiera gustado evitar. Si no alababa a los emperadores cuando estaban vivos, mucho menos quería participar en su divinización una vez Roma se había librado de ellos.

El día de la ceremonia inaugural, Petro y yo estábamos tan excitados como Bruto y Casio con las pesadillas que tuvieron la noche antes de la batalla de las Filípicas. Si se cumplía lo que habíamos previsto, al llegar la noche el asesino saldría en busca de su siguiente víctima. Julio Frontino había celebrado largas reuniones con los tribunos de la Quinta y Sexta Cohorte de vigiles, que patrullaban la zona del circo. Su misión sería velar por la seguridad de las mujeres que fuesen solas. Cada vez que pensaba en la extensión de terreno que teníamos que cubrir y el número de personas que por él se moverían, me quedaba helado. Era una tarea desmedida. Habíamos acariciado la idea de poner avisos advirtiendo a la gente del peligro que corría, pero Frontino nos lo prohibió. Nos descorazonó un poco pero él asumió la responsabilidad final. Teníamos que ser duros, todo tenía que aparentar normalidad; queríamos que el asesino actuase, pero que lo hiciera ante nuestros ojos para poder intervenir.

La primera tarde mi hermana Maya pasó por casa. Era un espíritu brillante, divertido, sagaz, dispuesta a cualquier cosa y un tanto incontrolable.

–¡Tenemos que ir, Helena! –gritó–. Tú y yo somos de las que podemos mantener los ojos abiertos. Apuesto lo que quieras a que si este tipo está ahí, nosotras lo identificaremos.

–Ni se os ocurra acercaros al circo –dije, horrorizado. Maya era mi hermana pequeña y Helena mi compañera. Según la tradición romana, mi palabra era ley, pero eran dos mujeres con carácter y yo sólo era el inútil que hacía por ellas todo lo que podía. No tenía poder sobre ninguna de ellas. Eran amigas íntimas y las dos muy peleonas.

–Maya tiene razón –dijo Helena–. Maya y yo podríamos acercarnos al circo como señuelos.

–¡Por todos los dioses!

–Tenemos que ser brillantes, poner en práctica alguna acción –insistió Maya. Por lo que ésta sabía de las investigaciones, tenían que haber estado conspirando mientras yo estaba fuera–. Se te escapó durante los Juegos Romanos y se te escapará otra vez.

–Vaya manera de darme ánimos.

–Ni siquiera sabes cómo actúa ese malnacido.

Eso era cierto. No teníamos pruebas aparte de que Pía y su horrible novio Mundo habían visto a Asinia hablando con alguien que iba a pie; sin embargo, el hombre al que vieron no tenía por qué estar relacionado con los asesinatos. Asinia pudo ser secuestrada más tarde, y montada en un carro, carruaje o cuadriga o incluso a lomos de un asno y, ya puestos, en el caballo alado de Perseo.

–Lo más parecido que tenemos a un sospechoso es un conductor.

–Eso no es más que una corazonada vuestra –dijo Maya, ladeando la cabeza.

–Confía en nosotros.

–Perdona, Marco, pero ¿cómo quieres que lo haga? Os conozco, a ti y a Lucio Petronio...

–Entonces ya estarás al corriente de nuestros éxitos. –Yo intentaba controlar mi genio. Ante las chicas y sus disparatadas teorías, siempre fingía estar abierto a sus sugerencias.

–Lo que sé es que sois un par de vagos.

Apelé a Helena Justina. Había estado escuchando con el aire sumiso de mujer que sabe que tiene que ser sensata aunque, con el corazón en la mano, dijo:

–La nuestra es una buena idea, Marco, pero comprendo que estés nervioso.

–Es demasiado arriesgado.

–Tú estarás allí para protegernos.

–Os agradezco el ofrecimiento. Ambas significáis mucho para mí y no quiero que lo hagáis. Lo que no puedo es encerraros en casa...

–¡Ni se te ocurra! –interrumpió Maya.

Lo único que podía hacer era pedirles que hicieran caso de mi consejo y que no cometieran ninguna estupidez cuando me marchara. Me escucharon con expresiones lastimeras, y luego prometieron tan solemnemente que se portarían bien que era obvio que harían lo que les viniese en gana. Había llegado el momento de afilar el cuchillo y preparar la mente para el peligro. No tenía tiempo de tratar con aquellas dos que, lo único que querían, era importunarme. Hay hombres que, en situaciones desesperadas, dejarían que sus amadas corrieran riesgo. Helena y Maya eran valientes y listas. Si alguna vez tuviésemos que utilizar señuelos, ellas serían la mejor opción, pero usar señuelos es demasiado arriesgado; siempre puede ocurrir algo inesperado, un error o una confusión las expondría al peligro. Un hombre sólo necesita un segundo para hacerse con una chica, cortarle la garganta y hacerla callar para siempre.

–Quedaos en casa –supliqué antes de salir a mi guardia nocturna. Tal vez continuaron hablando mientras yo me preparaba, porque ambas me besaron en silencio, como encantadoras damas bien educadas. Eso me entristeció. Se las veía demasiado dóciles. ¿Habían decidido llevar a cabo aquel disparatado plan sin decírmelo? Por todos los dioses, ya tenía bastantes problemas...

LV

Estuvimos de guardia fuera del circo toda la noche. Una vez más, me tocó patrullar la calle de los Tres Altares. Petro se apostó en el templo del Sol y la Luna. El tiempo era templado, húmedo y el cielo estaba despejado; no hacía demasiado calor, pero sí el suficiente para provocar un ambiente de excitación. Las chicas revoloteaban por las calles en frívolos vestidos, con los broches de los hombros a medio cerrar y las costuras laterales abiertas, mientras hundían felices las manos en sus bolsas de almendras y dulces, sin reparar apenas en quienes las miraban o pudieran seguirlas. Con los brazos, los cuellos y las cabezas al aire: unas claras invitaciones a la lujuria. Nunca había visto a tantas romanas despreocupadas y confiadas, ajenas al peligro que corrían. Empecé a desanimarme. Había demasiada gente, nosotros éramos demasiado pocos, las puertas de salida del circo era muchas y muchas las calles donde el asesino podía actuar secuestrando a una mujer que regresase a casa.

Nos quedamos hasta que no pudimos más. Nuestra concentración había disminuido, debido sobre todo a que no sabíamos a quién buscábamos entre la multitud. Los juegos terminaron, las sillas de mano habían venido y se habían marchado, las prostitutas y los borrachos tomaron el barrio y, poco a poco, empezaban a regresar a sus casas. Con la primera luz, me acerqué al templo. Petro y yo nos quedamos juntos unos minutos, mirando a nuestro alrededor. Las calles y las escaleras del templo estaban llenas de porquería, los perros callejeros y los vagabundos revolvían la basura. Quedaban pocas lámparas encendidas. Por fin había silencio, interrumpido ocasionalmente por ruidos molestos procedentes de los callejones oscuros.

–Si ha estado aquí, se nos ha escapado –dijo Petronio en voz baja–. Puede haber secuestrado a alguien.

–¿Qué opinas?

–Espero que no.

–Pero ¿qué opinas, socio?

–No me hagas preguntas, Falco.

Muy cansados, volvimos juntos a la plaza de la Fuente.

LVI

Helena me despertó a mediodía. Me trajo una bebida, me puso a la niña en los brazos y se tumbó a mi lado mientras yo volvía despacio al mundo. Aparté una hebra de sus cabellos que había quedado aprisionada debajo de mi codo.

–Gracias por estar aquí cuando volví. –Yo fingía bromear sobre las amenazas que Maya y ella me habían hecho–. ¿Te he despertado?

–No llegué a dormirme del todo. Sólo me adormecí un poco, estaba preocupada por ti, allí en la calle.

–No ocurrió nada.

–No –dijo ella con tranquilidad–. Pero si lo hubieras visto, habrías corrido tras él, era eso lo que me preocupaba.

–Sé cuidar de mí mismo.

Se acurrucó junto a mí, sin decir nada. Yo también callé, preocupado por tener que dejarla cada noche, sabiendo que cuando ella pensaba que yo hacía algo peligroso permanecía despierta muchas horas y abría los ojos al más leve sonido. A veces, hasta saltaba de la cama y se asomaba a la ventana para ver si regresaba. Conmigo en casa, Helena se adormeció en mis brazos. La niña estaba despierta, iba limpia, y pateaba contenta, sin apenas babear. La descubrí alzando la cabeza hacia mí como si estuviera sometiendo a prueba a su público. Tenía los ojos de Helena. Si conseguíamos que superase los peligrosos años de la infancia en los que tantos niños perdían la vida, un día también tendría el carácter de Helena. Saldría por ahí, nacida libre en su propia ciudad y, probablemente, la mitad de las veces no sabríamos adónde habría ido. Las mujeres debían tener cuidado. Eso, las sensatas ya lo sabían pero, a veces, Roma tenía que permitirles olvidarlo. Ser completamente libre significaba disfrutar de la vida sin correr el riesgo de que les hicieran daño.

A veces odiaba mi trabajo, pero no aquel día.

Por la tarde apareció Julio Frontino para una reunión de trabajo. Me gustaba su actitud contundente, pero el miedo constante a que su excelencia se presentase por casa me cortaba las alas. Sin embargo, tuvo la cortesía de dejar primero descansar a su patrulla de noche.

Salí al porche y silbé a Petronio. No hubo respuesta pero casi de inmediato dobló la esquina de la plaza, lo llamé con una seña y subió. Nos sentamos todos, acompañados por el leve sonido de la cuna de Julia Junila que Helena mecía con suavidad. Hablamos en voz baja. Petro y yo informamos al cónsul de los resultados negativos de la noche anterior.

–Esta mañana he visto al prefecto de los vigiles. –Estaba claro que Frontino iba a la caza y captura del asesino–. Se ha entrevistado con sus oficiales y sólo se ha detenido a unos pocos ladrones que se habrían salido con la suya si las calles adyacentes al circo y las puertas de la ciudad no hubieran estado vigiladas, pero no han arrestado a nadie relacionado con nuestra investigación.

–¿No se ha denunciado la desaparición de ninguna mujer? –pregunté en voz baja. No quería saber la respuesta.

–De momento, no. –Frontino también hablaba en voz baja–. Deberíamos alegrarnos. –Lo estábamos, por supuesto, pero no tener nada de lo que seguir hablando nos desanimaba.

–Al menos no se nos escapó nadie en pleno secuestro.

–No tenéis nada que reprocharos –intervino Helena. Sentada en la silla de mimbre de respaldo circular, parecía un poco distanciada de la reunión, pero quedó claro que estaba escuchando. En mi casa, las discusiones de trabajo eran incumbencia de toda la familia.

Helena sabía lo que yo estaba pensando. Una vez, yo me había maldecido con amargura porque una joven había sido asesinada y yo hubiera podido impedirlo. Eso ocurrió en el pasado pero en ocasiones aún me torturaba pensando que tenía que haber actuado de manera distinta. Todavía odiaba a ese asesino por dejar su crimen en mi propia conciencia. En los últimos tiempos también había pensado mucho en el tío muerto de Helena, el hombre cuyo cadáver tiré a la Cloaca Máxima por orden de Vespasiano. Su hija Sosia, la prima pequeña de Helena, resultó muerta. Tenía dieciséis años, era lista, hermosa, inquisitiva, intachable, intrépida y yo estaba medio enamorado de ella. Desde entonces, no he confiado mucho en mi capacidad de proteger a las mujeres.

—Tengo un mensaje del hombre al que mandamos a los establos de Puerta Metrovia —dijo Petro, interrumpiendo mis pensamientos—. Al parecer, Damonte, el conductor del que sospechábamos, se quedó allí todo el tiempo. Exactamente lo que había dicho que haría. Va a la taberna vecina, pide una bebida y le dura horas. Intenta entablar conversación con la camarera pero ésta se niega.

—¿Y se pasó toda la noche allí? —quiso saber Frontino, que deseaba escuchar algo que implicara al conductor.

—Toda la noche —respondió Petro en tono lúgubre.

—¿Eso exculpa a Damonte?

—La pasada noche.

—No creo que Damonte sea el asesino —nos recordó Helena en voz baja—. Se dice que el hombre se queda en Porta Metrovia por si su ama requiere sus servicios. Quien mató a Asinia la secuestró en Roma y sin embargo tiró la mano al Anio al cabo de unos días, y luego regresó a la ciudad para deshacerse del torso al final de los juegos. Si sigue la misma pauta durante estos juegos, tal vez los vigiles puedan cogerlo entre el tráfico de la Puerta Tiburtina, aunque al precio fatal de la vida de una mujer, me temo.

—La pasada noche sólo circuló transporte público —le aseguró Frontino. Realmente le había sacado todos los detalles al prefecto de los vigiles.

—Y el asesino ¿no podría ser un conductor del transporte público? Uno que venga de Tíbur.

—Es un conductor particular. Trae a alguien para los festivales y luego lo lleva de vuelta a casa —dije, convencido de ello—. Es por eso que hace dos viajes.

—Pero, al parecer, Aurelia Maesia no los hace —añadió Petro con un gruñido.

313

–No, Helena tiene razón –dijo Frontino–. Nos estamos distrayendo con Aurelia y Damonte. Estamos demasiado desesperados, y si no prestamos atención, se nos escapará algo.

–Esta mañana –intervino Helena–, mientras esperaba que te despertases, he pensado una cosa. Por la manera tan silenciosa que entraste anoche, supe que no había ocurrido nada. Sin embargo, ayer era la inauguración, y pensabais que sería el día en que atacaría.

–¿Y entonces, amor mío?

–Me pregunté qué era distinto en esta ocasión. Pensé en el día negro. Como tú dijiste, para evitar viajar en esa jornada, muchas personas vendrían a Roma un día antes. El mes pasado, los Juegos Romanos comenzaron tres días después de las Calendas y no se suscitó esa cuestión. Esa vez, el asesino actuó el día de la ceremonia inaugural y esto es lo que pensáis que es más importante. Pero imaginad que a ese maníaco no le interesa en absoluto ese gran desfile. Y si no quería viajar en un día de mala suerte, ¿por qué hacerlo antes? Puede hacerlo después.

–¿Quieres decir que todavía no está aquí?

–Bueno, es sólo una idea. Mientras anoche estabais todos en la calle esperando un ataque, tal vez él llegaba a Roma.

Miré a Petronio y éste asintió melancólico.

–Pues todo sigue por hacer –le dije.

–No tenía intención de relajarme.

Yo pensaba que deberíamos mirar las listas de vehículos que habían llegado la noche anterior procedentes de Tíbur, pero la conversación tomó otros derroteros.

–Necesitamos una estrategia por si el asesino actúa –dijo Julio Frontino–. Claro que todos esperamos que sea visto antes o durante el secuestro, pero seamos realistas, para eso necesitamos mucha suerte. Si se nos escapa y se pone en marcha con la víctima, habrá que perseguirlo.

–Si sale de los límites de la ciudad, los vigiles no tienen jurisdicción.

–Entonces depende de vosotros dos –dijo Frontino–. No os faltarán apoyos. He ordenado unas cuantas disposiciones. Los delitos se cometen en Roma, por lo que si se hace necesaria una persecución, se contará con las Cohortes Urbanas –Petronio, que odiaba a los urbanos, emitió un leve gruñido–. Tengo a toda una cohorte en estado de alerta en Castra Pretoria, con caballos ensillados. El magistrado que juzgue el caso, si éste llega a la corte, tendrá que dar un recibo al prefecto de los urbanos. Está todo arreglado, pero necesitamos un nombre para la orden de arresto.

–¿Qué magistrado? –preguntó Petro.

–Uno llamado Marponio. ¿Lo conoces?

–Conocemos a Marponio. –Petro también lo odiaba. Me miró. Si teníamos ocasión de arrestar al asesino, lo haríamos nosotros, en Roma o fuera de ella, y luego solicitaríamos amablemente la orden.

–Quiero que todo esto se haga de la manera correcta.

–Por supuesto –le aseguré.

Helena Justina se inclinó sobre la cuna para que el ex cónsul no viera su sonrisa.

Cuando Frontino se marchó, Petronio me contó de dónde venía.

–He estado en la Vía Lata –dijo–, a mitad de camino del Altar de la Paz. Muy bonito, muy selecto, grandes casas con mucho dinero dentro, cerca de la Vía Flaminia.

–¿Y qué te llevó ahí arriba?

–Fui a comprobar si Aurelia Maesia estaba realmente con su hermana.

–Pensaba que habíamos llegado a la conclusión de que Damonte era una pista falsa.

–A mí nadie me lo había dicho. Por todos los dioses, trabajar para los vigiles tiene sus problemas, pero no es nada comparable a las frustraciones de trabajar fuera de ellos. ¡Mira! –Dio un golpe a la mesa con la mano–. Esperar escondidos no funciona.

–Entonces, ¿quieres que presionemos al asesino?

–Yo creo en las presiones, Falco.

Ya lo sabía, pero yo creía en las esperas.

–Bien, ¿y la vieja Aurelia estaba allí?

–Sí, las dos hermanas. Grata es más cegata y está más decrépita que Maesia, pero al parecer eso no les impide ocupar cada día sus localidades en los juegos. Por la noche tienen a familiares invitados a cenar. No pueden salir. Allí vive también el padre, muchísimo más viejo que ellas, que nunca va a ningún sitio. Júpiter sabrá cuántos años tiene...

–¿Lo has visto?

–No, el pobre pato estaba durmiendo.

–Qué suerte la suya. –Yo empezaba a ponerme nervioso y quedaban nueve días de juegos por delante.

Al atardecer, me puse mis mejores botas, un cinturón de tiras que nunca me molestaba en usar y dos túnicas gruesas; llevaba una capa, el cuchillo en la bota y una bolsa para sobornos. Me bañé e hice un poco de ejercicio, luego me hice afeitar para llenar una hora y empezarme a calentar ante la torpeza del barbero.

Petronio debía estar perdiendo el tiempo en tediosas confabulaciones con sus colegas en el cuartelillo de los vigiles. Mientras, como no tenía otra cosa que hacer, recorrí toda la vía Apia hasta la puerta Metrovia. Quería ver a Damonte; todo indicaba que no era nuestro asesino, pero tal vez sabía algo de otros compañeros conductores de la zona de Tíbur. Decidí que había llegado la hora de interrogarlo directamente.

Los establos en los que Aurelia Maesia guardaba el carruaje mientras visitaba a su hermana eran el típico cuchitril lleno de ratas grandes encaramadas en los comederos y unos gatos flacos que salían huyendo asustados; asnos, mulas y caballos en peligro de que se les pudrieran las pezuñas mientras dos desaliñados mozos de caballerizas se sodomizaban entre la paja. Había postas para caballos de paso a precios abusivos y postas de caballos de mejor calidad adquiridos con el dinero público y utilizados por el correo imperial. En un letrero se anunciaba un herrador y un forjador pero su yunque estaba frío y su caja e herramientas vacía. Al lado había una pestilente taberna con habitaciones para alquilar, camareras que seguramente también se alquilaban con las habitaciones y una lista de bebidas que demostraba que la regulación de los precios era un antiguo mito.

No encontré a Damonte, el conductor pelirrojo, ni al miembro de los vigiles encargado de seguirlo. Una camarera cuya mirada ceñuda indicaba que tenía motivos para recordarlo bien me dijo que ambos habían salido.

LVII

Si todo hubiese ido con normalidad, habría ido a visitar a Marina, aún me quedaba una pregunta por formularle. En esos instantes no había tiempo para detenerse en la calle del Honor y la Virtud, ni siquiera para hacerme pasar por un buen tío y visitar a mi sobrina. En vez de eso, me encaminé a toda prisa al templo del Sol y la Luna. Allí, tal como estaba previsto, me encontré con Petro y lo puse al corriente del nuevo giro de los acontecimientos. Frontino nos había dicho que podíamos disponer de los esclavos públicos asignados a la investigación, y en un abrir y cerrar de ojos les ordenamos que ocuparan sus posiciones y que hicieran correr la voz entre los vigiles de que había que buscar a un individuo pelirrojo, de aspecto celta y con una pierna coja. Parecía una broma, pero sabíamos que ese tipo podía ser más que peligroso.

–¿Ha cogido el carruje?

–No, pero eso llamaría mucho la atención. Es tan grande y ostentoso que correría el riesgo de que lo identificaran si lo viesen cerca de una mujer desaparecida. Tal vez vaya a pie a secuestrar a las chicas y luego vuelva al establo.

–Si es él –me recordó atinadamente Petro. Pero cuando alguien que está bajo vigilancia hace algo que no se espera que haga, es muy fácil otorgarle el papel del criminal que andas buscando. Petro se controlaba para no excitarse demasiado–. A ver si ahora no nos equivocamos.

–No. Al menos parece que el hombre encargado de seguirlo lo ha hecho.

–¡Le daremos un premio! –Petro tenía que saber que eso no estaba bien visto en un servicio público, pero el hombre haría un buen trabajo–. Damonte no encaja –murmuró Petro, pero tenía una mirada sombría, como si se preguntara si nos había pasado por alto algo vital y Damonte era, al fin y al cabo, el hombre al que buscábamos.

Lo único que podíamos hacer era esperar como si todo siguiese con normalidad. Nos cambiamos el lugar de vigilancia para que ésta fuera más amena. Esa noche, Petro se apostaría en la calle de los Tres Altares y yo lo haría en el templo del Sol y la Luna. Se golpeó el hombro según el viejo saludo de los legionarios y se marchó. Estaba anocheciendo. Sobre el circo se veía un suave resplandor procedente de las luces y antorchas que iluminaban los espectáculos nocturnos. En esa época del año, los acontecimientos públicos podían ser más mágicos que en verano. Estaba todo más tranquilo y había menos griterío que durante las largas noches de septiembre de los Juegos Romanos. Los Juegos de Augusto, como estaban estrechamente vinculados a la corte imperial, solían ser más apacibles cuando la corte actuaba de una forma respetable, como estaba ocurriendo con Vespasiano. El aplauso del estadio fue cortés, los músicos tocaban a un ritmo mesurado, casi aburrido, que les permitía llegar al tono adecuado cuando exprimían sus notas. Yo casi prefería que desentonasen.

–¡Tío Marco!

Me sobresaltó un grito ahogado. Una larga y estrecha capa hacía todo lo posible por esconder a mi más desgarbado sobrino, aunque bajo el dobladillo del siniestro disfraz, sus sucios pies calzados en unas botas que le quedaban grandes eran un detalle inconfundible.

–¡Por Júpiter! Pero si es Gayo... –Se deslizaba en el pórtico del oscuro templo, arrimándose bien a las columnas y avanzando agachado. Sólo se veían sus ojos.

–¿Es aquí donde vais a vigilar a ese hombre?

–Sal de ahí, Gayo. No te creas que eres invisible, lo único que haces es llamar la atención.

–Quiero ayudar.

Como no parecía haber peligro en ello, le describí a Damonte y le dije que si lo veía debía avisarme o decírselo a los vigiles. No correría ningún riesgo. Por lo que sabíamos, al asesino de los acueductos no le gustaban los chicos. Y aun en caso contrario, si olía a nuestro apestoso Gayo, lo pensaría mejor. Le rogué a mi sobrino que, cuando se cansase de la vigilancia, volviera a casa y cuidara de Helena por mí. Ella lo mantendría bajo control. Después de unas cuantas quejas acerca de la injusticia, se marchó, confundiéndose entre las sombras. Lo vi alejarse a grandes zancadas, como si practicase pasos de gigante. Como en el fondo era un niño, jugaba a pisar las grietas del pavimento por si un oso se lo comía. Tenía que haberle dicho que lo que realmente importaba era evitar las grietas.

Según todos los presagios, iba a ser una noche irritante. Apenas me había librado de Gayo cuando un nuevo castigo surgió de las sombras.

–¿Qué pasa, Falco?

–¡Anácrites! ¡Por Júpiter!, ¿por qué no te pierdes?

–¿Para que no me vean?

–¡Cállate!

Se puso en cuclillas en las escaleras del templo, como un vagabundo que contemplase a la multitud. Era demasiado viejo y su estilo demasiado ostentoso para que lo confundieran con uno de los chicos encargados de los altares. Aun así, tuvo la osadía de decir:

–Estás aquí tú solo, veo.

–Si los idiotas como tú me dejaran en paz, podría apoyarme contra una columna con un puñado de croquetas frías y pasar por un chico que espera a un amigo.

–Vas mal equipado –comentó–. Puedo verte desde media manzana de distancia. Se te nota preparado para entrar en acción. ¿Hay alguna movida esta noche?

–Si te quedas en este templo, el que se va a mover seré yo.

–Yo podría ayudar, ya sabes –dijo, tras ponerse en pie.

Si se nos escapaba el asesino porque rechazaba su oferta, en la Administración nadie aceptaría el razonamiento de que yo lo consideraba un idiota. Anácrites era el jefe del Servicio Secreto. Estaba de baja por enfermedad y le habían asignado tareas ligeras en la Compañía de Aguas pero, en última instancia, trabajaba para la Administración, como yo. Por otro lado, si Anácrites arrestaba al asesino porque yo le había dado las pistas, Petronio Longo me estrangularía. Eso aún lo soportaría, pero no las otras cosas que Petro podría hacerme antes de eso.

–Todavía vigilamos a nivel general: buscamos a cualquier hombre que mire a una mujer de manera sospechosa. Sobre todo si tiene medio de transporte.

–Mantendré los ojos abiertos.

–Gracias, Anácrites –conseguí decir sin ponerme furioso.

Para mi alivio, se alejó, aunque tomó un camino que lo llevaría a la calle de los Tres Altares y a Petro; bueno, Petro sabía tratar a Anácrites. Al menos eso era lo que yo creía. Sin embargo, lo que yo no sabía era que mi fornido socio ya no estaba allí.

Fue una noche terrible. Parecía más aburrida de lo habitual. A intervalos regulares, los aplausos se alzaban desde el circo en dirección al cielo. Unos estallidos de música insoportable procedentes de las bandas de *cornu* me sacaban de mis ensoñaciones. Poco a poco empezaron a salir espectadores. Las multitudes se dispersaban mucho más deprisa que cuando los Juegos Romanos, como si la gente notase el frío inminente de las noches de otoño aunque, a decir verdad, un día cálido y soleado concluía con una perfecta noche veraniega. Monté guardia bajo el vuelo de los murciélagos y las estrellas del cielo. La multitud, que también disfrutaba de la noche, disminuyó el paso. Muchos hombres descubrían que necesitaban tomar una copa más. Las mujeres se quedaban charlando, aunque al final se envolvían en sus brillantes estolas, más por elegancia que por frío, se alisaban los pliegues de sus faldas ajustadas y caminaban rodeadas de carabinas. Los Augustales eran unos juegos muy contenidos. Demasiado respetables para la plebe, demasiado formales para los verdaderos aficionados a las carreras. Carecían del acento pagano de otros juegos más antiguos cuyas historias de derramamiento de sangre se remontaban a muchos siglos. Honrar a un dios humano fabricado por los hombres carecía de la atracción visceral de los viejos juegos, dedicados a unas deidades mucho más antiguas y misteriosas. Sin embargo, se habían celebrado extraños ritos, como por ejemplo la visita de las jóvenes trenzadoras a los espectáculos del segundo día. Las cinco comían pistachos, llevaban sombrilla, bebían clarea y coqueteaban con los hombres. Su líder era la zorra más chillona, ruda, inteligente y audaz que había visto en toda la noche. Se trataba, claro está, de Marina, la precoz y veleidosa madre de mi sobrina favorita.

–¡Por Juno! ¡Pero si es Falco, chicas! –¿Cómo podía ser que una muchacha tan bonita en estado de reposo tuviese una voz tan bronca? En el caso de Marina, era fácil. Si le hubiesen dado educación y fuera refinada, sería verdaderamente peligrosa–. ¡Vamos a perseguirlo por el templo a ver quién puede quitarle la túnica!

–Hola, Marina –le dije en tono pomposo.

–Hola, bastardo. ¿Puedes prestarme algo de pasta?

–Esta noche, no. –Hacerle un préstamo a Marina sólo podía considerarse una obra de caridad cívica, aunque nadie levantaría una estatua a cambio de ello–. ¿Adónde vas? –Al menos parecía sobria y empecé a preguntarme cómo podría librarme de ella.

–A casa, querido. ¿Adónde, si no? A Marcia le gusta que le cante una nana.

–No es verdad.

–Tienes razón, no lo soporta. Tengo que recordárselo a la damita que la cuida.

Me contuve de decir que su madre llegaría a casa tan tarde que la niña estaría ya a punto de levantarse. Las otras trenzadoras revoloteaban alrededor de la novia de mi hermano como si fueran una revoltosa manada de pájaros algo descoordinada. Siguieron soltando risitas y susurrando obscenidades; eran peores que las colegialas que normalmente paseaban en grupo buscando chicos a los que molestar. Esas mujeres había aprendido a ejercer el poder y, en ese largo proceso, lo único que se habían ganado era el desdén de los hombres. No permitían que el más pequeño romanticismo deshonrara su impetuosidad. Querían aterrorizarme. Sólo los dioses sabían qué me harían si lo lograban.

–Te he estado buscando –dije.

–¡Oh! –Las compañeras de Marina iniciaron una ronda de gorjeos de burla. Yo gruñí.

–Eres un perro asqueroso.

–Tranquila, se trata de un asunto serio.

–¡Oh, oh! –Las chicas callaron.

–El mejor de Roma –comenté–. Tan loable como Cornelia, la madre de los Graco.

–Oh, no sigas. –Marina tenía una capacidad de concentración muy limitada, incluso para convertir en desgraciado a un hombre–. ¿Qué quieres, Falco?

–Hacerte una pregunta. La noche que nos encontramos en el Foro...

–¿Cuando esa extraña chica vomitó en el templo de las Vestales?

–Pensaba que era amiga tuya.

–Nunca la había visto y no la he vuelto a ver. Ni idea de quién es. Estaba un poco desmoralizada y pensé que debía acompañarla a casa. –Sí, claro. Las trenzadoras tenían mucha humanidad.

–Bueno, no importa. No es por esa chica por quien siento curiosidad. ¿Quién era el hombre que conducía el carruaje que pasó por allí y al que tú chillaste?

–¿Qué carruaje? –preguntó Marina, que no recordaba haber hecho nada de eso. Sus amigas redujeron su mala conducta a caminar arriba y abajo con impaciencia. Aburridas de mí, ya estaban buscando alguien a quien tiranizar–. En el Foro nunca grito a los hombres, Marco Didio. Ellos no me insultan.

Le conté que el vehículo había aparecido de repente de entre las sombras y que yo había escuchado un intercambio de frases procaces entre ella y ese tipo. Por eso creí que se conocían.

Marina se quedó pensativa. Yo permanecí quieto, permitiéndole conducir sus pensamientos por aquel trozo tan pequeño de tejido humano que usaba como cerebro. Sabía por experiencia que ese proceso podía tomar tiempo; también sabía que probablemente no serviría de nada, pero yo era un profesional cabezota y siempre lo intentaba.

–¿Un carro? ¿Qué quieres decir? –preguntó.

–Es una cosa con ruedas y caballos delante. En él, una o varias personas pueden recorrer largas distancias de una manera muy incómoda y a unos precios abusivos.

–¡Cómo te gusta complicar las cosas, Marco! Tiene que ser uno que veo a veces...

–¿No te acuerdas? ¿Lo estás intentando?

–Oh, estoy segura de que si pienso en ello un buen rato lo recordaré pero, a decir verdad, esa noche no estaba en condiciones de fijarme en muchas cosas.

–Eso es franqueza.

Marina seguía pensando despacio. En su frente de alabastro se formó una marcada arruga. A muchos hombres les hubiera gustado poder borrarla, pero yo estaba a punto de estampársela para siempre de un puñetazo.

–No pudo ser él, de lo contrario se hubiera detenido. Cuando nos encontramos, siempre charlamos.

–¿De quién me hablas?

–De un tipo que aparca en nuestra calle. No reímos mucho con su historia, a ti te encantará. Resulta que lleva a su amo de visita. Es un hombre respetable, de buena familia, pero lo que ésta no sabe es que la noche anterior llega a casa con aire mojigato. Ella era una profesional y él es su último cliente leal. Aparenta unos cien años, sólo los dioses saben qué harán cuando están juntos. A ella nunca la vemos, apenas puede moverse hasta la ventana para despedirse de él hasta el día siguiente.

–¿Cómo se llama?

–¿El amo del conductor? No me lo preguntes, yo no pierdo el tiempo inspeccionando las partidas de nacimiento de la gente.

–¿De dónde son? ¿Vienen de fuera de Roma? ¿De algún lugar como Tíbur?

–No creo –murmuró Marina–. Has dicho que era un carruaje, pero yo no lo llamaría así. Es más bien como una incómoda caja sobre ruedas.

–¿Sin cubierta? ¿Y van corriendo? ¡Anda ya! ¿Y el viejo puede encaramarse y sentarse delante?

–Lo hace de una forma muy varonil.

–¿Han estado en tu calle, esta semana?

–No me he fijado –Marina tenía un aire un tanto evasivo. Imaginé que no quería decirme que había salido mucho y que había tenido que dejar a Marcia en otro sitio. Sería inútil preguntárselo.

–El conductor ¿es un tipo bajito, cojo y con el cabello pelirrojo?

–¡Por todos los dioses! ¿Crees que andan haciendo algo malo? Es un hombre, o sea que es feo, pero corriente. –Otra vez reconocía a desgana que no era nuestro sospechoso Damonte.

–¿Tiene aventuras amorosas?

–¿Cómo quieres que lo sepa? –se burló Marina, indignada–. ¿Qué pasa?

–No, nada, sólo me preguntaba si el vehículo que vimos en el Foro pertenecía al hombre que esa misma noche tiró la cabeza de una mujer asesinada a la Cloaca Máxima.

–Quieres asustarme. –Sus inquietas amigas dejaron de moverse. Marina se puso pálida.

–Sí, quiero asustarte. Esta noche, tened cuidado todas. Marina, si ves a esa caja incómoda sobre dos ruedas, búscame o busca a Petronio.

–¿Es él? ¿El malnacido al que estás buscando?

–No está nada claro, pero quiero comprobarlo. Si no es él, es probable que el malnacido auténtico esté por ahí a punto de atacar de nuevo.

Le dije que a la mañana siguiente iría a verla y que quería que me mostrase la casa de la vieja prostituta, a la que tendría que interrogar. Vaya con la calle del Honor y la Virtud. Como era habitual, vivía en flagrante acuerdo con su encantador nombre.

Me quedé en el templo hasta casi el amanecer y no vi nada importante.

Lo que Marina había contado me intrigaba. Mientras esperaba a Petro mucho más de lo habitual, advertí que necesitaba imperiosamente cambiar impresiones con él. Se debía de haber quedado montando guardia hasta el último minuto, reacio a admitir que habíamos perdido otra noche. Bajé las escaleras del templo procurando no pisar ninguna grieta para no alertar a los osos del pavimento, y luego empecé a pasear en torno al circo en busca de Petro. Si estaba allí, yo no lo veía. En cambio, junto a la gran puerta de salida, en esos momentos cerrada, vi algo que me llamó la atención, antorchas. Brillaban y parecían recién encendidas, mientras que las pocas lámparas que quedaban alumbrando la calle eran sólo una tenue luz vacilante.

Me topé con un grupo de esclavos, guiados por un joven vestido de blanco como los patricios y a quien reconocí enseguida. Por su actitud nerviosa, antes de llamarlo ya supe que tenía algún problema.

–¡Eliano!

El hermano menos favorito de Helena corría arriba y abajo ante la puerta del circo. Cuando me vio, el orgullo le hizo detenerse y llamarme.

–¡Falco! –Lo dijo con demasiado apremio. Sabía que yo notaba que estaba desesperado–. ¿Puedes ayudarme, Marco Didio?

–¿Qué ocurre? –Tuve un mal presentimiento.

–Espero que nada, pero he perdido a Claudia.

El presentimiento era acertado y de ese modo empezó una pesadilla.

LVIII

–¿Cuánto rato hace que ha desaparecido?

–¡Horas, oh dioses!

–¿Horas?

–Desde esta noche...

–La pasada noche –dije, tras echar al cielo una mirada llena de significado.

–No tienes que decírmelo. Es terrible, y sus abuelos están a punto de llegar...

Controló momentáneamente los nervios y sacudió negativamente la cabeza para regañarse a sí mismo por pensar en trivialidades. Yo había deseado verlo caer en desgracia, pero no de ese modo. Era arrogante, pretencioso e insensato y sus críticas hacia nosotros habían herido mucho a Helena. En esos momentos estaba en medio de la calle, con su joven figura acalorada y preocupada intentando fingir calma. Yo sabía, y él tenía que notarlo, que estaba ante una tragedia.

–Tranquilízate. –El alivio por tener a alguien con quien compartir su pena lo había vuelto inútil. Lo agarré por los hombros para que cesara su pánico. La elegante tela blanca de la túnica estaba empapada de sudor.

–Claudia quería ir a los juegos y yo no. La dejé en el circo...

–¿Sola? –No soy un puritano social pero Claudia era joven y extranjera.

–Justino iba a ir con ella pero... Justino se ha marchado al extranjero. –No era el momento de preguntarle adónde había ido su hermano.

–Así que la dejaste sola. ¿Lo saben tus padres?

–¡Ahora sí! Cuando pasé a recogerla, tal como habíamos acordado, no se presentó en el lugar de la cita y luego empecé a cometer muchos errores.

–Cuenta.

–Miré por todos lados. Primero estaba molesto con ella y casi me fui a tomar una copa, hastiado. –No dije nada–. Supuse que se había cansado de esperar. Claudia no cree demasiado en mi capacidad de organización. –Me pareció que aquello era algo más que una riña de enamorados–. Pensé que había decidido olvidarse de mí y volver a casa.

Reprimí una nueva airada exclamación de «¿Sola?».

No estaba lejos. Sólo caminar hasta el principio de la calle de los Tres Altares y luego doblar a la derecha por la Vía Apia; desde el primer cruce se veía la Puerta Capena detrás del Aqua Claudia y el Aqua Appia. Corriendo enloquecido, Eliano había tardado sólo unos minutos en llegar a casa de los Camilo y ella no hubiese tardado mucho más. Reconocería el camino, se sentiría segura.

–Entonces, ¿volviste corriendo a casa?

–Sí, y no había aparecido.

–¿Se lo contaste a tu padre?

–¡Otro error! Me sentía avergonzado e intenté arreglar las cosas yo solo. Sin hacer ruido, cogí a todos los esclavos que encontré y volví en su busca. Eso no fue una buena idea, claro. Entré en el circo, pero todas las personas sentadas cerca de ella se habían marchado. Y, como es natural, los ediles que estaban de guardia se rieron de mí. Volví a casa, se lo dije a papá, éste dio parte a los vigiles y yo sigo buscando...

–Demasiado tarde. –No había nada que ganar ahorrándole la verdad. Claudia Rufina era una chica sensata y juiciosa, demasiado considerada como para estar jugando con él–. Aulo –rara vez lo llamaba por su nombre de pila–, esto es muy serio.

–Comprendo. –No se excusó ni tampoco se hizo terribles reproches, aunque supe que se sentía culpable. Conozco la sensación–. ¿Me ayudarás, Falco?

Me encogí de hombros. Era mi trabajo y, además, los Camilo eran parte de mi familia.

–Aún no sabes lo peor. –A Eliano le castañeteaban los dientes–. Antes hablé con un vendedor ambulante de comida, el hombre dijo que había visto a una chica que se ajustaba a la descripción de Claudia; estaba sola, esperando ante la puerta. Después habló con el conductor de un vehículo, un carruaje, dijo el hombre, aunque no estaba del todo seguro. Cree que se montó en él y se marchó a gran velocidad.

–¿En qué dirección?

No tenía ni idea, por supuesto. Ni tampoco pidió una descripción del conductor. Y el vendedor de comida hacía mucho rato que se había marchado. Mandamos a los esclavos a casa.

Hice caminar deprisa a Eliano hacia la calle de los Tres Altares. Allí me encontré a un agente de los vigiles en el lugar donde Petro había montado guardia. Me dijo que éste se había marchado a algún sitio.

–¿En qué Hades se habrá metido?

–Está siguiendo a un sospechoso, señor.

–¿Qué sospechoso?

–El pelirrojo con la pierna mala.

–¿Aquí? ¿Damonte? Pero si había vigiles siguiéndolo. Además, todos habíamos llegado a la conclusión de que Damonte no era nuestro sospechoso.

–Petro fue a ayudarles en ese trabajo. Dijo que aquí ya no pasaba nada y que seguiría su instinto.

–¿Cuándo fue eso?

–Hace un buen rato. Me ordenó quedarme aquí, pero todo el mundo se ha ido a casa. Iba a decirle que no le esperara más, señor.

–¿Damonte iba solo? –pregunté tras soltar una maldición en voz baja.

–Llevaba a una mujer.

–¿Una chica despierta, vestida de blanco, con la nariz algo grande?

–No, una rubia asquerosa que iba con una falda roja, enseñando las piernas. –Podía haber cambiado de chica más tarde. Las chicas que enseñan las piernas suelen oler el peligro, tal vez la de la falda roja se había desembarazado de él. Claudia le habría parecido un objetivo más fácil, pero quizá Damonte aún estaba con la de la falda roja y otro hombre había secuestrado a Claudia. Si era de ese modo, no sabíamos quién podía ser.

—Averigua adónde han ido. Busca a Petro, dile que... No, primero haz llegar este mensaje a tu comandante: «La pasada noche fue secuestrada una chica respetable mientras todos los demás estábamos por ahí papando moscas. El que la ha secuestrado tenía vehículo. Por si todavía no ha salido de la ciudad, hay que controlar todos los medios de transporte que lo hagan a partir de ahora mismo. Concentrarse en los sectores orientales, probablemente se dirigirá a Tíbur».

—No habrá mucho movimiento. Casi todos los vehículos han estado aquí y ya se han marchado —dijo el agente con cara de preocupación.

—¡Eso ya lo sé!

Cogí a Eliano. Tenía la cara pálida, el pelo desgreñado y el corazón a punto de estallar.

—Haré todo lo que pueda, Aulo. Si todavía está viva, te la traeré de inmediato, pero no puedo prometerte nada; por lo que debes estar preparado para lo peor.

—Y yo, ¿qué puedo hacer? —reaccionó, encajando bien mis palabras.

Lo examiné unos instantes. Había controlado el pánico. Pertenecía a una familia brillante. No me caía bien pero confiaba en su tenacidad.

—Necesito una orden de arresto pero aún no sabemos el nombre. Haz lo que puedas. El hombre que lo ha previsto todo es el ex cónsul Frontino, conoce a tu padre. El magistrado que tiene que firmar el documento se llama Marponio. —Le di la dirección de ambos—. No tienen aspecto de fugitivos, por lo que te será fácil encontrarlos. Di a Marponio que firme la orden a nombre de «el secuestrador de Claudia Rufina». Eso es lo bastante concreto. Llévalo corriendo a la Castra Pretoria. Si ese hombre ha salido de Roma, las Cohortes Urbanas correrán tras él.

—¿Y tú, Falco?

–Yo iré directamente a los Castra y los convenceré de que se pongan en marcha. Si no lo consigo sin la orden, lo haré yo solo.

–Iré contigo...

–¡No! Necesito que organices todo ese apoyo del que te he hablado, Aulo. –No podía llevármelo sabiendo lo que podíamos encontrar. Para un chico de veintitrés años, perder de ese modo a su futura esposa ya sería lo bastante terrible, teníamos que ahorrarle que viera lo que le habían hecho–. La orden de arresto es vital. Luego, puedes hacerme otro favor. Helena debe de estar en casa esperándome. Si no llego, se pondrá frenética. Ve a verla y cuéntale lo ocurrido. –Como era su hermano, también podía llevarle otro mensaje–. Dale todo mi amor y, si de verdad quieres ser un héroe, besa a la niña de mi parte.

Bueno, con eso esperaba mantener ocupado al holgazán tío Aulo.

LIX

Todavía estaba todo en mi contra.

Cuando me puse en marcha, los carros de vino destartalados y las lujosas carrozas de mármol aún pugnaban por salir de Roma antes del amanecer. Al terminar los juegos, el transporte privado se llevó al público y, luego, se había dispersado. Tendría que ir a pie, y desde el circo a los campamentos pretorianos había una buena distancia. Al pasar por los Jardines de Mecenas, vi a un borracho montado en un asno y le di un empujón por orden del imperio. Al borracho no le importó, a decir verdad, apenas se enteró. El asno se rebeló pero yo estaba de un humor de perros, le di unas patadas para que se pusiera en marcha y con un bastón que encontré, lo engatusé para seguir adelante hasta la Puerta Tiburtina. Cuando llegué los vigiles estaban a punto de disolverse.

—¡Esperad! ¡Es urgente! Esta noche, ¿ha salido por aquí algún vehículo privado?

—Venga, hombre, Falco. Ha sido una noche muy movida. Habrán salido cientos de ellos.

—¿Tenéis la lista?

—Creíamos que ya habíamos terminado y se la hemos enviado al prefecto.

—Tenéis que ayudarme, chicos: una gran carroza de cuatro caballos o una caja encima de dos ruedas.

—Podría ser, pero ¿a nosotros qué nos cuentas?

—¡Por Júpiter! ¡Sois unos funcionarios de mierda! ¿Para eso pago mis impuestos al censo?

—Olvídalo. ¿Quién paga los impuestos?

—Al parecer, no los paga suficiente gente para tener una vigilancia como los dioses mandan. Dejémoslo aquí, no discutamos.

El malnacido ha secuestrado a una joven que iba a casarse con un senador. Tenemos que encontrarla. Registrad todos los vehículos que pasen por aquí y que corra la voz entre las otras puertas de la ciudad...

Tiré del asno que había robado para que se pusiera otra vez en marcha. Pasamos bajo la arcada del Anio Vetus, y luego discurrimos siguiendo los inmensos arcos triples del Aqua Marcia, que llevaba el Tépula y el Julia por arriba. Esa modificación no estaba en los planos originales, por lo que los canales más nuevos ni siquiera estaban centrados y los arcos tuvieron que ser reforzados pero, aun así, la cubierta superior del Marcia se resquebrajaba debido a una mala distribución del peso. Gracias a Bolano, sabía todos aquellos detalles, y también sabía lo que quizá pronto flotaría en sus aguas. Obligué al asno a entrar en los Castra Pretoria. Fue una mala experiencia, como siempre. El campamento era una horrible extensión amparada en las Murallas Servias, ante las cuales había un terreno para desfiles que ocupaba casi todo el espacio entre el Viminal y la Puerta Colina. Los miembros de la tropa eran unos auténticos bellacos.

Todo estaba extrañamente tranquilo; tanto que experimenté la curiosa sensación de escuchar los rugidos de las fieras en el Zoológico Imperial que se encontraba justo a las afueras de la ciudad. Mis oídos fueron asaltados también por los ruidos inconfundibles del cuerpo de guardia, que estaba en una sala de reunión cercana, y cuyos miembros estaban terminado las quince jarras de vino habituales de cada noche. Los pendencieros que estaban apostados en la puerta debían de ir por la mitad, pero lo llevaban muy bien; el vino los hizo reaccionar despacio ante la emergencia pero, una vez lo consiguieron, les infundió un cierto instinto salvaje. Un alma compasiva dio unas palmadas al asno, el cual le respondió con un mordisco. El tipo era tan duro o estaba tan borracho que ni lo notó.

El centurión de los urbanos, que tenía instrucciones de mantener el estado de alerta y ayudarnos cuando lo necesitáramos, era un alma apacible y limpia que acababa de acostarse. Era agradable pensar que el inflexible y famoso centurión estaba leyendo tranquilamente en sus aseadas literas y luego soplaba las velas mientras las fuerzas de la ciudad se movilizaban sin que él interviniera en absoluto. Después de una agónica espera, apareció con una camisa de dormir de estilo griego y me dijo que si no había una orden judicial, él se volvía a la cama. Le aconsejé que comprobara cuánto dinero había ganado con el regimiento porque, para un exilio en Armenia, quizá no le bastaría. Aspiró ruidosamente por la nariz y se marchó. Desesperado, no me quedó otro remedio que contarle mis problemas al cuerpo de guardia de los pretorianos. Esos chicarrones con las corazas brillantes ponían un toque de dulzura a la tristísima historia que les estaba relatando. Ansiosos incluso de echarles la culpa de algo a los urbanos, a quienes consideraban compañeros de barracones de clase inferior, me llevaron a los caballos ensillados y dijeron que ellos mirarían hacia otro lado mientras yo me llevaba uno. Les di las gracias, les dije que los caballos, en realidad, eran mulas, y luego elegí la mejor.

La primeras luces del amanecer se encendían sobre las Siete Colinas mientras yo me pasaba media hora pateando a la tozuda mula. Luego, salí de Roma por la Vía Tiburtina, a la caza de un asesino que ni siquiera era seguro que hubiese tomado aquel camino.

LX

De Roma a Tíbur había más de treinta y cinco kilómetros. Mientras corría en la fría y gris mañana tuve mucho tiempo para pensar; casi todos mis pensamientos eran malos y el que más se me repetía era que había cometido un error de juicio de los acontecimientos y que aquel viaje no tenía ningún sentido. Claudia aparecería, tal vez ya había regresado a casa, sana y salva. Si la habían secuestrado de verdad, Petronio Longo o alguien más pudo haberlo visto y arrestar al hombre. Mientras yo buscaba a Petronio por la calle, él quizá se encontraba en algún cuartelillo poniendo ganchos en la anatomía del asesino; o podían haber descubierto a la chica antes de que le hicieran daño en los registros de vehículos que yo había ordenado, el secuestrador podía haber sido arrestado en las puertas de la ciudad. Aun en el caso de que la chica estuviera camino de Tíbur, impotente y horrorizada, si es que todavía estaba viva, mi última esperanza estaba en dar alcance a ese malnacido. La encontraría. Nada me detendría, pero lo más probable era que ya estuviese muerta. En vista de lo que seguramente habría tenido que soportar primero, casi rezaba para que ya lo estuviera.

Durante las primeras horas no vi a nadie. Recorrí la desierta Campiña siendo el único viajero en la carretera. Era tan temprano que ni siquiera los campesinos habían despertado. La mula había cogido finalmente su ritmo, y la música de sus pezuñas galopantes apaciguaba mi pánico. Intenté no pensar directamente en Claudia, por lo que me acordé de Sosia. La suya era otra muerte que yo habría podido evitar. Se había criado con la familia de Helena, otra chica a la que habían cogido mucho cariño y de cuya terrible pérdida siempre me culparían; nunca hablábamos de ello pero nadie lo olvidaría. Sosia y Helena habían estado muy unidas. Al principio, Helena me culpó amargamente de la muerte de su joven prima pero, luego, consiguió perdonarme. ¿Cómo podía esperar que perdonara dos veces el mismo error? Eliano ya debía de haberle contado que Claudia había desaparecido. Todos los momentos que yo pasaba en aquel solitario viaje, Helena los pasaría frenética en casa, inquieta por el trágico destino de su amiga, perdiendo la confianza en mí y preocupándose a la vez. Yo había perdido la confianza en mí mismo antes incluso de cruzar la Puerta Tiburtina.

Cada vez había más luz. Cabalgaba en dirección al sol. Brillaba sobre las montañas Sabinas, iluminando tal vez lugares donde unas pobres mujeres habían sido torturadas, matadas y descuartizadas. La luz me hizo sentir más cansado de lo que estaba; con los ojos entrecerrados para que no me deslumbrara, mi concentración empezó a diluirse. Me noté irritable y abatido, llevaba demasiadas horas corriendo en contra del tiempo en la dura lucha por liberar a la humanidad de los malvados sólo para que aparecieran nuevos malvados peores que los anteriores. Con unos métodos más morbosos, con unas actitudes más vengativas.

Los granjeros empezaban a levantarse y enseguida vi los primeros carros locales, la mayoría de los cuales iban hacia Roma. Registré los que iban hacia Tíbur y, para mi frustración, perdí el tiempo con ellos. Irritado por esas paradas de las que no me atrevía a prescindir, me harté de cajas de coles y nabos, ciruelas damascenas y odres de vino agujereadas. Unos viejos desdentados que olían a ajo me mostraban lo que llevaban, unos jóvenes excitados de miradas desconfiadas me observaban con curiosidad malsana; a todos les pregunté si los había adelantado algún vehículo. Los que lo negaron me pareció que mentían, los que dijeron que tal vez sólo decían lo que yo, obviamente, quería oír.

Odié la Campiña. Odié a los soñadores y a los haraganes que vivían en ella. Me odié a mí mismo. ¿Por qué hacía aquello? Yo quería ser poeta, trabajar en una biblioteca tranquila, desvinculado de la basura de la humanidad, absorto en el mundo irreal de mi mente. (Mantenido, claro, por un mecenas millonario enamorado de las artes. Venga ya, Falco, eso era imposible.)

El mediodía me cogió en el camino, habiendo llegado ya a Aquae Albulae. Allí terminó mi impulso inicial, la mula estaba cada vez más cansada, yo tenía el cuerpo rígido y me sentía medio muerto, no había dormido en toda la noche. Necesitaba desesperadamente un descanso y lo único que podía esperar era que el asesino también hiciera un alto en el camino, no sabía que yo lo seguía. Metí a la mula en un establo y me sumergí en las calientes termas de aguas sulfurosas. Me quedé dormido y alguien me despertó de un tirón antes de que me ahogase. Desconecté un par de horas del mundo a manos del masajista, tumbado boca abajo, tapado con una toalla y las moscas revoloteando estúpidamente sobre las zonas de mi cuerpo que estaban al descubierto. Salí vacilante, compré comida y bebida e intenté llevar a la mula a una diminuta residencia donde había una posta para los correos imperiales.

—Mi viaje es de vital importancia para el Estado, pero salí demasiado deprisa y no pude proveerme del pase. Sin embargo, he encontrado esto en la bolsa. —El encargado cogió sin curiosidad el distintivo que yo le tendía. Aquae Albulae era un lugar tranquilo—. Me temo que está caducado. —Se encogió de hombros y lo tiró a una taza.

—Oh, querido, me temo que tendré que hacer la vista gorda y decirles a los contables que no sé quién me ha colado esto.

—Además, está redactado para el gobernador de la Bética —confesé.

—Debe ser un buen tipo, estoy seguro de ello. Ese gris es un buen caballo.

—¡Gracias! Espero que enseguida lleguen mis refuerzos. Diles que Falco ha dicho que corran, ¿vale?

Comí de camino.

Doce rápidos kilómetros romanos después, llegué a Tíbur en el caballo gris. Me encontraba en un dilema que sólo podía imponerme a mí mismo. Había ido hasta allí para capturar a un hombre al que no conocía, que no sabía dónde vivía y que, en aquellos momentos, sólo los dioses sabían lo que estaría haciendo a la pobre Claudia. En ausencia de otras ideas brillantes, seguí mi única corazonada. Aun cuando las últimas pruebas indicaran que iba mal encaminado, pasé ante el templo de Hércules Víctor y me dirigí hacia la casa de Aurelia Maesia.

El tiempo se me echaba encima. Debían de ser las cuatro de la tarde, y no se podía viajar con la oscuridad. Si tenía que detenerme más tarde, el asesino también tendría que hacerlo; y tenía a la víctima como compañía, viva o muerta. Tal vez en esos instantes todavía estaba viva pero, en cuanto dejaran de viajar, no lo estarían mucho más tiempo. ¿Le daría de comer? ¿Le permitiría hacer sus necesidades? ¿Cómo lo haría sin arriesgarse a que lo descubrieran? Debía de haberla atado, amordazado y escondido. La chica llevaba con él una noche y casi un día. Aun en el caso de que consiguiera rescatarla, nunca volvería a ser la misma.

Mientras me acercaba a la villa de Aurelia Maesia, lo único que podía esperar era que ése fuera el lugar donde les encontraría pero, para entonces, me había resignado a la evidencia de que probablemente iba a un lugar equivocado.

LXI

Estaba perfectamente claro que en unos días no se esperaba el regreso a casa de Aurelia Maesia, los esclavos habían salido todos a la terraza y tomaban el sol, las herramientas del jardín estaban apoyadas en una estatua, nadie trabajaba, habían tomado prestadas las mejores tumbonas y estaban arrellanados en ellas, tan adormecidos que ni con mi llegada se pusieron en pie. Además, si se hubieran movido demasiado deprisa, se hubieran derramado por encima las bebidas que tomaban.

–¿Dónde está Damonte?

–En Roma, pasándolo bien.

–¡Ese cerdo libidinoso! –gritó la cocinera, que era su esposa oficial.

–Cuando va a Roma, ¿vuelve él solo en el carruaje?

–¿Es eso posible? –cacareó la cocinera. Y luego, rutinariamente añadió–: Ese cerdo libidinoso.

Me encantó que insultase a Damonte, pero yo necesitaba respuestas rápidas. Busqué al chico, Tito, le dije que quería hablar a solas con él y nos alejamos.

–¿Tú no eres Gayo, el fontanero?

–Eso fue una farsa, pensaba que lo habías advertido. –No dijo nada. Si se sentía traicionado por el engaño no colaboraría. No le di tiempo a que empezara a sentirse molesto–. Ahora tienes la oportunidad de ayudar en una situación desesperada. Escucha, Tito: han ocurrido cosas terribles y estoy intentando arrestar a ese miserable.

–¿Te refieres a Damonte? –preguntó con unos ojos como platos.

–Pensé que era posible, pero ahora tengo una nueva idea. Dime una cosa: Aurelia Maesia visita a su hermana, que se llama

Aurelia Grata, ¿verdad? –Tito asintió. Aurelia Grata... En algún lugar lodoso de mi conciencia surgió un recuerdo–. ¿Y su padre se reúne con ellas en casa de la hermana?

–Sí.

En mi cerebro cansado se había disparado una alarma. Luego oí ecos procedentes de direcciones distintas.

–¿No se llamará Rosio Grato?

–Exacto.

–¿Y vive en la carretera de Sublaqueum?

–Sí.

Respiré despacio. Era inútil apresurar aquello.

–¿Y él también va a Roma, cuando su hija de Tíbur va a la ciudad? ¿Lo lleva con ella, tu ama?

–No. La vieja no soporta pasarse horas encerrada con él en el carruaje. Se llevan bien, pero si no se ven mucho, mejor. Es por eso que él sigue viviendo en su finca. Además, a él le gusta ir a Roma solo. En realidad, disfruta mucho corriendo con el carruaje.

–¿Qué vehículo utiliza?

–Un cisio.

–¿Qué? ¿Un viejo en un carro descubierto de dos ruedas, a merced del tiempo?

–Es el que ha utilizado siempre. –Oí a Marina diciendo «se monta en él de una forma tan varonil...».

–¿Va al circo con las mujeres?

–No, duerme todo el día y sólo se despierta para la cena.

–Pero, en otros aspectos, ¿sigue siendo Rosio Grato un hombre de mundo?

–Me temo que sí –dijo Tito, ruborizándose.

–¿Visita a alguna mujer? –pregunté, arqueando una ceja.

–Siempre lo ha hecho. Se supone que es su gran secreto, pero todos nos reímos de eso. ¿Cómo lo sabes?

–Me lo ha contado alguien que vive en la misma calle. Bueno, ésa es otra razón que tiene para no viajar con su hija. ¿Conduce él mismo?

–No, lo lleva alguien.

–¿Y ese alguien trae de vuelta el cisio mientras el viejo se queda con sus hijas, y luego regresa a recogerlo al final de los juegos?

–Probablemente. El viejo no necesita el cisio. Ya te lo he dicho, se pasa el día dormitando en un sofá. ¿Te estoy ayudando? –preguntó el muchacho ansioso.

–Muchísimo, Tito. Me has contado lo que yo tendría que haber descubierto por mí mismo hace días. El problema está en que escuché a alguien a quien no debía.

–¿Qué quieres decir?

–Alguien me contó que Rosio Grato nunca iba a Roma.

–Eso es ridículo.

–La gente dice mentiras. –Mientras iba hacia el caballo lo miré con ternura–. Tienes que aprender a estar atento a ellas. Sigue mi consejo: cuídate de los hombres que no hacen nada, que se pasan el día junto a un camino. –Montar en la silla fue todo un esfuerzo–. El conductor del cisio, ¿no se llamará Turio?

–Sí, es él.

Tenía que haberlo adivinado. Tito quería darme la dirección, pero no la necesitaba. Tenía que seguir la Vía Valeria hasta el punto en que los acueductos tomaban el agua del Anio y luego desviarme hacia Sublaqueum. Además, no tenía que hacerlo en un día, que era lo que normalmente se tardaba en ese viaje, sino en las pocas horas que faltaban para el anochecer.

Dejé un mensaje a Tito por si llegaban refuerzos, pero yo había perdido toda esperanza, no tendrían tiempo de desplazarse hasta allí. Debía hacerlo yo solo.

Los correos imperiales pueden recorrer casi cien kilómetros al día si cambian de caballo, por lo que yo haría lo mismo; estar ya en posesión de un caballo de la administración pública me ayudaría a conseguirlo. Antes de tomar la carretera de la granja de Horacio, cambié el gris por una yegua marrón con una mancha blanca en una posta, otra oportunidad perdida de visitar la Fuente Bandusia. En esos momentos no me importaba.

La luz era cada vez más escasa. Pasé junto a las fuentes del acueducto situadas en los hitos treinta y cinco y treinta y ocho. Seguí galopando hacia Sublaqueum durante ocho kilómetros más y entonces llegué al gran depósito de barro. Me detuve, buscando a Bolano. Enseguida apareció uno de sus esclavos públicos.

–Hace un rato que Bolano vio pasar un carro y salió tras él montado en un asno.

–¿Solo?

–Habíamos terminado de limpiar el depósito. Estábamos solos él y yo con la red de dragado y me dijo que me quedara aquí y que si venía usted se lo contara.

–Sé adónde ha ido. Quédate aquí por si vienen refuerzos y explícales cómo llegar a la finca de Rosio Grato. ¿De acuerdo?

Cuando seguí la compuerta que dirigía el agua hacia el depósito, vi la red barrenera que habían tendido río arriba. Aterrorizado, recé para que aquel día no hubieran sacado nada. Seguí cabalgando, impulsado por el desespero. Bolano también corría peligro, con su espalda rígida y su ojo malo, no sería rival para un asesino perverso. Al llegar a la finca de Rosio Grato, disminuí el paso de la yegua. En el camino que iba hacia la casa no me encontré a nadie, los edificios de la villa estaban en silencio, allí no había esclavos pasándoselo bien. De mi anterior visita había sacado la impresión de que el viejo tenía muy pocos criados, sin embargo, el ama de llaves seguía allí porque oyó el caballo y salió a ver qué pasaba.

–Me llamo Falco. El otro día estuve aquí. Tengo que hablar con Turio. ¿Ha vuelto de Roma? –La mujer asintió–. ¿Qué está haciendo?

–No tengo ni idea. A ése no le sigo la pista –dijo en tono de reprobación. Todo encajaba.

–¿Dónde puedo encontrarlo?

–Debería estar en el establo, pero si no está ahí, le será difícil encontrarlo. A menudo va al bosque. –Parecía curiosa, pero estaba preocupada por su trabajo y me dejó marchar.

–Gracias. Si lo ves primero, no le digas que he venido. Quiero darle una sorpresa.

–Muy bien. –Era obvio que dejaban que Turio fuese a su aire. Eso se debía probablemente a que les resultaba difícil tratar con él. Era todo como yo esperaba: un tipo solitario con extraños hábitos, impopular–. Parece usted muy cansado, Falco.

–Un día muy largo –dije, y sabía que no había terminado.

Primero miré en el establo. No encontré al conductor ni a Bolano, pero vi el cisio. A sus dos caballos, que todavía exhalaban vapor, se les había dado comida y bebida. Amarré mi yegua junto a ellos. Examiné el antiguo vehículo. Como todo el mundo había dicho, era un carro de base alta, con dos ruedas unidas por una barra de hierro y espacio para dos pasajeros. Bajo el asiento había una caja, fijada con un gran candado. Así, el cisio podía aparcar sin que el equipaje corriera peligro. En esos momentos estaba cerrada. La golpeé ligeramente. Nada. Con alivio advertí que en la plancha habían horadado unos agujeros. Busqué la llave sin suerte, claro. Tampoco esperaba que fuese tan fácil. Aquello era un establo y tenía que haber herramientas. Desperdicié unos segundos haciendo lo más inútil que podía hacerse: intentar abrir el candado con un clavo. Ridículo. Estaba demasiado cansado para pensar con sensatez, necesitaba algo más fuerte. Sin olvidar que Turio podía regresar, salí a inspeccionar las instalaciones de la granja hasta que encontré una pequeña tienda. Como solía ocurrir en las villas remotas, estaba bien abastecida. Con una palanca conseguí doblar parcialmente las grapas del candado debilitando el metal, y luego le di un fuerte martillazo. Sudaba a mares, y no por el ejercicio físico sino por pura ansiedad.

Me quedé quieto, escuchando. Allí no se movía nada, como tampoco en la casa. Hice acopio de fuerzas y abrí la caja. En ella había varios olores asquerosos de origen humano pero, aparte de algunos sacos, que eran la fuente de aquellos olores, no había nada más.

LXII

Tendría que registrar el bosque.

Grité su nombre.

—¡Claudia! —Si oía mi voz, eso tal vez le daría fuerzas para resistir.

Se había hecho de noche. Volví a la casa para pedir una lámpara. Sabía que necesitaba ayuda y le dije a la ama de llaves que llamara a los otros esclavos de la casa. No había demasiados, pero se presentaron enseguida, como si esperasen que ocurriera algo; formaban un grupo abigarrado de trabajadores desgarbados, harapientos y evasivos. Me miraron con sorpresa.

—Escuchad, vosotros no me conocéis pero me llamo Falco y trabajo para el gobierno. Tengo que encontrar a Turio. Creo que ha raptado a una joven y quiere matarla.

Vi que intercambiaban miradas. Al parecer, nadie había expresado sospechas en voz alta pero no se sorprendieron. Controlé la ira. Hubiesen podido salvar la vida de no se sabía cuántas jóvenes y mujeres adultas. Bueno, al menos podrían ayudarme a rescatar a Claudia.

—Si creéis verlo, no os acerquéis a él. Gritad con fuerza para que los demás lo sepamos.

No tuve que decirlo dos veces.

Patrullamos el bosque hasta que la oscuridad fue demasiado densa y no se podía seguir ni con antorchas. Lo llamamos a gritos, registramos establos de ganado y almacenes de leña, golpeamos la maleza con bastones, sorprendiendo a los animales silvestres que llevan años viviendo en sotos sin que nadie los molestara. Un asno suelto salió a saludarnos desde detrás de un matorral. Tenía que ser el que Bolano había utilizado, aunque no había rastro de él. Turio no apareció y nosotros no conseguimos hacerlo salir de su escondite. Sin embargo, tenía que estar allí y haber advertido que íbamos a por él.

Mi falta de disimulo era deliberada. Era la última esperanza que tenía para que desistiera de tocar a la chica. Nos dedicamos a buscarlo toda la noche. Dondequiera que se refugiase, debía encontrarlo antes de que se hiciera de día. Nos movimos de un lugar a otro hasta que los primeros rayos de sol iluminaron las plácidas aguas del Anio. Entonces hice correr la voz de que todos se quedaran quietos, dejaran de llamarlo a gritos y no se movieran hasta que saliera de su escondite.

Pasé buena parte de la noche a la orilla del río; algo me atrajo hacia allí y no me dejó marchar. Había descansado un rato, agachado sobre los talones y con la espalda apoyada contra un árbol, con los oídos atentos, mientras mi cerebro no bajaba la guardia y se aceleraba. Estuve despierto, todo lo despierto que podía estar un hombre que no había visto la cama en dos días.

Cuando el alba despertó en las colinas, me acerqué al río y me lavé la cara. El agua estaba fría, como también lo estaba el aire, mucho más en aquellas montañas que en la ciudad de Roma. Con las manos semicerradas dejé caer el agua de nuevo al río lo más suavemente que pude, sin hacer más ruido que una trucha de montaña. Con los primeros rayos de sol algo destelló en el agua. Me agaché a mirarlo. Era un pendiente. No era el par del que Bolano me había mostrado, hubiera sido demasiada coincidencia; se trataba de un aro sencillo, tal vez ni siquiera era de oro. Tenía un orificio del que debía haber colgado una pequeña pieza, pero ésta había desaparecido. Hundí la mano en las frías aguas del río para cogerlo y volví a la orilla, haciendo una pausa para sacudirme el agua de la mano. De repente, allí en el Anio, me sentí vulnerable. El asesino tenía que estar muy cerca. Y si sabía que yo estaba en la zona, podía ser incluso que me vigilara.

Subí hacia los bosques haciendo más ruido del que pretendía. Entonces noté algo; bajo unos pequeños árboles había una pequeña cabaña. En la oscuridad de la noche me había pasado por alto. No era gran cosa, sólo cuatro paredes y un techo hundido. En sus maderos cubiertos de líquenes crecía una vegetación sin flores y en las zarzas que la rodeaban brillaban grandes moras negras entre inmensas telarañas. A mi alrededor reinaba el silencio, a excepción del suave chapoteo del río que fluía a mis espaldas. Me sentí como el héroe mítico que finalmente ha llegado al oráculo, aunque era poco probable que salieran a recibirme eremitas hijos de hechiceras o esfinges doradas. Había un sendero muy marcado junto a la orilla del río, pero yo me acerqué por entre la maleza. Una gran telaraña me cerró el paso, la aparté con un bastón y dejé que el grueso insecto se escondiera entre las hierbas. Mis ojos no se apartaban de la puerta cerrada de la cabaña.

Cuando llegué ante ella me pareció que estaba atrancada. Se abría hacia dentro. No había cerrado pero, aunque por arriba se movía unos centímetros, estaba calzada por la base. Intenté no hacer ruido pero al final, de un fuerte empujón, conseguí abrirla un poco. Debía de haber algo apoyado contra la puerta por la parte interior. La luz era todavía insuficiente y no se veía bien, aunque cuando me acerqué me asaltaron aquellos olores rancios y perturbadores. Allí debía descuartizarlas. Olía como si hubieran tenido cerdos encerrados, pero en la finca de Rosio Grato no los había. Si deshacerse de los cuerpos fuera fácil, no habría un largo sendero de pruebas que me llevara desde Roma hasta allí.

Fuera lo que fuese lo que me impedía el avance, tendría que apartarlo del todo antes de poder entrar; parecía el peso muerto de un saco de trigo o de un cuerpo, pero pesaba más que el cuerpo de una chica. Miré a mi alrededor para ver si podía entrar en la choza de otra manera cuando oí el crujido de una rama.

Me volví al instante. A cincuenta pasos había un hombre.

Pude verlo sólo un momento antes de que se metiera en el soto del que probablemente acababa de salir, sin saber, obviamente, que yo estaba allí. Si no era otro que Turio, no necesitaba huir. Grité y obligué a mis cansadas piernas a correr tras él.

Debía de estar más descansado que yo, pero su forma física tal vez no fuera tan buena. Esperaba que los esclavos de la casa me ayudaran a cortarle la retirada pero me decepcioné. Se habían marchado todos a casa a desayunar, desoyendo mis órdenes de quedarse allí; nadie respondió a mis gritos y, cuando nos precipitamos al bosque, ninguno de ellos nos salió al paso para interceptarnos.

Se hizo de nuevo el silencio. Se me había escapado.

–¡El juego ha terminado, Turio! ¡Sal y acabemos con esto!

No hubo respuesta. Normal. Yo era un extraño y él conocía el terreno palmo a palmo. Debía de estar seguro de poder escapar.

Había corrido hacia el sendero que salía de la finca. Me pareció oír pezuñas de caballo y me asaltaron visiones de Turio escapando a caballo en dirección a Sublaqueum.

No podría refugiarse en la casa. Sus compañeros esclavos querrían probar su inocencia y se vengarían de él por haberlos engañado. Los que habían pasado por alto su conducta extraña a lo largo de todos aquellos años se apresurarían a denunciarlo y si recurrían a la violencia, no sería la primera vez que un asesino recién desenmascarado moría a manos de las personas con las que había convivido.

Me arrastré entre la maleza en busca del sendero. Vi un montón de troncos cortados detrás de los cuales podía esconderse un hombre. Cuando me acerqué, Turio saltó de entre las matas y se abalanzó contra mí. Yo también salté y le di un fuerte puñetazo. Había hecho un alto en su camino hacia la libertad sin advertir que yo le había seguido tan de cerca. Cuando me dispuse a atacarlo de nuevo, vi el gran peligro que corría: Turio blandía una enorme hacha.

Me miró unos instantes como si estuviera sorprendido, pero se recuperó al instante y volvió a saltarme encima.

–Ríndete, Turio.

El hacha me pasó muy cerca, poniendo en peligro mis rodillas. Caminé hacia un árbol con la esperanza de engañarlo y de que clavara el arma en el tronco. Soltó un gruñido y movió el hacha de nuevo, esta vez a la altura de la cabeza. El cuchillito que yo llevaba en la bota no me serviría de nada. Ni siquiera intenté sacarlo.

Era tal como yo lo recordaba, un tipo corriente. Descuidado, mal vestido, sin dientes, el típico esclavo rural. No más enajenado que la mayor parte de los transeúntes de cualquier calle roma-

346

na. Un tipo con el que evitarías chocar por accidente pero al que no mirarías dos veces. Si me lo encontrase tarde por la noche y se ofreciera a llevarme en su carro, podría incluso aceptar.

—No estoy solo. Las Cohortes Urbanas están a punto de llegar. Será mejor que te rindas.

Por toda respuesta, volvió a atacarme agresivamente con el hacha, cortando unas ramas sobre mi cabeza para concluir con otro hachazo bajo y en dirección contraria. En el ejército me habían enseñado a hacer frente a los golpes de espada de los celtas pero, como era un soldado, llevaba coraza y armas, por no mencionar a las filas de irritados compañeros que formaban bloques impenetrables en cada flanco.

Caminé hacia él. La luz destelló y él revolvió de nuevo el hacha en el aire. Salté como un bailarían cretense, golpeándome las nalgas con los talones para poner a salvo las piernas. Me agarré a una rama y salté al otro lado de un árbol. Conseguí romperla parcialmente pero una larga hebra verde de corteza la mantuvo unida al tronco. Era inútil.

Por todos los dioses, aquello era la pesadilla de cualquier chico de ciudad. Deseaba caminar por calles pavimentadas en las que los criminales seguían pautas de mala conducta conocidas y donde podía entrar en una cantina a refrescarme cuando el ritmo de la persecución se hacía más frenético. En esos momentos me hallaba ante un criminal desesperado que blandía un hacha en medio de un bosque lleno de bruma, muerto de hambre, de cansancio, abandonado por mis únicos ayudantes y corriendo el riesgo de que me amputaran las piernas. Como manera de ganarse la vida, era una mierda.

Tiré de la rama y por fin se rompió. El tallo era lo bastante grueso para que el hacha se clavase en él si lo golpeaba. Lo mejor de todo era que el extremo se dividía en varios ramales que aún tenían hojas. Turio me atacó de nuevo y yo esquivé el brillante hacha. Luego me abalancé hacia él y le clavé la rama en la cara. El retrocedió, se tambaleó y perdió terreno. Yo seguí clavándole la rama en los ojos. Se volvió y echó a correr. Yo lo seguí pero la rama se quedó prendida en la maleza. Tuve que dejarla y salir corriendo.

Turio avanzaba deprisa en dirección al sendero. Me eché a un lado y me interpuse entre él y el camino que se alejaba de la casa. Luchamos cuerpo a cuerpo entre los matorrales, que quedaron aplastados. Una zorra salió de su escondrijo y se alejó corriendo. Un grajo alzó su pesado y cansino vuelo con un bronco grito. De nuevo imaginé oír pezuñas de caballo, en esta ocasión más cercanas. Respirar me costaba un esfuerzo, estaba bañado en sudor, las piernas me dolían tanto que apenas podía seguir adelante. Aun así, mientras Turio llegaba al sendero yo iba recuperando terreno. Entonces resbalé con un montón de setas y, con un gritó de angustia, caí en un agujero. Conseguí incorporarme pero tenía un pie inmovilizado por los hongos venenosos. Tiré de él para liberarlo, resbalé de nuevo y, dando un respingo, me dispuse de nuevo a darle caza. Turio se había detenido y miraba hacia atrás antes de adentrarse en el sendero.

Me olvidé del dolor que sentía en el pie y el tobillo y empecé a recorrer a saltos lo que tendría que ser el esfuerzo final. Un tobillo torcido se cura solo pero prefiere no moverse durante un tiempo. Yo no lo tenía. Mis fuerzas me abandonarían de un momento a otro, pero primero, intentaría detenerlo.

Oí el relincho de un caballo. Mi corazón se hundió al imaginar que tenía un caballo preparado. Entonces Turio abrió los brazos y el caballo y el jinete salieron del extremo más alejado del bosque y galoparon hacia él.

No podía detenerse. Tropezó y perdió el hacha. El caballo retrocedió ante él pero fue porque el jinete había tirado de las riendas. Turio se tambaleó, y consiguió no caerse, aún decidido a escapar. Hizo una finta ante el caballo, esquivó sus pezuñas y siguió corriendo camino abajo. Tuve que precipitarme tras el. Pasé junto al caballo, cuyo jinete, que se echó a un lado para dejarme pasar, me pareció familiar. Luego, haciendo acopio de fuerzas, alcancé a Turio y me abalancé sobre él.

Lo derribé al suelo lleno de hojas. Yo estaba tan furioso que una vez caído, ya no le di ninguna opción. Salté sobre su espalda, le doble los brazos detrás de ésta y le ordené que se rindiera. Se revolvió hacia los lados, sin dejar de agitarse. Tiré de él con todas mis fuerzas y luego le aplasté de nuevo la cabeza en el suelo. En esos momentos, el jinete ya había desmontado y venía corriendo hacia nosotros. Al cabo de un minuto, aquel hombre, enfurecido, pateaba a Turio en las costillas como si quisiera acabar con él.

–¡Basta! –grite, apartándome del recorrido de aquellas botas, que por fin se detuvieron. Turio volvió la cabeza, y la apoyó en los surcos del camino.

Con el prisionero aún caído en medio del camino, empecé a recuperar el aliento.

–Una buena acción –dije, jadeante, mirando al otro.

–Preparación básica –replicó éste.

–Sí, es algo que nunca se pierde –conseguí decir con una sonrisa, aunque aquel ejercicio había sido muy duro–. Supongo que no dejará el puesto de gobernador de Bretaña para formar una sociedad conmigo, ¿verdad?

Julio Frontino, soldado, magistrado, administrador, autor y futuro experto en el abastecimiento de agua, sonrió con modestia. Ésta podría ser una de las preguntas: «¿Y qué hubiera pasado si...?» más importantes de la historia, Falco.

Entonces acepté su mano para levantarme mientras el ex cónsul plantaba el pie en la nuca del detenido.

Qué bien... Nos sentíamos como héroes, pero todavía teníamos que encontrar a Claudia.

LXIII

Turio se negaba a hablar. Yo tenía el presentimiento de que no lo haría. A algunos les gusta alardear, otros van hacia su destino negándolo todo. Turio era de los silenciosos.

Como no queríamos perderlo de vista, le até las manos a la espalda con mi cinturón antes de tumbarlo en el caballo del cónsul, le conté que había encontrado una cabaña junto al río. Volvíamos a ella llevándonos a Turio, pero en esta ocasión ya sabía lo que nos íbamos a encontrar.

Para mi sorpresa, mientras nos acercábamos a la choza, vi que la puerta estaba abierta. Fuera, agachado en el suelo, estaba Bolano, con golpes en todo el cuerpo, sacudiendo la cabeza. Al vernos intentó incorporarse y yo corrí en su ayuda.

–Ahí dentro. –Estaba tembloroso y aturdido–. Lo seguí y vi que la metía ahí dentro. Yo grité, él salió corriendo a perseguirme y entonces les oímos en el bosque. Yo estaba a punto de desmayarme y él se marchó. Entré en la cabaña y me desplomé contra la puerta. Sabía que no tenía que dejarlo entrar de nuevo.

–¿Has pasado toda la noche ahí dentro? Siéntate, por todos los dioses.

Bolano se limitaba a señalar la choza con gestos desesperados. Frontino y yo intercambiamos una mirada y luego observamos la cabaña.

Los tres nos acercamos a la cabaña cuya puerta estaba descoyuntada. El aire fresco no había dispersado el olor a rancio. Con la luz del día vimos el horrible interior. En su oscuro suelo había manchas de sangre vieja y coagulada. El cuchillo de carnicero colgaba de un clavo: afilado, limpio, con el mango oscurecido por el uso y el paso de los años; la hilera de los cuchillos de cocina;

el cubo descolorido; los sacos apilados cuidadosamente, listos para la siguiente aventura horripilante; las cuerdas enrolladas, y la última víctima.

Cuando vi el banco donde la había dejado tirada, ahogué un grito. Allí había una figura de forma y tamaño humano, atada, cubierta con una manta e inmóvil. Por fin la habíamos encontrado. Yo tuve que alejarme.

Frontino me hizo a un lado y entró.

–La conozco –dije. Mis pies estaban clavados en el suelo. Bolano me miró horrorizado, luego me dio una palmada en el brazo y siguió al cónsul.

Sacaron el cuerpo. Con suavidad, dejaron a la mujer en el suelo, y luego la voltearon para poder acceder a sus brazos, que estaban atados a la espalda. Frontino pidió un cuchillo y yo le di el mío. Con cuidado y meticulosidad, pasó la punta por debajo de las cuerdas y las cortó hasta que se soltaron. Le liberó los brazos, las piernas y el cuerpo. Yo me revolví nervioso y lo ayudé a ponerla boca arriba para quitarle la mordaza de la cara.

Alzamos parte del asqueroso trapo que le tapaba la boca y cuando la tuvimos bajo la fresca brisa de las montañas Sabinas, me obligué a mirar.

Se me hizo un nudo en el estómago. Unos mechones rubios y ásperos, la cara manchada de maquillaje y una piel ajada, una costosa gargantilla con gruesas cadenas de oro y monstruosos fragmentos de hematites. Mi cerebro apenas entendía nada, y entonces advertí que no se trataba de Claudia.

–¡Está viva! –exclamó Frontino, tras encontrarle el pulso en su demacrado cuello.

Entonces, la mujer abrió los ojos y gruñó. Mientras parpadeaba ante los rayos de luz, acepté aquella sorprendente verdad: habíamos rescatado a Cornelia Fláccida.

Nos costó un buen rato que reaccionara, pero en cuanto lo hizo y nos vio, nos soltó una arenga y dijo que quería ir a por Turio para darle su merecido. Éste tuvo suerte de que la mujer llevara dos días de ordalías encerrada en el cisio y no pudiera moverse, gritando de dolor cuando le masajeamos en las piernas para que se le activara la circulación. El cisio era lo bastante ancho y su cuerpo no había estado encogido. Las cuerdas tampoco impidieron del todo la circulación de la sangre porque, de otro modo, no hubiese sobrevivido. Al recobrar el sentido, sintió que todo el cuerpo le dolía, y tardaría un par de días en poder ponerse en pie y caminar. Parecía que no la había atacado sexualmente, pero ella lo había esperado. Eso debió ser lo más terrible para ella.

Antes de saber quién era, ya gruñía airada. Si tenía en cuenta lo que yo esperaba encontrar, cualquier ruido que hiciese era bienvenido. Y después de pasarse dos días atada, golpeándose durante ochenta kilómetros en el interior de una caja oscura, deshidratada y famélica, mareada y obligada a hacer sus necesidades allí dentro, mientras esperaba que le ocurriese lo mismo que a las otras mujeres a las que Turio había descuartizado, hasta Fláccida tenía derecho a enfadarse. Tenía que haber pensado que nadie la echaría en falta y que, si eso ocurriera, nadie la localizaría. Era lo bastante lista para saber que Rubella había retirado la vigilancia y que su familia no sabía adónde se había mudado. Era mucho esperar que sus maltratados esclavos denunciaran su desaparición ya que se estarían contentos de que por fin los hubiera dejado en paz, como muchos otros ciudadanos de Roma que se alegrarían de que hubiese desaparecido sin dejar rastro.

El descubrimiento de Fláccida no resolvía el misterio de lo que le había ocurrido a la prometida de Eliano, pero aún quedaba la esperanza de que el destino que corrió Claudia aquella noche no fue tan horroroso.

–Y ahora, ¿qué? –preguntó Frontino. Me contó brevemente que Eliano había ido a buscarlo, que se había vestido y montado en un magnífico caballo que ya tenía ensillado en su casa. Había mandado a Eliano a solucionar la cuestión de la orden de arresto con el juez Marponio, mientras que él, siempre pragmático, había corrido detrás de mí por la carretera de Tíbur–. Mis hombres y las Cohortes Urbanas llegarán enseguida. Se preparará un vehículo para la mujer una vez se haya recobrado un poco, pero a mí me gustaría llevar a este tipo ante el juez ahora mismo.

Aquello me pareció bien. Yo quería volver a casa.

En cuanto a Turio, se me había ocurrido una manera de llevarlo de vuelta. Era una manera segura para nosotros, desagradable para él, pero muy apropiada. Fui con mucho cuidado para no matarlo, lo envolví en el trapo viejo más asqueroso que encontré, cabeza incluida. Lo até lo justo para que sufriera pero que no se le cortase la circulación sanguínea y se muriera. Luego lo encerré en la caja del cisio de su amo. Frontino y yo volvimos a Roma, tardamos dos días en llegar y Turio se pasó todo ese tiempo aprisionado en la caja.

LXIV

Hogar, dulce hogar...

Helena Justina no me oyó llegar. Cuando la niña empezó a llorar y el perro a gemir, intentó alzar la cabeza que tenía entre los brazos, sentada ante la mesa y dormida. Vi que estaba desesperada. Había estado leyendo mis poemas.

–No te muevas –le dije–. Tengo a Julia y *Nux* me tiene a mí. –La perra se me había pegado a la pierna, cogiéndome con sus dos patas a la altura de la rodilla y sin soltarme siquiera cuando crucé la habitación. Presumiblemente, era un gesto cariñoso, pero a un ladrón le hubiera cortado el paso.

–¡Es la bienvenida que le da al héroe!

Yo respingué, pues Helena lo decía de todo corazón. *Nux* empezó a describir unos enloquecidos círculos a mi alrededor.

–Esto, a Ulises nunca le ocurrió –dije.

Luego las abracé a ambas, pasando un brazo por la espalda a cada una de ellas mientras las dos gritaban por el asqueroso estado de mi túnica. Debía haberme lavado primero, pero tenía la apremiante necesidad de abrazarlas antes que nada.

–Tendría que haber ido a los baños, pero quise pasar por casa antes que nada. –Ya estaba en casa y me resultaría difícil salir de allí. Me sentía demasiado cansado.

Helena murmuró algo incoherente y me abrazó un buen rato pese a lo que yo apestaba y luego retrocedió un poco, disimulando su alivio por haber puesto un espacio entre ella y aquella ruina con barba de tres días de la que estaba enamorada.

Se pasó un buen rato mirándome. Pude resistirlo.

–Muchas mujeres creen que los héroes son maravillosos –dijo Helena, pensativa–. Si me lo preguntan a mí, diré que es más bien una pesadilla. Son tantas las veces que no vuelven... Nunca sabes si ha llegado el día de ir a por su ropa a la lavandería y de volver a comprar su fruta favorita.

Le sonreí con cara de necio mientras me invadía una paz como la provocada por un vino traicionero. *Nux*, que había salido al galope de la habitación, volvió a entrar de espaldas, llevando en la boca su mordidísimo cesto como regalo de bienvenida a casa.

Tendría que contarle a Helena lo ocurrido, aunque fuera de una manera breve. Helena Justina me ahorró el esfuerzo de hacerlo y lo descubrió por sí misma.

—Has arrestado al asesino. Has peleado con él. —Pasó el dedo por un golpe que tenía en la mejilla. Con el roce se contrajo un nervio pero, pese al dolor, apoyé la cara contra su mano—. Estás agotado. ¿Ha secuestrado a otra mujer?

—Sí.

—No era Claudia.

—Lo sé. Así que Claudia ha aparecido ¿verdad?

—No, pero aquí hay alguien que sabe lo que le ha pasado.

—¿Tu hermano?

—No. Aulo se marchó a casa disgustado. ¡Es Gayo!

Helena lo llamó y al cabo de unos instantes apareció mi sobrino rebelde, entrando en la habitación con una extraña timidez. Por una vez, iba más limpio que yo. En realidad, parecía que Helena hubiese cuidado de él, lo hubiera alimentado y le hubiera inculcado los hábitos desconocidos de la higiene, durante el tiempo que yo había estado fuera.

—Dile a tío Marco todo lo que nos has contado a mi hermano Aulo y a mí sobre esa noche en el Circo Máximo.

Gayo parecía esperar que le cayera una buena paliza. Helena había cogido a la niña, por lo que me dirigí a mi taburete y me apoyé en él para demostrarme que nada en el mundo conseguiría apartarme de mi asiento favorito. Además, *Nux* se había tumbado encima de mis pies.

—El hermano de Helena.

—¿Eliano?

—No, el otro.

—¿Justino? Está en el extranjero...

–¡Ahora sí que lo está! –gritó Helena con una fuerza inusual.

Gayo hizo acopio de fuerzas y se lanzó a contar lo ocurrido.

–Justino conducía un pequeño carro cuando yo estaba allí ayudándote. Vi a una que salía corriendo del circo, Justino la esperaba. Intercambiaron unas palabras, luego él le dio un gran beso, la montó en el carro y se marcharon.

–¿Y la chica era...?

–Claudia Rufina –confirmó Helena–. ¡Qué malo! Quinto se ha fugado con la rica prometida de su hermano. ¿Y sabes una cosa, Marco?

–Tu noble familia me echa la culpa de ello –adiviné.

Estaba tan cansado que ni siquiera podía reír.

Gayo se quejó de que estábamos apabullando a la niña, por lo que la cogió con cuidado y la llevó a jugar con él a la otra habitación. Como respuesta a su ruda autoridad, Julia dejó de llorar al instante.

Me senté unos momentos y contemplé el sencillo apartamento al que llamaba mi hogar. Estaba inusualmente limpio y ordenado. En la mesa, además del gastado pergamino con mis odas que Helena había estado leyendo para consolarse, se encontraban mi plato y mi taza favoritos situados frente a mi taburete favorito, como si el hecho de que estuvieran preparados aseguraba mi regreso. Cerca estaba un documento que era la escritura de la venta de la granja de Tíbur que yo había prometido comprar. Helena había organizado aquella adquisición. Cogí la pluma, la mojé en el tintero y garabateé mi firma.

–No lo has leído –me regañó Helena con dulzura.

–Pero tú sí.

–Confías demasiado en la gente, Falco.

–¿Es eso cierto?

–Mañana te lo haré leer.

–Es por eso que confío en ti.

Estaba a punto de ocurrir otro desastre. Helena salió a la lavandería a buscar un cubo de agua para que pudiera lavarme antes de dormir. Debió de hablar con Petronio porque, cuando entró en casa, ya sabía que había resuelto el caso y que había vuelto tras el arresto de Turio. Aquello iba a resultar difícil.

–¿Dónde estabas cuando te necesitábamos? –me burlé, yendo al grano antes de que él pudiera tomar la iniciativa.

–Pasando por la mitad de las tabernas más asquerosas de Suburra, mientras un idiota inútil llamado Damonte intentaba ligarse sin éxito a una mujer vestida de rojo que lo único que quería era tomar copas. Lo tuvo bebiendo hasta altas horas, y luego, cuando Damonte fue a mear por décima vez, ella se escapó. Entonces tuve que seguir a ese imbécil que recorrió todos los bares en los que había estado, buscando su bolsa cuando, como es natural, había sido la chica la que se había marchado con ella.

–Si será inútil... –Yo no estaba de humor para averiguaciones tan elaboradas.

Petronio me miró un buen rato. Supe qué le pasaba. Alcé la mano en un gesto cansado y le dije:

–Lucio Petronio, sé que te mueres de ganas por contarme algo.

–Cuando te hayas recuperado.

–Ya estoy recuperado. Tu vida necesita un nuevo giro. Deseas con locura volver a tu trabajo verdadero, atraído por la emoción de la aburrida rutina diaria y los inacabables informes para los superiores, las quejas airadas del público y tu lamentable sueldo, aunque sea fijo..

–Algo por el estilo.

–¿Hay algo más? Oh, sí, lo adivino. Tienes previsto reconciliarte felizmente con tu mujer. –Si hubiese estado menos cansado, habría medido más mis palabras–. Tranquilo, amigo.

–Has sido tú quien me has incitado a hacerlo, así que eres el primero al que se lo cuento.

–Entonces, ¿a Silvia no se lo has dicho?

–No, todavía no.

–Así que tengo el honor de ser el primero... ¿Has visto últimamente a Silvia?

–Tú quieres decirme algo –dijo con aire suspicaz.

Tenía que haber mentido. En realidad, nunca tendría que haber sacado a relucir el tema. Él era mi amigo y sabía lo deprisa que podía perder los nervios, pero estaba demasiado cansado para ser sutil o diplomático.

–Me han contado que han visto a Arria Silvia con otro hombre.
Petro calló unos instantes.

–Olvídalo –murmuré.

–¿Quién te lo ha dicho?

–Maya, pero probablemente sean habladurías.

–¿Desde cuándo lo sabes, Falco?

–Desde hace poquísimo.

Se puso en pie. Petronio y yo éramos viejos amigos. Habíamos compartido tragedias, vino y mala conducta casi en la misma proporción. Sabía cosas de mí que nunca descubriría nadie, y de repente advertí lo que él quería decir.

–Mira, Petro, tú me has ayudado en mi asqueroso trabajo, has soportado mis métodos chapuceros y has tolerado mi sucio apartamento. También soportaste mis críticas a la hora del desayuno y ahora me ves arrestando a Turio y acreditándome el hecho. Y, por si fuera poco, te digo que tu mujer sale con otro justo en el momento en que habías decidido comerte el orgullo y volver a su lado. Bueno, así estamos: tú quieres que disolvamos nuestra sociedad y yo te he dado motivos para una pelea de importancia.

Estaba tan cansado que no tenía energías para discutir. Petro me miró unos instantes y luego lo oí respirar muy despacio. En su rostro se dibujó una media sonrisa pero no dijo nada.

Salió del apartamento caminando a su paso pausado y normal y luego le oí pisar las escaleras con fuerza y una clara actitud despectiva.

Después de unos instantes oí que Helena volvía. El cubo chocó contra la barandilla de la escalera, como ocurría siempre que lo subía lleno mientras hablaba entre dientes. Entonces la oí gritar como si quisiera impedir la entrada a un visitante, al parecer sin conseguirlo, ya que a continuación sonaron unos pasos rápidos escaleras arriba y una cara conocida asomó por la puerta. Con el pelo grasiento, los ojos pálidos y un aire de compasión insoportable, a continuación apareció el familiar e inoportuno cuerpo; Anácrites, mi viejo rival.

Llevaba una túnica de color neutro de un estilo un tanto disoluto, unas botas ajustadas y un duro cinturón del cuero. De él colgaba una bolsa, una gran tablilla de tomar notas y unas diminutas fichas por si alguna vez necesitaba distracción mientras se apoyaba en una columna jónica y espiaba a un sospechoso. Debían de haberle dado lecciones. Tenía el aire típico del investigador: duro, algo truculento, tal vez amable si llegabas a conocerlo, un tipo curioso y en el que resultaba difícil confiar.

–¡Bienvenido a casa y felicidades! ¿Es cierto lo que me han dicho de que Petronio ya no quiere ser tu socio? –Me tapé los ojos y me estremecí. Estaba muy cansado y no quería discutir, y eso Anácrites lo sabía. Hizo el trabajo sucio muy despacio, como un dentista que te asegura que no va a dolerte justo en el momento en que empiezas a chillar.

–Tu madre tiene razón, Falco. ¿No te alegra poder contar con otra persona? ¡Me parece que a partir de ahora trabajaremos juntos!

Esta edición de *Tres manos en la fuente*,
de Lindsey Davis,
se terminó de imprimir en Hurope, S.L.,
para Narrativas Históricas Edhasa
el 30 de enero de 1998